Syn ... wie die Sünde

Nothing Special 2

Aus dem Englischen von Xenia Melzer

Impressum
© dead soft verlag, Mettingen 2018
http://www.deadsoft.de

© the author
Titel der Originalausgabe: Embracing his Syn
(Nothing Special 2)

Übersetzung: Xenia Melzer

Cover: © Princess S.O.
Coverbearbeitung: Irene Repp
http://www.daylinart.webnode.com

1. Auflage
ISBN 978-3-96089-239-7
ISBN 978-3-96089-240-3 (epub)

Für meinen wunderbaren Ehemann …

Danke, dass du mein Schreiben so unterstützt. Du bist immer da, um mir Mut zu machen und mich aufzumuntern, wenn ich zu streng mit mir selbst bin. Die Aufmerksamkeit und Fürsorge, die du mir zuteilwerden lässt, wenn ich Stress habe, geht so viel tiefer als jedes Wort, das mir einfallen könnte, um meine Dankbarkeit auszudrücken. Du erstaunst mich immer wieder, mein Geliebter.

Du bist mein Engel, mein Max, mein Ryker, mein Bass, mein Hawk, mein God, mein Day, mein Pres, mein Ric, mein Blair, mein Furi und mein Syn.

Jeder der schillernden, unterhaltsamen Charaktere, die aus dem Grund meines Herzens aufsteigen, beginnt mir dir. Jeder von ihnen besitzt ein Merkmal, dessen ich mich jeden Tag an dir erfreue, Darling. Schönheit, Sinnlichkeit, Humor, Charme, Stärke, Mut, Entschlossenheit, Willenskraft und so viele mehr, aber vor allem unzerbrechliche Liebe.

Meine tiefste, aufrichtigste Dankbarkeit geht an den Hüter meines Herzens.

Deine Ehefrau, Adrienne

Kapitel 1
„Die Dinge sind nicht immer wie sie scheinen"

„Also gut, Syn, wehe du verschwendest meine verdammte Zeit! Zeig mir, was du draufhast."

Syn drehte sich um und schaute seinen hoffentlich zukünftigen Leutnant an. Gods barsche Stimme konnte wirklich einschüchternd sein. Wenn man dann noch den Körperbau des Mannes und seine Tattoos dazu nahm, konnte er die meisten Männer einschüchtern ... aber Syn war nicht die meisten Männer.

Er hatte um seine sofortige Versetzung von seinem Revier in Philadelphia gebeten, als er gehört hatte, dass es in der bekanntesten Task Force der östlichen USA eine offene Stelle gab. Sie wurde von Leutnant Cashel Godfrey – allgemein bekannt als God – und Leutnant Leonidis Day angeführt. Day war ein intelligenter, schlagfertiger Bastard, der keine Angst hatte, jemanden zurechtzustutzen, wenn derjenige ihn herausforderte. Das dynamische Duo war vor zwei Jahren in den Rang des Leutnants befördert worden, nachdem sie nur fünf Jahre lang als Ermittler gearbeitet hatten. Bevor sie vom Bürgermeister von Atlanta rekrutiert worden waren, um ihre eigene Task Force anzuführen, die aus einigen der härtesten Bastarde diesseits des Mississippi bestand, war so eine schnelle Beförderung noch nie vorgekommen. Die neuen Regeln für God und Day waren dieselben wie zuvor ... es gab keine.

Leutnant Day stand an einer Seite der mit Bolzen gesicherten Tür, ein sarkastisches Grinsen im Gesicht, seine zwei verchromten Handfeuerwaffen auf die schäbige Veranda gerichtet. God befand sich an der anderen Seite, sein breiter Rücken war den roten Ziegeln des Hauses zugewandt, seine beiden goldfarbenen Desert Eagles gezogen und bereit zum Feuern. Syn schaute noch einmal hinter sich und sah, wie Detective Ronowski seine Flinte durchlud. Syn nickte ihm kurz zu. Alle waren bereit.

Syn spannte seinen Rücken an, wich zurück, verlagerte sein Gewicht auf sein hinteres Bein, hob seinen rechten Stiefel in einer schnellen Bewegung und zertrümmerte das dünne Holz um den Türknauf. „Atlanta PD! Atlanta PD!", schrie Syn, als er in das kleine Stadthaus vorrückte, die Augen fest nach vorne gerichtet, seine Peripherie aber nicht außer Acht lassend. God und Day waren jetzt im Haus und Syn sah zu, wie sie Tische und Stühle auf ihrem Weg durch den engen Flur, der augenscheinlich zu zwei Schlafzimmern und einem kleinen Badezimmer führte, beiseitestießen. Nachdem Syn zweimal „Gesichert" für das Wohnzimmer und die Küche gerufen hatte, begann Ronowski, die Kissen auf der Couch zu durchsuchen, die Unterseite von Tischen zu befühlen und, auf der Suche nach hohlen Geräuschen, die Wände abzuklopfen. Immerhin war allgemein bekannt, dass Drogendealer Drogen, Geld und Waffen hinter doppelten Wänden versteckten.

„Atlanta PD, sofort die Hände in die Luft!" Syn hörte Days Befehl und kehrte in den vorderen Bereich des Hauses zurück. Er sah, wie Day einen Mann nach draußen führte, der in den frühen Dreißigern zu sein schien. Er trug kein Oberteil und seine Haare klebten an einer Seite seines Kopfes, als ob er geschlafen hätte. Seine Hände waren mit Kabelbindern hinter seinem Rücken zusammengebunden. Day stieß ihn auf das alte, karierte Sofa und Gods Blick hinderte ihn daran, wieder aufzustehen.

„Ich nehme an, ihr werdet mir meine Rechte nicht vorlesen. Verdammte, dreckige Cops! Ich habe gehört, dass du

6

dich nach mir erkundigt hast, God. Ich habe auch anderen Scheiß gehört."

„Vielleicht sollte ich dafür sorgen, dass du gar nichts mehr hörst", knurrte God.

Syn sah zu, wie God seine dreißig Zentimeter lange, gezackte Militär-Klinge aus der Scheide unter seinem rechten Arm zog. Er ließ das Messer einmal meisterhaft über seine Hand fliegen, wie man es in einem Jet Li Film erwarten würde, und benutzte seine andere Hand, um das Ohr des Verdächtigen schmerzhaft festzuhalten.

Der Verdächtige erstarrte und wurde sehr still, als die Messerspitze leicht über seine Wange glitt und an seinem Ohrläppchen haltmachte.

„Reg dich, verdammt noch Mal, nicht auf, God", fauchte der Mann.

„Was hast du sonst noch so gehört, Goose?", fragte God mit tiefer Stimme.

„Nichts, Mann! Gar nichts, in Ordnung?"

Syn sah, dass God ihn anschaute und stellte sicher, dass er sein Pokerface aufgesetzt hatte. In den letzten zwei Tagen hatte er die ganze Akte über diesen drogendealenden Abschaum gelesen. Ihr Verdächtiger, Greg „Goose" Jenkins, hatte die illegalen Geschäfte seines Onkels übernommen, nachdem Day und God diesen für zwanzig Jahre hinter Gitter gebracht hatten. Die Männer aus ihrem Team hatten genügend Überwachungsmaterial über Goose gesammelt, um eine Durchsuchung durchzuführen und eine solide Anklage zusammen zu bekommen, sollten sie Drogen, Bargeld oder Waffen in dem Haus finden.

Nachdem God sein Messer weggesteckt hatte, spuckte Goose auf den Boden und warf jedem von ihnen einen hasserfüllten Blick zu. „Wo ist der Durchsuchungsbefehl,

God? Dein Junge dahinten nimmt mein verdammtes Haus auseinander, ich will also den beschissenen Durchsuchungsbefehl sehen!"

Syn hielt die Augen auf den Verdächtigen gerichtet, aber die Kommentare des Mannes machten ihn wütend. Sollten sie das hier nicht längst gemeldet haben? Was machten Ronowski und Day dahinten?

Syn war nur probeweise Mitglied der Task Force. Er musste beweisen, dass er Anweisungen befolgen, die Notwendigkeit zu agieren voraussehen und effizient als Mitglied des Teams arbeiten konnte, musste aber auch beweisen, dass er rücksichtslos und gefährlich war … genau wie alle anderen Mitglieder des Teams. Er hatte Geschichten gehört, dass diese Jungs wirklich hart waren. Das war Syn auch. Er wollte die Karriereleiter hinaufklettern, und Teil von God und Days Task Force zu sein, war eine sichere Methode, sich einen Namen zu machen und dem Schatten seines Vaters zu entkommen, um sein eigenes Vermächtnis zu schaffen.

God zog einen der Esszimmerstühle in den Raum, drehte ihn herum und setzte sich rittlings darauf. Er starrte Syn an. Diese grünen Augen bohrten sich in ihn, aber er wagte es nicht, den Blick abzuwenden. God war unglaublich intuitiv. Er schien zu wissen, dass Syn Zweifel an dieser Verhaftung hatte.

„Ich habe gehört, dass du korrupt bist, Mann", schnappte Goose.

„Du hörst immer noch schlecht", antwortete Syn, bevor God es konnte. God warf Syn einen kurzen Blick zu.

„Wo ist dein verdammter Durchsuchungsbefehl, God? Ich habe euch Arschlöcher nicht klopfen hören, bevor ihr meine Tür eingetreten und euch selbst eingeladen habt."

„Man lädt den Wind nicht ein", sagte Day mit einem frechen Grinsen, als er mit Ronowski im Schlepptau zurück in das Zimmer kam. „Der Wind bläst einfach nur durch."

„Fick dich", knurrte Goose.

Sie stellten einen mittelgroßen Safe auf den wackeligen Esstisch und Ronowski zog einen kleinen Gegenstand aus einer seiner Taschen. Er befestigte ihn an der Vorderseite des Safes, direkt neben dem Schloss. Dann drückte er sein Ohr dagegen und lauschte angestrengt, während er die Scheibe drehte.

„Ich wusste es. Schmutzige Cops!", brüllte der wütende Mann und sprang auf die Füße. God bewegte sich so schnell, dass Syn keine Chance hatte, zu reagieren. Gods große Hand legte sich um den Hals des Verdächtigen und hob ihn einen Meter in die Luft, bevor er ihn auf den unnachgiebigen Boden schleuderte.

„Schmerzens-Stadt, Einwohner: Du", kicherte Day.

Verdammt. In Syns Kopf drehte sich alles. Etwas stimmte nicht. God hatte keinen Durchsuchungsbefehl, er hatte dem Mann seine Rechte nicht vorgelesen und niemand meldete die Sache der Zentrale. *Oh Scheiße ... das kann nicht wahr sein!*

„Geht es Ihnen gut, Detective Sydney?"

Syn blinzelte und erkannte, dass Schweißtropfen sein Gesicht hinabliefen und seine Waffe immer noch gezogen war. Alle anderen hatten ihre Waffen bereits wieder in die Holster gesteckt. Syn hoffte, dass er nicht Zeuge von dem wurde, was er fürchtete, dass es war.

„Jackpot", verkündete Ronowski.

Syn wirbelte herum und sah zu, wie der Detective mit dem glatten Gesicht haufenweise Geldrollen herauszog. Er wusste nicht genau, wie viel, aber es mussten mindestens zehn- bis zwanzigtausend Dollar sein, weil die Rollen aus Hundertern bestanden. Ronowski drehte sich um, zwinkerte God zu und Syns Augen verengten sich. *Bitte, jemand muss eine Beweismitteltüte holen. Bitte!* Er sah, wie Ronowskis hellblaue Augen zu Day wanderten und er wollte verdammt sein, aber der Mann, über den er so wunderbare Geschichten gehört hatte, griff in den Safe und zog mehrere Rollen Bargeld heraus und stopfte sie in das Futter seiner Weste ... ebenso wie God und Ronowski.

„Hast schon bei deiner ersten Verhaftung einen Zahltag. Scheint dein Glückstag zu sein, Sydney." Gods Blick war eine Warnung, als Syn sich weigerte, auch nur einen Schein einzustecken.

Kapitel 2
„Leg mich einmal herein, Schande über dich"

Die Fahrt zurück zum Revier in dem unmarkierten Suburban verlief unbehaglich und schweigend. God fuhr wie
eine Fledermaus aus Haiti, während alle anderen sich an die
oh-Scheiße-Griffe klammerten. Es schien, als würde der
Mann alle Verkehrsregeln brechen.

Syns Gedanken überschlugen sich. Er stellte sich vor,
dass, wenn es sich hier um einen Cartoon handeln würde,
Rauch aus seinen Ohren kommen und seine Augen aus
seinem Kopf fallen würden. Wie zur Hölle konnten God
und Day schmutzige Cops sein? War die ganze Task Force
korrupt oder nur diese drei? Er hatte gedacht, dass er
seinen Vorgesetzten seine Effizienz und Furchtlosigkeit bei
einer Razzia beweisen würde, aber das war alles Bullshit. Sie
hatten Goose nicht einmal verhaftet. Sie hatten sein verdammtes Geld gestohlen und ihm gesagt, dass er aus der
Stadt verschwinden solle, weil sie sonst zurückkommen
würden.

Was zur verdammten Hölle?

Ronowski sah aus wie der Junge von nebenan mit seinen
kurzgeschnittenen, blonden Haaren, dem glatten Gesicht
und Augen, die blauer waren als der Himmel über Wyo-
ming. Aber nachdem God Goose gewarnt hatte, hatte
Ronowski schnell die Kabelbinder von Gooses Händen
geschnitten und den Mann mit einem mächtigen rechten
Haken zu Boden geschickt. Er war lässig über Gooses
bewegungslosen Körper gestiegen und mit der Schrotflinte
auf der Schulter ruhend durch die Tür gegangen.

Sie hatten das Revier gerade betreten, als Captain Myers
durch seine Tür bellte, dass sie in sein Büro kommen

11

sollten. Syn schnaufte frustriert und spürte, wie God eine schwere Hand auf seine Schulter fallen ließ und den Griff zu seinem Nacken verlagerte.

Syn befreite sich. „Nimm deine verdammte Hand von mir, Godfrey."

„Uh oh, sieht so aus, als ob jemand mehr Ballaststoffe im Essen braucht", witzelte Day auf seinem Weg an ihnen vorbei.

„Bewegt eure Ärsche auf der Stelle hier herein!" Der Captain kam wieder heraus und brüllte durch den Bullpen.

Syn und God befanden sich in einem hitzigen Blickduell. „Denkst du, ich habe Angst vor dir, God?"

„Das solltest du", kam die einfache Antwort. Der Zahnstocher bewegte sich in Gods Mund und er redete, als ob er keine Sorgen auf der Welt hatte.

Syns Augen wurden schmal, seine Wut war offensichtlich. „Ja, ich habe gehört, dass du ein verdammter Irrer bist, und ich habe mich darauf gefreut, mit dir zusammen zu arbeiten. Aber jetzt kannst du mich am Arsch lecken."

„Du meinst wohl *für* mich zu arbeiten … nicht *mit* mir. Ich bin dein Leutnant, Detective Sydney."

„Du verdienst diesen Titel nicht und du wirst ihn nicht aus meinem Mund hören. Ich würde niemals *für* dich oder *mit* dir arbeiten. Du hast dich dem falschen Cop zu erkennen gegeben." Syn trat näher und obwohl er einen Meter siebenundachtzig maß, musste er zu God aufschauen. „Ich werde ganz sicher nicht eure Schlampe sein. Du kannst mich nicht niederschlagen und du machst mir ganz sicher keine Angst."

„Bist du dir da sicher?"

„Scheiße ja, ich bin mir sicher." Syn starrte wütend auf Gods selbstherrlichen Gesichtsausdruck und spürte, wie die

Vene in seinem Hals hervortrat. Er war mehr als nur wütend. Er hatte sein Zuhause und seine Familie in Philly zurückgelassen, nur um hierherzukommen und für Cops zu arbeiten, die korrupt waren? Syn trat zwei Schritte zurück und nickte in Richtung des immer noch wartenden Captains. „Lass uns ein wenig reden."

Syn durchquerte den Raum mit hocherhobenem Kopf, während mehrere Augenpaare seinen Bewegungen folgten. Er hörte nicht, ob die anderen Detectives ihm folgten, aber er wusste, dass sie es taten. Obwohl sie so groß waren, waren sie so leichtfüßig wie er selbst. Syn ging am Captain vorbei und sie alle betraten sein großzügiges Büro. Syn fiel auf, dass Ronowski sie nicht begleitete. *Feigling!*

Syn riss sich seine abgetragene Lederjacke vom Leib und warf sie auf einen der Stühle. Sein T-Shirt war unter seiner Kevlar-Weste durchgeschwitzt und seine Waffen fühlten sich an, als würden sie eine Tonne wiegen … vielleicht war das aber auch sein Gewissen. Syn ging direkt zum Fenster und schaute in den grau werdenden Himmel über dem beinahe leeren Parkplatz. Er wandte den anderen den Rücken zu, unfähig, ihnen in die Augen zu schauen.

Der Captain pfiff die alte Western-Showdown-Melodie und schloss die Tür. Er setzte sich auf die Kante seines Schreibtischs, bevor er zu sprechen begann. „Ihr seid ziemlich angespannt, Jungs. Ich nehme an, Ihr Tag ist nicht so gelaufen, wie Sie sich das vorgestellt haben, Detective Sydney. Ich muss wohl nicht fragen, wie die Razzia gelaufen ist, vor allem, weil Goose sich nicht in Haft befindet. Ihr hättet warten sollen, bis Ihr sicher wart, dass er sich im Haus aufhält. Meine Männer sollten es eigentlich besser wissen." Der Captain schaute erwartungsvoll zu God und Day.

Syns Kiefer zuckte. Er fühlte sich wie eine Bombe, die darauf wartete, zu explodieren. Er wusste, dass dies das Ende seiner Karriere sein konnte. Wollte er wirklich derjenige sein, der God und Day verpfiff? Was, wenn er es nicht beweisen konnte und die ganze Sache am Ende auf ihn zurückfallen würde? Er würde fallengelassen werden. Kein PD würde ihn wollen. God und Day waren für so viele Cops Helden ... vor allem, weil sie out und proud waren. Das gab vielen anderen schwulen Polizisten die Hoffnung, dass auch sie akzeptiert werden würden, auch wenn ihr Arbeitsfeld von machohaften Alpha-Männchen dominiert wurde. Weil God und Day so alpha waren, wie man nur sein konnte, und sie aufgrund ihrer Fähigkeiten akzeptiert wurden, trotz ihrer sexuellen Orientierung. Aber jetzt wusste Syn, dass sie nichts anderes waren als Wichse lutschende Diebe.

„Wir dachten, dass er da wäre, Cap, aber es war nicht er, sondern nur irgendein Junkie." Day sprach zuerst.

Verdammter Lügner! Goose war da.

„Unser Anwärter hat die Tür eingetreten, bevor wir das OK gegeben haben. Wir denken nicht, dass er für die Task Force geeignet ist, Cap. Er ist zu hitzköpfig."

Oh, zur Hölle damit. Er würde auf keinen Fall zulassen, dass sie ihm das anhängten. Syn knurrte und machte mehrere entschlossene Schritte auf Day zu, bevor God ihm den Weg versperrte.

„Du wirst über deinen nächsten Schritt sehr genau nachdenken, vor allem, wenn du vorhast, ihn anzufassen." Gods Stimme senkte sich zu einem angsteinflößenden Timbre.

„Fick dich", knurrte Syn zurück.

„Langsam. Beruhigt euch alle. Detective Sydney, wir haben Sie auf Probe aufgenommen und wenn Day sagt, dass Sie nicht gut genug sind, dann tut mir das leid, Sohn. Ich bin mir sicher, dass Sie Ihren Job in Philly zurückbekommen können. Ich habe mit dem Captain dort gesprochen und er hat gesagt, dass Sie ein verdammt guter Detective sind und dass es ihm nicht gefällt, Sie zu verlieren. Das tut er jetzt nicht."

Syn starrte noch immer God an, während er den Worten des älteren Mannes zuhörte.

„Ich habe kannte Ihren Vater, Detective Sydney. Er war ein verdammt guter Mann und ein noch besserer Captain. Ich habe acht Jahre unter ihm gedient und eine Menge gelernt." Myers tätschelte Syn den Rücken. „Sie müssen noch ein paar Dinge lernen, Sohn. Sie können sich aber jederzeit wieder bewerben."

Das war der Tropfen, der das Fass zum Überlaufen brachte. Syn glaubte nicht, dass er alles wusste, was man über Polizeiarbeit wissen musste, aber er wusste, dass er der richtige Mann für diesen Job war. Überall redeten Cops davon, wie großartig sein Vater und Großvater waren. Syn wollte sich seine eigene Großartigkeit verdienen. Er stand davor, einen Schritt in diese Richtung zu tun, weil er tun würde, was richtig war, auch wenn es ihn alles kosten konnte.

„Ich war der absolut richtige Mann für diesen Job, Captain Myers, aber ich weigere mich, für diese beiden Diebe zu arbeiten."

God trat schnell in Syns persönlichen Bereich, legte beinahe seine Nase auf Syns Stirn. Er knurrte: „Halts Maul" Aber Syn wich nicht zurück. Er redete weiter, weigerte sich, sich einschüchtern zu lassen.

„Die Razzia verlief ganz nach *ihrem* Plan. Sie sollten vielleicht die Kontostände einiger Ihrer Detectives überprüfen,

Captain. Es scheint, dass sie mit ihrem Gehalt nicht zufrieden sind und jetzt darauf zurückgreifen, Dealer auszurauben."

„Sprichst du von dir selbst, Sydney?", erkundigte God sich blasiert.

Syn sah rot. Seine Hand bewegte sich schnell, zu schnell, als dass God sie hätte aufhalten können, als er Gods Jacke mit den Fäusten packte. Syn hatte nicht erwartet, dass Gods Wut so schnell eskalierte, wie sie es tat. Eine riesige Hand legte sich um seine Kehle, die andere ergriff seine kugelsichere Weste. God schob ihn nach hinten, bis Syn gegen die Wand stieß.

„Beruhig dich, Sydney!", brüllte God.

Syn versuchte erfolglos, zu Atem zu kommen.

„God, lass ihn los, sofort!" Syn konnte hören, wie der Captain brüllte. Sein Kopf pochte von dem Aufprall an der Wand.

Syn wusste, dass er nur noch wenige Sekunden hatte, bevor er ohnmächtig werden würde. Er hob seinen rechten Arm so weit es ging und ließ ihn auf Gods Unterarm sausen, wodurch der seinen unerbittlichen Griff löste. Syn nahm einen hastigen Atemzug, kauerte sich zusammen und rammte seine rechte Faust in Gods Rippen. Er sah, wie Gods rechte Faust auf ihn zukam, und er musste beide Arme nutzen, um den Schlag zu blocken. Verdammt, God war riesig und unglaublich stark. God packte beide Schultern von Syn und ganz egal, wie sehr Syn sich wand, er konnte sich doch nicht befreien. Er gab den Versuch, Gods Finger loszuwerden, auf und legte stattdessen beide Hände auf Gods breite Schultern, warf seinen Kopf nach hinten und rammte seine Stirn auf Gods Nasenrücken, was diesen endlich dazu bewog, ihn loszulassen. God taumelte zurück und obwohl Syn benommen war, folgte er ihm, entschlossen, die Oberhand zu behalten. In einem Sekundenbruchteil bemerkte er, dass ihm die Beine weggeschlagen wurden. Day hatte sich wie ein Panther bewegt, sich fallengelassen und mit seinem Bein einen Kreis beschrieben, was Syn mit voller Wucht und dem Rücken zuerst zu Boden schickte.

Verdammt, der Arsch ist schnell. Syn ließ sich von dem Schmerz, der seinen Rücken hinunterlief, nicht aufhalten. Er sprang zurück auf die Füße und bereitete sich darauf vor, gegen beide zu kämpfen. Wie? Er hatte keine Ahnung, aber er würde ganz sicher sein Bestes geben.

„Genug", sagte Day, der nicht einmal außer Atem war.

Syn sah zu God, der am Schreibtisch des Captains seine Nase hin- und herbewegte, um zu sehen, ob sie gebrochen war. Syn wagte es nicht, sich zu entspannen. „Ich sage, wann es genug ist, und ich werde nicht aufhören, ehe ich nicht bei der Inneren war und eure ganze, verdammte Task Force untersucht wird. Es wird nicht genug sein, bis sie nicht mit Mikroskopen nach schmutzigem Geld in euren Ärschen gesucht haben", keuchte Syn.

„Ein Mikroskop ist nicht das, was ich in meinem Arsch bevorzuge, Detective Sydney ... oder weißt du das noch nicht?", gab Day zurück.

Syn konnte seine überraschte Reaktion nicht unterdrücken. Days krasse Bemerkung erwischte ihn unvorbereitet. „Du Hurensohn." Syn ging wieder auf Day zu.

Captain Myers ging dazwischen und legte eine große Hand auf Syns Oberkörper. „Tatsächlich sage ich, wann es genug ist, Detective Sydney. Wenn Sie nicht in einer der Zellen darauf warten wollen, sich zu beruhigen, würde ich vorschlagen, dass Sie sich zusammenreißen. Ihr seid alle hervorragend ausgebildete Profis und ihr benehmt euch wie Tiere."

Syns Brustkorb hob und senkte sich rapide unter dem Einfluss von Adrenalin. Er hatte sich gerade mit God und Day angelegt. *Was zur Hölle mache ich hier eigentlich?*

Captain Myers drehte sich um und deutete mit einem langen Finger auf Day. „Day, wenn du in meiner Gegenwart je wieder darüber sprichst, was du in deinem Arsch haben möchtest, werde ich deinen frechen, unanständigen Hintern zurück in eine Uniform stecken und dich vor einer Schule den Verkehr regeln lassen."

Syn sah zu, wie Day vor dem Captain die Schultern zuckte und dann zu God ging, um sich seine Nase anzusehen. „Ist sie gebrochen?", erkundigte er sich.

God schüttelte den Kopf, wobei er Syn böse anstarrte.

Day lächelte Syn mit etwas an, das wie Stolz wirkte. Er klatschte seine Hände einmal zusammen und gab ein Wolfsheulen von sich, bevor er weiterredete. „Verdammt, der Mann kann austeilen. Ich habe noch nie jemanden gesehen, der sich von dir nicht einschüchtern lässt, God. Ich mag ihn jetzt schon. Ich sage, wir machen ihn zum Dritten in der Kommandostruktur. Ich habe dir doch gesagt, dass er perfekt zu uns passen wird. Mann, wenn ich recht habe, habe ich recht. Manchmal verblüffe ich mich selbst damit, wie gut ich Menschen beurteilen kann!" Day vollführte einen seltsamen kleinen Freudentanz.

„Ja, ich kann Menschen auch gut beurteilen, darum mag ich niemanden", schnappte God.

„Wovon zur Hölle redet ihr? Ich werde nicht hierbleiben und mit euch Bastarden arbeiten." Syn schaute Day an, als wäre der verrückt geworden, und wandte sich dann an den Captain. „Captain Myers, ich möchte auf der Stelle eine

18

offizielle Beschwerde gegen Detective Ronowski, Leutnant Godfrey und Leutnant Day einlegen. Ich war Zeuge, wie sie eine unberechtigte Durchsuchung und Beschlagnahme durchgeführt haben, einen Mann mit übermäßiger Gewalt angegriffen und Beweise gestohlen haben." Syn deutete wütend auf God. „Zur Hölle, ich will, dass dieser verrückte Bastard für rücksichtsloses Fahren und das Ignorieren von sechs roten Ampeln auf unserem Weg zurück zur Wache festgenommen wird."

Syn war sprachlos, als alle drei Männer in Gelächter ausbrachen. Syn wusste nicht, was so lustig war. Vielleicht war der Captain ebenfalls korrupt und sie alle lachten über das Ende von Syns Karriere als Detective. *Verdammt.*

Der Captain hob die Hände in einer beschwichtigenden Geste. „Schön, Sie haben Ihren Standpunkt klargemacht, Detective. Sie sind sauber. Jetzt setzen wir uns alle hin und reden vernünftig darüber."

„Mit allem gebührenden Respekt, Sir, ficken Sie sich", spuckte Syn aus.

Eiskalte Furcht durchfuhr Syn, als er den wütenden Blick des Captains sah, bevor der Mann durch zusammengebissene Zähne sprach. „Ich verstehe, dass Sie aufgewühlt sind, Detective Sydney, aber wenn Sie nicht wissen wollen, wie sich ganz altmodische Prügel anfühlen, dann wischen Sie sich besser diesen selbstgerechten Ausdruck aus dem Gesicht, ändern Ihren Tonfall und erinnern sich daran, dass Sie mit einem Vorgesetzten sprechen. Einem Vorgesetzten, der Ihnen nur noch ein letztes Mal sagen wird, Ihren Hintern auf einen Stuhl zu pflanzen und etwas Respekt zu zeigen. Wenn nicht, werde ich mir nicht nur Ihre Marke holen, sondern Ihren Arsch auch schneller vor das Disziplinarkomitee bringen, als Sie fragen können, warum."

Syn fuhr sich müde mit der Hand über seine Bartstoppeln und ließ sich auf einen der vier unbequemen Stühle im Büro der Captains fallen, wobei er versuchte, wegen des Schmerzes in seinem unteren Rücken nicht zu stöhnen. Day und God folgten langsam seinem Beispiel.

Der Captain setzte sich wieder hinter seinen Schreibtisch und drückte einen Knopf auf seinem Telefon. „Schicken Sie Detective Sealing herein."

„Ja, Sir", antwortete eine weibliche Stimme.

Syn war immer noch alarmiert und stellte sicher, dass er God und Day nie aus den Augen ließ. Er hörte, wie die Tür aufging, und erkannte augenblicklich den Verdächtigen aus dem Haus, in das sie vorhin eingebrochen waren, nur dass der Mann jetzt eine Marke und eine Waffe an seinem Gürtel trug. Er hatte eine Prellung an seinem Kiefer – offensichtlich von Ronowskis Schlag. Und da er gerade an ihn dachte, kam Ronowski als nächstes durch die Tür.

Der Captain ließ die beiden Männer die Tür schließen, bevor er weiterredete. „Detective Sydney, das ist Detective Sealing. Sie kennen ihn wahrscheinlich als Goose. Er ist in God und Days Task Force für das Training zuständig. Er hat einen goldenen Boxhandschuh gewonnen und ist Experte für Kampfkunst, kann also einen Schlag einstecken. Was Sie gerade durchgemacht haben, war ein Test Ihrer Stärke, Ihres Mutes und vor allem Ihrer Moral. Alles Dinge, die Sie in dieser Task Force brauchen. Soweit ich es sehe, haben Sie mit fliegenden Fahnen bestanden. Ich glaube nicht, dass Day noch glücklicher sein könnte, vor allem, weil er Sie unter mehr als dreihundert Kandidaten ausgewählt hat."

Syn drehte sich um und sah, wie Day ihm zuzwinkerte. Syn verdrehte die Augen.

„Ich habe dich nicht ausgewählt, weil du einer langen Linie von Cops entstammst. Ich habe dich ausgewählt, weil du echt bist. Deine Akte und deine Empfehlungen sprechen für sich selbst. Und jetzt habe ich auch noch gesehen, dass du Eier aus Stahl hast."

Syn blinzelte und versuchte, sein schnell schlagendes Herz zu beruhigen. Es hatte noch nicht ganz begriffen, dass seine Karriere vielleicht doch noch nicht vorbei war. „Das war also alles nicht echt? Die Akte und all das?"

Day nickte.

„Arschloch", flüsterte Syn. „Das ist ziemlich viel Aufwand, um jemandes Loyalität zum Job zu testen, findet ihr nicht?"

„Nein", erwiderte Detective Sealing. „Du wirst Millionen von Dollar beschlagnahmen, Sydney, mehr Geld, als du je gesehen hast. Wir haben uns deine Finanzen angesehen. Du hast zwar keine Schulden, bist aber auch nicht reich. Wir mussten sicherstellen, dass du nicht überredet werden kannst, ein wenig von dem Geld zu behalten. Und wer könnte dich besser überzeugen als deine eigenen Vorgesetzten? Ein neuer Rekrut mag ja zögern, wenn ein Kollege ihn in Versuchung führt, aber wenn deine eigenen Leutnants an Bord sind, dann scheint es gleich sicherer, sich darauf einzulassen. Glaub mir, Detective Sydney, nicht jeder hat meine Simulation bestanden. Du hast nicht nur das Geld abgelehnt, sondern auch den Job, deine Vorgesetzten physisch angegriffen und du warst bereit, zur Inneren zu gehen. Ich denke, es ist in Ordnung, zu sagen, dass wir die richtige Wahl getroffen haben."

„Ich habe die richtige Wahl getroffen", warf Day selbstzufrieden ein.

„Wie auch immer", grummelte God, der sich immer noch seine geschwollene Nase hielt.

„Verdammt. Wirklich? Er hat dich geschlagen, God?" Ronowski grinste.

„Halts Maul, Ro", fluchte God. „Wir werden keine verdammte Party für dich schmeißen und dir die ganze Nacht den Hintern küssen, weil du das Richtige getan hast. Willst du den Job oder nicht?" God starrte Syn an.

Syn schaute Day, God und Ronowski an, bevor er ihnen sein eigenes Klugscheißergrinsen schenkte. „Kommt darauf an. Ist schwul zu sein auch eine Bedingung?"

„Nein. Aber ein Arschloch zu sein … und das kannst du gut. Wie lautet die Antwort, Hackfresse?", warf Day schnell zurück.

Syn stand auf und hielt God seine Hand hin. God packte seine Handfläche besonders fest und Syn erhöhte den Druck, während er direkt in diese bedrohlichen, grünen Augen schaute. Er warf einen Blick auf Gods Nase. „Das solltest du ansehen lassen. Es schwillt ziemlich an." Syn stieß den großen Mann an und God ließ seine Hand fallen und richtete seinen bösen Blick auf Day, der auf Kosten seines Geliebten lachte. Syn schaute jedem Mann in die Augen, bevor er seine Jacke anzog, zur Tür ging und sie öffnete.

„Ich nehme das Angebot an", sagte er mit absoluter Sicherheit und schloss die Tür hinter sich.

Kapitel 3
„Der Name ist Syn."

Syn schaffte es über den Parkplatz und in seinen Truck, bevor er innehielt und ein paar Mal tief einatmete. Er war da drinnen vollkommen durchgedreht, hatte sogar dem Captain gesagt, er solle sich „ficken". *Was zur Hölle habe ich mir nur gedacht?*

„Ein Test. Ein gottverdammter Test", brüllte er in die leere Luft. Syn startete den Motor seines alten Chevrolet Pick-Ups und verließ schnell den Parkplatz. Er musste ein wenig Dampf ablassen. Er war immer noch angespannt und sein ganzer Körper schmerzte.

Syn parkte am Gehsteig vor dem Pub, der gegenüber seines Apartments lag. Er hatte in den letzten Tagen die verschiedensten Typen ein- und ausgehen sehen und nahm an, dass es ein guter Ort war, um einen harten Drink zu bekommen und sich seinen Harten lutschen zu lassen. Es war lange genug her.

Syn schaute auf sein Handy und stellte sicher, dass der Vibrationsalarm an war. Als Teil der Task Force musste er 24/7 erreichbar sein. Er steckte seine Geldbörse und seine Marke in seine hintere Tasche und seine Waffe in den Hosenbund an seinem Rücken. Dann hob er seine alte Lederjacke vom Rücksitz und verließ das Auto. Nachdem der die Straße noch einmal überprüft hatte, ging er in den kleinen Pub. Ein schneller Blick sagte ihm, dass die Menge ganz friedlich wirkte und dass der Hinterausgang nicht blockiert war … das hier war ein Ort, an dem er sich eine Weile aufhalten konnte.

An der langen Bar aus Holz standen nur ungefähr ein halbes Dutzend Kunden. Die meisten der Besucher saßen an kleinen Tischen an der Wand oder standen an Bartischen rund um die winzige Tanzfläche. Es wurde, Gott sei Dank, klassischer Rock gespielt.

Syn setzte sich an das Ende der Bar, was ihm die Möglichkeit gab, den ganzen Raum zu überblicken. Cop-Gewohnheit. Er schaute sich die vielen Flaschen Alkohol an, die an der hellen Wand hinter der Bar aufgereiht standen, und versuchte, sein Gift für die Nacht zu wählen.

„Was kann ich dir bringen, Sport?" Der junge Barkeeper legte einen Untersetzer vor ihn und stütze sich mit beiden Händen auf dem glatten Holz ab. Syns Kopf drehte sich zu der männlichen Stimme und blickte in Augen, die so dunkel waren wie seine eigenen. Der Mann sah aus, als wäre er in seinen späten Zwanzigern oder vielleicht Anfang Dreißig. Er trug ein enges, schwarzes T-Shirt mit dem Logo der Bar und eine Jeans, die tief auf seiner Hüfte saß und kaum von einem schwarzen Gürtel mit Nieten gehalten werden konnte. Eine silberne Kette hing über seiner Hüfte und verschwand in seiner hinteren Tasche.

Syn antwortete ein paar Sekunden lang nicht und sah, wie die dunklen Augenbrauen des Mannes sich fragend hoben. Der Barkeeper strich sich mit den Fingern durch seine langen, braunen Haare und steckte sie hinter ein Ohr, in dem sich zwei silberne Kreolen und ein Stecker befanden. Dabei fielen Syn die Tattoos an beiden schlanken, muskulösen Armen auf, sowie das komplizierte Muster, das aus seinem T-Shirt hervorkam und sich um seinen Hals schlang. War das der Schwanz eines Drachen oder einer Schlange? Er konnte es nicht sicher sagen.

„Brauchst du noch ein paar Minuten oder willst du die Speisekarte sehen?"

Syn riss sich aus seiner Trance und räusperte sich. „Uhh. Ich möchte ein Bud Light, gezapft."

„Sollst du haben. Willst du die Speisekarte?"

„Nein, danke."

Syn sah zu, wie der Mann ans andere Ende der Bar ging, um sein Bier zu zapfen. *Er erinnert dich nur an jemanden. Keine große Sache. Entspann dich.*

Er versuchte, den Barkeeper nicht anzustarren. All diese verdammten Tattoos. Wie sein Arsch in dieser Jeans wirkte. Die Art, wie seine Haare seinen Bewegungen folgten. Sie sahen so dick und weich aus, gerade am Kopf, die Längen fielen in Wellen über seine Schultern. Er war schlank, aber nicht dürr. Hatte eine schöne Figur, ohne übermäßig muskulös zu sein.

Syn drehte sich um und schaute auf die Tanzfläche. Zwei Frauen – offensichtlich betrunken – tanzten aufreizend miteinander, zeigten eine sehr unterhaltsame Show. Aerosmith dröhnte aus den Lautsprechern, erzählte über Sex im Aufzug. *Hmm. In meinem Gebäude gibt es einen Aufzug.* Es war bereits nach zehn Uhr, Zeit für die Leute, sich zu fragen, ob sie alleine oder in Begleitung nach Hause gehen würden. Syn hoffte auf Letzteres. *„Lovin' it up 'til I hit the ground."*

„Bitteschön, Chief." Der Tätowierte stellte das Bier vor ihm ab.

Was will er mit den verdammten Spitznamen?

„Der Name ist Syn", grummelte er und nahm einen langen Schluck von seinem Bier.

„Stimmt das?"

Syn sah, wie der Tätowierte ihm ein sexy Lächeln sowie einen Blick, der „Gefällt mir" sagte, zuwarf, bevor er sich einem Pärchen, das ein paar Stühle weiter saß, zuwandte.

Syn. Das klingt schmutzig.

Furi versuchte, sich auf die Kunden zu konzentrieren, die sich gerade hingesetzt hatten, aber er wollte nichts sehnlicher, als mehr über den aufregenden Mann am anderen Ende der Bar herauszufinden. Er war sich sicher, dass der Typ hetero war, aber er warf ein paar interessante Blicke in Furis Richtung. Er versuchte, nicht zu viel hinein zu interpretieren. Die Leute starrten ihn die ganze Zeit an. Junge Leute bewunderten seine Tattoos, Frauen wollten mit seinen Haaren spielen und Männer wollten seinen knackigen Arsch ... jedenfalls die schwulen Männer und ein paar, die es nicht waren. Aber *Syn* konnte er nicht einordnen. Furi würde es nicht stören, zu sehen, wie das Lächeln des Mannes aussah, umgeben von all diesen herrlichen dunklen Bartstoppeln. Offensichtlich mochte Syn die Spitznamen nicht, aber Furi wollte herausfinden, ob er Mr. Viel-zu-heiß nicht zu einer Reaktion bewegen konnte.

„Hey Furious! Zeit, zu gehen, oder?"

Furi ignorierte seinen Onkel und mixte einen Margarita für die Frau und eine Rum-Cola für ihr Date.

„Bitteschön. Kann ich euch die Speisekarte bringen?" Nachdem sie abgelehnt hatten, ging Furi zurück, um nach seinem Lieblingskunden zu sehen.

„Willst du noch eins, Buddy?" Furi grinste.

„Der Name ist Syn."

Die tiefe, verruchte Stimme fand ihren Weg durch Furis Magen und zu seinem Gemächt. Syns ganze Person schrie „Ich bin maskulin". Seine breiten Schultern und die feste Brust waren durch das dünne, graue T-Shirt mit dem V-Ausschnitt zu erkennen. Obwohl Furi sie von hinter der Bar nicht sehen konnte, war er sicher, dass die Ober-

26

schenkel des Mannes muskulös und stark genug waren, Walnüsse zu knacken. Syn strich mit einer kräftigen Hand durch seine dunklen, halblangen Haare, die sich aufrichteten und in alle Richtungen fielen. Durch diese Geste fiel Furi auf, dass eine gefährlich aussehende, fünfzehn Zentimeter lange Schlange auf Syns Unterarm tätowiert war. *Hmm. Passt, er ist eindeutig Gift.* Ein Jäger, der zuschlagen und töten konnte, wenn man es am wenigsten erwartete. Furi beugte sich ein wenig weiter vor, wagte es aber nicht, zu aufdringlich zu werden. „Ja, du hast mir deinen Namen schon gesagt, aber ich habe gefragt, ob du noch einen Drink willst." Jetzt strich Furi sich mit seiner Hand durch die Haare und beobachtete, wie Syn dieser Bewegung mit seinen sexy Mitternachtsaugen folgte.

„Nein. Alles gut. Danke."

„Kein Problem." Furi zwinkerte und klackte mit den Zähnen. „Na ja, ich bin dann weg."

Furi hörte Syn ein „Auf Wiedersehen" grunzen, als er sich umdrehte, um seine alte Lederjacke unter der Bar hervorzuholen. Er ging, um sich sein Trinkgeld aus dem Glas neben der Kasse zu holen und flüstere Candy, seiner Ablösung, etwas zu. Er küsste sie auf die Wange, verweilte einen Moment, nur um *Syn* eine Show zu bieten.

„Auf wiedersehen, Furi." Sie wand sich und jaulte spielerisch, als seine Bartstoppeln ihre glatte Haut berührten.

Er zog sich seine Jacke mit dem Rücken zu Syn an und warf seine langen Haare über die Schulter, damit sie über das dunkle Material fallen konnten. Er hätte schwören können, dass er diese tiefen, kohlrabenschwarzen Augen auf sich spürte, weigerte sich aber, sich umzudrehen.

Auf Wiedersehen, Syn.

Dieser Mann am anderen Bar, das war die Art Mann, der dich in der Nacht in sein Bett lockte und dir die Seele aus dem Leib fickte, dich dann aber am nächsten Morgen verprügelte, weil er bei Tageslicht nicht schwul war. Furi kannte diese Art Mann nur zu gut. Während er den halben Block bis zur Bushaltestelle ging, gefror sein Blut in seinen Adern angesichts der schrecklichen Erinnerungen vom letzten Jahr. Er zündete sich eine Marlboro an und wartete auf den nächsten Bus. Er durfte keine alten Horrorgeschichten hervorkramen. Er musste sich konzentrieren … er hatte morgen einen frühen Dreh.

Kapitel 4
„Fremde Gefahr"

Syn bezahlte sein Bier und verließ den Pub. Irgendwie machte ihn der Gedanke an Sex im Fahrstuhl nicht länger an. Wenn er ehrlich war, taten das Frauen generell eher selten. Er hatte immer den Eindruck gehabt, dass sie mehr eine Ablenkung als irgendetwas anderes waren – und er hatte keine Zeit für Ablenkungen, wenn er sich auf seine Karriere konzentrieren wollte. Syn schaute die Straße hinauf und hinunter, um sie zu überqueren, als er nur einen halben Block weiter eine bekannte Gestalt erblickte.

Furious. So hatte ihn der Mann in dem Pub genannt. Interessanter Name.

Syn änderte die Richtung. Sein Körper ignorierte vollkommen, was sein Gehirn brüllte. *Er sieht nur wie er aus ... das ist nicht dasselbe.* Syn ging langsam. Furious würde nirgendwohin gehen, da er auf den Bus zu warten schien. Syn beobachtete, wie eine Rauchwolke zwischen seinen vollen, pinken Lippen hervorquoll. Rauchen. Eine schmutzige Angewohnheit, aber bei Furious wirkte es irgendwie heiß. Syn war nur ein paar Meter entfernt und sah, dass Furious Kopfhörer trug. Seine Hände steckten in den Taschen seiner Jacke, sein Kopf war nach vorne geneigt und seine Haare fielen über sein wunderschönes Gesicht.

Wunderschönes Gesicht. Syn sah zu, wie der Mann die Zigarette von den Lippen nahm.

„Uh oh. Fremde Gefahr."

Syn schaute hinter sich, aber da war niemand.

„Ich meine dich. Willst du hier nur herumstehen und starren, Mann?" Furious hob seinen Kopf und drehte sich langsam, warf Syn einen heißen Blick zu.

29

„Der Name ist -“

„Ja, ich kenne deinen Namen, du hast ihn mir schon verraten“, unterbrach Furious ihn. „Dein Cologne wird dich immer verraten.“

Syn trat ein wenig näher. „Riecht es so furchtbar?“

„Nein. Es riecht so gut“, erwiderte Furi und stieß einen Schwall Rauch aus.

Syn lächelte unwillkürlich. Jetzt, wo er Furi angesprochen hatte, wusste er nicht, was er sagen oder tun sollte. Er hatte absolut keine Ahnung, warum er sich diesem Mann ... irgendeinem Mann näherte. Die Augen von Furious waren so dunkel wie die Nacht, seine Wimpern, schwarz und lang, strichen über seine Wangen, wenn er nach unten schaute. Syn sah sich satt, während Furious ihn neugierig musterte.

„Mir gefallen deine Tattoos“, platzte Syn heraus und zuckte zusammen, weil er lauter klang als geplant. „Die Sterne sind ziemlich cool.“

Furious nahm einen tiefen Zug von seiner Zigarette, blies den Rauch durch die Nase nach draußen und schnipste den Stummel auf die Straße. Er erhob sich von der Lehne der Bank und richtete sich zu seiner vollen Größe von ungefähr einem Meter fünfundachtzig auf.

„Du weißt, was die Leute von Menschen annehmen, die Stern-Tattoos haben, oder nicht?“ Furious hielt seinem Blick stand.

„Ich habe ein paar Dinge gehört. Ich glaube aber nicht alles, was ich höre.“

„Stimmt das?“

Syn runzelte die Brauen, nicht sicher, worauf Furious hinauswollte – zur Hölle, worauf *er* hinauswollte.

„Du wartest auf den Bus?“

„Gut erkannt, Genie. Wie bist du nur darauf gekommen?“

„Du bist ein echter Klugscheißer … und ich heiße Syn. Ich habe mir gedacht, ich könnte dir Gesellschaft leisten, während du wartest … dir vielleicht anbieten, dich zu fahren." Syns Gesicht war angespannt, während er das sagte. *Warum zur Hölle mussten alle immer so sarkastisch sein?*

„Ach, wirklich?" Furious stopfte seine Ohrstöpsel in seine Jacke und strich sich mit der Hand durch die Haare. „Warum zur Hölle solltest du mir anbieten, mich zu fahren?"

„Warum sollte ich nicht? Du musst ja irgendwie nach Hause kommen. Ich versuche nur, nett zu sein." Syn trat näher heran und hörte, wie Furious der Atem stockte.

„Schon gut, Mann. Ich habe eine Fahrgelegenheit."

Syn drehte sich um, als er den Dieselmotor des MARTA-Busses hörte, der auf die Haltestelle zufuhr.

„Ich könnte dich fahren. Es ist keine große Sache." Syn zuckte mit den Schultern, als ob es nicht wirklich eine Rolle spielte. Oh, aber das tat es.

Warum zur Hölle gebe ich mir solche Mühe?

„Alles gut. Außerdem fahre ich nicht mit Fremden mit."

Die Luftdruckbremse des Busses klang laut, als er anhielt und die automatischen Türen sich öffneten.

„Sag es", schnappte Syn auf einmal.

Furious drehte sich um und sah ihn von den Stufen des Busses aus an. „Was soll ich sagen?"

„Meinen Namen, verdammt."

„Warum?" Furious flüsterte beinahe.

„Weil ich ihn aus deinem Mund hören will." Syns Stimme war rau geworden. Er war ehrlich. Er wollte ihn hören. Jetzt. Später. Und zehn Oktaven höher, wenn er von seinen Schlafzimmerwänden widerhallte. *Verdammt.*

„Nein", erwiderte Furious und stieg in den Bus.

Aus irgendeinem Grund schaute Syn zu, wie sein neuer, mysteriöser Freund seine Fahrkarte bezahlte und hinten im Bus Platz nahm. Furious schaute nicht einmal in seine Richtung, aber Syn gab die Hoffnung nicht auf, während der Fahrer das große Gefährt zurück auf die Straße manövrierte.

Furi lief den halben Block bis zu seiner kleinen Souterrainwohnung in Emery Point. Er lebte dort seit neun Monaten, seit er seinem gewalttätigen Ehemann entkommen war. Er hatte seinen Nachnamen geändert und war so weit geflohen, wie es ihm mit den siebenhundert Dollar, die er beiseitegeschafft hatte, möglich gewesen war. Seine Vermieterin war eine alte Dame mit sieben erwachsenen Kindern und ungefähr fünfzehn Enkeln, die sie oft besuchte, was Furi sehr entgegenkam. Er hatte Zugang zu allen anderen Teilen des Hauses, auch wenn er sich dort kaum aufhielt.

Er schaltete die kleine Lampe im Flur an und zog sich auf dem Weg ins Bad seine Kleidung aus. Das tat er jede Nacht, wenn er von der Bar nach Hause kam. Er musste den Geruch so schnell wie möglich loswerden. Wie Hot Wings und Wodka zu riechen, hatte ihm noch nie gefallen. Furi las mit einem Auge die Nachrichten, die er bekommen hatte, während er in das kleine Bad stapfte, in dem sich die kleinste Dusche der Welt befand. Dort angekommen drehte er das heiße Wasser auf. Er musste es ein paar Minuten laufen lassen, bevor es überhaupt daran dachte, warm zu werden.

Er hatte eine weitere Nachricht von Greg – dem Pressesprecher der Filmgesellschaft. *Wunderbar.* Furi öffnete die

E-Mail und las nur ein paar Worte, bevor seine Augen sich genervt verdrehten.

Furi, ich habe mit Mack das besprochen, was ich dir gegenüber letzte Woche erwähnt habe, und wir sind willens, unser Angebot um 1000$ zu erhöhen. Wie klingt das? UND 25 Cent pro Download. Wie toll ist das, Mann? Das ist ein Angebot, das du nicht ablehnen willst. Du hast Fans, die deinen sexy Hintern vergöttern. Du willst deine Zuschauer ja nicht verlieren, oder? Sie brauchen mehr von dir. Sag mir so schnell wie möglich Bescheid und dann sagen wir deinen Dreh morgen ab und fangen stattdessen mit der neuen Szene an. Du darfst dir sogar deine Partnerin aussuchen. Mmmm … wäre Sasha Pain nicht eine hervorragende Wahl? Oh und PS, wenn du jetzt gleich ja sagst, bekommst du 500$ Vorschuss!! G

Furi las die E-Mail noch einmal und fühlte, wie sich sein Magen seltsam verdrehte, als er darüber nachdachte, Macks Angebot anzunehmen. Furi riskierte bereits, von seinem Ex gefunden zu werden, weil er die Masturbations-Szenen auf Macks kleiner Pornoseite machte.

Als Mack vor sechs Monaten in die Bar seines Onkels gekommen war, hatte er die halbe verdammte Nacht davon geschwärmt, wie sexy Furi war und dass er einen Filmstar aus ihm machen konnte. Furi hatte schnell entschieden, dass es einen Versuch wert war, und war zu Macks Studio gefahren. Er war am Boden zerstört gewesen, als ihm klar geworden war, dass es sich um ein Pornostudio handelte, und, schlimmer noch, hatte sich wie ein Idiot gefühlt, weil er nicht gefragt hatte, welche Art Film Mack produzierte.

Jedes Mal, wenn Furi versuchte, sich elegant zurückzuziehen, bot Mack ihm mehr Geld. Auch wenn Furi sich vor Patrick verstecken musste, brauchte er das Geld doch dringend. Sein Onkel hatte ihn schon nach ein paar Monaten nicht mehr auf seiner Couch sehen wollen.

Es gab nur ein großes, verdammtes Problem mit Macks Pornoseite. Sie war auf hetero Pornos spezialisiert und Furi war so schwul, dass er nicht wüsste, wie man es einer Frau besorgte, selbst wenn man ihm eine Bedienungsanleitung geben würde.

Nachdem er Furi also praktisch bis auf den Parkplatz verfolgt hatte, war es Mack gelungen, ihn zu überzeugen, für fünfhundert Dollar eine Masturbations-Szene zu drehen. Furi hatte sich gedacht, dass er nur eine Szene drehen würde, was ihm die Möglichkeit geben würde, die Couch seines Onkels zu verlassen. Dieses Geld würde ausreichen, um sich ein kleines Zimmer zu mieten, aber natürlich wurden aus einem Film zwei, dann drei … und so ging es einfach weiter. Furi hatte über zwanzig Solo-Szenen gedreht, aber jetzt versuchte Mack auf aggressive Weise, Furi dazu zu bringen, mehr zu tun. Furi weigerte sich, einen Blowjob zu drehen. Verdammt, er bezweifelte, dass er überhaupt hart bleiben könnte – er hatte sich geweigert, Masturbations-Szenen mit Frauen zu drehen, und er würde ganz sicher nichts mit Penetration machen. Jetzt boten sie ihm eintausend Dollar, plus fünfundzwanzig Cent pro Download. *Verdammt.* Der Film wäre wahrscheinlich ziemlich erfolgreich, aber der Gedanke, von Patrick oder seinem irren Bruder gefunden zu werden, machte Furi physisch krank. Furi beruhigte sein wild schlagendes Herz, indem er sich selbst einredete, dass diese beiden Arschlöcher niemals für eine Het-Seite bezahlen würden, da sowohl sein Ehemann als auch dessen Bruder schwul waren.

Furi schloss die E-Mail, ohne sie zu beantworten, und trat unter das lauwarme Wasser. Er seufzte leise und wünschte sich einen höheren Wasserdruck. Die schwachen Tropfen, die aus dem dreißig Jahre alten Duschkopf kamen, waren kaum stark genug, um den Conditioner aus seinen Haaren zu spülen. Er schüttelte den Kopf darüber, wie viele kleine Dinge er für selbstverständlich gehalten hatte, als er verheiratet gewesen war und in seiner bequemen Eigentumswohnung in Charlotte gewohnt hatte. Wenn Patrick und sein Bruder geschäftlich unterwegs gewesen waren, war er glücklich gewesen. Es war immer erst katastrophal geworden, wenn Patrick nach Hause gekommen war.

Auf Furis ganzem Körper breitete sich Gänsehaut aus. Nicht, weil das Wasser auf einmal kalt wurde, sondern weil diese Erinnerungen zurückkamen ... ganz egal, was er tat, er konnte sie nicht aufhalten.

Kapitel 5
„Geister der verheirateten Vergangenheit"

Vor einem Jahr.
„Darling, ich bin wieder da. Wo bist du?"
„Ich komme", rief Furi aus dem ersten Stock. Er klappte schnell die Broschüre der Universal Technical School zu, die er gerade las, und sammelte die anderen Materialien ein, bevor er die metallene Wendeltreppe nach unten ging.

Furi fand Patrick in der Küche, in der er gerade seine Krawatte löste. Verdammt, der Mann sah im Anzug wirklich klasse aus. Der schwarze Designeranzug hatte dünne, lavendelfarbene Nadelstreifen, die Patrick mit einer Krawatte in blassem Lila perfekt akzentuierte. Furi würde zweifellos dafür verantwortlich sein, die Anzüge, mit denen sein Ehemann gereist war, in die Reinigung zu bringen und dann in seinen Schrank zu hängen. Er wusste nicht, wie er zum persönlichen Assistenten seines Mannes geworden war, aber es war passiert, und um Streit zu vermeiden, gab Furi Patricks Forderungen nach.

„Ist das die Begrüßung, die du deinem Ehemann gibst, wenn er nach einer Woche wieder nach Hause kommt?" Patrick stellte seine Wasserflasche auf die Ablage aus braunem Marmor und schaute Furi erwartungsvoll an. „Du stehst einfach nur da und schaust mich von der anderen Seite des Zimmers an?"

Patrick konnte einen mit einem strengen Blick festnageln. Zu Beginn hatte Furi das extrem sexy gefunden, aber mit der Zeit hatte sich dieser Blick von attraktiv zu brutal gewandelt. Patricks Haare waren tiefschwarz, gegelt und glatt zurückgekämmt, was Furi an Andy Garcia, nur ohne den nervigen, spitzen Haaransatz, erinnerte. „Wie war dein Flug?", fragte Furi und trat in Patricks muskulöse Arme.

„Lang. Ist hier etwas passiert?"

36

„In der Tat.“

„Was ist das?“

Bevor Furi Patrick seine Neuigkeiten erzählen konnte, hatte er die Anmeldeunterlagen der Automechaniker-Schule in die Hand genommen und runzelte die Stirn, während er kurz den Inhalt überflog.

„Was zur Hölle ist das, Furious?“

„Ich wollte mich für die -“

„Wenn das nicht Mr. Faulpelz ist.“

Wunderbar. Patricks jüngerer Bruder und Geschäftspartner Brenden kam um die Ecke und schloss seinen Gürtel. Furi hatte ihn nicht im Bad gehört, als er die Treppen heruntergekommen war. Wenn, wäre er vielleicht oben geblieben.

„Ich bin nicht faul. Hast du den Garten gesehen?“ Arschloch. Furi hatte nicht nur das ganze Blumenbeet umgegraben, sondern auch den Rasen gemäht und Herbstblumen gepflanzt, nicht zu vergessen die drei Stunden, die er in der Autowerkstatt gearbeitet hatte. Davon würde Patrick aber nie erfahren. Furi liebte Gartenarbeit … sie war friedlich. Er hatte damit angefangen, um aus dem Haus zu kommen, wenn Patrick da war, aber sie war schnell zu einem geliebten Hobby geworden. Er liebte alles, was er im Freien tun konnte, dennoch war seine wahre Leidenschaft die Automechanik. Es gab kein Gefährt mit Rädern und einem Motor, das er nicht reparieren konnte.

„Darling, ich habe dich etwas gefragt.“ Patricks harte, graue Augen musterten ihn streng, aber seine Stimme war ruhig und kalt. Furi fürchtete diesen Tonfall mehr als sein Brüllen.

Furi wandte sich von seinem nervigen Schwager ab und seinem Ehemann zu. Er erkannte sofort, dass Patrick nicht gefiel, was er in den Dokumenten las.

„Ich habe dir doch, bevor du letzte Woche abgereist bist, gesagt, dass ich meinen Abschluss als Automechaniker gerne zu Ende machen würde. Es ist immer noch mein Traum, meine eigene Werkstatt zu haben." Furi senkte seine Stimme und versuchte, nur mit seinem Ehemann zu reden, weil sein Arschloch-Schwager ihn immer noch abfällig angrinste. „Du weißt, dass ich es meinem Vater versprochen habe, eine eigene Werkstatt zu haben. Genau wie er."

Patrick warf die Broschüre auf die Ablage, als befände sich Scheiße daran. „Wie willst du für so etwas bezahlen, huh? Diese Schulen kosten ein Heidengeld."

Furi strich sich nervös mit der Hand über das Tattoo der Harley seines Vaters auf seinem Unterarm und räusperte sich. „Ich hatte gehofft, du würdest mir das Geld leihen und dann, wenn ich anfange zu arbeiten, zahle ich es zurück ... jeden Dollar", fügte er hinzu. Niemand, vor allem nicht sein Ehemann, wusste, dass Furis Vater ihn als Begünstigten seiner Lebensversicherung eingetragen hatte, zusammen mit einem Testament, das ihm sagte, er „solle seinen Traum leben". Furi hatte achtzigtausend Dollar sicher auf einem Konto versteckt, das auf den Namen seines besten Freundes lief. Dennoch reichte das Geld nicht – auch nicht nach einer Million verschiedener Kalkulationen – um sowohl die Schule zu bezahlen als auch die Werkstatt zu eröffnen.

„Ja, das wird nicht passieren, Faulpelz", schnaubte Brenden.

„Halt, verdammt noch Mal, dein Maul und kümmere dich um deinen eigenen Scheiß, Bren!" Bevor Furi sich in irgendeiner Weise verteidigen konnte, hatte Brenden seine Hände um Furis Hals gelegt und stieß ihn nach hinten, bis sein Rücken gegen den Kühlschrank aus rostfreiem Stahl prallte.

„Du denkst, du kannst so mit mir reden, du kleiner Scheißer?", knurrte Brenden, dem Speichel aus dem Mund flog. Seine Hände drehten sich und verbrannten die Haut an Furis Hals.

„Lass mich los", keuchte Furi und versuchte ohne Erfolg, die dicken Finger aufzubiegen. Sein Ehemann und sein Schwager waren beide Linebacker auf dem College gewesen. Keiner von beiden hatte ein

Problem damit, seine Stärke gegen Furi einzusetzen, und sie taten es oft.

Brendens Knie kam schnell nach oben und traf ihn so hart am Gemächt, dass Furi dachte, der Tod wäre besser als dieser Schmerz. Brenden trat zurück und ließ Furi auf den Granitboden fallen und schlug ihm dann noch hart auf den Hinterkopf, bevor er davonging, als ob ihm die Welt gehörte. Furi konnte nicht hören, was zur Hölle sein Ehemann sagte, denn seine Ohren klingelten und seine Augen standen so voller Tränen, dass er es für das Beste hielt, sie geschlossen zu halten.

„Patrick", stöhnte Furi, bedeckte seine Eier und wusste, dass nichts das Pulsieren stoppen würde.

„Mach keine Sprüche wie ein großer Junge, wenn du nicht die Eier hast, Taten folgen zu lassen, Darling", sagte sein Ehemann lässig.

Was zur Hölle?

„Er hat kein Recht, seine verdammten Hände an mich zu legen, Pat. Was zur Hölle? Er hat auch kein Recht, sich in unsere Ehe einzumischen." Furis Stimme klang gequält, als er sich ohne die Hilfe seines Mannes vom Boden erhob.

„Blut ist dicker als Wasser, Blödmann." Brenden zuckte mit den Schultern und stieß Furi zur Seite, damit er sich ein Bier aus dem Kühlschrank holen konnte.

„Ich bin also Wasser, Pat?" Furi starrte den Mann an, mit dem er seit zwei Jahren verheiratet war, und erkannte in diesem Moment, dass er keine Chance hatte. Es war schlimm genug gewesen, als Patrick vor einem Jahr begonnen hatte, ihn zu schlagen, und jedes Mal geschworen hatte, dass es das letzte Mal gewesen war. Aber jetzt fing auch sein Bruder damit an. Schön. Er würde lieber sterben, als den Rest seines Lebens so zu verbringen. Furi war achtundzwanzig Jahre alt. Er hatte noch eine Menge Jahre vor sich. Wenn er rechtzeitig entkam.

Furi öffnete seine Augen, versuchte, die schlechten Erinnerungen loszuwerden, und trat aus der Dusche. Das Handtuch schlang er sich eng um seine schmale Hüfte. *Was zur Hölle soll ich machen?* Furi musste zugeben, dass das Geld gut klang. Er konnte es wirklich gebrauchen, um für seine Bücher und die Werkzeuge für dieses Semester zu bezahlen. Aber verdammt. „Ich kann keine Frau ficken", flüsterte er und schüttelte traurig den Kopf. Er würde ihnen morgen sagen, dass seine Antwort immer noch ‚nein‘ lautete.

Furi wachte ein paar Minuten früher auf, um seine Schamhaare zu rasieren. Ihm war gesagt worden, dass die Ladys eine volle, klare Sicht auf das Paket mochten. Alles, was ihm das brachte, war, dass er sich zwei Tage später ständig kratzen musste. Die Leute dachten wahrscheinlich, dass er Flöhe hatte, so wie er sich manchmal rieb. Er zog sich lässig eine Jeans und ein T-Shirt, das mit schwarzen Schädeln bedeckt war, an. Was er trug, spielte wirklich keine Rolle, weil er es ohnehin ausziehen würde.

Furi verbrachte zusätzliche fünf Minuten damit, sicherzustellen, dass seine Schuluniform und sein neuestes Projekt zusammen mit der Disk für seine Präsentation sicher in seinem Rucksack verstaut waren.

Furis Leidenschaft waren Motorräder, aber er liebte Autos ebenfalls. Unglücklicherweise hatte er bei seiner Flucht von Charlotte nach Atlanta nicht daran gedacht, dass es hier keine wirklich gute Motorradmechanikerschule gab. Die Georgia Piemont Tech war für ihr Automechaniker-Programm bestens bekannt und Furi hatte sich begeistert eingeschrieben, sobald seine Namensänderung offiziell geworden war.

Furi überprüfte, ob der Bolzen an seiner Haustür eingerastet war, und lief die beiden Stufen zum Gehweg hinauf.
Er sah, dass seine Vermieterin, Ms. Jones, sich über den
kleinen Blumengarten bückte, und grüßte sie auf seinem
Weg an ihr vorbei. Sie winkte ihm mit ihrer kleinen, verwit-
terten Hand zu und lächelte süß. Er machte sich gedanklich
eine Notiz, dieses Wochenende für sie den Rasen zu
mähen. Sie musste nach Hause gekommen sein, nachdem
er gestern Nacht eingeschlafen war, wahrscheinlich, um
nach dem Rechten zu sehen. Er hoffte, dass sie wieder
zurück zum Haus ihrer Tochter gehen würde.

Furi bekam den Bus Nummer Sechs gerade noch so. Er
machte es sich für die eineinhalbstündige Fahrt nach
Peachtree City bequem. Sicher, wenn er ein Auto hätte,
würde die Reise nur halb so lange dauern, aber Furi hatte
einen Plan und dazu brauchte er seine und Dougs gesamte
Ersparnisse.

„Hey Hengst, ich wusste, dass du den Bus nehmen würdest, und dachte mir, dass ich dich mit zum Studio nehmen
könnte."

Furi grinste von einem Ohr zum anderen, als er seine
Ohrstöpsel herausnahm und die Arme um seinen besten
Freund schlang. Wenn sie beide am gleichen Tag filmten,
holte ihn Doug normalerweise mit seinem brandneuen Kia
Sportage SUV ab, damit er die letzten drei Kilometer bis
zum Studio nicht zu Fuß gehen musste.

Furi legte seine Büchertasche auf den Rücksitz und setzte
sich auf den Beifahrersitz. Er schnallte sich schnell an, während er das Gesicht vor Entsetzen über den Lärm, der aus
den Lautsprechern drang, verzog. Die Musik und der Bass,

41

die durch das Auto dröhnten, waren ohrenbetäubend. „Was zur Hölle hörst du dir da an, Doug?"

Dougs braune Augen funkelten vor Vergnügen. „Was? Du magst keinen Rap? Ach komm schon. Jeder weiß, wer das ist. Er hat eine Tonne Auszeichnungen gewonnen. Ice Cube!"

„Na ja, diese Lyrics klingen lauwarm. Bitte schalt das aus oder mach es wenigstens leiser."

„Das ist der Dank dafür, dass ich dich davor bewahre, noch drei Kilometer laufen zu müssen?"

„Ich würde lieber laufen, nur in einem G-String und Flip-Flops und mit einem Chihuahua, der mir die ganze Zeit in die Knöchel beißt, als mir diesen Scheiß auch nur für einen Kilometer anhören zu müssen." Furi lachte.

Doug nahm die CD heraus. Jetzt erfüllte sanfter Rock das Auto. „Besser?"

„Um einiges."

„Ich habe gehört, dass du heute in die Vollen gehst?" Doug hob eine Augenbraue. „Sie haben dein Solo in einen Fick mit Sasha Pain umgewandelt. Warum hast du mir das nicht erzählt, Bro?"

„Was zur Hölle? Wer hat das gesagt?" Furi knirschte mit den Zähnen.

„Sie hat das überall auf Facebook gepostet. Da du nicht in den sozialen Medien bist und es so nicht dementieren kannst, sind alle deswegen ganz aufgeregt." Doug parkte in einer der wenigen freien Parklücken auf dem Parkplatz.

Furi schaute sich all die Autos an. „Verdammt, heute sind eine Menge Aufnahmen."

„Eigentlich nicht. Die sind alle hier, um dich zu sehen." Doug rieb sich mit der Hand über die weiche, karamellfarbene Haut seiner Wangen, leckte sich den kleinen Finger

42

und glättete seine dunklen Augenbrauen. Er war ein Mischlingskind und seine Haut war wunderschön gebräunt und makellos. Seine weichen Haare waren gerade lang genug, um wild abzustehen. Er öffnete die Tür und schaute Furi über die Motorhaube hinweg an, als sie beide ausstiegen.

„Du willst es nicht tun, oder?" Doug sah so unglücklich aus, wie Furi sich fühlte. „Ich habe gewusst, dass etwas nicht stimmt."

„Ich habe nie gesagt, dass ich es tun würde, Mann. Ich kann keine Frau ficken, Doug. Oh Gott. Vor allem nicht Sasha. Verdammt!" Furi fuhr sich mit der Hand durch die Haare und zog an den Spitzen. „Scheiße!", brüllte er.

Ihm wurde jetzt klar, dass er auf die E-Mail von letzter Nacht hätte reagieren müssen. Mack musste gedacht haben, dass sein Schweigen bedeutete, dass er zustimmte. Jetzt waren alle hier, um zu sehen, wie er eine der schmuddeligsten Frauen, die Furi je getroffen hatte, fickte. Das Leben dieser Frau drehte sich um Sex. Wenn sie es nicht vor der Kamera tat, dann im Auto von jemandem, in einem Club, im Pausenraum, am Strand, wo zur Hölle auch immer. Furi wollte sich übergeben.

„Hey, Furious. Atme, Mann. Scheiße." Dougs starke, schwielige Hand drückte seine Schulter, als er sich gegen das Auto lehnte.

Furis Welt drehte sich, als ob er sich auf einem Höllenritt in einem Freizeitpark befände und der Betreiber – in diesem Fall Mack – ihn nicht aussteigen lassen wollte.

„Das ist es nicht wert. Es ist deine mentale Gesundheit nicht wert, Mann. Du siehst so aus, als wärst du nur zwei Sekunden davon entfernt, durchzudrehen. Du bist nicht verpflichtet, das zu tun, weißt du? Deine Abmachung

43

waren Solos, dabei wirst du also bleiben, in Ordnung? Er kann dich nicht zwingen."

„Ich weiß", flüsterte Furi. „Aber ich kann das Geld ganz sicher gebrauchen, Mann. Ich brauche immer noch Bücher und Werkzeuge für dieses Semester. Ich weigere mich, meine Ersparnisse zu benutzen. Ich bin nach diesem Semester fertig und wir sind so verdammt nah dran, die Werkstatt zu eröffnen, Doug. Ein paar Wochen noch, und wir können anfangen."

Doug hatte eine reiche Freundin, die ihn mit teuren Geschenken überschüttete, aber sie gab ihm nie Bargeld. Nicht zu vergessen, dass die Autos und die Wohnung auf ihren Namen liefen. Er musste immer noch für sein Geld arbeiten. Doug hatte seinen Abschluss als Mechaniker bereits und arbeitete Vollzeit bei einem Chevy-Händler, aber er hatte immer seine eigene Werkstatt gewollt, um sich auf das Restaurieren von Oldtimern zu spezialisieren. Er machte die Pornoaufnahmen, damit sie ihr finanzielles Ziel schneller erreichten, und Furi liebte die Hingabe seines besten Freundes.

„Kumpel, nimm das Geld von deinen Ersparnissen und kauf dir deine Schulsachen. Ich werde diesen Monat ein paar zusätzliche Szenen drehen, um das abzufangen."

„Das kann ich nicht von dir verlangen, Doug. Das ist nicht richtig. Fifty-fifty, erinnerst du dich?" Doug umarmte ihn. „Du verlangst nichts. Ich biete es dir an. Außerdem ist es nur ficken. Zwei oder drei zusätzliche Szenen sind keine große Sache." Doug trat ein wenig zurück, hielt Furis Hals aber fest und schaute ihm in die Augen. „Vor allem, wenn es bedeutet, dass ich die geistige Gesundheit meines besten Freundes bewahren kann."

Furi umarmte ihn fest. Niemand hatte je etwas für ihn geopfert. Nicht, seit sein Vater gestorben war. Jetzt hatte er einen echten Freund, der willens war, Fremde vor der Kamera zu ficken, nur damit er es nicht tun musste. *Wahnsinn.* „Ich liebe dich, Mann. Verdammt! Danke, Doug."

„Ich weiß, du empfindliches, kleines Mädchen. Wir müssen deine Unschuld schützen." Dougs leises Lachen blies durch Furis Haare, während sie noch eine Weile so dastanden. „Ich liebe dich auch, Mann."

Sie trennten sich und drehten sich in entgegengesetzte Richtungen, als beide Männer sich diskret die Augen wischten.

„Lass uns diesen Sexmonstern sagen, dass sie ihr Popcorn nehmen und nach Hause gehen können. Die Show ist abgesagt." Doug legte seinen Arm um Furis Hals und zog ihn über den Parkplatz zu dem kleinen Gebäude.

Kapitel 6
„Ich habe es schon versaut"

Syn hielt sich auf seinem Nachhauseweg an die Geschwindigkeitsbegrenzungen. Er hatte es nicht eilig. Die Arbeit war produktiv gewesen. Ein Meeting nach dem anderen und dazu haufenweise Papierkram. God hatte ihn dem Team offiziell als Dritten in der Kommandokette vorgestellt, darum war er jetzt, technisch gesehen, ein Sergeant und hoffentlich würde sich diese Beförderung bald in seiner Bezahlung widerspiegeln. Die Jungs waren eine angenehme Truppe. Jeder war der Beste auf seinem Spezialgebiet.

Die erste Hälfte des Tages hatte das Team damit verbracht, ihn in die momentanen Fälle einzuarbeiten. Er hatte keine Angst, gleich loszulegen und das Kommando zu übernehmen. Das war, was Syn am besten konnte. Verwalten und Situationen kontrollieren. Er hatte kein Problem damit, den Detectives die Meinung zu sagen, und umgekehrt war es genauso. Es war leicht, sich an die entspannte „sag, was du denkst, niemand nimmt es dir übel"-Kameraderie zu gewöhnen. Syn war niemand, dessen Gefühle leicht verletzt wurden, darum hatte er kein Problem mit Gods harter Einstellung oder Days beißenden Kommentaren. Einfach gesagt: Man musste eine Haut so dick wie die eines Nashorns haben, um in dieser Task Force zu überleben. Jetzt war es Abend und nachdem er zugehört hatte, wie God und Day hitzig darüber diskutierten, wie sie die Prioritäten der nächsten beiden Fälle setzen sollten, waren Syn und mehrere andere Mitglieder still gegangen, als die Blicke zwischen den beiden weniger wütend und dafür hungrig wurden. Er schüttelte den Kopf

46

und wünschte sich insgeheim, dass er heute Nacht eine Fliege an der Wand in ihrem Schlafzimmer sein könnte. *Was zur Hölle? Nein, will ich nicht.*

Syn musste dringend flachgelegt werden, aber er konnte gewisse tätowierte Arme und die langen, weichen, braunen Haare nicht vergessen. Ein starker, schlanker Körper gepaart mit weichen Gesichtszügen. *Jesus, verdammt!* Syn musste zugeben, dass der sexy Barkeeper wie sein ehemaliger Mitbewohner aussah. Als Syn die Philadelphia Police Academy abgeschlossen hatte, hatte er sich entschlossen, auf eine „Mitbewohner gesucht"-Anzeige zu antworten, die im Pausenraum der Polizisten aufgehängt worden war. Aus ihm und Rhodes war nie etwas geworden, aber verdammt, es hatte ein paar ziemlich heiße Blicke und schnelle Berührungen gegeben. Rhodes war schwul und stellte sicher, dass Syn wusste, dass der große Mann ihn wollte. Syn hatte nur zu viel Angst gehabt, seinem Zimmergenossen zu sagen, was genau er von Rhodes wollte.

Es war Freitagabend und er musste nirgendwohin. Er war nicht sonderlich erpicht darauf, in sein kaum möbliertes Apartment zurückzukehren und den Lieferservice zu bemühen. Er hatte darüber nachgedacht, der Einladung von ein paar der Jungs zu folgen und sich in einer Bar namens Henry's zu treffen, aber er bezweifelte, dass er es dorthin schaffen würde. Er hatte für diese Nacht eine andere Bar im Blick. Oder, besser gesagt, einen anderen Barkeeper.

Syn seufzte, als ein weiteres Auto an ihm vorbeifuhr. *Schön, diese Dame war mindestens neunzig Jahre alt.* Er drückte auf das Gaspedal und suchte sich einen Parkplatz direkt vor seinem Haus. Syn schaute auf seine Uhr. Es war fünf nach acht, gerade genügend Zeit, um hineinzugehen und schnell zu duschen.

Syn trug ein enges, schwarzes T-Shirt zu einer dunkelblauen Jeans. Er ließ seine dunkelbraunen Haare in der Regel in Ruhe. An den Seiten hielt er sie kurz und kämmte die Längen einfach mit den Fingern. Eine Rasur hätte wohl nicht geschadet, aber er entschied sich, seine zwei Tage alten Stoppeln stehen zu lassen. Syn steckte seine Glock 37 in seinen Hosenbund. Es beruhigte ihn immer, das Gewicht seiner Waffe zu spüren, die eng an seinem Rückgrat ruhte. Er ließ seine Handschellen, seine Geldbörse und seine Marke in der Innenseite seines Mantels verschwinden und ging zur Tür. Sobald er vor die Tür trat, sah er seinen Nachbarn, der ihm mit einer Pizzaschachtel in der Hand auf dem Flur entgegenkam, begleitet von zwei weiteren Typen, die wie Metal-Stoner aussahen.

Syn hatte mit dem jungen Punk über die laute, ohrenbetäubende Musik reden wollen, die er die ganze Nacht hindurch laufen ließ.

„Wie geht es, Mann?" Der Stoner hob eine schlaffe Hand zur Begrüßung.

Syn schaute seinen Nachbarn an und schaffte es, nicht die Augen zu verdrehen, bevor er antwortete. „Ja, hey. Uh, ich wollte fragen, ob es dir etwas ausmacht, die Musik nach Mitternacht leiser zu stellen. Ich bin mir sicher, dass viele der Nachbarn ähnlich empfinden."

Der Stoner und seine Freunde schauten Syn an, als ob er Hörner hätte, bevor sie zu lachen anfingen.

„Ich habe noch keine Beschwerden gehört, Kumpel, und außerdem war ich zuerst da. Du bist gerade erst eingezogen", meinte sein Nachbar schwach.

„Was zur Hölle hat das damit zu tun?" Syn knirschte mit den Zähnen. Seine Geduld schwand schnell.

„Alles", fauchte der Stoner und trat auf Syn zu.

Das muss ein verdammter Witz sein. Er will jetzt kämpfen. Dieses Mal verdrehte Syn die Augen. „Es ist so, ich habe keine Zeit für diesen Mist. Mach die Musik leiser oder ich nehme deinen zugedröhnten Arsch wegen Lärmbelästigung fest." Syn holte seine goldene Marke heraus und beobachtete selbstzufrieden, wie die Freunde des Stoners ihm den Rücken zudrehten und still in dem Apartment verschwanden.

„Sicher. *Officer.*" Der Stoner spie das Wort „Officer" mit dem respektlosesten Ton, den er zustande brachte, hervor und stieß Syn an die Schulter, als er an ihm vorbei zu seinem Apartment ging.

Syn war sich sicher, dass er ein gemurmeltes „verdammtes Schwein" hörte, bevor die Tür seines Nachbarn vor seiner Nase zuschlug. Er würde nicht zulassen, dass diese kleine Auseinandersetzung ihm die Laune verdarb. Er wollte heute Nacht feiern. Er war gerade von dem Atlanta PD angeheuert und in die am meisten bewunderte Task Force der Ostküste befördert worden. Die Leute würden seinen Namen kennen. Er würde sich vom Erbe seiner Familie abheben, sein eigenes erschaffen. Syn hatte sich ein paar glückwünschende Schläge auf die Schulter und heißen Sex verdient. Seelenvolle Mitternachtsaugen und ein kräftiger Akzent erschienen in seinem Kopf und brachten Syn beinahe zum Stolpern.

Syn joggte über die dreispurige Straße und musste ein paar Mal tief einatmen, als er vor der schweren Holztür des Pubs stand. Verdammt, warum pochte sein Herz überhaupt so? Er schaute sich die vielen Bars und Restaurants entlang

49

seiner Straße an. Die Menge strahlte bereits Aufregung für das bevorstehende Wochenende aus. Syn drückte seinen Rücken durch und stieß die Tür auf. Er trat in das laute, dunkle Innere und schaute sich kurz die Menge an, bevor er sich auf den Weg zur Bar machte. Er setzte sich in die Nähe seines Platzes vom Vortag und versuchte, bei seiner Suche nach seinem Lieblingsbarkeeper diskret zu sein.

Syn sah nur den großen Mann von letzter Nacht, der den Barkeeper „Furious" genannt hatte, und zwei weibliche Barkeeper, die das offizielle T-Shirt der Bar sowie kurze, einem Kilt ähnelnde Röcke und Plateau-Schuhe trugen. Er versuchte, nicht enttäuscht zu sein, aber er konnte spüren, wie sich dieses Gefühl anschlich. Syn drehte sich auf seinem Barhocker herum und musterte die Tanzfläche und die darumstehenden Tische. *Vielleicht arbeitet er auch an den Tischen.* Aber Syn konnte ihn nicht finden. Verdammt, sein mysteriöser Freund hatte heute Nacht frei, bekam wahrscheinlich jede Menge Aufmerksamkeit andersw-

„Suchst du nach jemandem?" Die volle, tiefe, angenehme Stimme streichelte Syns Rücken wie die Liebkosung eines Liebhabers.

Oh Gott. Syn drehte sich langsam wieder herum und schaute in diese dunklen, schokoladenfarbenen Tiefen, die Furis Augen waren. Der Barkeeper schaute ihn an, als ob er gerade alle von Syns Geheimnissen entdeckt hätte. All seine Bedürfnisse. All seine tiefsten Leidenschaften … *verdammt.* All seine versauten Wünsche. Syn wollte vor dem Gefühl, entblößt zu sein, fliehen, aber er blieb. Furi blinzelte ihn an und durchbrach so Syns Trance.

Scheiße. Furi hatte ihm eine Frage gestellt.

„Nein", antwortete Syn schnell und zuckte beim aufgeregten Klang seiner Stimme zusammen. Er holte tief Luft, bevor er weitersprach. „Ich suche niemanden."

„Sicher?" Furi grinste. Er wischte eine nicht-existente Flüssigkeit von der Bar und warf ihm dann eine Serviette hin. „Was darf es sein, Chief?"

Schon wieder diese Spitznamen. Gott, ich will nur einmal hören, wie er ihn sagt. Ist das zu viel verlangt? Syn strich sich mit der Hand über seine Bartstoppeln. „Sicher, äh, ich hätte gerne einen doppelten Maker's mit einem Corona."

Furi bewegte sich nicht und kümmerte sich auch nicht um seine Bestellung. Er starrte nur. Darum starrte Syn zurück. Verdammt, dieser Mann war heiß. Überall Tattoos, die dort hervorblitzten, wo seine Kleidung endete. Sie waren sogar durch die Risse in seiner Jeans zu sehen. Seine Haare sahen so weich und schön aus. Seine Lippen waren pink und voll wie die einer Frau, aber Syn war sich sicher, dass die Bartstoppeln sich nicht anfühlen würden, als würde er eine Frau küssen. Es würde sich anfühlen wie ... zur Hölle, das wusste er nicht. Furis Arme lagen auf der Bar, die Venen standen hervor und die Muskeln zuckten direkt unter der Oberfläche seiner tätowierten Haut. Jetzt war es an Syn, ein wenig Selbstbewusstsein zu zeigen.

„Fang einen Bierdeckel an, ich werde wohl eine Weile hier sein ... Furious." Syn sagte den Namen des Mannes langsam. Ließ ihn über seine Lippen gleiten. Syn gefiel der überraschte Ausdruck, der über das Gesicht seines neuen Freundes huschte. Es schien, als mochte er seinen Namen auf Syns Lippen, wie sexy und schmutzig er klang.

Furi schaute sich schnell um, ob jemand ihrem Starr-Wettbewerb Aufmerksamkeit schenkte. Er zog an seinen Haaren und drehte sich ohne Antwort um. Furious schien

nicht mehr so selbstbewusst zu sein wie an der Bushaltestelle letzte Nacht.

Syn sah ihm ein paar Sekunden lang zu, während er zwei
weitere Bestellungen entgegennahm. Sein Rücken war ihm
zugewandt und Syn versuchte, einen Blick auf das, was von
der Bar verdeckt wurde, zu erhaschen, wurde aber von
einem lauten Klopfen abgelenkt, das vom anderen Ende
des Pubs kam. Er drehte sich um, aber die Menge war dicht
und er konnte nur eine wilde Gruppe bei den Billardtischen
und Dartscheiben sehen. Es sah nach College-Kindern aus.
Das laute Pochen und Skandieren erklang erneut.

„Tommy! Tommy! Tommy!", rief die kleine Gruppe im
Chor und schlug höchstwahrscheinlich mit Biergläsern auf
die hölzernen Tische.

„Was zur Hölle?"

Syn drehte sich zurück und sah, dass seine Drinks vor ihm
standen, ebenso wie Furious.

Das Klopfen und Schreien wurde lauter.

„Was zur Hölle ist das?" Der große Mann – Syn nahm an,
dass es sich um den Eigentümer handelte – kam durch die
Doppeltür, die wahrscheinlich in die Küche führte. „Was
soll der verdammte Lärm, Furious?"

Syn sah zu, wie Furious seine Augen sichtlich genervt
schloss und mit seinem Tuch über die Bar wischte. Furious
zuckte mit den Schultern, aber der korpulente Barbesitzer
konnte das nicht sehen, weil er immer noch versuchte, über
die Köpfe seiner Kunden hinweg einen Blick auf die dunkle
Ecke zu erhaschen. Dieses Mal war das Klopfen lauter als
die Musik.

Der große Mann legte seine Hand auf Furious Schulter
und drehte ihn zu sich herum. „Furi, was zur Hölle soll
dieses Klopfen?"

„Ich habe keine Ahnung, Onkel. Es ist ganz sicher keine günstige Gelegenheit", brüllte Furious zurück.

Syn verschluckte sich bei dieser schlagfertigen Antwort an seinem Bier. Als Furi den Griff seines Onkels abschüttelte und sich wieder herumdrehte, starrte er den immer noch lachenden Syn an und schüttelte den Kopf. Syn sah, wie ein Lächeln die vollen Lippen des Mannes teilte, und bevor Syn wusste, was er tat, hatte er ihm zugezwinkert.

„Sie müssen sich jedenfalls beruhigen. Die Leute fangen an zu gehen", sagte der Onkel. „Geh und sag ihnen, sie sollen damit aufhören."

Syn sah zu, wie Furious den Kopf senkte. Er konnte nicht hören, was Furious murmelte, aber es sah nicht so aus, als würde er ein beruhigendes Mantra rezitieren. Furious warf das Handtuch auf den Boden und ging ans andere Ende der Bar. Er hob die Klappe und knallte sie wieder nach unten, sobald er hindurchgegangen war.

„Ich werde dir zeigen, wo du dir diese Einstellung hinstecken kannst, Furi", fügte sein Onkel hinzu, was Furi nur noch wütender zu machen schien.

Furious verschwand in der Menge. Er musste es zu den randalierenden Besuchern geschafft und etwas gesagt haben, denn das Klopfen hörte kurz auf, bevor es wieder anfing, dieses Mal sogar noch lauter. Syn hörte Gebrüll und dann ein paar „Oohhs" und „Aahhs", was in einer so wilden Menge nie ein gutes Zeichen war. Es hieß in der Regel, dass jemand einen Anschiss bekam.

Syn konnte Furious trotz seiner Größe von einem Meter fünfundachtzig nicht sehen. Er verließ seinen Platz und drängte sich durch Menge.

Syn fühlte die Veränderung, als er zusammen mit anderen Besuchern zurückgedrängt wurde. Verdammt, jemand schubste oder kämpfte. Er konnte immer noch nichts sehen. Die Leute sammelten sich, um näher zu den wütenden Rufen zu kommen. *Dafür bin ich nicht hergekommen.* Endlich erblickte er Furious, der Nase an Nase mit einem adretten Kerl in einem grünen Polo-Shirt und einer kurzen Khakihose stand. Sein spitzes, gegeltes Haar und der Junge-von-Nebenan-Look schrien förmlich verwöhnter, reicher Student. Sie brüllten einander an und Syn wollte gerade dazwischengehen, als ein dicker Arm sich von hinten um Furious Hals legte und der adrette Kerl ihm in den Magen schlug. Der Schmerz, der über Furious Gesicht huschte, rief in Syn eine brennende Wut hervor, die ihn zum Handeln zwang. Er drängte sich durch die letzten Körper, die ihm noch im Weg standen, und marschierte entschlossen vorwärts, wobei er seinen Schwung nutzte, um den Mann, der Furious hielt, eine harte Rechte zu verpassen. Der Mann fiel in sich zusammen und riss Furious beinahe mit sich zu Boden.

Syn riss Furious in die Höhe und schob ihn schützend hinter sich. Der adrette Kerl schaute für einen Moment überrascht drein, dann fletschte er die Zähne.

„Du willst damit nichts zu tun haben, Mann. Halt dich raus." Adretter Kerl schaute um Syn herum, weil er offensichtlich noch mehr von Furious wollte.

„Vielleicht will ich das doch." Syn sah gelangweilt aus und dann dachte er für eine Sekunde nach. Wenn er diesem Jungen den Kiefer brach, konnte er seiner Beförderung auf Wiedersehen sagen. Gerade als der Junge Anstalten machte, etwas anzufangen, zog Syn seine Marke. „Vielleicht wird dir eine Nacht in der Zelle das Mauls stopfen."

Syn hörte den Kerl, den er geschlagen hatte, stöhnen und schaute kurz zu ihm, da er nicht von hinten angegriffen werden wollte. Was ihn überraschte, war, dass er Furious nicht finden konnte. Syn holte sein Handy hervor und rief die 911. Er gab seinen Namen und die Nummer seiner Marke an und erklärte, dass er ein paar betrunkene Unruhestifter hatte, die abgeholt werden mussten.

Syn wollte Furious unbedingt finden. Er wusste, dass es dem Mann gutging. Er konnte sicher einen Schlag in den Magen ertragen, aber er wollte mit ihm reden. Syn war klar, dass er es vielleicht schon vermasselt hatte. Ohne nachzudenken, hatte er Furi hinter sich geschoben, als ob der sich nicht selbst verteidigen konnte. Aber als Syn nach dem Schlag den Schmerz in dem wunderschönen Gesicht des Mannes gesehen hatte, waren seine Beschützerinstinkte hochgekocht und er hatte reagiert. Er schaute immer wieder von der Bar zur Tür, zu den College-Arschlöchern und wollte losrennen und Furi finden, aber er konnte seine Täter nicht aus den Augen lassen, bis die Uniformierten hier waren.

„Äh, Officer. Es tut mir leid, in Ordnung? Könnten Sie den Kerl holen, damit ich mich bei ihm entschuldigen kann, und dann verspreche ich, dass wir verschwinden und nie wieder zurückkommen." Adretter Kerl winselte seine Bitte. Er war nicht mehr so selbstbewusst. Er wollte wohl nicht, dass sein Daddy kommen und ihn aus dem Gefängnis auslösen musste.

Syn hörte die Sirenen und wusste, dass die Polizisten bald da sein würden. Er drehte sich zu dem adrettem Kerl um und runzelte die Stirn. „Verdammt, nein. Und ich will euch hier drin nicht wieder sehen."

Ein kollektives „Ja, Sir" kam von den Kindern, die bei dem Gedanken an einen Aufenthalt im Gefängnis schnell nüchtern geworden waren, auch wenn es nur für eine

Nacht war. Als die Polizei die Jungs nach draußen zu den Einsatzfahrzeugen führte, eilte Syn zurück an die Bar, aber dort war kein Furious.

Syn dachte keine Sekunde nach. Er ging ans Ende der Bar, hob die Klappe und trat ein. Die beiden weiblichen Barkeeper schauten ihn schockiert an und Syn zeigte wieder seine Marke vor. „Wo ist Furious?", fragte er, wobei er seine autoritäre Cop-Stimme benutzte.

„Er ist gegangen", sagten sie gleichzeitig und sahen ihn dabei immer noch komisch an.

„Verdammt", fauchte Syn und eilte aus dem Pub.

Er schaute angespannt den Gehsteig hinauf und hinunter und sah Furious auf der Bank sitzen, den Kopf gesenkt, auf den Bus wartend. Obwohl seine Kapuze ihm bis tief in die Stirn reichte, wusste Syn, dass das sein Ma- *Er ist nicht mein Mann, er ist nur ein Freund.*

Syn näherte sich seinem neuen Freund voller Selbstbewusstsein, war aber nicht auf die wütenden, gehetzten Augen vorbereitet, die zu ihm aufschauten, als er langsam Furis Kapuze wegzog. Syn atmete schwer ein und langsam wieder aus, bevor er sich endlich entschied zu sprechen.

„Furious, geht es dir gut?"

Keine Antwort.

„Bist du verletzt?" Syn machte sich ernsthaft Sorgen. Furious sah abwesend aus, als ob er sich in sich zurückgezogen hätte.

„Bab-" *Scheiße.* „Furi", korrigierte Syn sich schnell. „Bitte antworte mir. Schau, ich wohne gleich da drüben." Syn deutete in die Richtung seines Apartments. „Wenn du willst, kannst du mit nach oben kommen und reden. Ich kann dich später nach Hause fahren."

Es waren einige lange und ziemlich intensive Minuten, in denen Furious sich weder bewegte noch etwas sagte.

„Wir reden nur, in Ordnung?", versuchte Syn es noch einmal.

Vielen Dank, MARTA. Perfektes Timing. Syn hatte das Pech, dass der Bus an den Randstein fuhr und die Türen sich öffneten.

„Furious, ich will nur reden."

„Nein danke, *Detective*." Furious Stimme klang so tief und wütend, dass es sich anfühlte, als ob Furi ihn geschlagen hätte. Syn schluckte hart.

Das war das zweite Mal innerhalb kürzester Zeit, dass sein Titel auf abwertende Weise gegen ihn verwendet wurde. Syn scherte sich einen Dreck darum, wenn sein zuge-dröhnter Nachbar seine Abscheu zeigte ... aber bei Furious tat es weh. Syns Adamsapfel hüpfte auf und ab, als er daran arbeitete, sich etwas, irgendetwas, einfallen zu lassen, aber Furious war bereits auf halbem Weg in den hinteren Teil des Busses. Er sah zu, wie Furi sich auf einen Sitz fallen ließ und die Kapuze wieder über seinen Kopf zog. Der Busfahrer schaute Syn für einen Sekundenbruchteil an, bevor er die Türen schloss und sich in den Verkehr einfä-delte.

Syn wollte die Bank schlagen, den Laternenpfahl, irgend-etwas. Es pisste ihn wirklich an, dass er nicht wusste, was das zwischen ihm und Furious war, und wie der Mann ihm so unter die Haut gehen konnte. Ja, er wusste, dass Furious schwul war, das hatte er mehr oder weniger gesagt, aber es war sehr klar, dass er kein Interesse an Syn hatte. Er musste loslassen. Er würde eine andere Bar finden.

Syn stampfte zurück über die Straße und nahm den Aufzug in seine Etage. Sobald er sein Apartment betrat, fühlte er einen Schauer von etwas Unbekanntem seinen Nacken hinunterlaufen. Sein ganzes Apartment war dunkel, darum schaltete er das Licht nicht an, nur für den Fall, dass er einen Einbrecher hatte. *Wenn du das bist, Stoner, dann hast du dir die falsche Nacht ausgesucht.* Dann roch er etwas. *Kaffee.* Syn ließ ein genervtes Grunzen hören und fuhr sich mit der Hand über seinen Bart.

„Darf ich mich darauf freuen, Leutnant? Dass du und Day bei mir einbrecht, wann immer es euch passt?", fragte Syn, während er das Licht anschaltete.

Day saß in seiner kleinen Küche, trank entspannt Kaffee aus seiner üblichen Riesentasse, während God neben ihm lässig an der Wand lehnte, die massiven Arme über seinem noch massiveren Brustkorb gekreuzt. Seine langen, braunen Haare hatte er zu einem Pferdeschwanz zusammengebunden. Gods Ledermantel hing über der Rückenlehne des Stuhls, auf dem Day saß. Ohne Mantel sahen Gods Waffen aus wie etwas, das man in einem Drogenfilm zu sehen bekam. Silberne Desert Eagles mit goldenen Einlegearbeiten. Sexy geschwungene Lettern waren in die langen Läufe eingeätzt. *In God We Trust.* In die schwarzen Griffe waren die Köpfe von Löwen eingraviert. Syn hatte noch nie so etwas gesehen. Sie waren zweifellos ein Geschenk seines Geliebten. Diese Kanonen waren an seinen Seiten festgemacht, sicher in schwarzen Lederholstern. Nur wenige Leute bekamen die dreißig Zentimeter lange, gezackte Klinge zu sehen, die er in einer Scheide unter seinem linken Arm mit sich trug. Syn hatte Geschichten über die Taten dieser Klinge gehört. Gods goldene Marke hing an einer langen Silberkette um seinen Hals und ruhte in der Mitte seiner Brust. Das Wort „Leutnant" war in schwarzen Buchstaben auf dem Gold zu lesen.

58

Syn sah zu, wie Day seinen Mangel an Möbeln betrachtete ... oder Bildern ... oder Kunst ... oder Dekorationen ... oder irgendwelchen anderen Dingen, die ein Haus zu einem Heim machten. „Oh, gut. Es sieht so aus, als ob wir die Einweihungsparty nicht verpasst hätten. Bist du registriert?"

„Fick dich, Day", grunzte Syn und riss den Kühlschrank auf, um sich ein Corona zu holen, da er seines im Pub nicht hatte austrinken können.

„Stell das zurück. Wir haben eine Leiche. Los geht's." God nahm seinen Mantel.

„Leiche?" Syn runzelte die Stirn. „Seit wann kümmern wir uns um Mord?"

„Wir machen, was immer zu Hölle ich sage. Los." Gods Stimme klang endgültig.

Schnell stellte Syn das Bier zurück in den Kühlschrank und ging in sein Schlafzimmer, um sein eigenes Schulterholster und seine zweite Glock zu holen. Er steckte sie beide ein und folgte seinen Chefs durch die Tür.

Sie gingen den Flur entlang, wobei keiner der Männer sich damit aufhielt, leise aufzutreten. Und wie der Zufall es wollte – es musste Syns Glückstag sein – trat sein Stoner-Nachbar mit einer weiteren Pizza und fünf anderen Kerlen aus dem Aufzug.

„Hey, wenn das nicht die Mafia-Truppe ist." Der Stoner lachte und gab einem seiner Freunde einen High Five. Stoner drehte sich um und sah sie an. „Ich will nur sagen, ihr Jungs seht ... na ja, ihr wisst schon ... ihr seht seltsam aus." Stoner kicherte.

„Mann, du denkst, wir sehen seltsam aus, während du derjenige bist, der eine verdammte Members Only Jacke trägt", erwiderte Day grinsend.

59

„Wer zur Hölle trägt diese Dinger überhaupt noch?", fragte Syn ungläubig.

„Das letzte verdammte Mitglied." Day lachte.

Syns Lachen brach aus ihm hervor, bevor er es zurückhalten konnte, und sogar God ließ ein raues Bellen hören. Syn musste zugeben, dass Day ein lustiger Kerl war. Gods riesige Gestalt bewegte sich durch die Menge. Keiner von Stoners Freunden wollte aus Versehen gegen ihn stoßen. Als sie den Aufzug betraten, konnten sie immer noch hören, wie Stoners Freunde ihn wegen seiner altmodischen Jacke aufzogen.

Kapitel 7
„Gleich und gleich gesellt sich gern"

Furi stieß seinen Apartmentschlüssel mit viel mehr Gewalt in das Schloss, als nötig war, und drückte die Tür mit seiner Schulter auf, bis sie mit einem lauten Knall gegen die Wand dahinter krachte.

„Ein Cop, er ist ein verdammter Cop!", brüllte Furi in sein leeres Apartment. Er zog eine Zigarette aus einer zerknitterten Schachtel und zündete sie an, während er die einzige Person anrief, der er vertraute.

Furi lauschte dem nervigen Rap-Song, der als Dougs Klingelton einprogrammiert war, und wartete darauf, dass er abnahm. Das geschah beim dritten Klingeln.

„Was ist los, Furi?"

Furi seufzte beim Klang der Stimme seines besten Freundes. „Hey, Mann, bist du beschäftigt? Ich muss jetzt gleich mit dir reden. Ich flippe gerade aus."

„Sag nichts mehr. Ich bin schon auf dem Weg. Bist du zu Hause oder im Pub?"

„Zu Hause." Furi strich sich mit der linken Hand durch die Haare und zog an den Spitzen. Es war ein nervöser Tick.

„Bin in zwanzig Minuten da."

„Danke, Babe."

Furi ging ins Bad und zog sein Bar-Shirt aus, wobei ihm die Prellung von dem Schlag auffiel. *Verdammter College-Arsch.* Während er an der Wand lehnte und darauf wartete, dass das Wasser warm wurde, dachte er über Syns Reaktionen nach. Der Mann hatte sich wie ein Super-*Rette-den-Schwulen*-man in den Kampf gestürzt und einen der Typen fertiggemacht, bevor Furi überhaupt wusste, was los war.

Dann war er hinter ihn geschoben worden, während Syn seine Marke gezogen hatte.

Furi trat unter die Dusche und wusch sich so schnell er konnte. Er versuchte, nicht an Syns Geruch, seine Stimme oder seine Stärke zu denken. Männer wie er bedeuteten nichts als Ärger. Mächtige Männer. Männer, die dachten, dass sie alles kontrollieren konnten. Furis Schwanz war hart und sehnte sich danach, berührt zu werden, als er Syns Verhalten immer wieder vor seinem inneren Auge sah. Er war wütend. Er wollte ihn nicht wollen. Trotzdem hatte er tatsächlich darüber nachgedacht, bis er die Marke gesehen hatte.

Furi war gerade aus der Dusche getreten und hatte sich ein Handtuch um die Hüften geschlungen, als er wildes Klopfen an der Tür hörte.

Furi riss sie auf. „Mann, Doug. Weck Mrs. Jones nicht auf." Furi trat beiseite und ließ seinen Freund herein. Doug war offensichtlich direkt von der Arbeit gekommen. Seine Jeans war voller Schmierflecken, sein Arbeitshemd klaffte auf und entblößte ein enges, schmutziges, weißes Tanktop. Seine schwarzen Stahlkappenschuhe waren auch nicht mehr die Neuesten. Doug war der heißeste Mechaniker, den Furi je gesehen hatte. „Was ist das?", fragte er und schaute auf die braune Tüte in Dougs Hand.

„Eine Kleinigkeit für deine Nerven." Doug holte eine Flasche Don Julio Tequila hervor und grinste ihn an.

„Verdammt, Mann, du scheust keine Kosten und Mühen, was?", sagte Furi, ging zu seinem Kleiderschrank und holte sich Unterwäsche und eine Jogginghose heraus.

„Na ja, es klang, als ob du ihn brauchen würdest." Doug ging in die winzige Küche, holte zwei nicht zusammenpassende Gläser und Eiswürfel aus dem Gefrierfach, bevor er zu Furis Flohmarkt-Couch ging. „Geht es immer noch darum, dass Mack dich zwingen will, eine Szene mit einer Frau zu drehen?"

„Nein. Darüber habe ich nichts mehr gehört." *Werde ich auch hoffentlich nie wieder.* „Hier geht es um einen Kerl." Furi zog sich seine Hose an und ließ sich neben Doug auf die Couch fallen. Er nahm das ihm angebotene Glas, trank einen Schluck und genoss, wie der hervorragende Alkohol geschmeidig seine Kehle hinablief.

„Verdammt, das ist gut!" Furi hielt sein Glas für mehr hin. Doug lachte und schenkte ihm zwei weitere fingerbreit ein. Nachdem er noch zweimal nachgefüllt hatte, sank Furi nach unten und lehnte seinen Kopf auf die Couchlehne, glücklich, dass er den Alkohol zu spüren begann.

„Erzähl mir von ihm." Doug nippte an seinem Drink.

Furi atmete lange aus. „Wo zur Hölle soll ich anfangen?"

„Am Anfang."

„Gut. Na ja, es gibt nicht viel zu erzählen."

„Schön", Doug dehnte das Wort. „Erzähl mir das Wenige, das es gibt."

„In Ordnung." Furi nippte und erzählte Doug von der Anziehungskraft zwischen ihm und Syn. Über die verrückten Vibes, die der Mann ausstrahlte. Er erzählte ihm, dass Syn zur Bushaltestellte gekommen war und ihm angeboten hatte, ihn nach Hause zu fahren. Dass Syn seinen Namen von Furis Lippen hören wollte. Furi schloss seine Augen, als er Syn seinem besten Freund beschrieb. Die tiefe Stimme des Mannes, seine perfekten Lippen, die von einem herrlichen Ziegenbart umgeben waren. Er erzählte ihm alles über den Kampf und die Kraft, die ihm aus jeder Pore drang. Dann erzählte er ihm, dass er ein Cop war. Nicht nur ein Cop … ein verdammter Detective.

„Schön. Dieser Kerl kam in die Bar und hat mit dir geflirtet, dann hat er einen Typen eingesperrt, weil der dich geschlagen hat." Doug zählte an seinen Fingern ab. „Dann läuft er dir nach, um sicherzugehen, dass es dir gutgeht. Aber du weist ihn zurück, weil er ein Cop ist." Doug schüttelte den Kopf. „Es tut mir leid, aber wo genau liegt das Problem?"

In Furis Kopf drehte sich alles vor lauter Emotionen. „Ich habe dir doch erzählt, wie Patrick angefangen hat, mich zu schlagen, nachdem ich ihm im Bett gegeben habe, was er wollte. Wann immer wir auf eine bestimmte Art Sex hatten, hat er das sehr genossen, ist aber danach ausgeflippt. Ich kann denselben Scheiß bei Syn sehen. Sobald Männer es mögen, so gefickt zu werden, drehen sie durch und haben sofort den Drang, ihre verlorene Männlichkeit zurückzugewinnen, indem sie mich niedermachen. Du kannst mir glauben, Syn würde durchdrehen, genau wie es bei Pat gelaufen ist."

„Woher zur Hölle weißt du das?"

„Nenn es die Intuition eines schwulen Mannes."

Doug lachte und füllte ihre Gläser erneut. „Ich denke, dass du auf unfaire Weise generalisierst. Nicht jeder Mann ist ein psychisch gestörtes Arschloch wie dein Ehemann und sein Bruder. Es gibt jede Menge gute Kerle da draußen. Dieser Cop scheint mir mehr ein Beschützer als ein Schläger zu sein, Babe."

„Ich garantiere dir, dass er nicht geoutet ist und ausflippt, sobald ich meine Vorsicht fahren lasse und mich auf ihn einlasse." Furi ließ seinen Kopf zur Seite fallen und starrte seinen Freund an. „Auf gar keinen Fall ist ein verdammter Detective out and proud. Glaubst du, er wird mich mit auf den Polizeiball nehmen? Verdammt, nein. Er würde mich zu seinem schmutzigen Geheimnis machen und schließlich zu seinem Boxsack."

„Langsam, Mann, beruhige dich. Du greifst viel zu weit vor. Gib dem Mann eine Chance. Versuch, ihn erst kennenzulernen. Dann kannst du entscheiden, ob er irre ist. Du weißt, dass ich auf dich aufpasse. Ich würde niemals jemandem erlauben, dir wehzutun." Doug schaute Furi aus zusammengekniffenen Augen an. „Du willst ihn unbedingt, nicht wahr?"

„Natürlich will ich ihn. Er ist irre heiß. Ganz alpha und knurrig und so und will, dass jemand ihm die Kontrolle nimmt. Aber er wird es nicht zugeben." Furi trank den letzten Schluck und hob die Hand, um weiteren Alkohol abzulehnen.

„Ein verdammter Cop."

„Was hast du gegen Cops, Mann? Sie schützen und dienen", widersprach Doug.

„Ja, sie beschützen und dienen anderen Leuten, nicht Leuten wie mir."

„Was meinst du mit Leuten wie dir?"

Furi presste seine Fäuste gegen seine Augen und zuckte bei den Erinnerungen zusammen. „Als Patrick mich das erste Mal geschlagen hat, hat er mir zwei Rippen gebrochen, die Lippe aufgeschlagen und mir ein blaues Auge verpasst. Ich hatte noch weitere Prellungen an meinen Beinen und an meinem Rücken, wo er mich immer wieder getreten hat. Alles nur, weil der Arsch gedacht hat, das würde ihn zu einem Mann machen. Nach dem Sex musste er etwas tun, das ihm das Gefühl gab, die Kontrolle zu haben. Ich habe mich selbst ins Krankenhaus gebracht und nachdem ich entlassen worden bin, habe ich ein Taxi zur nächsten Wache genommen. Ich wollte eine einstweilige

Verfügung gegen Patrick erwirken. Aber die Cops, sie, sie …" Doug bemerkte, dass Furi zitterte und er rutschte näher zu ihm, um ihm einen Arm um die Schultern zu legen.

„Shh. Schon gut. Du musst nicht darüber reden." Doug rieb beruhigend über Furis Schulter.

Furi schmiegte sich eng an Doug und wurde bei dem engen Kontakt zu seinem Freund sofort ruhiger. „Schon gut. Die Cops dort wollten mir nicht helfen. Weil ich schwul bin. Ich weiß, dass das der Grund war. Sie haben mich voller Abscheu angesehen. Cops sind unglaublich homophob. Da stand ich also, voller Verletzungen, und habe um Hilfe gebeten, aber sie haben sich nur für meine sexuellen Präferenzen interessiert. Die Prellungen hatten keine Bedeutung. Als ob sie dachten, ich hätte sie verdient."

„Zur Hölle mit ihnen. Aber du kannst nicht annehmen, dass … wie hieß er doch gleich?"

„Syn."

„Ja. Du kannst nicht wissen, ob Syn auch homophob ist. Er hat dich immerhin in der Öffentlichkeit angemacht, oder? Und dich beschützt." Doug küsste Furi auf den Kopf und zog ihn eng an sich.

Furi stöhnte und hob die Hand, um kleine Kreise auf Dougs kräftigem Oberkörper zu zeichnen. Furis Schwanz begann, auf Dougs Berührung zu reagieren, seine tiefe Stimme, seinen Geruch. Oh Mann, dieser Geruch war absolut göttlich. Er roch nach Aftershave mit einem Hauch Motorenöl. „Gott, es ist schon so lange her."

Dougs kehliges Lachen durchdrang Furis Gedanken und er hatte das Bedürfnis, sich rittlings auf seinen besten Freund zu setzen.

„Hey, geiler Junge. Komm nicht auf dumme Gedanken." Doug strich mit seinen Händen durch Furis lange Haare und zog ein wenig daran, bis Furi ihn anschauen musste. Sie lehnten ihre Stirnen aneinander. „Du magst diesen Kerl. Gib ihm eine Chance. Vielleicht überrascht er dich ja."

Doug beugte sich vor und rieb seinen glatten Kiefer an Furis Wange. Furi hätte das Stöhnen nicht zurückhalten können, wenn er es gewollt hätte. Doug war ein sündhaft schöner Mann, verglichen mit Syns auf robuste Weise gutaussehendem Gesicht. Beide machten ihn an.

„Hey?", fragte Doug an Furis Wange.

„Ja?"

„Mein Bruder sagt, dass er dich angerufen und dir letzte Woche gesagt hat, dass die Scheidungspapiere fertig sind, du ihm aber noch kein grünes Licht gegeben hast. Was ist los?"

Er wusste, dass Doug spüren konnte, wie sein Körper sich anspannte, denn er verlagerte seinen festen Griff zu Furis Hals und begann, die Knoten dort zu massieren. Der Gedanke, dass Patrick wusste, wo er war, machte ihm schreckliche Angst. Sobald er die Papiere erhielt, würde er Furi sicher verfolgen. Auch wenn er nichts von Patrick wollte. Außer seiner Freiheit. Der Mann hatte es schmerzhaft offenkundig gemacht, dass Furi ihm immer gehört hatte und immer gehören würde.

„Ich habe nur noch nicht ja gesagt."

„Furious. Warum nicht? Willst du zulassen, dass Patrick dich für immer kontrolliert?"

„Wenn ich ihm diese Papiere zustellen lasse, wird er hierherkommen."

„Dann lass ihn kommen. Ich bin auf seinen Arsch vorbereitet."

Furi würde es nicht wagen, seinen besten Freund gegen Patrick und Brenden antreten zu lassen. Auf gar keinen Fall. Das war sein Kampf, ob er nun gewann oder verlor. „Ich werde deinen Bruder gleich morgen Früh anrufen."

Doug bedachte ihn mit einem skeptischen Blick.

„Ich verspreche es. Gleich als erstes."

„Das solltest du besser."

„Werde ich, wenn du mir einen kleinen Kuss gibst." Furi grinste. Jetzt war er angeheitert und geil. Tequila bewirkte das bei einem Mann.

„Verschwinde von hier." Doug lachte und zog an Furis Haaren. „Nur weil du lange, weiche Haare hast und ich ein wenig zu viel getrunken habe, heißt das nicht, dass ich dich mit einer Frau verwechsle."

„Das will ich gar nicht. Komm schon. Nur ein kleiner Kuss", stöhnte Furi.

„Schön. Aber nur, weil du mir leidtust. Mach schnell", lachte Doug.

Furis Kopf ruhte immer noch an Dougs breiter Schulter, als er seine Hand hob und um Dougs Hals legte, um ihn zu sich zu ziehen. Dougs Lächeln schwand und er wirkte sehr ernst. Furi dachte, er würde wütend werden, aber das war überhaupt nicht der Fall. Doug überwand die Distanz zwischen ihnen und presste seine weichen Lippen auf die von Furi. Beide keuchten sie überrascht bei diesem ersten Kontakt. Es gab keinen Zungenkampf und kein Gefummel. Sein Freund spendete ihm lediglich ein wenig Trost und bitter nötige Zuneigung. Furi war mit niemandem mehr zusammen gewesen, seit er seinen Ehemann vor einem Jahr verlassen hatte. Das war eine lange Zeit ohne sexuellen Kontakt oder die aufmunternde Berührung eines Geliebten. Furi fühlte, wie Dougs starke Hände durch seine

Haare kämmten, und er lehnte sich in die Berührung. Seine Augen schlossen sich, als er spürte, wie Doug ihn sanft auf die Kehle küsste. Aber was Doug dann machte, ließ Tränen in Furis Augen aufsteigen. Doug schlang seine muskulösen Arme um ihn, umarmte ihn fest, flüsterte ihm ins Ohr, dass alles gut werden würde, dass er ihn beschützen würde, ganz egal, was passierte. Das war genau das, was Furi brauchte.

Das Beste an der Sache war, dass es sich nicht seltsam anfühlte, als sie sich wieder losließen. Doug zog sein Arbeitshemd und seine Stiefel aus. Er befahl Furi, einen Film anzumachen, weil er die Nacht über hierbleiben würde, da er zu viel getrunken hatte, um nach Hause zu fahren. Furi fand einen Action-Film und machte es sich auf der Couch bequem. Doug lehnte sich zurück, legte seine Füße auf den kleinen Tisch vor der Couch. Er zog ein Kissen hinter seinem Rücken hervor, legte es auf seinen Schoß und klopfte ein paar Mal darauf, gab Furi zu verstehen, dass er seinen Kopf dorthin legen sollte. Furi zögerte keine Sekunde. Er legte seinen Kopf in den Schoß seines Freundes und ließ sich von ihm massieren. Furi schaffte es nicht einmal durch den Vorspann, bevor sein bester Freund ihn mit seiner Berührung in einen friedlichen Schlaf gewiegt hatte.

Kapitel 8
„R.E.S.P.E.K.T. "

Syn schnallte sich an, während God wie ein Irrer durch die Stadt raste. Er befand sich jetzt auf der Interstate und jagte mit über 160 Kilometern pro Stunde dahin.

„Wenn die Person bereits tot ist, warum beeilst du dich dann so, Cash?", grummelte Day, dem Gods Fahrstil offensichtlich auch nicht behagte.

God ignorierte seine Beifahrer, kreuzte vier Spuren, schnitt einen Sattelschlepper und verpasste die Leitplanke knapp, als er mit hundertzehn die Ausfahrt entlangbretterte.

„Du hast einen ziemlich schweren Gasfuß, nicht wahr, Leutnant?", quetschte Syn zwischen zusammengebissenen Zähnen hervor.

God ließ ein Grunzen hören und seine scharfen, grünen Augen begegneten Syns Spiegelbild im Rückspiegel.

Bitte, schau auf die verdammte Straße!

„Weißt du, was noch wirklich schwer ist, Sydney?" God grinste.

„Oh, lass mich raten", gab Syn trocken zurück.

„Jep. Meine gottverdammten Eier. Also lehn dich einfach zurück und halt den Mund."

„Ich stimme zu", mischte Day sich mit ruhigem Ton ein. „Der Sache mit den schweren Eiern … nicht, dass du den Mund halten sollst, Syn."

„Halts Maul, Day", brummelten God und Syn gleichzeitig.

God bog nach rechts auf den N. Peachtree Highway ab.

"Weißt du, ich bin mehr als fähig, selbst zu einem Tatort zu fahren. Ich weiß deine Chauffeurdienste zu schätzen, aber es ist nicht nötig."

„Das war Days Idee", erwiderte God.

„Wir sind die Bosse der Drogenabteilung. Wir sollten eine geschlossene Front präsentieren, wenn wir zum Tatort kommen. Den Detectives von der Mordkommission wird es nicht gefallen, wenn wir die Sache übernehmen", erklärte Day, während er die Lautstärke des Polizeiradios an Gods Konsole einstellte.

Ein Telefonist meldete einen 10-32, eine Person mit einer Waffe, auf der Puttmans Head Road, was nur drei Straßen von ihnen entfernt war. God stieg hart auf die Bremse. Wenn Syn sich nicht angeschnallt hätte, hätte er jetzt ganz sicher schwere Kopfschmerzen davon, dass er in die Rückseite von Days Sitz geschleudert worden wäre. Syn ruckte nach rechts, als God seinen großen Truck mitten auf der Straße zu einem U-Turn zwang, zweifellos, um in Richtung Puttman zu fahren.

„Der Verdächtige ist ungefähr einen Meter siebenundsechzig oder siebzig, weiß, trägt dunkle Kleidung. Vorsichtig nähern", erklang die Stimme des Telefonisten über das Radio.

„Was zur Hölle ist da los?", fragte Syn, holte seine Glock aus dem Holster und löste den Sicherheitsbolzen. God ließ die Fenster nach unten. Alle drei Männer waren in höchster Alarmbereitschaft. Syn machte sich nicht die Mühe, seine Frage zu wiederholen, weil es nicht so aussah, als würde er eine Antwort bekommen.

„Cash, fahr langsamer", flüsterte Day und stellte den Polizeifunk leiser.

Auf der dunklen Straße war es unheimlich still. Es war nach Mitternacht und die Bewohner von Peachtree City hatten sich zur Ruhe gelegt. Day schaute die Straße herab und Syn folgte seinem Blick. Dort war ein Mann, der mit beiden Händen in den Taschen seiner zu großen, schwarzen Cargo-Hose schnell daher lief, die dunkle Kapuze über das Gesicht gezogen. Syn, sah, wie der Mann sich zu ihnen umschaute, als God sich langsam von hinten näherte. Syn und Day ließen beide ihre Waffen zu Boden zeigen und warteten darauf, was der Mann tun würde.

„Er wird laufen", sagte Syn leise.

„Ich denke, du hast recht", stimmte Day zu.

God entriegelte die Türen und hielt neben dem Gehsteig. Der Mann tat so, als würde er das nicht bemerken, aber er ging schneller, hielt seinen Kopf gesenkt.

„Entschuldigung", sagte Day laut. Der Mann hatte ihn sicher gehört, ignorierte ihn aber.

„Sir, können Sie bitte stehenbleiben? Wir würden Ihnen gerne ein paar Fragen-"

Day konnte seine Frage nicht zu Ende stellen, ehe der Verdächtige herumfuhr, seine Hand aus der Tasche zog und ein glänzendes Objekt zum Vorschein kam. *Verdammt!* Die drei Männer duckten sich. Da er genau wusste, was der Mann in der Hand hielt, trat God aufs Gas und riss das Lenkrad scharf nach links, wodurch sie sich drehten. Ein einzelner Schuss erklang in der Nacht. Die Kugel klang so, als ob sie das Bett des Trucks getroffen hätte. Die schweren Schritte von Militärstiefeln zeigten, dass der Mann auf der Flucht war und sich schnell von ihnen entfernte. Day und Syn sprangen beinahe vollkommen synchron aus dem Truck und nahmen die Verfolgung auf.

Day war schnell, aber Syn hatte kein Problem, mitzuhalten. Syn hörte das Quietschen von Gods Reifen und war sich sicher, dass er um den Block fuhr und so versuchte, ihrem Verdächtigen den Weg abzuschneiden.

„Halt. Atlanta PD!", schrie Day und der Verdächtige verdoppelte seine Anstrengungen, zu entkommen.

Der Kerl hatte seine Waffe immer noch gezogen und Syn behielt sie im Auge, während er lief. Das hier war eine Wohngegend; er wollte nicht, dass der Verdächtige seine Waffe abfeuerte, die Kugel durch eine Hauswand drang und einen Unschuldigen traf.

Der bewaffnete Mann durchquerte einen Garten, sprang über einen niedrigen Zaun. Day und Syn erhöhten ihre Geschwindigkeit, überwanden den Zaun und schlossen schnell auf. Der Mann war über den nächsten Zaun gesprungen, was ihn an das andere Ende der Puttman Street brachte, als er sich umdrehte und seine Waffe in ihre Richtung hob.

„Runter!", brüllte Syn, während er und Day sich auf den Boden warfen; drei Schüsse erklangen. Die Kugeln pfiffen über ihn hinweg und Syn fluchte. Er hörte, wie Gods PS-starker Turbomotor aufheulte, und dann das laute Geräusch von Reifen, die über Asphalt schlitterten. Sie blieben dicht am Boden, schauten vorsichtig um die Bäume, die in dem Garten verteilt standen. Der nächste Schuss klang wie Donner. Dieser Schuss, abgefeuert aus Gods Desert Eagle, ließ Syn schneller atmen. Er spannte sich in Erwartung eines weiteren Schusses aus dieser verdammten Kanone an.

„Day. Sydney!" Gods tiefe Stimme wehte zu ihnen herüber. Die Sorge um seinen Geliebten war klar in seinem Tonfall zu hören.

Syn und Day sprangen über den Zaun und joggten um die Ecke.

„Verdammt, bei diesem Anblick bekomme ich einen Steifen", bemerkte Day offen.

God lehnte aus dem Fenster. Er hielt seine beiden riesigen Waffen immer noch in der Hand. Bei einer kräuselte sich

Rauch vor der Mündung. Der Verdächtige befand sich auf den Knien, beide Hände hinter dem Kopf verschränkt. Syn atmete erleichtert aus, weil God nur einen Warnschuss abgegeben hatte. Er glaubte nicht, dass er je den Schaden sehen wollte, den Gods Waffe der Brust eines Menschen zufügen konnte, oder das, was von der Brust dann noch übrig wäre.

Day näherte sich Gods Tür und Syn sah zu, wie beide Männer einander einfach nur stumm anschauten. God zog seine Waffen wieder in den Truck, während er Days Körper von oben bis unten musterte, sicherstellte, dass es ihm gutging.

„Ich nehme dann einfach unseren Verdächtigen fest, während ihr Jungs euren Moment habt", bemerkte Syn trocken, ehe er seine Waffen in ihre Holster schob und den Mann in die Höhe riss, um ihn abzutasten. Er zog die Arme des Verdächtigen nach unten und sicherte sie hinter seinem Rücken. Dann erst zog er die Kapuze des Kerls herunter und wurde von den langen, wehenden Haaren, die zum Vorschein kamen, überrascht. *Heilige Scheiße. Das ist eine Frau.* „Äh, Jungs?"

God und Day drehten sich um, um Syn anzuschauen, und bemerkten es zur gleichen Zeit. Der Ausdruck auf ihren Gesichtern sagte alles. Was zur Hölle? Die Frau war auffallend schön. Trotz der sackartigen Kleidung hatte das Abtasten Syn gezeigt, dass sie einen Körper hatte, der den Verkehr zum Erliegen bringen konnte.

Day ging zu ihnen und musterte die Frau neugierig. Syn stellte sich wieder vor sie. Obwohl sie schon Sirenen hören konnten, meldete God einen 10-26, informierte die Zentrale, dass der Verdächtige gefasst war, und gab dem Telefonisten ihren Standort durch, damit ein Streifenwagen kommen und die Verdächtige abholen konnte. God kam aus dem Truck heraus und Syn fiel auf, dass die mutige Fassade der Frau bei seinem Anblick verschwand.

„Warum hast du auf uns geschossen, GI Jane?", fragte Day sie.

Die Frau reckte trotzig ihr Kinn in die Luft. Syn nahm an, dass er sie genauso gut festnehmen und ihr ihre Rechte vorlesen konnte.

„Hast du etwas dabei?", fragte God.

„Fick dich", fauchte sie wütend.

Day lächelte, schaute sie beide an. „Hast du sie gründlich abgetastet?" Day musterte Syn, wartete auf eine Antwort.

„Jep. Sie muss ihre Waffe weggeworfen haben, bevor sie um die Ecke kam. Sie ist sauber."

„Uh huh." Day schaute sie wieder an.

Syn wusste, dass Day ein Profiler war. Er achtete auf Körpersprache, Angewohnheiten und Dinge, die andere Menschen oft übersahen. Es war offensichtlich, dass er etwas sah, dass Syn und God entging. Gespannt sah Syn zu, wie Day vortrat, bis er praktisch Nase an Nase mit der Frau stand. Sie erwiderte Days Blick für mehrere Sekunden, bevor sie genervt schnaubte, ihr Gewicht auf ihren linken Fuß verlagerte und die Augen nach oben und rechts verdrehte.

„Jep, sie hat etwas dabei", sagte Day voller Überzeugung. Er ging in die Hocke, um die vielen Taschen an ihrer Hose abzutasten, bevor er wieder aufstand und sie angrinste. „Oh, du willst mich wirklich zwingen, so weit zu gehen?"

Zwei Streifenwagen fuhren vor, dicht gefolgt von zwei weiteren. Ihre Lichter blitzten, tauchten die Nachbarschaft in rotes und blaues Licht. Syn war froh, dass er seine Aufmerksamkeit nicht von seinem Leutnant abwandte. Day öffnete die schwarze Kapuzenjacke, schob das schwarze Tank-Top der Frau über ihre riesigen Brüste und fuhr mit seiner Hand grob erst unter eine Brust, dann unter die andere. Er zog eine kleine Plastiktüte mit blauen Pillen, auf denen sich ein Delfin befand, hervor.

Syn verfluchte sich, weil er sie nicht gründlicher durchsucht hatte. Er wusste es besser.

Day kicherte tief. „Frauen haben die besten Verstecke."

„Hat dir das gefallen, du Bastard?", spie sie aus. Ihr Akzent sagte Syn, dass sie aus dem Norden kam, Newark, vielleicht New Jersey, aus Brooklyn oder Queens, New York. Sie riss sich von Day los, aber God war schnell zur Stelle und packte sie hart am Nacken. Sie fauchte.

„Beruhige dich, verdammt noch Mal!" Gods wütender Blick zeigte ihr deutlich, dass dies seine letzte Warnung war.

„Ich bin mir sicher, dass du es mehr genossen hast als ich, heiße Mama", schoss Day zurück, der bereits den nördlichen Dialekt der Frau verhöhnte. Sie verzog wütend die Lippen, als sie auf den Rücksitz eines Streifenwagens verfrachtet wurde.

God wies einen Streifenpolizisten an, sie aufs Revier zu bringen und dort festzuhalten, bis er bereit war, sie zu befragen, und erinnerte den Polizisten streng daran, dass niemand außer ihm sie befragen durfte. Mit einem knappen Nicken fuhr der Streifenpolizist davon.

Kapitel 9
„Nur Arbeit und kein Spaß"

Syn konnte nicht anders, als wütend über seine Rolle bei der Festnahme zu sein. Er war vollkommen im Dunkeln gelassen worden. Er wartete nicht, bis God und Day ihren stillen Austausch beendet hatten, bevor er sie unterbrach. „Hey!", rief Syn, packte Gods Schulter und riss ihn herum, damit er ihn anschauen konnte. Gods wütender Blick machte wenig Eindruck auf Syn. „Wenn ich ein gottverdammter Sergeant unter eurem Kommando sein soll, dann verlange ich, zu allen Zeiten zu wissen, was zur Hölle vor sich geht." Syn wurde vage bewusst, dass Ronowski und mehrere andere Mitglieder ihres Teams in zwei dunklen, nicht gekennzeichneten Suburbans angekommen waren und hinter ihm standen.

„Ihr brecht in mein verdammtes Apartment ein, bringt mich beinahe auf dem Weg zu einem Tatort um, den ich *immer noch nicht* zu Gesicht bekommen habe, um einen Verdächtigen zu verfolgen, von dem ich nichts wusste, bis auf mich geschossen wurde. Ich muss jedes verdammte Detail kennen, das ihr kennt – und dann will ich sogar noch mehr wissen. Ich will wissen, warum zum Teufel wir überhaupt auf einen Mord reagieren! Und wage es ja nicht, mir zu sagen, weil du das so bestimmst. Ihr habt einen höheren Rang als ich, aber wenn ihr mich nicht mit demselben Respekt behandelt, den ihr für euch selbst verlangt, dann werde ich euch eure glücklich verliebten Hintern versohlen und nicht, weil ich es so sage, sondern weil es so ist."

Syn drehte sich um und bellte der Gruppe Polizisten, die sich in der Nähe gesammelt hatten, zu, den Weg, den ihre Verdächtige genommen hatte, genau zu untersuchen und alle Beweise einzutüten. Er befahl zwei Männern, die Aussagen der Zeugen aufzunehmen, die den 10-32 gemeldet hatten, und sich in einer Stunde mit ihm auf dem Revier zu treffen. Danach ging er entschlossen auf einen der Suburbans zu und rief Ronowski über seine Schulter zu sich, damit der ihn zu dem ursprünglichen Tatort in Peachtree brachte.

„Ich kann dich fahren", sagte God sarkastisch, während er Syn einen „Fick dich"-Blick zuwarf.

Syn hielt seinen Mittelfinger in die Höhe, bevor er in das große Gefährt einstieg.

„Verdammt, ich mag ihn." Day lachte.

Syn duckte sich unter dem gelben Absperrband durch und befahl einem der Polizisten, das Gelände weitläufiger abzugrenzen. Er wollte keine Reporter so nahe bei der Leiche. Nur ein paar Meter weiter stand der Pathologe mit einem Klemmbrett neben dem Opfer.

Syn wandte sich an Ronowski. „Warum ist die Leiche immer noch hier?"

„God hat angewiesen, sie liegenzulassen, bis er den Tatort untersucht hat", erwiderte der junge Detective und winkte zwei Uniformierte herbei, die in der Nähe standen.

Syn schnaubte frustriert, als die Polizisten sich, beide ein wenig grün im Gesicht, näherten. Er vermutete stark, dass dies wohl ihre erste Leiche war, zumindest sahen sie aus, als kämen sie frisch von der Academy.

„Wart ihr die ersten am Tatort?", fragte Ronowski sie.

„J-ja. Seid ihr die Jungs von G-Gods Team?", stotterte der kleinere der beiden.

„Ja, das sind wir. Ich bin First Officer Detective Ronowski und das ist Sergeant Sydney. God und Day werden bald hier sein. Ihr könnt uns erzählen, was ihr beobachtet habt, nachdem ihr auf den Ruf reagiert habt." Ronowski verschränkte seine Arme vor seiner Brust und wartete darauf, dass die Männer aufhörten, sie voller Bewunderung anzustarren, und seine Frage beantworteten.

Einer der beiden holte ein kleines Notizbuch hervor und begann, ihnen Informationen vorzulesen. „Äh, äh. D-der Verdächtige, ich meine das O-Opfer."

Ronowski hob beide Hände in die Höhe und schüttelte langsam den Kopf, beendete so das Stottern des nervösen Cops. „Wow, beruhig dich, Kumpel. Sag uns einfach nur, was du gesehen hast."

Der andere Polizist begann, für seinen nervösen Partner zu sprechen. „Wir haben auf den 10-10 reagiert, der über Funk hereingekommen ist, und haben erwartet, einen Kampf vorzufinden, aber als wir anhielten, standen zwei Personen über dem Mann in der Gasse. Sie sind zu Fuß geflohen, als wir unsere Lichter eingeschaltet haben."

„Waren sie männlich oder weiblich? Habt ihr einen von beiden gesehen?", fragte Ronowski.

„Sie trugen dunkle, weite Kleidung und Kapuzenpullis. Ich habe durchgegeben, dass beide zwischen einen Meter siebenundsechzig und siebzig zu sein schienen. Das ist alles, was ich habe. Mein Partner hat sie verfolgt, sie aber verloren, als sie sich getrennt haben. Er hat eine vage Beschreibung abgegeben und ist zu mir an den Tatort zurückgekehrt. Ich habe nach einem Puls gesucht und durchgegeben, dass das Opfer wohl tot ist. Das Opfer hat mehrere Schläge auf den Kopf erlitten."

„Ist das deine Beobachtung oder kommt die vom Pathologen?", erklang Gods tiefe Stimme unmittelbar nach dem Bericht des unerfahrenen Polizisten.

Alle drehten sich in ihre Richtung. God und Day gingen an der Spitze von sechs ihrer Männer. Obwohl God unnahbar und bedrohlich war und seinen Partner beinahe um zwölf Zentimeter überragte, wussten alle, wie tödlich Day sein konnte. Beide Männer trugen schwarze T-Shirts mit dem APD-Emblem über ihrem linken Brustmuskel. God trug eine schwarze Cargo-Hose, während Day eine enge, dunkle Jeans anhatte. Gods oberschenkellanger Ledermantel spannte über seinem breiten Rücken und wehte zusammen mit der goldenen Marke, die von seinem Hals hing. Days enge, rote und schwarze Motorradleder-jacke sah aus, als ob er mit einer Ducati Diavel am Tatort hätte vorfahren sollen. Wenn irgendjemand diese Gruppe den Gehweg entlanggehen sah, würde niemand auf die Idee kommen, dass sie Cops waren. Sie sahen eher nach Verbre-chern aus.

„Äh. Das war mein Schluss, Sir, der jedoch vom Patho-logen bestätigt wurde", erwiderte der Polizist und beobach-tete God mit großen Augen, als der in die Hocke ging und das Tuch von der Leiche hob.

Syn ermutigte den Mann. „Erzähl weiter, Officer."

Der Polizist räusperte sich, bevor er weiterredete. „Wir haben keine Waffen und keine Zeugen für das tatsächliche Verbrechen gefunden. Der Wachmann für das Büro im oberen Stockwerk hat den Aufruhr gehört und 911 gerufen, behauptet aber, dass er nicht geblieben ist, um den Kampf zu beobachten."

„Wohin führt diese Tür?" Day zeigte auf eine Tür, die sich in die dunkle Nebenstraße öffnete.

„Ich habe das überprüft. Es scheint ein kleines Filmstudio zu sein." Der andere Polizist hörte endlich lange genug auf,

God anzustarren, um sich am Gespräch zu beteiligen. „Pornos."

Day schaute amüsiert auf. „Was für eine Überraschung."

Beide Cops nickten. „Das haben wir über das Adressverzeichnis herausgefunden. Wir sind zur Vorderseite gegangen. Die Tür ist verschlossen und es befindet sich niemand im Gebäude. Wir haben die Nummer angerufen, die für diese Adresse registriert ist, haben aber keine Antwort bekommen."

„Wem gehört die Firma?", fragte God.

Der Polizist blätterte ein paar Seiten in seinem Notizbuch um. „Illustra gehört Jonathan Mack. Wir haben auch eine Liste aller Schauspieler und der Angestellten."

Day schaute zu God. „Ich wette, der kleine Drachen, den wir gerade verhaftet haben, hatte hier eine Dauerrolle. Ich frage mich, was sie so wütend gemacht hat, dass sie jemanden töten wollte, sobald sie mit dem Ficken fertig war."

„Vielleicht ist sie nicht gekommen", kicherte Ronowski und mehrere der Teammitglieder fielen ein.

Syn schnitt nur eine Grimasse.

„Ja, das würde *dich* zum Mörder machen", warf Day noch ein. „Aber das ist ein Problem, das ich nicht habe."

„Day, halt einfach nur den Mund", bellte God in Reaktion auf diesen, wie üblich, unpassenden Kommentar seines Partners. Es schien, als ob Day noch nie eine Grenze gefunden hätte, über die er nicht sofort getrampelt wäre.

God schaute auf die Namensschilder der Polizisten. „Officers Gemson und Boyd, ich will euren Bericht um neun Uhr auf meinem Schreibtisch. Ihr könnt zurück aufs Revier."

„Ja, Sir", antworteten beide, bevor sie sich davonmachten.

81

„Officers", rief God ihnen hinterher. „Gute Arbeit."

Die Männer sahen schockiert aus und reagierten mit einem einfachen „Danke, Sir.".

„Das war süß von dir. Verweichlichst du langsam, God?", zog Ronowski seinen Vorgesetzten auf.

God trat näher zu Ronowski und Syn dachte, er würde ihm eine verpassen. „Ich werde nicht weich, Ro. Du solltest das wissen", zischte God nahe an Ronowskis Ohr.

Die anderen Mitglieder der Task Force hatten das vielleicht nicht gehört, aber Syn schon. Er beobachtete, wie Gods wütender Blick sich in Lust verwandelte und Syn klappte der Mund vor Staunen auf. Ronowskis verhangene Augen sagten, dass er willkommen heißen würde, was immer God sich als Strafe für seinen Kommentar ausdachte. Day sah ebenfalls zu, schien sich aber nicht im Geringsten an diesem Austausch seines Geliebten mit einem anderen Mann zu stören.

Was zur Hölle war das? Nein, auf gar keinen Fall. Syn musste da etwas falsch verstehen. Es war zu lange her, seit er Sex gehabt hatte. Er sah lustvolle Blicke und interpretierte unschuldige Kommentare als sexuelle Doppeldeutigkeiten. Es war nach zwei Uhr nachts. Die Stunde des Wolfes ließ Männer eher mit ihrem kleinen Kopf denken als mit dem, in dem sich das Gehirn befand. *Ich brauche Schlaf ... und Sex ... bald.* Er weigerte sich, darüber nachzudenken, warum Furis Gesicht bei diesem Gedanken vor seinem geistigen Auge erschien.

Syn rieb sich die Augen und schüttelte müde den Kopf. Er schaute zu, wie seine Leutnants wieder ihren stummen Kommunikationsscheiß abzogen. Deshalb ging er zu ihrem Team und sagte allen, dass sie nach Hause gehen und ein paar Stunden schlafen sollten, bevor um zehn Uhr ein Briefing auf dem Revier stattfinden würde. Das würde ihm zwei Stunden Zeit geben, um mit Day und God zu sprechen und Antworten auf all seine Fragen zu bekommen. Er hoffte, dass er klargemacht hatte, dass er keine weiteren Respektlosigkeiten dulden würde.

Kapitel 10
„Und wo waren Sie in der Zeit zwischen …"

Im Laufe der Nacht hatte Doug sich auf der schmalen Couch ausgestreckt, ein Bein hing an der Seite herunter, Furi hatte sich unter seinen Arm gekuschelt, und sein Gesicht in Dougs Achsel vergraben. Furi spürte, wie Doug sich neben ihm bewegte, und versuchte, sich still zu verhalten, um ihn nicht aufzuwecken. Es fühlte sich gut an, neben einem warmen – vielleicht nicht willigen, aber zumindest männlichen – Körper aufzuwachen. Und er war sehr warm. Doug roch wie ein echter Mann. Furis Gesicht war zwischen einem großen Bizeps und einem festen Brustmuskel eingeklemmt. Wenn Doug vollkommen wach wäre, würde er ohne Zweifel Furis Morgenlatte an seinem Oberschenkel spüren. Für die Morgenlatte konnte er nichts, das war nur natürlich, oder? Furi verdrehte die Augen, während er gegen den Drang kämpfte, seinen schmerzenden Schaft an diesem starken Oberschenkel zu reiben. Doug war hetero, hatte eine Freundin. Er war sehr liberal, aber zur Hölle, kein Mann war so verdammt entspannt, dass er es einem anderen Mann gestatten würde, sich an ihm einen herunterzuholen. Furi lag vollkommen bewegungslos da, badete in der Männlichkeit, die ihn umgab, wünschte sich, es wäre Syn … oder wenigstens jemand, der sich für ihn interessierte.

Vielleicht ist Syn gar nicht so übel. Mit einem Cop auszugehen, könnte von Vorteil sein, wenn ich meinen Psycho-Ehemann und meinen Schwager über meinen Wohnort informiere. Aber was, wenn er kein Date möchte? Was, wenn er ficken und dann seiner Wege gehen möchte? Verdammt. Noch ein Grund, warum ich das nicht tun kann.

Starke Arme schlossen sich um ihn und Doug glitt weiter nach unten, bis sein Kinn auf Furis Kopf zu ruhen kam. „Hör auf, so angestrengt nachzudenken. Du störst meinen Schlaf", murmelte Doug mit tiefer, müder Stimme. Er nahm Furis Hand von wo sie zwischen ihren Körpern steckte und zog daran, bis Furi um ihn geschlungen war. Dann begann er damit, Furis Haare zu streicheln. *Mmmm. So schön.*

Sie lagen Brust an Brust und Furi konnte Dougs herrlich dicken Schwanz spüren. Furi stöhnte und versuchte, sich noch enger an ihn zu schmiegen.

„Noch näher und du bist in mir", ächzte Doug.

„Ist das eine Einladung?" Furi lächelte an Dougs Brust.

„Mmmm", stöhnte Doug. „So schrecklich das auch klingt ... ich werde ablehnen müssen."

Furi zwickte Doug fest in den Hintern, was ihn zum Jaulen und Lachen brachte.

„Ich muss zur Arbeit, schwuler Junge, und du musst deinen Anwalt anrufen. Erinnerst du dich?" Doug streckte seinen langen Körper. Die Hälfte von ihm hing über die viel zu kleine Couch.

„Ja, ja, ich weiß. Es ist erst sieben, Babe. Das Büro deines Bruders hat noch nicht einmal geöffnet", erwiderte Furi und versuchte, von der Couch aufzustehen.

„Keine Ausflüchte. Ich werde meinen Bruder während meiner Mittagspause anrufen und dann erzählt er mir besser, dass du angerufen hast." Doug schlüpfte in seine Stiefel.

„Wirst du wenigstens einen Kaffee mit mir trinken, bevor du abhaust?" Furi schmollte und fühlte sich sofort dumm deswegen.

„Mann. Du hast viel zu viele Tattoos, um so ein Gesicht zu machen." Doug lachte. Er beugte sich vor und drückte einen Kuss auf Furis Stirn. „Ich werde keine Tasse von deinem grauenvollen Kaffee trinken. Ich werde dich aber zum Frühstück ausführen und einen richtigen Kaffee mit dir trinken."

Furi fühlte sich schon besser. Er stand auf, schlang seine Arme um Doug und flüsterte: „Danke für letzte Nacht. Das habe ich gebraucht."

„Ich weiß. Jetzt zieh dich an." Doug schlug ihm auf die Schulter.

Furi war gerade im Bad, um sich die Zähne zu putzen, als Doug in den engen Raum stürmte und ihn beinahe umwarf.

„Furious! Hast du heute schon dein Handy gecheckt?" Dougs braune Augen waren groß, als er das fragte.

„Nein. Es hat keinen Saft mehr. Warum? Was ist los?" Furis Magen wurde schwer bei dem Ausdruck auf Dougs Gesicht.

Oh Hölle. Was ist jetzt passiert?

„Mack hat vor zwei Stunden eine Gruppennachricht geschickt. Jemand wurde letzte Nacht vor dem Studio umgebracht und er will, dass alle um neun zu einem Treffen kommen und dass niemand mit den Cops redet."

„Heilige Scheiße! Wer zur Hölle wurde umgebracht?", fragte Furi, dem Zahnpasta das Kinn hinuntertropfte.

„Hat er nicht gesagt."

„Ruf ihn an."

„Habe ich. Ich habe auch seinen Assistenten angerufen. Beides wurde gleich auf die Voicemail weitergeleitet."

„Scheiße", flüsterte Furi. Seine Gedanken rasten, schockiert davon, dass jemand aus ihrer kleinen Firma getötet worden war.

„Beeil dich, lass uns aufbrechen." Doug lief hastig durch Furis Heim, suchte seine Kleidung zusammen und sah dabei so verstört aus, wie Furi sich fühlte.

Zehn Minuten später waren sie durch die Tür und in Dougs Auto, auf dem Weg nach Peachtree City.

„Ich kann das nicht glauben", sagte Doug, als er in den vollen Parkplatz einfuhr. Sein Blick schweifte über die Autos.

Doug machte höchstwahrscheinlich dasselbe wie Furi. Die Autos überprüfen, um zu sehen, wer fehlte. Es gab mehrere, aber sie konnten daraus nichts schließen, weil sie eine Stunde zu früh da waren. Furi sah, dass mehrere Reporter eine Stelle filmten, die wohl der Tatort sein musste. Ein paar Streifenwagen parkten immer noch am anderen Ende des Parkplatzes und gelbes Absperrband blockierte den Zugang zur Seitenstraße. Als einer der Reporter sie erblickte, winkte er seinem Kameramann zu und lief auf sie zu. Doug zog an Furis Arm und zerrte ihn die letzten Meter bis zur Tür, wo er ihn hineinstieß.

„Was?" Furi schaute ihn an.

„Du musst im Moment nicht im Fernsehen auftauchen." Doug warf ihm einen Blick zu, der *„Denk darüber nach"* sagte.

Furi nickte nur und strich sich frustriert mit den Händen über das Gesicht. Es spielte jetzt wirklich keine Rolle. Er würde Patrick diese Woche die Scheidungspapiere zukommen lassen. Das Unausweichliche konnte nicht länger vermieden werden.

Furi und Doug gingen den Flur entlang und wurden langsamer, als sie an einem Zimmer vorbeikamen, in dem ein paar der Mädchen in gedämpftem Ton miteinander sprachen. Doug ging zurück und schaute hinein. „Hey, was ist los, Mädels? Ihr seht so aus, als ob ihr etwas wisst", sagte Doug, während er sich ihrem engen Kreis näherte.

Furi stand an der Tür. Er wusste, dass er im Moment bei den Mädchen nicht wirklich beliebt war. Die Frauen hörten auf, zu sprechen, und musterten sie beide abfällig.

„Fick dich, Doug." Sasha trat vor die Mädchen, als ob sie ihre Sprecherin wäre.

Dougs Kopf ruckte bei ihrem giftigen Tonfall zurück. Er kräuselte seine Lippen. „Das habe ich schon, Sasha."

Es schien, dass sie Dougs Bemerkung beleidigend fanden, und Furi beeilte sich, seinen Freund vor dem äußerst wütenden Mob zu retten. Furi fragte sich, ob es eine der Schauspielerinnen war, die getötet worden war. Das würde zumindest erklären, warum die Mädchen so angespannt waren.

„Sasha, wer wurde umgebracht?", fragte Furi so ruhig wie möglich. Er hatte denselben Tonfall benutzt wie damals, wenn er versucht hatte, seinen Ehemann während eines Wutanfalls zu beruhigen.

„Woher zur Hölle sollen wir das wissen, Schwuchtel? Wir warten, wie alle anderen auch." Sasha wartete nicht, bis Furi sich ihrer Worte bewusst wurde, bevor sie ihm wieder ihren Rücken zukehrte.

„Du kleine Schlampe!", regte Doug sich auf.

„Hey, hey. Schon gut, Doug." Furi zog an Dougs Schulter, stoppte so seine Tirade, als die Frauen begannen, immer wildere Beleidigungen auszustoßen. „Lass uns gehen. Das hier ist sinnlos. Verdammt, man könnte meinen, wir wären die Mörder, so wie sie sich aufführen."

„Vielleicht bist du das ja", fauchte Angelica. „Hast du ein Alibi für letzte Nacht, Furious?"

Verwirrt runzelte Furi die Stirn. Was zur Hölle hatte er diesen Frauen je angetan? Verdammt, er hatte nicht einmal ein richtiges Gespräch mit einer von ihnen geführt! Seine Weigerung, sie zu ficken, war kein Grund, sich ihm gegenüber so verletzend zu benehmen. Er war allen immer mit Respekt begegnet und hielt sich nicht für besser als alle anderen. Sicher, Mack warf ihm das Geld praktisch hinterher, aber nur, weil er der Einzige war, der noch nie in einer Szene mit einer Partnerin aufgetreten war. Furi konnte garantieren, dass er, sobald er eine gedreht hatte, ein alter Hut sein würde.

„In der Tat. Ich habe ein Alibi", antwortete Furi.

„Ich bin mir sicher, dass er letzte Nacht den Schwanz eines Kerls in seinem Arsch hatte", fügte Sasha hinzu.

„Ich bin verwirrt. Sasha, Angelica. Habe ich euch irgendetwas getan?" Furi deutete auf sich selbst. „Ich weiß wirklich nicht, warum ihr mich derart angreift."

„Du musst diesen Schlampen gar nichts erklären", fauchte Doug.

Furi schaute zu seinem besten Freund und wünschte sich, er würde sich ein wenig zurückhalten, weil die Schimpfworte sicher nicht halfen. „Bezeichne sie nicht als Schlampen, Doug."

„Im Ernst, Sasha." Furi trat auf sie zu und senkte seine Stimme. „Geht es hier darum, dass ich diese Szene nicht mit dir gedreht habe?"

„Fick dich", brüllte sie ihn an. „Du denkst, dein Schwanz sei aus Gold oder so. Mich kümmert es einen Dreck, dass du mich nicht gefickt hast. Hat mich wahrscheinlich davor bewahrt, irgendeine furchtbare Krankheit zu bekommen."

„Ich bitte dich, du schluckst wahrscheinlich Penicillin wie Tic Tacs wegen all der Schwänze, von denen du dich regelmäßig ficken lässt", mischte Doug sich wieder ein.

„In Ordnung, das reicht." Furi schüttelte traurig den Kopf. „Lass uns einfach gehen und auf den Beginn des Meetings warten, Doug."

„Ja, geh schon, Doug. Geh mit deinem Freund. Es war wahrscheinlich sowieso dein Schwanz, den er gestern Nacht in seinem Mund hatte."

„Ja, stimmt. Und er bläst besser als du."

Doug und Furi bogen um die Ecke, aber die Beleidigungen konnten sie noch immer hören. „Meinst du nicht, du hättest das ein wenig besser machen können?", fragte Furi.

„Was?" Doug tat, als ob er nicht verstünde.

„Nicht alle weiblichen Darsteller sind Huren oder Schlampen." Furi schüttelte den Kopf.

„Nein, nicht alle. Nur die da", erwiderte Doug, als sie das Besprechungszimmer betraten.

Furis nächster Kommentar wurde abgewürgt, da Mack und sein Assistent den engen Raum betraten. Die Möbel waren verschoben worden, damit mehr Leute Platz hatten. Dieses Studio wurde vor allem für Orgien und Poly-Szenen genutzt. Es war der größte Raum im Gebäude, darum wurden alle Treffen hier abgehalten. Furi schaute sich um. Es fehlten ein paar Leute, aber er entschied sich dennoch, keine Schlüsse daraus zu ziehen.

Macks Haare sahen so aus, als ob er den halben Morgen daran gezogen hätte. Seine Krawatte hing lose am Kragen seines zerknitterten Hemds. Seine Khaki-Hose hatte zwei dunkle Flecken auf der Vorderseite und Furi glaubte nicht, Mack je so unordentlich gesehen zu haben. Er konnte sich nur vorstellen, was der Mann in den letzten Stunden durchgemacht hatte, und wenn seine Barstoppeln ein Indikator waren, dann war er die halbe Nacht auf den Beinen gewesen.

„Danke, dass ihr alle so kurzfristig kommen konntet. Ich weiß, dass die meisten von euch noch andere Jobs haben, darum versuche ich, mich kurz zu fassen. Letzte Nacht, kurz nach Mitternacht, wurde Jake Starman getötet, als er das Studio nach seinem Dreh verließ."

Mack hielt inne, als Keuchen und „Oh nein" durch den Raum hallte. Doug drehte sich zu Furi um, um seine Reaktion zu sehen, aber er hatte nicht wirklich eine zu bieten. Er war Jake ein paar Mal begegnet, aber er kannte ihn nicht wirklich. Er wusste nur, dass der Mann bisexuell war, sich aber mehr zu Frauen als zu Männern hingezogen fühlte. Er war attraktiv, mit kantigen Zügen, einem warmen Lächeln und hübschen, braunen Schlafzimmeraugen. Es waren seine Tattoos, deretwegen Furi hin und wieder mit ihm gesprochen hatte. Jake hatte eine Bemerkung zu Furis Sleeves gemacht und ihn nach Ideen für sein nächstes Tattoo gefragt. Er lächelte immer und war angenehme Gesellschaft, wenn man im Pausenraum darauf wartete, dass eine Szene anfing. *Wer zur Hölle würde ihn töten wollen?*

Mack hob seine Hand in die Höhe, um alle zum Schweigen zu bringen, als Fragen durch die Luft schossen. „Ich kenne nicht alle Details, aber ich weiß, dass er erschossen wurde." Mack rieb sich den Nacken, als noch mehr Fragen in schneller Abfolge gestellt wurden. „Ja, es wurde jemand verhaftet, aber die Polizei hat den Verdacht, dass es sich um mehrere Angreifer handelt."

Alle schauten sich gegenseitig an, suchten nach Gott weiß was. Zur Hölle, Furi wusste nicht, ob er Augenkontakt herstellen oder zu Boden blicken sollte. Gab es eine Reaktion, die ihn schuldiger wirken ließ als eine andere? Dann dachte er nach. *Ich war die ganze Nacht mit meinem Freund zu Hause. Es spielt keine Rolle, was für ein Gesicht ich mache.* Furi hob sein Kinn.

„Die Polizei hat eine Liste mit den Namen und Adressen von allen hier. Ich nehme an, dass sie euch irgendwann kontaktieren werden, um eure Aussagen aufzunehmen. Kooperiert oder lasst es." Mack wandte sich an den Sprecher der Firma. „Greg, möchtest du noch etwas sagen?"

Der dünne Mann war ordentlich gekleidet und sah so aus, als ob er die Nacht durchgeschlafen hätte. Sein weißes Polo-Shirt war faltenfrei und sauber, ebenso wie seine Jeans. Sein schön gestutzter Bart lenkte den Blick auf seinen Mund, wenn er sprach. „Ich empfehle euch dringend, mit der Polizei zu kooperieren. Ich habe mit dem Detective der Drogen-Task Force gesprochen, die bei diesem Fall mit der Mordkommission zusammenarbeitet. Sie sind ein wenig einschüchternd, aber wir wollen, dass Jakes Mörder vor Gericht kommt. Wenn ihr also irgendetwas wisst, das helfen könnte, trefft mich privat. Ich werde keine Fragen stellen, ich werde euch nur ihre Nummer geben. Ihr könnt sie aber auch selbst kontaktieren. Illustras offizielle Stellungnahme ist, dass wir es nicht tolerieren, wenn unsere Darsteller illegale Substanzen kaufen, benutzen oder verkaufen, und dass wir mit der Polizei kooperieren, damit wir diese Angelegenheit für Jakes Familie aufklären können. Unter gar keinen Umständen darf irgendjemand unsere Angestellten gegenüber der Polizei in einen Topf werfen. Es ist auch verboten, für Illustra mit der Presse zu reden. Ist das klar?" Greg hielt inne und sah zu, wie die meisten nickten. „Hervorragend.

Nachdem das geklärt ist: Alle Filme werden wie geplant gedreht. Wenn ihr für die Zeit während eines geplanten Drehs zur Befragung aufs Revier müsst, versucht, uns so früh wie möglich zu informieren. Noch Fragen?"

Eine der Darstellerinnen, die bei Sasha und ihren Freundinnen saß, hob die Hand. „Du hast gesagt, dass sie bereits einen Verdächtigen festgenommen haben. Wer ist es? Jemand von uns?"

„Nein. Es ist keiner von unseren Darstellern, aber wir kennen die Identität des Verdächtigen nicht", war alles, was Mack erwiderte, und es sah so aus, als ob den Mädchen diese Antwort gar nicht gefiel.

„Ist es ein Mann oder eine Frau?", fragte sie schnell.

„Weiblich, soweit wir das verstanden haben", antwortete Greg.

Das löste einen Tumult aus und Sasha und ihre Mädchen stürmten aus dem Zimmer. *Was zur Hölle ging hier vor?*

„Bitte, beruhigt euch." Greg hob seine Stimme, um über die bereits zu lauten Kommentare im Raum gehört zu werden. „Wir wollen, dass ihr wisst, dass wir euch zur Verfügung stehen, solltet ihr uns brauchen. Wir verstehen, dass einige von euch ein enges Verhältnis zu Jake hatten und ihn als Freund betrachtet haben. Wir haben eine Security-Firma engagiert, die nach sieben Uhr die Gegend patrouilliert. Diejenigen von euch, die späte Drehs haben, verlassen das Gebäude nicht ohne Begleitung der Security. Männlich oder weiblich. Haben das alle verstanden?"

Die Leute standen bereits auf und nahmen ihre Sachen. Ein paar Mitglieder der Set-Crew brachten die Möbel zurück in den Raum und bereiteten einen Dreh vor.

Die Show muss weitergehen. Furi schüttelte ernst den Kopf. Doug tippte Furi auf die Schulter. „Bist du fertig?"

„Ja", antwortete er leise.

„Hey. Geht es dir gut?" Doug umarmte Furi und kümmerte sich nicht darum, wer ihnen zuschaute.

„Ja. Es ist einfach nur beschissen. Wer zur Hölle würde ihn umbringen wollen ... und dann auch noch eine *Frau*?"

„Ich weiß es nicht, Babe. Komm, ich bin zu spät für die Arbeit. Ich werde dich heimfahren."

„Nein, schon gut. Ich denke, ich werde den Bus nehmen." Furi verließ das Gebäude.

„Das ist beinahe eine Stunde Fahrt. Komm schon, lass mich dich heimfahren." Doug strich mit seinen Fingern durch Furis Haare.

Furi kämmte seine eigenen Hände durch seine Haare und zog das Haargummi aus seiner Tasche, um schnell einen Pferdeschwanz tief an seinem Kopf zu machen. „Das gibt mir Zeit, um nachzudenken."

„Um worüber nachzudenken? Überanalysiere das nicht. Manchmal passieren netten Leuten beschissene Dinge. Werde deswegen bloß nicht depressiv." Doug öffnete seine Autotür und hielt inne, um Furi mit schmalen Augen anzusehen. „Das meine ich ernst."

„Jemand ist tot. Zeig ein wenig Mitgefühl, Doug. Jake hatte eine Familie. Aber im Ernst, es geht mir gut. Ich will nur mit dem Bus fahren und einen klaren Kopf bekommen. Ich muss auch noch deinen Bruder anrufen."

„Guter Plan, Junge." Doug hielt seine Hand für ein High Five in die Höhe und Furi ließ sie hängen.

„Halt den Mund. Geh arbeiten." Furi beugte sich vor und gab Doug einen schnellen Kuss.

„Deine Lippen sind so weich und pink wie die eines Mädchens", zog Doug ihn auf und leckte sich die Lippen.

„Du bist unmöglich", rief Furi über seine Schulter, während er auf die Straße zuging. Er zog seine Ohrstöpsel aus der Tasche und steckte sie in seinen MP3-Player. Sanfter Rock füllte seine Ohren, als er mit langen Schritten auf die Bushaltestelle zuging.

Ich will nicht mit den Cops reden. Ich werde ihnen einfach sagen, wo ich letzte Nacht war und dass ich sonst nichts weiß.

Kapitel 11
„Etwas fehlt"

Syn saß an seinem Küchentisch und starrte in ein Glas Orangensaft. Er hatte ungefähr zwei Stunden Schlaf bekommen, nachdem Ronowski ihn abgeliefert hatte. God und Day hatten so ausgesehen, als ob sie unbedingt nach Hause kommen wollten. Zu sehen, wie auf die Person, die man liebte, geschossen wurde, bewirkte, dass ein Mann das Leben auf eine animalische, besitzergreifende Weise feiern wollte. Syn hatte zwar gehört, wie die Kugeln an ihm vorbeigeflogen waren, aber auf ihn wartete niemand, der ihm unbedingt zeigen wollte, wie froh er war, dass Syn noch lebte. Es gab keinen warmen Körper, neben dem er sich zusammenrollen konnte, der sicherstellte, dass er friedlich schlief. Niemand war da, der am Morgen mit Dankbarkeit in den Augen lächelte, weil er für einen weiteren Tag bei ihm war. Es gab einfach niemanden.

Syn strich sich mit der Hand durch die Haare und lehnte sich in seinem Stuhl zurück, wobei er unbewusst seine Umgebung musterte. Vielleicht wären ein paar Vorhänge und Bilder ganz nett. Er hatte nur einen ein Meter fünfundsechzig breiten Flachbildschirm-Fernseher und einen Sessel, der davorstand. Eine Lampe, die an einem kleinen Tisch neben einem Stuhl befestigt war. Etwas, worauf er seine Bierflasche abstellen konnte. Die Küche bot nur wenige Annehmlichkeiten: den üblichen Herd, Kühlschrank, Mikrowelle, einen Toaster, einen Teekessel und einen Dosenöffner auf der Arbeitsplatte. An der gegenüberliegenden Wand stand ein Küchentisch mit drei Stühlen.

Syn hatte sich nicht mehr so gefühlt, seit Rhodes aus ihrem kleinen Apartment in Philadelphia ausgezogen war, nachdem er jemanden kennengelernt hatte. Dieses Apartment hatte sich so angefühlt, als ob Rhodes immer direkt hinter ihm wäre. Syn hatte das als Entschuldigung dafür genutzt, sich nicht seltsam zu fühlen, wann immer Rhodes harter Körper sich an ihm rieb oder wenn sie ein wenig näher zusammen auf der Couch saßen, als Jungs das eigentlich sollten ... aber das war in Ordnung, weil ihr Wohnzimmer lediglich groß genug für einen Fernseher und eine Couch mit zwei Sitzen war. Darum musste er seine Oberschenkel an Rhodes reiben. Richtig? Warum war er also am Boden zerstört gewesen, als Rhodes ging? Warum war er so verdammt einsam? So wie jetzt gerade.

Furis Gesicht, seine Haare, sein straffer, fester Körper erschienen wieder vor Syns innerem Auge. *Verdammt.* Syn war zu lange mit seiner Karriere verheiratet gewesen. Er hatte jeden einzelnen Tag darauf verwandt, der Beste zu sein, damit er dem Erbe seines Vaters gerecht wurde und es eines Tages sogar übertraf. Jetzt, wo er mit seinem Status im Job zufrieden war, fiel ihm auf, dass etwas fehlte. Es fühlte sich an, als ob sein Job seine Bedürfnisse nicht länger erfüllen könnte. Der Respekt, den die Uniformierten, die Detectives und selbst die anderen Abteilungen ihm entgegenbrachten, gab ihm ein Gefühl der Überlegenheit. Vielleicht sollte er sich nicht so fühlen, aber was sollte es. Wem würde das nicht gefallen?

Es war beinahe sieben Uhr morgens. Die meisten Leuten verbrachten Zeit mit ihrer besseren Hälfte, tauschten bei Kaffee, Schinken und Eiern Teile der Morgenzeitung, bevor sie sich mit einem Kuss und einem „ich wünsche dir einen schönen Tag" trennten. Syn grunzte und biss von

97

seinem einfachen Bagel ab. Zur Hölle, sogar sein Frühstück war langweilig.

Bestimmt stellten God und Day in diesem Moment sicher, dass sie beide ihren Tag mit einem Lächeln begannen. Es musste ziemlich cool sein, mit seinem Lebensgefährten zusammenzuarbeiten. Ihm den Rücken zu decken, während er dasselbe tat. Es war nicht die Norm für Paare bei der Polizei, Partner zu sein. Sie wurden üblicherweise verschiedenen Revieren zugeteilt. Syn hatte von der Situation gehört, in der God und Day sich befunden hatten, als sie eine Razzia durchgeführt hatten, die damit geendet hatte, dass Day von einem sehr wütenden, in die Ecke getriebenen Drogenbaron eine Waffe an den Kopf gehalten bekommen hatte. Die Verhandlungen waren nicht gut verlaufen und in den Sekunden, die wohl die letzten in Days Leben hätten sein können, war God durchgedreht. Er hatte gedroht, die Eltern, Kinder, Enkel und Nachbarn des Drogenbarons zu töten, sowie jeden, der je mit ihm zu tun gehabt hatte. Syn hatte von einigen der Cops, die es mit angesehen hatten, gehört, dass God wie ein Dämon gewirkt hatte. Er hatte den Drogenbaron gefragt, ob er je dem Teufel begegnet wäre, denn zu dem wäre er geworden, wenn der Kriminelle den Mann, den er liebte, getötet hätte. God hatte wirklich die Furcht vor Gott in diesem Mann erweckt. Er hatte geknurrt und gedroht, bis der Mann ins Sichtfeld der Scharfschützen getreten war. Ein Schuss in die Seite seines Kopfes und der Tag hatte mit einem weiteren Sieg für God und Day geendet.

Dadurch hatte Captain Myers von ihrer Beziehung erfahren, aber er hatte sich geweigert, seine besten Drogenfahnder an ein anderes Revier zu verlieren. Solange ihre Beziehung ihre Arbeit nicht gefährdete, blieben God und

Day das einzige Paar, das zusammenarbeitete. Partner im Job und im Leben. Sie waren zusammen viel effektiver als getrennt und obwohl Syn wegen ihrer Eigenheiten immer noch irritiert war, konnte er doch sehr gut mit ihnen arbeiten.

Syn wollte das. Obwohl er nie eine wirkliche Beziehung gehabt hatte, wusste er, was Liebe war. Er wollte jemanden, der ihm den Rücken deckte. Jemanden, bei dem er sich entspannen konnte, damit er nicht die ganze Zeit über die Kontrolle behalten musste. Ein Partner, der die Führung übernahm, Syn einfach nur fühlen ließ. *Mann*. Syn schüttelte den Kopf. Das würde niemals geschehen. Er war dem mit Rhodes am nächsten gekommen, aber der hatte ihn verlassen, als Syn die Kontrolle nicht hatte abgeben können. Syn hatte nie den letzten Schritt gemacht und sich dem Mann hingegeben. Musste man intim sein, um es eine Beziehung nennen zu können? Scheiße, er wusste es nicht. Aber wenigstens hatte Rhodes ihn verstanden. Rhodes war ein Cop, er kannte den Job und was damit einherging. Niemand wollte eine Beziehung mit einem Cop, der vierundzwanzig Stunden am Tag abrufbereit war und dem jeden Moment Kugeln um die Ohren fliegen konnten.

Syn sah, dass er noch ein paar Minuten hatte, bevor er zu seinem Meeting mit Day und God aufbrechen musste. Er fuhr seinen Laptop hoch und ging auf Amazon. Er kaufte nicht gerne ein und wenn er doch dazu gezwungen war, war er eindeutig der Ein-Klick-Typ. Er überflog die Fotos einiger Inneneinrichtungsgegenstände und kaufte zwei Bilder auf Leinwand, die er im Wohnzimmer aufhängen konnte, und eine hellbraune Couch aus Mikrofaser/Leder, die sogar mit Kissen geliefert wurde. Alles würde am

Montag kommen. Wenn er je Besuch haben würde, dann würde er wenigstens eine Sitzgelegenheit haben.

Syn ging durch den Bullpen zu dem Büro, in dem die Task Force sich befand. Es handelte sich um einen ungewöhnlich großen Raum, der vor allem aus deckenhohen Scheiben mit Jalousien auf der Innenseite bestand, für den Fall, dass sie vom Rest des Reviers nicht gestört werden wollten. Auf der Tür stand „Special Task Force – Drogen" und darunter die Namen „Leutnant Cashel Godfrey, Leutnant Leonidis Day, Sergeant Corbin Sydney". Das mit Teppich ausgelegte Innere des Büros war geräumig und bequem, mit Fenstern an der gegenüberliegenden Seite, die in Richtung des östlichen Ende des Blocks zeigten. Day war für die Pflanzen und die wenigen Dekorationsgegenstände verantwortlich, die zusammen mit ihren Auszeichnungen und Belobigungen an der Wand standen und hingen. Dazu gehörte auch ein großes Foto von God und Day, die dem Police Commissioner und dem Bürgermeister die Hand schüttelten, sowie mehrere Bilder ihres Teams.
Alle drei hatten sie große Chefsessel vor ihren übergroßen Schreibtischen. Diese waren nötig, um ihre stets überlaufenden Eingangsfächer zu beherbergen und genügend Platz zu bieten, um Akten auszubreiten. Die anderen Mitglieder des Teams hatten Schreibtische direkt vor ihrem Büro im Bullpen. An der gegenüberliegenden Seite des Büros befand sich ein Konferenztisch mit einem großen Whiteboard, während die Wand hinter dem Konferenztisch in eine Nachrichtenwand umgewandelt worden war, an die verschiedene Dokumente und Fahndungsfotos gehängt waren. In zwei Stunden würde dieser Raum von ihrem

Team gefüllt werden. Sie würden an dem Tisch sitzen oder auf Sofas und Stühlen im ganzen Zimmer verteilt.

Es war beinahe acht Uhr, als Syn von der Akte, die er gerade las, aufblickte und sah, wie God und Day das Revier betraten. War es nur Syns Einbildung oder drehten sich alle Köpfe in ihre Richtung, wenn sie einen Raum betraten? Syn beobachtete, wie sie nebeneinanderherliefen, und stellte fest, dass er sich Gedanken um die intimeren Aspekte ihrer Beziehung machte. Wahrscheinlich war das unangemessen, aber er konnte nicht anders. Syn fand, dass God aussah, als wäre er ein Biest im Bett. Ein Mann, der an deinen Haaren zog, dich gegen die Wand presste und bewusstlos fickte. Oder war der große Kerl ein Kuschler? *Pfft. Ja, genau.* War Day zu Hause so lustig, wie er es in Gesellschaft war? Lagen sie zusammen auf der Couch und schauten fern? Verdammt, wer kochte das Essen und wer brachte den Müll nach draußen? Syn schüttelte den Kopf. Er dachte über Mist nach, der ihn überhaupt nichts anging.

„Was ist los, Syn?", fragte Day und ließ sich auf seinen Stuhl fallen, bevor er seine große Thermostasse Kaffee auf seinen Schreibtisch stellte.

„Ich habe die Berichte von Gemson und Boyd", erwiderte Syn. Seine Stiefel legte er auf der Ecke seines Schreibtischs ab, während er sich in seinem Stuhl zurücklehnte und den Inhalt der Akten überflog.

„Wie sind sie?", fragte God. Er zog seinen Ledermantel aus und hängte ihn über die Rückseite seines Stuhls.

„Detailliert. Gut", gab Syn zurück. Er stellte seine Füße auf den Boden und warf God einen eindringlichen Blick zu.

Der große Mann schüttelte den Kopf, da er bereits wusste, was Syn wollte. Er wollte alles, was sie über den Fall wussten. Jetzt.

101

„Schon gut, Syn. Beruhig dich. Wir haben uns noch nicht an dich gewöhnt. Aber wir wissen, was es heißt, einen Sergeant in unserem Team zu haben. Du bist der Mittelsmann für das Team und hast genauso viel Mitspracherecht wie wir, wenn es um Entscheidungen geht", warf Day ein, als God starrte. Day kicherte. „Tito war genauso wichtig wie die anderen Jacksons."

Syn warf einen Stift nach Day, welchem dieser mühelos auswich. Syn konnte nicht anders, als über Days beschissenen Vergleich zu lachen. „Ich bin kein verdammter Tito, Dummkopf."

„Wir werden den Fall besprechen, bevor die Jungs kommen, aber zuerst werde ich in die Küche gehen und mir noch einen Kaffee holen. Babe, ich bring dir deinen Muffin mit", informierte Day God und ging auf die Tür zu.

„Ich bin wenigstens Jermaine", grummelte Syn.

God warf Syn ein halbes Lächeln zu und Day sagte über seine Schulter hinweg: „Träum weiter."

Alle studierten das Whiteboard, auf dem ihr Drogen/Mordfall im Detail aufgeführt war. Syn fühlte sich auf Augenhöhe. Seine Leutnants hatten endlich seine Rolle im Team anerkannt und das war alles, was er wollte. Er wusste, dass es nicht einfach war, ein Duo, das so lange zusammengearbeitet hatte, in ein Trio zu verwandeln. Aber sie waren eigentlich nicht einmal ein Trio. Sie waren zwanzig hervorragende Detectives, aus denen die Task Force bestand, und sie alle spielten eine besondere Rolle, um ihre Einheit erfolgreich und effektiv zu machen.

Zu sagen, dass dieser Fall kompliziert war, war eine Untertreibung. Es hatte tatsächlich drei Leichen gegeben. Bei allen dreien war die gleiche Vorgehensweise zu beobachten gewesen, weshalb God und Day ihn zu dem vierten Mordfall letzte Nacht gerufen hatten. Jedes Mal waren es gutaussehende Männer, die an abgeschirmten Orten gefunden wurden, zusammengeschlagen, bevor sie mit einem Schuss in den Kopf oder die Brust getötet worden waren. Gerade hatten sie den Bericht des Pathologen erhalten, der bestätigte, dass bei dem Pornodarsteller Jake Starman, genau wie bei den vorherigen Opfern, eine mit Rohypnol verschnittene Form von Ecstasy im Blut nachgewiesen werden konnte. Das hatte ihn praktisch hilflos gemacht, wodurch er auch leicht von jemandem, der sehr viel kleiner war, einer Frau beispielsweise, hätte ausgeschaltet werden können. Sie hatten endlich eine Verdächtige.

Syn sah, wie ein großer, dunkelhaariger Mann mit einer beschrifteten Beweistüte in der Hand in das Büro kam. Sein Anzug war ordentlich und maßgeschneidert. Zu sagen, er wäre attraktiv, war eine Untertreibung. Er war beinahe so groß wie God und gebaut wie ein Panzer. Syn rügte sich innerlich, dass ihm in letzter Zeit so viele Männer auffielen. Der Mann sprach Ronowski an, bevor er irgendjemand anderen im Raum beachtete.

„Hi Babe. Was hast du für uns?", antwortete Ronowski.

Babe?

Syn drehte sich um und schaute Day an, der aufgrund von Syns verwirrtem Gesichtsausdruck grinste.

Day führte den großen Mann zu Syn, sodass er sich dieses außergewöhnlich schöne Exemplar von einem Mann genauer ansehen konnte. Verdammt, er roch auch noch gut! Day deutete auf ihn. „Detective Johnson. Das hier ist Sergeant Corbin Sydney. Er ist erst letzte Woche zu uns gestoßen. Ein verdammt guter Detective. Syn, das ist

Detective Johnson, unser Ballistikexperte. Ihr beide solltet euch gut miteinander bekannt machen, immerhin werdet ihr zusammenarbeiten, wann auch immer wir Waffen überprüfen müssen. Er ist nicht offiziell Teil des Teams, stattdessen zieht er es vor, seine Weisheit auf verschiedene Reviere aufzuteilen", informierte Day ihn.

Syn stand auf, um dem Mann die Hand zu schütteln. Johnson stieß Day spielerisch an, bevor er Syn ein warmes, aufrichtiges Lächeln zuwarf und ihm die Hand reichte. „Schön dich kennenzulernen, Sydney. Ro hat mir schon ein paar interessante Dinge über dich erzählt. Ich mag jeden, der Godfrey einen Kopfstoß verpasst."

God schaute gerade lange genug von seiner Akte auf, um Johnson den Mittelfinger zu zeigen, ehe er weiterlas.

Schon jetzt mochte Syn Johnson. Er hatte allerdings nicht gewusst, dass Ronowski herumlief und Loblieder auf ihn sang. „Freut mich, dich kennenzulernen", erwiderte Syn.

Nach diesem freundlichen Geplänkel ging Johnson gleich in die Vollen.

„Die Ballistik hat die Kugel, die ihr aus dem Körper eures Opfers geholt habt, der neun Millimeter zuordnen können, die wir letzte Nacht bei eurer Verdächtigen sichergestellt haben. Sie hat eine Kammer mit fünfzehn Schuss, drei befanden sich immer noch darin. Die schlechte Nachricht ist, dass die Kugeln aus den Körpern der vorherigen drei Opfer nicht aus dieser Waffe stammen."

„Verdammt. War ja klar, dass es nicht so einfach sein würde", grummelte God.

„Sie könnte mehr als eine Waffe haben. Wir werden sehen, was wir bei der Hausdurchsuchung finden. Habt ihr sie schon befragt?", erkundigte Johnson sich.

„Nein. Wir lassen sie schmoren", gab Day zurück.

Johnson erklärte noch ein paar Details, bevor er seine Beweise einsammelte und zur Tür ging. Ronowski traf sich dort mit ihm. Syn beobachtete die beiden unauffällig.

„Kommst du heute spät nach Hause?", fragte Johnson Ronowski.

„Ich hoffe nicht. Wir werden sehen."

Er wollte verdammt sein, wenn Johnson sich nicht vor zwanzig Männern vorbeugte und Ronowski auf die Lippen küsste! „Wir sehen uns dann." Johnsons tiefe Stimme ließ sogar Syn beben und er sah einen liebevollen Ausdruck über Ros Gesicht huschen, bevor dieser sich wieder zu ihnen wandte.

Verdammt. Dieser riesige Bastard war also auch schwul ... und fickte außerdem Ronowski.

Das Interessante an der ganzen Angelegenheit war, dass niemand auch nur mit der Wimper zuckte. Dieses Team war wirklich ein Team. Es gab zwischen ihnen keine Vorurteile oder Bigotterie. Syn glaubte nicht, dass das Zufall war. Für diesen kleinlichen Mist hatte ohnehin niemand Zeit. Diese Männer sahen die Dinge in der richtigen Perspektive. In ihrer Stadt wurden unschuldige Menschen von verschnittenen Drogen getötet, da hatte niemand die Zeit oder Energie, um darüber zu urteilen, wer mit wem schlief.

Das Meeting endete drei Stunden später damit, dass Syn den Männern ihre Aufgaben für den Tag zuwies. Einige fuhren zurück zum Tatort. Zwei Detectives würden Nachforschungen über die verschnittene Droge anstellen. Andere würden sich die Beweise, die bei der Durchsuchung des Hauses der Verdächtigen sichergestellt worden waren, anschauen und einige würden losfahren, um den ersten Schwung Darsteller von Illustra zur Befragung abzuholen.

Nachdem er die Fragen der Männer beantwortet hatte, ging Syn nach unten.

Kapitel 12

„Ich habe dir doch gesagt, dass die Schlampe verrückt ist"

Syn, Day und God trafen sich vor den Verhörräumen. Ihre Verdächtige saß kerzengerade auf dem kleinen Metallstuhl. Syn wusste, dass ihre Haltung als Statement gedacht war, dass sie, obwohl sie erschöpft war, ihnen nicht die Befriedigung geben würde, es zu zeigen. Ihre Hände befanden sich in Handschellen, ihre Finger ruhten ineinander verflochten auf dem Tisch.

Sie beobachteten sie durch den halbdurchlässigen Spiegel. Sie hob ihren Kopf und schaute wütend auf das verspiegelte Glas, grinste, als ob sie wüsste, dass sie da waren.

„Freches kleines Ding, nicht wahr?", murmelte Syn.

„Ich mag sie." Day grinste.

„Kann ich mir denken", schnaubte God. „Vergiss nur nicht, dass sie gerne hübsche Männer umbringt."

„Ahh. Touche." Day nahm die Akte aus Gods Händen und reichte sie Syn. Dieser bedeutete dem Wachmann mit einem Nicken, die Tür aufzusperren.

Die drei Männer traten mit unleserlichem Gesichtsausdruck ein. God nahm seine Position in der Ecke im Rücken der Verdächtigen ein. Es war eine Taktik, um ihr ihre Verletzlichkeit klarzumachen. Day stützte seine Hüfte auf die Ecke des Tisches und Syn setzte sich ihr gegenüber. Wortlos zog Syn die Fotos vom Tatort aus der Akte und reihte sie vor ihr auf. Vier grausame Bilder eines Mannes mit zahlreichen Prellungen und einem großen Loch in seiner Brust.

Syn wartete auf eine Reaktion. Als er keine bekam, begann er, ruhig zu sprechen. „Ich bin Sergeant Sydney, das ist Leutnant Day und hinter Ihnen steht Leutnant Godfrey.

Sie sind Janet Lindstrom, auch bekannt als Lady Jay. Auch bekannt als Black Widow, Anführerin einer rechten, lesbischen Extremistengruppe, Organisatorin der …"

„Feministinnengruppe, Arschgesicht", schnappte sie.

Syn schaute langsam auf. „Entschuldigung?"

„Du hast ‚lesbische Extremisten' gesagt. Unsere Organisation wird nicht von unserer sexuellen Orientierung definiert."

„Stehen Sie auf Schwänze oder nicht?", erkundigte Syn sich lässig.

„Was hat das damit zu tun, warum ich hier bin?", fragte sie.

„Das fasse ich als ein nein auf. Haben Sie Jake Statham, auch bekannt als Jake Starman, deshalb umgebracht … weil er einen Schwanz hatte?"

Syn wartete, aber sie antwortete nicht. „Erzählen Sie uns, was letzte Nacht passiert ist, Janet. Sie wurden dabei beobachtet, wie Sie von einem Tatort geflohen sind. Als Sie aufgehalten wurden, haben Sie das Feuer auf uns eröffnet und sind geflohen." Syn betonte seinen schwerwiegendsten Beweis. „Sie haben auf Polizisten geschossen, bevor Sie festgenommen wurden. Die Kugeln, die von Ihrer Waffe abgefeuert wurden, passen zu der, die wir aus Stathams Brust geholt haben. Sagen Sie uns, was los ist, und wir werden sehen, was wir für Sie tun können. Sagen Sie uns, wo Sie das verschnittene Ecstasy herhaben, und vielleicht können Sie Ihre verrückten Weiber dann wieder anführen, bevor Sie alt und vertrocknet sind."

Wenn Blicke töten könnten, wäre Syn mit einem Herzinfarkt zu Boden gegangen. Seine Taktik funktionierte. Lady Jay wurde sehr wütend.

108

Das war seine Taktik, sie so wütend zu machen, bis sie schließlich brauchbare Informationen preisgab. Syn war sich sicher gewesen, dass seine „alt und vertrocknet" Bemerkung das Feuer anschüren würde. Nur, dass ihre einzige Antwort war: „Ich will meine Anwältin sprechen. Ihr Name ist Jean Goldsfer. Das F&A-Spiel ist vorbei, Freunde."

„Ich habe eine F, die du dir in deinen A schieben kannst: Warum bist du so eine B?" Syn konnte seine Irritation nicht verbergen, als er sie anstarrte.

Sie schaute finster zurück. „Besorgt mir einfach meine verdammte Anwältin."

„Süße, es spielt keine Rolle, ob deine Anwältin zwanzig verdammte Abschlüsse in Jura hat. Du kommst hier auf gar keinen Fall heraus, nicht, solange du nicht mit uns kooperierst. Wir sind nicht von der Mordkommission. Wir sind von der Drogenabteilung. Wir wollen nur die Drogen. Wenn du uns hilfst, legen wir ein gutes Wort für dich ein, sobald die von der Mordkommission übernehmen", fügte Syn hinzu.

„Ha!", bellte sie. „Ihr selbstgerechten Macho-Arschlöcher werdet mir keinen fairen Handel anbieten, also haut ab. Ich beantworte keine eurer Fragen ohne meine Anwältin."

Syn nahm die Bilder und steckte sie zurück in die Akte. Sein Gesichtsausdruck sagte, dass es ihn sowieso nicht interessierte, was die Verdächtige tat, während er mit den Schultern zuckte und ein paar mehr Seiten der Akte durchblätterte. „Oh ja. Leutnant Godfrey, haben wir heute Morgen nicht Stathams Vater und seine Anwälte zusammen mit dem Police Commissioner im Büro des Captains gesehen? Ich glaube, sie haben Begriffe wie ‚Todesstrafe' und ‚vorsätzlicher Mord' fallen lassen." Syn zog ein Blatt heraus und zeigte es der Verdächtigen. „Hmm … sieht so aus, als hättest du eine Webseite, wo die Namen von Männern aufgelistet sind. Die Anwälte könnten eine Jury wahrscheinlich davon überzeugen, dass es sich um eine Todesliste handelt. Wie es aussieht, haben du und deine extremen Lesben-Anhängerinnen eine ganze Reihe männlicher Darsteller aufgelistet, die ihr als ‚Porno-Stars, die vergewaltigen‘ bezeichnet. Interessant, dass Stathams Name auf dieser Liste auftaucht. Das klingt für mich sehr nach Mord mit Vorsatz. Du solltest dich jedoch glücklich schätzen, Lady Jay. Wenn wir in Afghanistan wären, würdest du mit abgehackten Händen rückwärts von Bergziegen durch die Straßen gezogen werden … aber hier, in den wundervollen Vereinigten Staaten von Amerika, bekommst du lediglich eine tödliche Injektion.“

Syn verfolgte, wie ein erschrockener Gesichtsausdruck über Lady Jays hübsches Gesicht huschte.

„Oh … hast du gedacht, dass wir deine verdrehte, hasserfüllte Propaganda nicht finden würden, weil du ein Alias benutzt hast? Ich frage mich, was meine Männer wohl finden, wenn sie mit der Durchsuchung deines Hauses fertig sind. Was werden sie auf deinem Computer finden?“ Syn senkte seine Stimme zu einem bloßen Flüstern. „Und auf dem Laptop, den du unter dem Holzboden in deinem Schlafzimmer versteckt hattest?“

Das drang durch. Lady Jay sah aus, als wollte sie sich entweder übergeben oder loslaufen.

Day nahm das als sein Stichwort. Seine Stimme klang mitfühlend und aufmunternd – er war der gute Cop. „Janet, wir wissen, dass Sie vor neun Jahren von drei männlichen Pornodarstellern vergewaltigt worden sind. Alle drei sind straffrei davongekommen, weil ihre Anwälte die Jury davon

110

überzeugen konnten, dass Sie das als Pornodarstellerin herausgefordert haben. Anstatt sich auf die Fakten des Verbrechens zu konzentrieren, wurden Sie persönlich angegriffen. Wir wissen, dass diese drei Männer alle tot sind. Ihre Körper wurden bis zur Unkenntlichkeit entstellt. Der Mörder wurde nie gefunden." Days braune Augen waren voller Sorge. „Sie haben sich bereits an Ihren Angreifern gerächt. Warum nehmen Sie immer noch Männer ins Visier?"

„Ich beschütze meine Mädchen. Ihr Ärsche kümmert euch ja nicht darum!"

„Gott soll dein fürsorgliches, Schwänze hassendes kleines Herz segnen", bemerkte Syn abfällig.

Lady Jay keuchte.

„Sergeant Sydney, zeigen Sie etwas mehr Zurückhaltung", tadelte Day ihn. „Welche Mädchen beschützen Sie, Janet?"

„Die Mädchen, die ihr gestern geholfen haben, Statham umzubringen", mischte Syn sich ein.

„Das habe ich nicht gesagt!", brüllte sie ihn an, wandte sich dann wieder an Day. „Dieser Bastard hört nicht auf, mir Worte in den Mund zu legen! Ich beschütze die Mädchen von BZNA", erklärte sie stolz und hob ihr Kinn.

„Wofür zur Hölle steht das? Biestige-Zicken-Nörgeln-Andauernd?", witzelte Syn.

„Du Arschloch!", schnappte sie, sprang auf und lehnte sich über den Tisch, um Syn ins Gesicht zu schlagen. Dass Syn nicht reagierte, regte sie noch mehr auf.

God bewegte sich schnell. Er packte sie an der Schulter und warf sie hart auf ihren Stuhl zurück. „Steh noch einmal auf und der einzige Deal, den du von uns bekommst, werden fünfundzwanzig Jahre im Todestrakt sein, bevor dir eine Nadel voller Potassium-Chlorid in den Arm gestochen wird."

„Fass mich ja nicht an!", brüllte sie.

„Leutnant Godfrey, lassen Sie sie sofort los", schnappte Day. „Ich möchte, dass Sie von hier verschwinden. Gehen Sie!"

God grummelte ein „Zur Hölle mit diesem Scheiß", und verließ den Raum, wobei er die Tür laut hinter sich zuschlug.

„Ms. Lindstrom. Ich entschuldige mich für meinen Kollegen", begann Day.

„Sie können sich nicht für diesen Rüpel entschuldigen. Typisch Mann. Denkt, er kann mit einer Frau machen, was er will." Sie warf den Kopf zurück, damit ihre langen, blonden Strähnen nicht länger ihre Augen bedeckten. „Ich will eine Beschwerde wegen unnötiger Gewalt einreichen."

„Natürlich. Ich stimme zu. Ich werde sie selbst schreiben, Ms. Lindstrom. Können wir Ihnen etwas anbieten, bevor wir weitermachen? Ein Glas Wasser? Vielleicht eine Limonade?", erkundigte Day sich ruhig.

Lady Jays Schultern entspannten sich ein wenig, als sie nickte. „Eine Diät Cola."

Day schüttelte den Kopf. „Diät-Schmät. Was tragen Sie, Größe 36?"

„Versuchen Sie nicht, mich zu bevormunden, Detective", sagte sie mit einem schwachen Grinsen.

Syn war verblüfft, dass Day der Frau tatsächlich ein halbes Lächeln abgerungen hatte.

„Sergeant Sydney, wären Sie wohl so freundlich, Ms. Lindstrom eine Cola zu holen?" Day schaute sie mit dem bezauberndsten Lächeln an, das Syn je gesehen hatte. „Der Zucker wird Ihnen helfen. Ich bin mir sicher, dass Sie gestern nicht gut geschlafen haben. Ich will Sie in den Flügel mit minimaler Sicherheit verlegen, damit man Sie besuchen kann. Ich bin sicher, Ihre Mädchen von BZNA würden Sie gerne sehen."

Lady Jay nickte, während Syn den Raum verließ. Day fuhr fort: „Ich habe gesehen, dass BZNA für Besser. Zusammen. Niemals. Allein. steht."

„Verdammt, er ist gut", sagte Syn zu God, nachdem die Tür sich fest hinter ihm geschlossen hatte. God und Day hatten eine hervorragende guter Cop/böser Cop Routine für Befragungen, aber als Syn seinen geradlinigen Arschloch-Cop hinzugefügt hatte, war das Ergebnis einfach nur unterhaltsam. Syn wies einen Uniformierten an, eine Diät-Cola zu holen, während er und God durch den Spiegel zuschauten, wie Day seine Magie wirken ließ.

Syn sah, wie Day die Kamera an der Wand ausstöpselte. Lady Jays Augenbrauen hoben sich fragend. Den Stecker zu ziehen, war nur eine List. Die Kamera im Nebenraum war die, die tatsächlich aufnahm.

„Damit wir ungestört reden können", erklärte Day. „Was macht BZNA genau?"

„Ich bringe den Mädchen bei, dass es besser ist, sich gegenseitig zu lieben. Sich nie zu trennen. Männer übervorteilen Frauen leicht, wenn sie nicht zusammenhalten, um sich gegenseitig zu beschützen. Männer zerstören das Selbstbewusstsein einer Frau, wenn sie keine andere Frau hat, die hilft, sie wiederaufzubauen. Ich bringe meinen Mädchen bei, dass sie die Liebe und Fürsorge, die sie verdienen, von einer Frau und nicht von einem Mann bekommen. Alle meine Mädchen sind in irgendeiner Form von einem Mann misshandelt worden." Sie starrte Day an. „Sie benehmen sich, als wären Sie ein netter Typ. Aber Sie

113

müssen verstehen, Leutnant, dass ich Ihnen dennoch nicht traue."

„Ms. Lindstrom, reden Sie mit mir, bitte. Ich will Ihnen wirklich helfen. Ich will Sie nicht im Todestrakt sehen. Warum haben Sie Jake Statham getötet?"

„Sie scheinen Ihre Hausaufgaben gemacht zu haben, Leutnant. Haben Sie Jake Starmans Szenen für Illustra gesehen? Haben die, Ihrer Meinung nach, einvernehmlich ausgesehen? Die Art, wie er sie behandelt hat, sie an ihren Haaren herumgezerrt hat. Sie genommen hat, bis sie ihn angeschrien hat, aufzuhören." Sie ließ ihre Faust auf den Tisch sausen. „Sie hat Stopp gesagt und diese Arschlöcher haben einfach weitergefilmt, als wäre es unterhaltsam!"

Syn hoffte, dass Day sie dazu bringen konnte, weiterzureden. Er war ein Profiler. Er war gut darin, die Leidenschaften der Menschen dazu zu benutzen, Informationen zu bekommen. Er konnte mit Leichtigkeit ihre Schwachstellen finden und sie zu seinem Vorteil nutzen. Ganz offensichtlich war Lady Jays Schwachstelle ihre Mädchen. Ohne dass ihr das bewusst war, hatte Day bereits herausgefunden, dass der andere Angreifer wahrscheinlich eines der Mädchen war, mit denen Statham für Illustra Szenen gedreht hatte. Eine, deren Haare lang genug waren, um daran zu ziehen, und die das Wort „Stopp" während einer Szene benutzt hatte. Hoffentlich war das Teil des Films.

„Von welchem Mädchen reden Sie, Janet? Starman hat über zwanzig Filme auf der Seite von Illustra." Day verließ die Kante des Tischs, um sich hinzusetzen. „Ein anderes Mädchen war mit Ihnen am Tatort. Wer war es? Warum wollen Sie Mord in vier Fällen ganz alleine auf sich nehmen, wenn auf jeden einzelnen fünfundzwanzig Jahre stehen? Geben Sie uns ihren Namen und den des Dealers,

114

der Ihnen das Ecstasy geliefert hat, mit dem Sie Mr. Statham, Rick Diggler, Lance Towers und Dick Berry betäubt haben." Day legte die Bilder der anderen drei Opfer vor sie. „Sie werden Ihre Mädchen nie wiedersehen. Wer wird sie beschützen, wenn Sie ins Gefängnis gehen? Sie geben Ihnen eine Chance, wenn Sie mit uns kooperieren. Ein Deal mit zehn Jahren klingt um einiges besser als lebenslang ohne die Chance auf Bewährung."

„Sie sind nicht so pfiffig, wie Sie denken, Leutnant. Ich habe nie gesagt, dass ich sie umgebracht habe", sagte sie leise. Ihr Lächeln war beinahe teuflisch.

„Sie haben Statham getötet, weil er eines Ihrer BZNA Mädchen vergewaltigt und niemand etwas dagegen unternommen hat. Darum haben Sie die Sache in die Hand genommen."

„Das habe ich nie gesagt!", brüllte sie und wurde noch wütender. „Sie versuchen, ein Geständnis zu erzwingen. Ich will meine Anwältin jetzt auf der Stelle sprechen! Keine weiteren Fragen mehr!"

Syn wusste, dass die Befragung vorbei war, ebenso wie Day. Er sammelte den Inhalt der Akte ein und stand auf. Er schaute sie an und schüttelte traurig den Kopf. „Ich habe versucht, Ihnen zu helfen."

Lady Jay schlug wieder mit den Händen auf den Tisch. „Du willst mir nicht helfen! Du bist genau wie die anderen. Du dachtest, du wärst so raffiniert, als du diese anderen drei Namen mitgenannt hast. Fick dich!"

Day drehte sich um und ging zur Tür.

„Du bist nicht so klug, wie du denkst, Leutnant Day!"

„Klug genug, um auf Schwänze zu stehen", gab Day über die Schulter zurück, bevor er den Raum verließ.

115

Syn und God bogen sich vor Lachen über Days letzten Satz und er war sich sicher, dass Lady Jay sie hörte, denn sie drehte durch.

„Lacht so viel ihr wollt. Ich habe nicht um diesen Lebensstil gebeten! Ich wurde so geboren!", schrie sie den Spiegel an.

„Verdammt. Sie hat die Nationalhymne der Schwulen zitiert." Day kicherte.

„Ja, das hat sie." Syn grinste. Er drehte sich zu dem Polizisten, der immer noch die Diät-Cola hielt, nahm sie ihm aus der Hand, öffnete den Verschluss und nahm einen langen Schluck. „Diese verrückte Schlampe kann Wasser trinken, wenn sie nach oben kommt. Bringen Sie sie zurück in die Zelle und rufen Sie ihre Anwältin an." Von hier an würde sich die Mordkommission um Lady Jay kümmern.

„Die ersten Darsteller von Illustra sind da", erklärte Ronowski, als er sie auf dem Weg zurück ins Büro traf. „Zwei Männer und eine Frau."

„Gut. Lass mich wissen, was du herausfindest", wies Syn ihn an. Ronowski konnte sich um diese Befragung kümmern. Syn hatte sich seine Befragungstaktiken angeschaut und er war gut.

Ronowski ging in die eine Richtung, God und Day in eine andere, um sich einige von Starmans Filmen anzuschauen. Der ganze Scheiß, nur um einen Ecstasy-Dealer zu schnappen. Syn war nicht in der Stimmung, den Tag damit zu verbringen, sich eine Wagenladung Pornos anzuschauen. Er rief seinen Vorgesetzten zu, dass er Mittagspause machen und in einer Stunde zurück sein würde.

Kapitel 13
„Die Scheiße ist am dampfen"

Furi saß an der Bushaltestelle und wartete auf den nächsten Bus. Nachdem er Dougs Bruder, auch bekannt als sein Scheidungsanwalt, angerufen und ihm das Okay gegeben hatte, Patrick die Papiere zuzustellen, hatte er gedacht, er würde sich krank fühlen und Angst haben. Aber er fühlte sich eigentlich ziemlich gut. Er holte sich sein Leben zurück. Furi war sehr für Kontrolle. Sie zu leben und sie sich zu nehmen.

Er hatte immer noch dreißig Minuten, bis der Bus kommen würde, als sein Handy in seiner Tasche vibrierte. Das Display sagte ihm, dass es Mack war. *Verdammt.* Furi gestattete es sich, für ein paar Sekunden darüber nachzudenken, den Anruf nicht anzunehmen, bevor er es doch tat.

„Ja?", antwortete er kurzangebunden, bereits wissend, was Mack wollte.

„Hey Furious. Hier ist Mack. Es tut mir leid, dich so aus heiterem Himmel anzurufen. Dean hatte für heute eine Live-Show auf dem Plan, aber er wurde von den Detectives zur Befragung abgeholt." Furi hörte, wie Mack frustriert schnaufte. „Ich weiß, dass du keine Live-Sachen machst, aber sonst steht niemand zur Verfügung. Tu einfach so, als wäre es ein Solo. Du musst dir nur einen runterholen. Joe wird mit der Kundin über das Telefon reden und wenn sie etwas Spezielles möchte, wird Joe es dir sagen. Die Bezahlung ist gut. Als wir versucht haben, abzusagen, hat die Kundin uns zusätzlich fünfhundert Dollar geboten, wenn wir einen Ersatz finden."

117

Furi seufzte genervt. Er sollte morgen bereits ein Solo filmen und er hatte eigentlich keine Lust, zwei Tage in Folge zu drehen. *Ich habe die Kontrolle.*

„Folgender Vorschlag, Mack. Ich soll morgen mein Solo machen. Ich bin gewillt, zwei Fliegen mit einer Klappe zu schlagen." Furi konnte beinahe fühlen, wie die Wirbel in seinem Rückgrat sich festigten. Niemand sagte ihm mehr, was er tun sollte. Sein Vorschlag war ein wenig weit hergeholt, da Live-Shows eigentlich exklusiv sein sollten. Darum kosteten sie ja auch so verdammt viel. Aber zur Hölle, wenn Mack nein sagte, hatte Furi auch kein Problem damit.

Mack schwieg, darum wartete Furi.

„Wenn die Live-Show endet, müssen wir ein paar Dinge hinzufügen, damit es nicht so aussieht, als ob wir einen Film verwendet haben, anstatt es live zu machen. Vielleicht wechseln wir die Zimmer und deine Kleidung, fügen noch ein paar andere Stellungen hinzu. Wie wäre es damit?"

Furi dachte eine Sekunde nach. *Scheiße. Das wären siebenhundert Dollar.* Furi musste nicht einmal mit der Kundin reden. „Gut. Wann?"

„In einer Stunde. Ich kann einen der Jungs schicken, um dich abzuholen."

„Nein, ich bin gleich um die Ecke. Ich muss nur noch schnell einen Anruf tätigen-" Furis Worte erstarben, als er einen dunklen Benz viel zu langsam um die Ecke kommen sah. Furi blinzelte. Die Fenster waren getönt, darum konnte er das Innere nicht sehen. Das Auto kroch auf ihn zu und Furis Aufmerksamkeit wurde von Mack abgelenkt.

„Bist du dabei, Furi?"

Furi hörte Macks letzte Frage nicht, als er unbewusst seine Hand an seine Seite fallen ließ, während er das dunkle Auto im Blick behielt. Als das Fenster an der Beifahrerseite nach unten rollte, stand Furi auf und lehnte sich ein wenig nach vorne, um ins Innere zu schauen. Furi konnte Sashas blaue Augen und ihre blond gesträhnten Haare sehen. Sie musterte ihn wütend, als sie am Gehsteig anhielt. Er konnte die anderen Mitfahrer nicht sehen, nahm aber an, dass es zwei weitere Frauen von Illustra waren. Furi wusste, dass er verwirrt aussah, als er einen zögerlichen Schritt nach vorne machte. Er hielt inne und sein Herz setzte für einen Moment aus, als eines der hinteren Fenster gerade weit genug nach unten gelassen wurde, damit jemand seine Hand in Form einer Waffe hindurchstecken konnte. Sie zielte direkt auf ihn. Sein Kopf ruckte bei dieser Geste nach hinten.

„Sasha, was zur Hölle?", fauchte er sie an.

Ein lautes Hupen erschreckte Furi und bewirkte, dass Sasha vom Gehweg wegfuhr, aber nicht, bevor sie ihm einen weiteren, eisblauen Blick zugeworfen hatte. Reiner, unverfälschter Hass lag darin. *Jesus Christus!* Der Bus hielt an der Stelle, die der Benz gerade freigemacht hatte. Furi blinzelte seine Verwirrung weg und winkte den Fahrer weiter. Er schaute auf sein Handy und sah, dass er immer noch mit Mack verbunden war. Er hob das Telefon schnell an sein Ohr.

„Mack. Mack, bist du noch dran?"

„Hey, was ist passiert? Hast du Sasha getroffen? Ich dachte, ich hätte gehört, wie du ihren Namen gesagt hast", erkundigte Mack sich.

„Verdammt, nein. Ich habe auf den Bus gewartet und sie hat neben mir gehalten und sich vollkommen irre aufgeführt. Ich gehe jetzt zurück zu Illustra." Furi beeilte sich. „Hey, Mack."

„Ja?"

119

„Als ich diesen Dreh mit Sasha vor ein paar Tagen abgesagt habe …"

„Ja, was ist damit? Du hast neunzig Prozent meiner Kunden wütend gemacht."

Furi ignorierte diese Bemerkung. „Wie ist es ihr mit Doug ergangen? Haben sie sich nicht verstanden?"

„Doug hat angeboten es zu machen, aber ich habe sie nicht mit Doug drehen lassen."

Furi blieb stehen. „Mit wem dann?"

„Jake Starman."

Furis Kinn ruhte auf seiner Brust, während er mit leicht gespreizten Beinen dastand, die Hände an die Wand gelegt. Er konnte spüren, wie der Kameramann näherkam, um ein gutes Bild von dem Wasser zu bekommen, das über seine Bauchmuskeln und seinen halbharten Schwanz floss.

„Reib dir Seife auf die Brust", wies Joe ihn an. Joe war der Koordinator/Regisseur der Live-Vorstellungen. Furi hatte klar gemacht, dass er die Stimme der Kundin nicht hören wollte, darum gab Joe ihre Forderungen weiter. Zuerst hatte Furi sich damit schwergetan, sich keine Frau am anderen Ende der Verbindung vorzustellen. Zusammen mit allem, was in seinem Kopf so vor sich ging, seinem Ex-Ehemann, Starmans Tod, der Schule und allem anderen, bedeutete das, dass er Probleme hatte, hart zu werden. Es gab nur eines, das Furi hart genug machte, um diese Szene zu überstehen. Syn an seiner Seite.

Furi gab etwas Duschgel in seine Handfläche und stellte sich vor, wie Syns kohlrabenschwarze Augen anerkennend über seinen Körper glitten. Furi benutzte seine Hand, um jede Erhebung und jeden Muskel zu berühren, den Syn betrachtete. Syn kam näher und strich mit seinem Handrücken über die gesamte Länge von Furis unbeschnittenem Schwanz. Furi imitierte die Bewegung mit seinem eigenen Handrücken. Die geschwollene Eichel lugte bereits aus der Vorhaut heraus, verlangte Aufmerksamkeit. Furi konnte Syns Keuchen hören, als er die Haut ganz zurückzog, den tropfenden Schlitz entblößte.

Syn strich langsam mit seiner Hand an Furis Brust hinauf, bewirkte, dass sich Gänsehaut auf seinen Armen ausbreitete. Furi schauderte und packte die Basis seines Schaftes, pumpte die empfindliche Haut ein paar Mal auf und ab, bevor er wieder aufhörte. Es fühlte sich so verdammt gut und so schmerzlich süß an, aufzuhören.

Syn leckte seinen Hals und Furi ließ seinen Kopf nach hinten fallen, um diesen weichen Lippen freien Zugang zu ermöglichen. Mit seiner anderen Hand rieb Furi seinen Körper entlang bis zu seinem Hals, der schon schlüpfrig von Syns Zunge war. *Oh Gott.* Furi öffnete seine Augen und die Kamera befand sich direkt vor ihm. Er stellte sich vor, wie Syn seinen Blick erwiderte. Seine Augen fielen halb zu, als Syns Schlafzimmeraugen auf seine Nippel fielen. Furi fühlte, wie raue, schwielige Daumen gleichzeitig über beide Spitzen strichen. *Mmm. Verdammt fühlt sich das gut an!* Furi zwickte sie, bis sie rot waren und schmerzten. Sein Schwanz tropfte noch mehr, bereit und sich nach Erlösung sehnend. Syn würde ihn nicht zwingen, darum zu betteln. Er nahm seine Hand, schlang sie um seinen voll erigierten Schwanz und begann, sie verführerisch langsam auf und ab zu bewegen, wobei die Haut wegen des natürlichen Gleitmittels und dem Duschgel mühelos durch seine Finger glitt. Syn drehte ihn herum und stieß ihn hart gegen die erhitzten Marmorfliesen. Furi bog seinen Rücken von der Wand weg und schaute in das weiche Licht über der Dusche, sein Hals vollkommen entblößt.

Syn, bitte. Furi schauderte, als seine Hand unter seinen Schwanz fuhr, um an seinen überempfindlichen Hoden zu ziehen, die bereits eng an seinem Körper lagen. Er massierte sie, knetete sie, rollte sie träge in seiner Hand. Furi leckte sich die Lippen, wollte unbedingt Syns heißen Mund dort unten spüren. Zunächst würde er nur vor ihnen atmen, sie erhitzen, bevor er die Lippen weit öffnete, um die Hoden einzusaugen. *Oh mein …* Furi musste sich bereits anstrengen, nicht zu kommen.

„Sie will dich auf dem Bett." Joes tiefe Stimme durchbrach Furis Fantasie.

Furi drehte das Wasser ab, nahm sich ein flauschiges, weißes Handtuch von dem Handtuchwärmer und trocknete lässig das Wasser ab, das von seinen Haaren auf seinen Rücken tropfte. *Trockne dich nicht ganz ab, du siehst sexy aus, wenn du nass bist.* Syns tiefe Stimme erklang direkt neben ihm, sagte Furi, was er mochte und er antwortete. *Was immer du willst, Baby.* Furi streckte sich auf dem Kingsize-Bett aus, hielt sich nicht damit auf, den Überwurf wegzuziehen. Langsam ließ er sich nach hinten sinken, als ob Syn ihn persönlich hinlegte, ihn dabei aufmerksam beobachtete. Furis ganzer Körper brannte, und das nur von der *Vorstellung,* Syn bei sich zu haben. Wenn er je das Vergnügen hätte, tatsächlich mit dem heißen Detective zusammen zu sein, würde er wahrscheinlich spontan explodieren.

Furi legte seine Haare über das Kissen und spreizte seine Beine weit, als der Kameramann sich direkt vor ihm aufbaute. „Willst du mich so?", fragte Furi und schaute direkt in die Kamera. Er sprach mit Syn, stellte ihn sich an seinem

Schreibtisch auf dem Revier vor, wie er Furi beobachtete, obwohl er doch eigentlich arbeiten sollte.

„Ja", sagte Joe mit rauer Stimme. „Besorg es dir schnell. Du hast noch zwei Minuten."

So lange wird es nicht dauern. Furi packte seine Eier, wollte unbedingt mit einem Finger weiter nach unten, um sein zuckendes Loch zu berühren ... aber das würde wahrscheinlich nicht so gut aufgenommen werden. Darum rieb Furi über die empfindliche Stelle hinter seinen Eiern, während seine Hüften langsam vor- und zurückstießen. Mit der anderen Hand begann er, die Haut über seinem Schwanz auf und ab zu bewegen, und es dauerte nicht lange, bevor er die Elektrizität spürte, die ein Feuer in seinem Gemächt entfachte. Er brauchte nicht einmal das Gleitgel, das neben ihm lag, weil er so sehr tropfte. Furi wurde schneller, stöhnte und wand sich, bot eine gute Show für seinen harten Cop. *Ich will sehen, wie du für mich kommst, Furious. Komm und stöhn meinen Namen. Ich will ihn auf deinen Lippen hören. Ja, Syn.* Mit einem Bein angewinkelt und zur Seite gelegt, zeigte Furi Syn seinen besten Teil. Wo er den Mann haben wollte, damit er so tief in ihn eindrang, dass er sich zu voll fühlte, um etwas anderes zu tun, als zu grunzen und ihn anzuflehen, nicht aufzuhören. *Ich komme für dich ... verdammt.* Furi pumpte nachdrücklich. Er würde für Syn kommen, ihm zeigen, dass er ihn erfreuen konnte. Er erhöhte den Druck auf seine Eier, beinahe bis sie schmerzten ... solch ein süßer Schmerz. Seine rechte Hand flog seinen Schaft entlang auf und ab, drehte die Haut um die Eichel bei jeder Runde. Mit zurückgeworfenem Kopf, die Brauen gerunzelt, fiel es ihm schwer, sich davon abzuhalten, sich den Finger in den Hintern zu stecken. Furi biss die Zähne zusammen und er hätte schwören können, dass

123

er spürte, wie die Vene in seinem Hals von der intensiven Lust hervortrat. *Verdammt. Ich komme gleich. Verdammt, ich werde so verdammt hart kommen.* Furi schob seine Vorhaut nach unten, machte über der Eichel eine Faust und drückte immer wieder zu, wodurch die Spitze zu pulsieren und zu zucken begann. Das brachte ihn über die Kante und Furi fiel. Der erste Schuss explodierte aus seinem Schlitz, ließ seinen Körper zucken und seinen Kopf gegen das Kissen fallen. *Synnn. Ja, Baby. Ich bin hier. Du bist so unglaublich sexy, wenn du kommst.* Furis Schwanz spritzte immer und immer wieder, die heiße Wichse landete auf seiner Brust. Er massierte sie ein, zeigte Syn, wie schmutzig er mit ihm sein wollte. Furis Brust hob und senkte sich keuchend. Er zog die Haut ein paar Mal langsam über seinen Schwanz, molk das letzte Sperma aus seinem Schaft, schaute dabei mit lustverhangenen Augen in die Kamera.

„Und Cut", rief Joe. „Sehr gut gemacht. Die Kundin hat so verdammt gekeucht, dass sie mir keine Anweisungen mehr geben konnte."

Furi nickte nur mit einem Lächeln im Gesicht. *Verdammt, Syn.* Er war so entspannt, dass er kurz davorstand, sich eine Zigarette zu holen und sie anzuzünden, als wäre er in seinem eigenen Schlafzimmer. *Ich stecke in Schwierigkeiten. Ich will ihn … unbedingt.*

Furi saß im Bus und starrte blind aus dem Fenster. Das Filmen hatte viel länger gedauert, als er erwartet hatte. Nachdem er die eine Stunde live gemacht hatte, hatte Mack die Produzenten ein neues Set und andere Kleidung herrichten lassen, um weiteres Material für sein Solo zu bekommen. Es hatte drei Stunden gedauert, bevor er für ein paar schnelle Szenen posieren konnte. Er hatte nicht einmal mehr Zeit, vor seiner Schicht im Pub nach Hause zu gehen.

Jetzt, wo die Seligkeit nach dem Orgasmus nachließ, schaltete sein Gehirn sich wieder ein. Er wollte nicht über all seine verdammten Sorgen nachdenken, weil er nicht wusste, um welches Problem er sich zuerst kümmern sollte: die Abschlussprüfungen nächste Woche, das Risiko, seine gesamten Ersparnisse auf die Pacht für eine Autowerkstatt zu setzen, Sashas merkwürdiges Verhalten, seine tiefe Sehnsucht nach einem wahrscheinlich nicht geouteten, wird-mir-im-Schlaf-den-Hals-brechen-wenn-wir-Sex-haben Detective, seinen schizophrenen Bald-Exmann und Schwager oder Starmans Tod. *Von Frauen zusammengeschlagen und getötet. Verdammt.* Furi steckte sich die Kopfhörer in die Ohren und versuchte, seine Gedanken mit etwas Green Day auszublenden, während er die Augen schloss und es sich für die Fahrt zum Pub bequem machte.

Furi stöhnte, sobald er die dicken Holztüren aufzog. Die Bar füllte sich bereits mit schrecklichen, geilen College-Kids. Er suchte sich seinen Weg durch die Grüppchen, um zu der Klappe am Ende der Bar zu kommen. Furi spürte einen starken Griff um seinen Arm, der versuchte, ihn herumzudrehen. Er riss seinen Arm los, während er herumfuhr und in dunkle Augen starrte. *Verdammt. Syn.*

Kapitel 14

„Von gut über sexy zu schlecht zu vollkommen beschissen"

Es war beinahe sieben, als Syn nach Hause kam. An einem Samstag noch dazu. Nachdem er vom Mittagessen wieder zurück gewesen war, hatten sie stundenlang dabei zugeschaut, wie Jake Starman jedes weibliche Mitglied von Illustra fickte, während sie versucht hatten, zu erkennen, welche der Frauen es mochte und welche sich unter Umständen genötigt gefühlt hatte. Starman war eindeutig einer der beliebteren Darsteller gewesen. Er hatte hervorragende Bewertungen. Zum Glück hatte Day die Sache dann beendet, weil Syn unglaublich scharf geworden war.

Er war beinahe fünfundvierzig Minuten im Pub, als ihm der Gedanke kam, dass Furi heute Abend vielleicht gar nicht arbeitete. Gerade als er von den Toiletten zur Bar ging, um seine Rechnung zu bezahlen, sah er den attraktiven Mann, wie er sich durch die Menge kämpfte. Syns Herz schlug schneller und er schalt sich selbst wegen dieser Gefühle für einen Mann, der ihn die letzten beiden Male so hatte auflaufen lassen. Seine Haare waren zu einem Pferdeschwanz gebunden, dessen Spitze gerade bis zur Mitte seiner Schultern reichte. Er trug das T-Shirt des Pubs, hatte es in seine tief auf der Hüfte sitzende Jeans gesteckt. Syn sah, dass ein Bartschatten sein ansonsten glattes Gesicht verdunkelte. Verdammt, er sah zum Anbeißen aus! Er dachte nicht nach, streckte einfach nur die Hand aus und legte sie um den festen Bizeps des Mannes. Furi riss sich wütend los und wirbelte herum, als ob er ihn schlagen wollte.

„Hey, langsam. Es tut mir leid. Ich wollte dich nicht einfach packen", sagte Syn schnell.

126

Furi schenkte ihm ein halbes Lächeln, das für Syns Geschmack viel zu schnell verschwand. Jetzt starrten schmale Augen ihn an. „Wenn du das nicht wolltest, warum hältst du meinen Arm immer noch fest?" Furis Stimme besaß einen sinnlichen Bass, den er insgeheim vermisst hatte.

Überrascht schaute Syn auf die Stelle, an der seine Hand immer noch ruhte, und zog sie zurück. „Stimmt", murmelte er.

Furis Augen waren so faszinierend. Syn hätte sie für den Rest des Abends anstarren können. Er wusste ehrlich nicht, was er sagen sollte. Ihm war nicht klar gewesen, wie sehr er jemanden brauchte, bis er hierhergekommen war … bis er ihn gesehen hatte. Er bildete sich ein, einen Hauch Hitze in Furis Augen zu sehen, während er ihn anschaute und offensichtlich darauf wartete, dass Syn etwas sagte. *Mach den Mund auf.*

Furi beugte sich vor, stoppte knapp vor Syns Wange, ohne ihn zu berühren, und sagte: „Ich muss jetzt arbeiten."

Syn wollte nicht, dass er ging. Er sah so wunderschön aus, roch so gut. Er musste mit ihm sprechen, ihn fragen, ob er einen Freund hatte. „Ich muss auch wieder zur Arbeit, aber kann ich dich nach deiner Schicht nach Hause fahren?" Noch nie hatte Syn sich so verletzlich gefühlt. Nachdem er die Frage gestellt hatte, wollte er sie sofort zurücknehmen. Er hatte es nie gemocht, solche Risiken einzugehen, aber daran musste er arbeiten. Er würde niemals irgendetwas erreichen, wenn er es nicht wenigstens versuchte. Furi trat näher zu ihm und Syn kämpfte gegen den Reflex an, einen Schritt nach hinten zu machen. Furi packte sein Handgelenk und zog ihn schnell an den Kunden vorbei, die an der

127

Toilette anstanden, bevor er die Hintertür aufstieß, die auf den Parkplatz führte.

Syn schaute sich schnell um, ehe er sich wieder auf Furi konzentrierte.

„Stimmt etwas nicht? Warum hast du mich hierhergebracht?"

„Was willst du, Detective? Warum hängst du an meinem Arbeitsplatz herum und bietest an, mich zu fahren?" Furi stieß diese Fragen zwischen zusammengebissenen Zähnen hervor.

„Warum bist du so wütend? Es ist nur eine Autofahrt. Ich habe versucht, nett zu sein", erwiderte Syn wenig überzeugend, während er es vermied, Furis Fragen zu beantworten. Er hatte keinen Plan und war sich nicht sicher, warum er sich von Furi angezogen fühlte. Er wollte nur in der Nähe dieses Kerls sein, sich zumindest mit ihm anfreunden, wenn sonst auch nichts passierte.

Furi verengte die Augen wieder und trat auf Syn zu. „Bist du schwul, Detective?"

Da war sie. Die Eine-Million-Dollar Frage. War er schwul? Das hatte er sich bisher nie gefragt. Er hatte bis jetzt nur mit Frauen geschlafen, aber das war nie mehr für ihn gewesen als eine ‚Freunde mit gewissen Vorzügen'-Sache. Rhodes war die einzige Person, zu der er je eine Verbindung gespürt hatte. Ein Mann. Syn fühlte, wie sein Mund sich bewegte, aber kein Laut kam heraus. *Verdammt!*

Furi sah ihn skeptisch an. „Aha. Genau, wie ich es mir gedacht habe. Für wen arbeitest du? *Ihn?* Hat er dich geschickt? Hat er dich angeheuert, um mich zu finden? Bist du ein Privatdetektiv?"

Dieser Vorwurf durchbrach Syns Sprachlosigkeit. „Langsam. Ich arbeite für die Stadt Atlanta. Wovon sprichst du? Wer ist *er*? Ist jemand hinter dir her?" Syn war nicht aufgefallen, dass er Furis Schultern gepackt hatte, ihn zwang, ihm in die Augen zu schauen, bis Furi seine Arme nach oben schwang und so Syns Griff löste.

„Nimm deine verdammten Hände von mir! Ich habe es satt, dass die Leute denken, sie könnten mich anfassen! Halt dich von mir fern, Detective." Furi drängte sich an ihm vorbei und griff nach der Tür.

Syn sprang vor ihn, ehe Furi sie öffnen konnte. Er schrie in der gleichen Lautstärke zurück. „Mein Name ist Syn! Ich bin nicht als Detective hier! Ich weiß nicht, wer *er* ist, und arbeite auch nicht für *ihn*." Syn machte bei dem Wort „ihn" Gänsefüßchen in der Luft. „Ich wollte nur mit dir reden."

„Worüber?", brüllte Furi. Sie standen Nase an Nase, ihre Brustkörbe stießen aneinander.

„Ich weiß es nicht! Über dich. Über mich. Über das verdammte Falcons-Spiel letzte Woche. Über das Wetter. Darüber, warum es so verdammt viele Reality-TV-Shows gibt. Über was auch immer! Das machen die Leute, wenn sie jemanden kennenlernen wollen!" Syn trat zurück, packte seine Haare und schnaufte frustriert. Er fühlte sich so lächerlich, war so genervt, dass er kurz davor stand, einfach wegzugehen. „Verdammt! Ich hatte nicht gedacht, dass daten so verdammt schwer ist."

„Das versuchst du hier, Detective? Du willst ein Date mit mir?" Furis Tonfall und Gesichtsausdruck waren skeptisch.

„Weil ich keine Dates mag. Daten ist dämlich. Was zur Hölle ist daten überhaupt? Irgendein ausgedehnter Prozess, bei dem beide ihre beste Seite präsentieren, während sie ihr wahres Ich verstecken, und diese Scharade kann man nur für ungefähr drei Monate aufrechterhalten, weil all der Mist und die Lügen irgendwann ans Licht kommen, und dann muss man die nächsten drei Monate damit verbringen, sich wirklich kennenzulernen."

„Mann, du bist unglaublich zynisch. Analysierst du immer alles zu Tode? Warum können wir nicht einfach-"

Furi unterbrach ihn. „Weil. Ich interessiere mich nur für schwule Männer. Nicht für Männer, die vielleicht oder vielleicht auch nicht schwul sind, oder Männer, die auf ein Experiment aus sind, oder Männer, die einen an der Klatsche haben. Da war ich schon. Das habe ich hinter mir und werde es nie wieder wiederholen. Das hat mich beinahe mein Leben geko-"

Syn drehte sich bei Furis Worten um. Langsam ging er zu ihm zurück. Er konnte den Schmerz in Furis Augen sehen und Syn wollte ihn auf sich nehmen. Wollte all den Schmerz nehmen, den dieser Mann erfahren hatte, und ihn für ihn ertragen, weil er damit fertig wurde. Er wollte Furi lächeln sehen, unbefangen und voller Leidenschaft. Voll von ihm. Syn konnte ein Stöhnen gerade noch zurückhalten. Er wollte diesen verdammten Mann. Gott helfe ihm, das wollte er wirklich. Er atmete langsam ein und hob seine Hände, um Furis Wangen zu umschließen. Er wollte ihn küssen. Ihn schmecken. Wollte spüren, wie Furi seinen Namen in seinen Mund stöhnte und ihn schlucken. Verdammt, er wollte das und so viel mehr. Furi schaute ihn fest an, wartete. Seine Augen wanderten über Syns Gesicht, bevor sie auf seinen Lippen zu ruhen kamen. Syn brauchte das. Er musste es sich nur nehmen. *Nimm es, verdammt.*

Furi nahm ihm die Entscheidung ab. Syn fühlte selbstsichere Hände auf seinen eigenen Wangen und weiche, wunderschöne Lippen an seinen. Furi nahm Syn die Kontrolle. Er schob seine Hände nach unten und packte den Stoff seiner Jeansjacke, stieß ihn gegen die Wand direkt hinter dem Pub und dann lagen diese vollen Lippen wieder auf seinen. Nahmen ihn. Syns Augen verdrehten sich hinter seinen geschlossenen Lidern. Verdammt, es fühlte sich so gut an. Er hätte sich nie vorstellen können, wie gut. Syn schlang seine Arme um Furis Rücken und drückte ihn an sich. Er brauchte diesen Kontakt mehr als seinen nächsten Atemzug, brauchte Furis Hitze. Verdammt, er brauchte Furis Kontrolle. Syn hörte Stöhnen und Wimmern, während er seine Zunge mit der von Furi tanzen ließ. Ein erotischer Tanz voller Entradas und Sacada Flips. Schnell, dann langsam. Furi küsste, wie ihn noch niemand zuvor geküsst hatte. Stark, fordernd. Und er tat es mit den weichsten Lippen, die Syn je gefühlt hatte. Syn hatte von diesen vollen, pinken Lippen geträumt, auf seinem Mund, seinem Hals, seiner Brust, seinem Schwanz. Wieder erklangen diese Geräusche, ein begehrliches Stöhnen. Verdammt, *er* gab diese Laute von sich. Syn riss seinen Mund los. Er war beschämt. Er hatte gestöhnt wie eine Zwei-Dollar-Hure. Er holte tief Luft, hielt den Blick von Furi abgewandt.

„Dreh dich nicht von mir weg", schnappte Furi.

Oh Gott. Syn drehte sich zurück. Er hatte gehorcht. *Verdammt.* Furi packte seinen Kopf und eroberte seinen Mund erneut. Syn fühlte, wie sein Körper in Furis starkem Griff schlaff wurde, wie er einfach nur fühlte. Er tat, was er hatte tun wollen, seit er Furi das erste Mal gesehen hatte. Syn griff nach oben und zog an dem Haargummi, der Furis lange Haare zusammenhielt, befreite diese wunderschönen Strähnen. Er grub sich mit beiden Händen hinein und sie waren genauso weich, wie er sich das vorgestellt hatte.

„Sag meinen Namen, bitte", stöhnte Syn in Furis heißen Mund. Gott, er wollte hören, wie Furis raue Stimme seinen Namen voll hitziger Leidenschaft stöhnte.

131

Der störrische Mann schaute ihn nur trotzig an und machte sich wieder über seinen Mund her. Sobald Furi den Kuss, der wie ein erotischer Tango Argentino gewesen war, beendete, ging er in einen Wiener Walzer über. Seine Zunge glitt sinnlich über Zähne und Lippen, ließ Syn wanken wie einen verliebten Schuljungen. Furi ließ den Kuss auslaufen, die Spitze seiner Zunge wanderte über Syns geöffnete Lippen. Syn fühlte sich attraktiver als je zuvor. Furi hörte auf, ihn so zu quälen, wartete darauf, dass Syn aufhörte, zu fallen, und seine Augen öffnete. Syn jagte Furis Mund schamlos nach und vergrub schließlich seine Nase in den langen Haaren des Mannes. Sie rochen nicht süß oder zitronig, wie die einer Frau. Sie rochen sauber und maskulin, mit Spuren von Sandelholz und weißem Moschus. Syn wollte dieses Gefühl nicht verlieren.

Furis Stimme war ein sexy Knurren. „Sei um Mitternacht hier."

Syn sah zu, wie Furi in der Dunkelheit des Pubs verschwand. Er starrte ein paar Sekunden lang auf die geschlossene Tür, sammelte sich, bevor er seinen Rücken von der Wand löste. Syns Schwanz war so hart, dass er zu seinem Truck humpelte. Er würde zu spät zurück aufs Revier kommen, aber was sollte es, er fühlte sich verdammt gut.

Die Fahrt zurück zum Revier dauerte lange genug für Syn, zu entscheiden, dass er Furi pünktlich um Mitternacht abholen würde. Er würde Furi nach Hause fahren und zu seiner Tür bringen. Das machten die Leute, wenn sie ein Date hatten, oder? Syn schüttelte seinen Kopf. Wie immer man es heutzutage auch nannte, Syn würde sein Bestes geben. God und Day waren so verliebt, dass sie förmlich glühten. Ro und Johnson waren verliebt. Der feste Freund des heißen IT-Typen kam jeden Tag zum Mittagessen, wenn sie auf dem Revier waren. Er war Teil eines Teams, in dem es in Ordnung war, schwul und geoutet zu sein, und außerdem war er ein harter Hund. Syn wollte nur den Respekt, der ihm gebührte ... nein, den er sich verdient hatte. Jetzt wollte er, dass das letzte Stück seiner selbst an den richtigen Platz fiel und ihn komplettierte.

„Was hast du, Ro?" Syn fiel auf seinen Stuhl und drehte sein Handgelenk, um zum fünften Mal innerhalb von dreißig Minuten auf seine Uhr zu schauen. Es war erst fünf vor zehn. Mitternacht konnte gar nicht schnell genug kommen.

„Hast du heute Nacht ein heißes Date, Sarge?" Ro kicherte, während er Syn die nächste Gruppe von Darstellern bei Illustra reichte, die sie für die Befragung abholen würden.

Syn errötete, entschied sich aber, Ros überlegenes Grinsen zu ignorieren. „Halt den Mund", murmelte er und öffnete die nächste Akte. Er zuckte so sehr zusammen, dass sein Hals knackte. Syns Atem stockte bei dem Bild, das er sah.

„Oh ja. Das ist der, den ich erwähnen wollte. Er könnte ein erstklassiger Verdächtiger sein."

Syn warf die Hände in die Luft, hielt Ro so auf. Das konnte nicht wahr sein. „Ich dachte, wir hätten herausgefunden, dass die Mörder Frauen von BZNA, dieser irren, männerhassenden Gruppe, sind?"

„Ja, haben wir. Aber hör mich an. Es könnte hier mehrere Mitspieler geben. Starman wurde eindeutig von Frauen getötet, aber er hätte von jemand anderem in die Falle gelockt worden sein können. Der Name dieses Mannes ist Furious Gray Barkley. Während der Befragung hat der Eigentümer von Illustra, Jonathan Mack, gesagt, dass

Furious Barkley, der als Furious Styles auftritt, einen Film mit Sasha Pain hätte drehen sollen, das aber abgelehnt hat. Furious Ersatz war unser Opfer." Ro strich sich über sein glattes Gesicht und sprach weiter, ohne Syns inneren Aufruhr zu bemerken. „Das Beste ist, obwohl Furious Gray Barkley keine Vorstrafen hat, ist er auch als Furious Gray Nicks bekannt. Ehemann von Patrick Nicks. Das Bild hier wurde der Charlotte Mecklenburg Polizei gegeben, als Furious Ehemann ihn vor beinahe einem Jahr als vermisst gemeldet hat. Furious ist auf der Flucht und ich will wissen, warum. Ich habe den Ehemann kontaktiert, musste aber eine Nachricht hinterlassen. Ich habe Ruxs und Green bereits geschickt, um ihn abzuholen. Er arbeitet in einem Pub in ... hmmm." Ros Brauen hoben sich. „In deiner Nachbarschaft."

„Ja, sehe ich", erwiderte Syn leise. Ros Telefon klingelte und er nahm ab, gab Syn so zwei Minuten, die er dringend brauchte, weil sein Herz wie wild schlug. Das Schicksal konnte nicht so grausam sein, den einzigen Mann, nein, die einzige Person, für die Syn sich seit über zehn Jahren interessierte, zu einem Verdächtigen in einem Mordfall zu machen, den er leitete. Dazu war der Mann noch verheiratet. *Das ist nicht gut.* Ro beendete seinen Anruf und Syn fragte: „Wie lange, bis er hier ankommt?"

„Er ist schon in Zimmer fünf. Kommst du?", fragte Ro und nahm ihm die Akte von Furious aus der Hand.

„Ich werde zusehen." Syn ging neben Ro zu den Verhörräumen. Dann dachte er noch einmal nach und entschied, dass er seinen Männern gegenüber ehrlich sein musste. Sie arbeiteten sehr gut zusammen, aber vor allem hielten sie einander den Rücken frei. Ro war ein guter Mann und Syn

134

hatte das Gefühl, dass er ihm vertrauen konnte. „Ro, warte."

„Was ist?"

Syn atmete aus und kratzte sich am Kopf, wo die Haare so weit gewachsen waren, dass sie sich bereits einrollten.

„Syn, was ist los?" Ro sah ehrlich besorgt aus. Seine lebhaften, blauen Augen starrten ihn intensiv an.

Syn schaute vor und zurück, während Uniformierte im Gang an ihnen vorbeigingen. Ro legte eine Hand fest auf Syns Schulter und zog ihn in eines der leeren Büros. „Rede mit mir, Mann. Du bist mein Seargant, aber ich sehe dich zuerst als Freund. So arbeiten wir. Wenn du ein Problem hast, dann habe ich ein verdammtes Problem, ebenso wie einundzwanzig andere Männer. Aber zwischen mir und dir, jetzt im Moment, was ist los?"

Syn rieb sich den Nacken und versuchte, einen Teil der Spannung loszuwerden. „Dieser Kerl, Furious."

Ro schüttelte seinen Kopf, zeigte, dass er zuhörte.

„Irgendwie, äh, wir uh … er ist mein", stotterte Syn, der nicht die richtigen Worte finden konnte.

„Du kennst ihn und du magst ihn", endete Ro für ihn.

Syn schaute Ro in die Augen. „Ja, ich mag ihn." Er holte tief Luft. „Er ist der Erste *er*, den ich seit langer Zeit mag."

„Ich verstehe." Ro rieb sich erneut mit der Hand über die Wange. Syn wusste, was diese Geste bedeutete. Ro dachte nach.

„Jetzt ist alles im Arsch. Ich kann nicht mit einem gottverdammten Verdächtigen ausgehen, einem verheirateten, gottverdammten Verdächtigen."

„Hey, langsam. Wir kennen die Details dieser Ehe nicht. Die Gründe, warum ich dachte, er könnte ein Verdächtiger sein? Die könnten leicht zu erklären sein."

„Du warst derjenige, der gesagt hat, dass er etwas verbirgt", widersprach Syn.

„Ja, habe ich. Dieser Kerl ist verheiratet, oder? Er verlässt seinen Ehemann auf eine Weise, die diesen dazu bringt, eine Vermisstenanzeige aufzugeben, und dann ändert Furious seinen Namen, und zwar nicht zu seinem Geburtsnamen. Es sieht so aus, als würde er sich vor ihm verstecken. Ich muss nur herausfinden, warum." Ro zog ein Blatt aus der Akte. „Das hier zeigt, dass er regelmäßig Geld auf das Konto einer Bank in Los Angeles einzahlt. Das Konto läuft unter einem anderen Namen und ist über neunzigtausend Dollar schwer."

„Er hat also das Geld seines Mannes gestohlen und ist mitten in der Nacht abgehauen. Wunderbar." Syn riss die Tür auf, bereit, in das Verhörzimmer Nummer fünf zu stürmen und Furious zu sagen, dass er zur Hölle fahren sollte.

„Mann, warte einen Moment, Sarge." Ro packte seinen Arm und zog ihn zurück, schlug die Tür wieder zu. „Kein Wunder, dass Day dich so sehr mag. Ihr beide geht die ganze verdammte Zeit ohne fundierte Gründe in die Luft. Das Geld wurde nicht gestohlen. Es kam von der Lebensversicherung seines Vaters, als dieser starb. Er hat es vielleicht vor seinem Ehemann versteckt. Die Einzahlungen, die er seitdem gemacht hat, waren niedrig, aber regelmäßig."

„Er ist ein Pornostar, Ronowski! Ich kann keinen verdammten Pornostar daten! Er fickt andere Frauen und wahrscheinlich auch Männer. Was zur Hölle?" Syn brüllte jetzt und tigerte auf und ab. Er wusste, dass es nicht fair war, Ro anzuschreien, aber er war als einziger da. Nach ein paar Sekunden drehte Syn sich um und sah, dass Ro auf die

Akte schaute, ohne etwas zu sagen. „Verdammt! Sag etwas."

„Bist du fertig?", fragte Ro ruhig.

„Was?", erwiderte Syn dümmlich.

„Ich habe darauf gewartet, dass du mit deinem Wutausbruch fertig wirst." Ro lächelte dieses Junge-von-nebenan Lächeln, das die Leute beruhigte. „Soweit es die Pornographie betrifft, es handelt sich um eine Het-Seite, also keine Männeraction. Aber er fickt die Frauen auch nicht. Hat es nie."

„Was?", fragte Syn zum zweiten Mal und nahm das Blatt, das Ro ihm reichte. Es war eine komplette Liste von Furis Filmen. Jeder einzelne war eine Solo-Masturbationsszene, ungefähr fünfzehn Minuten lang, manche sogar kürzer. Syn atmete aus und bevor er wusste, wie ihm geschah, hob sich eine Seite seines Mundes zu einem Grinsen.

„Ah, das ist besser." Ro kicherte. „Jetzt lass uns aufhören, die Antworten über den Ehemann zu erraten, und mit deinem Mann reden."

„Er wird sich fragen, warum du ihn über seinen Ehemann ausfragst, wo es doch um einen Mord geht, der nichts mit seiner Ehe zu tun hat. Er wird wahrscheinlich nach einem Anwalt schreien, bevor du irgendetwas von ihm erfährst", sagte Syn frustriert.

„Überlass das mir. Ich wurde von den Besten trainiert." Wieder grinste Ro und Syn wusste, dass sie beide an die gleichen Namen dachten. *God und Day.*

„Was die Pornographie angeht …" Ro schnaubte. „Der Typ ist heiß. Mir wäre es vollkommen egal, wenn er sich in einem verdammten Santa-Kostüm auf dem Heim&Garten Kanal einen runterholt, solange ich das Video sehen darf."

Syns Gesicht wurde bei dieser Vorstellung blass.

137

Ro lachte tief. „Der Punkt ist, hier kümmert es niemanden, wen du fickst. Du musst nur ein guter Sarge und ein noch besserer Freund sein. Wir alle haben unsere Ventile, wenn wir das Revier verlassen." Ro führte ihn aus dem Zimmer. „Schau mich an. Vor zwei Jahren war ich ein homophobes Arschloch, mit dem niemand etwas zu tun haben wollte. Jetzt ficke ich den Sohn des Police Commissioners. Jede Nacht … hart."

Syn lächelte und stieß Ro gegen die Schulter. Er hatte ziemlich schnell herausgefunden, dass Detective Johnson der einzige Sohn des Police Commissioners war. Manche Leute mochten ein Problem damit haben, dass er schwul war, aber sie sagten das ganz sicher nicht laut.

Ro hielt mit Syn vor dem Verhörzimmer, wo er Furi durch den einseitigen Spiegel betrachtete. Er saß still, schaute auf den Tisch und Syn sah, wie er seine Uhr musterte und auf seinem Stuhl herumzurutschen begann.

„Hmm. Sieht so aus, als ob er auch noch etwas vorhätte. Ich frage mich, was wohl", singsangte Ro.

„Ich soll ihn um Mitternacht von der Arbeit abholen. Er hat endlich zugestimmt, dass wir uns treffen." Syn schaute auf seine Uhr und erkannte, dass es bereits nach elf war.

Ro schlug ihm auf den Rücken. „Ich werde bekommen, was ich brauche, was genug sein wird, um ihn reinzuwaschen. Und dann kannst du hereinschneien und ihn retten, sobald ich die Situation mit dem Ehemann geklärt habe. Jeder Mann liebt einen Helden, vor allem einen mit einem leuchtenden goldenen Abzeichen." Ro zwinkerte.

Syn verdrehte die Augen, als Ronowski die Tür öffnete und den Raum betrat. Er begann, Ro immer mehr zu mögen.

Kapitel 15
„Ich wurde also getäuscht"

Furi hatte eine halbwegs ordentliche Nacht in der Bar gehabt. Das Trinkgeld war gut und er freute sich darauf, Syn später zu sehen. Verdammt, der Mann war Sex auf zwei Beinen. Stark und kräftig, aber voller Begierde und Lust. Er hatte Syn leicht gegen die Wand stoßen können, ohne auch nur einen Hauch Widerstand. Furi hatte jedes einzelne Stöhnen und Wimmern, das der Mann von sich gegeben hatte, gestohlen. Es hatte ihn unglaublich angemacht. Syn reagierte so gut auf ihn. Furi hatte sich nicht länger dagegen wehren können, er hatte diese kräftigen Muskeln gestreichelt, hatte sein Verlangen gehört. Syn wollte, dass Furi seinen Namen sagte. Er lächelte, wenn er daran dachte. *Sag meinen Namen, bitte.* Furi hatte Syns Macht gespürt und sie ihm genommen. Verdammt, ja. Er würde schon bald mehr nehmen. Er würde den Namen des Mannes nicht sagen, bevor er nicht bereit war. Oder er es sich verdient hatte.

„Furious!" Sein Onkel riss ihn aus seinen Gedanken. Furi hatte fünf Minuten lang dasselbe Glas gewaschen.

„Was?", gab er zurück. Verdammt, sein Onkel ging ihm auf die Nerven.

„Diese Detectives wollen mit dir sprechen", fauchte ihm sein Onkel ins Ohr. „Ich will nicht, dass du deinen Ärger hierherbringst."

„Ich bin nicht in Schwierigkeiten. Ich habe dir doch gesagt, dass ich einen Typen kenne, der umgebracht wurde, und dass ich wahrscheinlich eine Aussage machen muss." Furi zog sich bereits seine Jacke an. „Ich komme zurück, wenn ich fertig bin."

„Du hast den Typen gekannt, häh? Gekannt oder gefickt?" Sein Onkel musterte ihn skeptisch.

Kannst du ein noch größeres Arschloch sein?

„Ich habe es dir doch schon gesagt. Ich kannte ihn von der Schule." Furi weigerte sich, seinem Onkel zu sagen, woher er Starman wirklich kannte. Es ging ihn ja auch rein gar nichts an. Sein Onkel machte Furi, auch ohne von den Pornos zu wissen, das Leben schon schwer genug.

„Ich werde dich hierfür nicht bezahlen. Jetzt fehlt mir ein Barkeeper", grummelte sein Onkel.

„Je eher du mich gehen lässt, umso schneller kann ich zurückkommen." Furi zwängte sich an ihm vorbei.

Furi sagte nichts zu den Detectives, weil er nicht wollte, dass die Kunden etwas mitbekamen. Als sie nach draußen traten, drehte Furi sich um und musterte sie misstrauisch. Sie sahen ganz sicher nicht wie Detectives aus – zumindest hatte er noch nie solche Detectives gesehen. Einer trug Jeans, ein dunkelblaues Shirt und eine abgewetzte Lederjacke. Seine Haare waren nach hinten gegelt und hingen knapp über seinen Kragen. Der andere war ein paar Zentimeter größer, mindestens einen Meter neunzig. Seine Jeans hatte ein Loch im Knie und sein verblasstes Metallica T-Shirt hatte schon bessere Tage gesehen. Beide Männer sahen aus, als wären sie in den Dreißigern. „Sie sind beide Detectives?"

„Ja." Der Kleinere sprach zuerst. „Ich bin Detective Green, das ist Detective Ruxsberg. Wir müssen Ihnen ein paar Fragen zu einem Mord stellen, der Donnerstagnacht hinter dem Gebäude Ihres Arbeitgebers begangen wurde."

„Ihres anderen Arbeitgebers", fügte der zweite Detective süffisant hinzu.

Furi musterte sie mit schmalen Augen. „Ich würde gerne Ihre Ausweise sehen, *Detectives.*"

Beide Männer griffen nach ihren IDs. Der mit dem Metallica-Shirt zog seine Geldbörse hervor und zeigte seine goldene Marke, über die in Schwarz das Wort Detective geschrieben war, während der Süffisante eine Seite seiner Jacke zur Seite zog, wobei der Griff seiner Waffe und sein Abzeichen, das an seine Hüfte geklippt war, zum Vorschein kamen.

„Wo ist Ihre Waffe?" Furi schaute Metallica an.

„Das wollen Sie nicht wissen." Er grinste.

Furi verdrehte die Augen. *Ich will das nur hinter mich bringen.* Er würde es kurz und einfach halten. Er kannte Starman nicht wirklich, darum hatte er wenig beizusteuern. Er würde ihre Fragen beantworten und dann weiterarbeiten. Es kümmerte ihn nicht, was diese Bastarde davon hielten, wie er sein Geld verdiente.

„Zufrieden? Dann los", sagte der Süffisante.

„Los wohin?" Furi schaute zwischen ihnen hin und her. „Ich kann Ihre Fragen gleich hier beantworten."

„Das könnten Sie, wenn wir diejenigen mit den Fragen wären", erklärte Metallica. „Unser Sergeant und unser Erster Offizier werden Sie auf dem Revier befragen."

„Ihr seid also nur die Laufjungen."

„Und du bist der Pornojunge", gab Metallica geschmeidig zurück. „Jetzt, wo wir unsere Job-Bezeichnungen geklärt haben, auf, auf, es sei denn, es gibt einen Grund, warum du nicht mitkommen willst."

Furi wollte ihnen beiden den Stinkefinger zeigen, folgte ihnen aber zum Parkplatz. Er war irgendwie froh, dass sie ihn nicht befragen würden, weil ihm ihre Einstellung nicht gefiel.

Metallica öffnete die hintere Tür eines dunklen Suburban und wies ihn an, einzusteigen. Furi kletterte hinein und legte einen Sicherheitsgurt an. Er wollte es nur hinter sich bringen und vor Mitternacht zurück sein. Furi fragte sich, auf welchem Revier Syn arbeitete und wie bald er ihm von seinem zweiten Job erzählen sollte. Er wollte nicht, dass er es über den Flurfunk oder die Hotline erfuhr. Wie auch immer.

Furi war beinahe eine halbe Stunde in dem kleinen Raum, bevor die Tür sich endlich öffnete. Er musterte den jungen Detective. Blond, blaue Augen, mit einem unschuldigen Gesicht, das der Traum einer jeden Mutter war und der feuchte Traum eines jeden schwulen Mannes. Feste Muskeln blitzten durch sein weißgraues Shirt. Seine dunkle Jeans saß hervorragend, zu hervorragend, über seinem runden Hintern. Furi schaute sich satt, bevor er seinen Blick nach oben wandern ließ. Ein zum Niederknien betörendes Lächeln wurde von hübschen, pinken Lippen umrahmt. Oh Mann, war dieser Kerl schön, und so wie er Furi anschaute, musste er schwul sein.

Eine hellbraune Braue hob sich, gefolgt von einem tiefen, entspannten Lachen. „Gefällt Ihnen, was Sie sehen?"

„Ja. Ich bin nicht blind. Aber ich bevorzuge einen kräftigeren Kiefer, jemanden, der ein wenig dunkler ist." Furi grinste zurück. Woher zur Hölle nahm er diesen Mut? Er war normalerweise nicht so unverblümt, aber es fühlte sich gut an. Er fand endlich zu sich selbst. So, wie sein Vater es von ihm gewollt hatte, bevor er gestorben war.

„Stärker und dunkler, huh? Ohne Scheiß." Der Mann schaute nach hinten zu dem Einwegspiegel und lächelte breit, weshalb Furi sich fragte, wer dahinter sein könnte.

„Ich bin Detective Ronowski. Ich bin der Erste Offizier der Drogeneinheit hier auf dem Revier. Danke, dass Sie hergekommen sind."

„Nicht freiwillig. Ich würde sagen, Ihre Laufburschen könnten einen Auffrischungskurs in Charme und Höflichkeit vertragen", bemerkte Furi ein wenig giftig.

„Laufburschen? Oh, Sie meinen Green und Ruxs." Ronowski lachte wieder. Es war ein melodisches Geräusch, bei dem Furi sich zurücklehnte, um es zu genießen. „Diese Laufburschen sind sehr fähige Männer, vielleicht nicht, was den Charme betrifft, aber eindeutig im Nahkampf. Nur für den Fall, dass jemand nicht freiwillig mitkommt. Aber ich bin mir sicher, dass Sie ihnen keinen Ärger gemacht haben."

„Nein, habe ich nicht. Wie lange wird das hier dauern?", fragte Furi und schaute wieder auf seine Uhr. *Verdammt.*

„Haben Sie ein heißes Date?" Ronowski lächelte und schaute wieder zu dem Spiegel.

„Etwas in der Art. Wer ist hinter dem Glas?"

„Mein Boss." Ronowski warf ihm wieder dieses sexy Grinsen zu.

„Das ist schön, aber können wir zur Sache kommen?"

„Natürlich." Der Detective öffnete eine dünne Akte und schaute sich ein paar Notizen an, bevor er seine erste Frage stellte. „Wie lange arbeiten Sie schon bei Illustra?"

„Ungefähr neun Monate." Furi würde auf die Fragen so direkt wie möglich antworten. Er würde nicht ausschweifend werden.

„Sie wissen, warum wir Sie hierhergebeten haben?"

„Ja, weil Starman getötet wurde." Furi schüttelte seinen Kopf. Es machte ihn immer noch traurig, das laut auszusprechen.

„Das stimmt. Wie gut haben Sie ihn gekannt?"

„Nur flüchtig. Wenn ich zum Filmen da war, hat er manchmal eine Szene beendet oder angefangen."

„Hat er je irgendwelche Probleme erwähnt?"

„Nein. Ich habe nicht viel mit ihm geredet und wenn, dann in der Regel über meine Tattoos oder seine. Wir hatten wohl nicht sehr viel gemein. Starman stand auf Frauen. Ich stehe auf Männer." Furi lachte humorlos.

„Haben Sie je gesehen, dass Starman Drogen genommen hat?"

„Nein."

„Nehmen Sie welche?" Ronowski hatte ein verdammt gutes Pokerface. Furi wusste nicht, worauf er hinauswollte.

„Nein, noch nie. Manchmal nehmen die Darsteller Ecstasy oder Viagra, aber ich habe das nie und habe auch Starman nie dabei beobachtet. Wie schon gesagt, ich habe nie mit ihm zusammengedreht."

„Ich sehe, dass Sie nie Filme mit Frauen gemacht haben. Aber Sie verstehen sich mit ihnen?"

Furi dachte über diese Frage nach. Er musste die Wahrheit sagen. Im Moment war er bei den Frauen nicht beliebt. „Ich dachte, dass ich mich mit ihnen verstehe. In letzter Zeit benehmen sie sich mir gegenüber aber ziemlich feindselig."

„Auf welche Weise?"

„Einfach nur richtig zickig. Der Besitzer von Illustra, Mack, versucht immer, mich dazu zu bringen, eine Szene mit einer Frau zu drehen. Ich lehne das ab. Ich kann und werde keinen Sex mit einer Frau haben. Kein Viagra der Welt kann mich dafür hart machen."

Ro lachte wieder, nickte, als ob er verstünde.

„Das letzte Angebot, das Mack mir gemacht hat, war ein Film mit Sasha Pain. Na ja, es gab ein Problem in der Kommunikation, weil alle dachten, dass ich es tun würde. Ich habe gehört, dass sie Kommentare darüber auf ihrer Website gepostet hat."

Ro schrieb schnell, während Furi redete.

„Ich bin nicht in den sozialen Medien, aber ich habe gehört, dass sie ein paar ziemlich fiese Kommentare abgegeben hat, nachdem der Dreh abgesagt wurde. Ich muss auch hinzufügen, dass ich erst heute herausgefunden habe, dass nicht mein Freund Doug mich ersetzt hat, sondern Mack stattdessen Starman eingesetzt hat. Ich glaube, sie war wirklich wütend. Auf mich, nicht Starman."

Ronowski machte weiter. „Sie machen also nur Solos."

Furi wusste nicht, ob das eine Frage oder eine Feststellung war, darum sagte er nichts.

„Warten Sie darauf, dass Illustra das Programm auf schwule Videos erweitert?"

Was für eine Art Frage ist das? Was hat das mit dem Mord an Starman zu tun?

„Zur Hölle, nein. Es kümmert mich nicht, was Illustra von jetzt an macht. Ich werde in zwei Wochen aufhören. Doug und ich werden endlich unsere eigene Werkstatt eröffnen. Ich habe getan, was nötig war, um meinen Anteil der Eröffnungskosten zu decken." Furi fand, dass die Fragen rein gar nichts mit dem Fall zu tun hatten. Wenn dieser Detective ihn anmachte, dann war er bereit, in den Pub zurückzufahren.

„Haben Sie noch weitere Fragen über Starman, weil ich wirklich wegmuss."

„Sicher. Wo waren Sie in der Nacht, als Starman getötet wurde?" Ronowskis freundliches Lächeln war verschwunden, wurde von einem ernsten Ausdruck ersetzt.

„Ich war mit meinem Freund Doug zu Hause. Ich habe ihn ungefähr um acht angerufen, wir haben uns betrunken und sind eingeschlafen."

Ronowski schrieb das auf und fuhr fort: „Kennen Sie jemanden, der Starman töten wollte?"

„Nein, nicht wirklich. Außer mit Doug rede ich mit niemanden von Illustra."

„Letzte Frage. Warum musste Ihr Ehemann eine Vermisstenanzeige wegen Ihnen aufgeben?"

Furi zuckte zusammen, bevor er es verhindern konnte. *Verdammt.* Jetzt war er wirklich wütend. Er hatte jedes Recht, Patrick so zu verlassen, wie er es getan hatte. Furi strich sich mit den Händen durch die Haare, zog an den Spitzen und biss die Zähne zusammen. „Mein Ehemann war ein gewalttätiger Hurensohn. Wenn er mich nicht geschlagen hat, hatte er kein Problem damit, wenn sein Bruder zum Spaß ein paar Treffer landete. Darum habe ich gewartet, bis er die Stadt verlassen musste, und bin abgehauen. Was hat das mit Starman zu tun?"

„Nicht das Geringste."

Furis Atem stockte beim Klang von Syns Stimme. Er betrat den Raum und sah aus, als würde er Ronowski gleich wehtun. *War er die ganze Zeit hinter dem Glas gewesen? Arschloch.*

„Lass uns gehen, Furious." Syn stand in der Tür, starrte Ronowski wütend an.

„Möchten Sie nicht, dass Ihr Ehemann benachrichtigt wird?" Ronowski ignorierte Syns bösen Blick weiterhin.

146

Furi drehte sich in der Tür um. „Das spielt keine Rolle. Er wurde bereits benachrichtigt … mit den Scheidungspapieren." Furi verließ das Zimmer und lief mit langen Schritten durch das Revier, bis er nach draußen trat. Er wusste, dass Syn hinter ihm war, denn obwohl seine Schritte leicht waren, konnte er ihn spüren. Furi war so wütend, dass er sich umdrehen und Syn ins Gesicht schlagen wollte. Das hier bedeutete, dass Syn alles über ihn wusste. Über seinen Ehemann, wie er sein zusätzliches Geld verdiente, über jede verdammte Einzelheit. Er hatte Furi die Kontrolle genommen. Das war inakzeptabel.

Kapitel 16
„Nektar der verbotensten Frucht"

Verdammt.

Furi war wütend – und nicht nur ein kleines bisschen. Er war wie ein Mann auf einer Mission. Syn hörte, wie er die Türen aufriss und um die Ecke bog. „Furi, kann ich mit dir reden?", fragte Syn so ruhig er konnte.

Furi bog in eine Seitenstraße ab und drehte sich schnell zu ihm um, wobei seine langen Haare über seine linke Schulter flogen. Er packte Syn am Kragen seiner Jacke und warf ihn hart gegen die Wand.

„Ugh, verdammt! Furi, entspann dich, ich kann das erklären", sagte Syn in einem beruhigenden Tonfall.

„Du hast gewusst, dass ich abgeholt werden würde. Du hast auf der anderen Seite dieses Spiegels gestanden und mich beobachtet. Habe ich dich unterhalten? Denkst du, dass es mich auch nur im Geringsten interessiert, dass du mich verurteilst, weil ich für Geld vor der Kamera masturbiere?", knurrte Furi ihm ins Gesicht.

„Zuerst einmal habe ich nicht gewusst, dass du heute Abend abgeholt werden würdest. Ronowski ist mein Erster Offizier und er kümmert sich um solche Dinge. Er informiert mich, wann immer er denkt, dass er etwas hat, das man näher untersuchen sollte. Zweitens: Er hat mir erst von dir erzählt, nachdem ich dich heute Abend alleingelassen habe. Drittens: Ich habe nicht einmal gewusst, dass du für Illustra arbeitest, aber jetzt wo ich es weiß, lies meine Lippen. Mir. Ist. Das. Völlig. Egal." Er schaute in Furis Augen, sah, wie sein Blick auf Syns Mund landete. Sein Gesicht war nur wenige Zentimeter von seinem eigenen entfernt. Er beobachtete, wie Furis Wut sich in Erregung verwandelte, ebenso wie bei ihm. Syn hob langsam seine Hände, wollte sie unbedingt in Furis Haaren vergraben.

„Lass sie fallen", sagte Furi harsch an seinen Lippen.

Syn ließ seine Hände nach unten fallen. Sein Atem wurde bei Furis Befehl schneller. „Lass mich dich anfassen", flüsterte Syn. Er stöhnte tief, als Furi ihn fester gegen die Wand presste. Er teilte seine Lippen leicht, lud Furi ein, ihn zu schmecken, brauchte selbst einen weiteren Kuss. Syn beugte sich vor und Furi drehte seinen Kopf, wodurch Syn seine Lippen verfehlte.

Syn knurrte tief, ließ Furi seine Enttäuschung hören. „Warum bist du so ein Arsch zu mir? Du bist entweder ein sarkastischer Mistkerl oder zwingst mich, dir nachzujagen. Du ärgerst mich und lässt mich dich nicht anfassen, bis du es erlaubst. Wird es so gemacht? Wirst du mich immer so behandeln?"

Furi kam näher, ließ Syn sein Gesicht in die weichen Haare über Furis Ohr und Hals schmiegen. Syn atmete tief ein. „Riecht so gut."

Furi löste endlich seinen Griff an Syns Jacke und sein Schwanz zuckte in seiner Hose, als Furi seine Hände hinter Syns Hals verschränkte. Furi zog Syns Kopf von seinen Haaren und sah ihn durchdringend an, überlegte, was er sagen sollte. „Ich will nicht gemein zu dir sein. Ich weiß nur noch nicht, was ich von dir denken soll."

„Kann ich dich immer noch nach Hause fahren? Ich muss mit dir reden", sagte Syn, dessen Stimme vor Erregung kratzte.

„Offiziell?", fragte Furi durch zusammengebissene Zähne.

„Ja. Ich muss ein paar Dinge klären, aber für mich hat sich nichts geändert. Wenn du willst, dass ich dir noch eine Weile hinterherlaufe, schön. Dann werde ich dir nachlaufen." Syn knabberte an Furis Kiefer, ließ ihn zucken. „Aber du musst verstehen, dass ich dich fangen werde, Furious."

Furi zischte, rieb ihre harten Schwänze perfekt aneinander. Furi leckte um seinen Mund, seine süßen Lippen glitten nur leicht über die von Syn. Furi regnete sanfte Küsse über seine Bartstoppeln.

„Es ist Mitternacht. Du hast gesagt, dass ich dich nach Hause bringen kann."

Furi trat von ihm weg, fuhr sich mit den Händen durch die Haare. „Schön, du kannst deine offiziellen Fragen während der Fahrt stellen."

Syn fuhr auf dem Highway in Richtung Emory Point. Die Fenster waren leicht geöffnet, um die kühle Nachtluft hereinzulassen. Syn sah aus dem Augenwinkel dabei zu, wie Furi seine Haare zu einem lockeren Pferdeschwanz band.

„Frag schon", sagte Furi, dem klar wurde, dass sie beinahe bei seiner Abfahrt waren.

„Bist du in Schwierigkeiten?"

Furi drehte sich herum, schaute Syn scharf an. Furi hatte wahrscheinlich nicht erwartet, dass dies seine erste Frage sein würde, aber es war, soweit es Syn betraf, die wichtigste Frage. Er wusste, dass Furi mit dem Mord an Starman nichts zu tun hatte, darum musste er darüber keine Fragen stellen.

„Bevor ich heute den Pub verlassen habe, hast du mich gefragt, ob jemand mich geschickt hat und ob ich für *ihn* arbeite. Hast du von deinem Ehemann gesprochen?"

„Ja", antwortete Furi rau. „Er hat beinahe ein Jahr lang nichts von mir gesehen oder gehört. Vielleicht hat er gedacht, dass ich tot bin." Er zuckte mit den Schultern. „Ich habe ihm endlich die Scheidungspapiere zustellen

150

lassen, was bedeutet, dass er jetzt meine Adresse kennt. Er und sein Bruder werden unter Garantie hier auftauchen. Und wenn es nur ist, um mich noch einmal zusammenzuschlagen, bevor er die Papiere unterschreibt."

Syn hörte das quietschende Geräusch, das sein Lenkrad machte, als er seine Fäuste anspannte und das Leder zusammenpresste. Er wurde wütend, wütender, als er in langer Zeit gewesen war. Der Gedanke, dass jemand dem Mann neben ihm etwas antat, auch nur ein wunderschönes Haar auf seinem Haupt krümmte, weckte in Syn das Bedürfnis, etwas zu erschießen. Er holte tief Luft und versuchte, den Anweisungen zu folgen, die Furi ihm gab. Er hielt neben einem kleinen Haus an einer Ecke in einer stillen Nachbarschaft.

„Ist das dein Haus?", fragte Syn.

„Äh. Nein. Ich habe das Keller-Apartment gemietet. Es ist sauber und sicher", sagte Furi leise.

Syn schaute sich diskret auf der Straße um. Er wollte Furi keine Angst machen, aber Syn befand sich in Defcon 3, jetzt wo er wusste, dass irgendein Bastard seinem Mann wehtun könnte. *Meinem Mann. Ich zäume schon wieder das Pferd vom Schwanz her auf.* Er wollte Furi nicht drängen, wollte ihm nicht das Gefühl geben, weniger wert oder schwach zu sein, aber das Bedürfnis, ihn zu beschützen, war da und es war stark. Furi war stark, er hatte die Kraft des Mannes schon zweimal erlebt, aber jeder brauchte manchmal Hilfe. Syn war der Mann, der diese Hilfe bieten konnte. Darin war er gut, verdammt gut.

Syn räusperte sich. Er wollte fragen, zögerte aber. Er wollte nicht abgewiesen werden. Furi konnte das sehr gut. Syn musste es dennoch probieren. „Kann ich mit rein-

151

kommen?"‚ fragte er ein wenig nervöser, als er es eigentlich vorgehabt hatte.

Furi schaute von der Straße weg zu Syn. „Warum?"

„Ich will nur reden."

„Nur reden?"

„Ja." Syn zog einen Mundwinkel nach oben.

„Mein Heim ist … es ist, äh, klein. Ich habe nicht viele Möbel." Furi fuhr sich mit der Hand durch seine Haare, zog an den Spitzen. Syn wurde klar, dass Furi das machte, wenn er nervös oder aufgebracht war.

„Ich mache mir im Moment keine Sorgen um deine Inneneinrichtung, Furious"‚ machte Syn klar.

Furi schnaubte. „In Ordnung." Er stieg aus dem Wagen und Syn folgte ihm zur Rückseite des Hauses. Syn schaute sich um, während Furi nach den Schlüsseln suchte. Er hörte ein Geräusch im Nachbargarten und trat instinktiv näher an Furis Rücken, wurde zu seinem Schild.

„Schon gut, Detective. Das ist Mr. Wiggins, der seine Katze reinlässt."

Furi öffnete die Tür und schaltete ein Licht an. Syn trat ein und musterte seine Umgebung kurz. Das Zwei-Zimmer-Apartment beherbergte nur wenige Möbel. Ein großes Bett stand an der gegenüberliegenden Wand. Die Küche, wenn man einen Mini-Kühlschrank, eine Mikro-welle und einen Herd mit zwei Platten denn als Küche bezeichnen wollte, befand sich direkt vor ihnen. Syn sah ein einzelnes Fenster direkt hinter einem kleinen Fernseher. Es sah nicht sonderlich sicher aus. „Gibt es noch weitere Türen oder andere Ausgänge?"

Furi schnappte ihn an. „Ich brauch deinen Schutz nicht oder, dass du einen Fluchtweg für-"

„Beantworte meine Frage!", bellte Syn, unterbrach so Furis Tirade. Er packte Furis Arm und zog ihn an seine Brust. „Du hast mir gesagt, dass dein Exmann kommen wird, um dir wehzutun. Denkst du wirklich, dass ich nichts dagegen unternehmen werde? Sorry, dann hast du es dem falschen Mann erzählt. Ja, ich bin ein Cop. Ich will für dich auch mehr sein, was dir im Grunde doppelten Schutz einbringt. Akzeptier es, verdammt noch Mal."

Syn holte tief Luft und rieb Furis Arm, versuchte, seinen Worten die Schärfe zu nehmen. „Es tut mir leid. Dass jemand dir wehtun will, gefällt mir nicht sonderlich gut."

Furi lächelte ihn an. Ein echtes, volles, breites Lächeln und es raubte Syn den Atem. „Verdammt, du bist wunderschön", flüsterte Syn.

„Komm her." Furi zog ihn zu der kleinen Couch. Er legte seine Jacke über die Rückenlehne und Syn tat es ihm nach.

Er setzte sich und versuchte, sich nicht zu winden, während Furi ihn anstarrte, ihn von oben bis unten musterte. Seine Mitternachtsaugen huschten über Syns zwei Glocks. Sein Abzeichen, das an seine Jeans geklippt war. Syn hatte auch ein großes Telefon zusammen mit einem Funkgerät an seinem Gürtel sowie einen Schalldämpfer und Handschellen an seiner linken Seite. Er hatte auch seine 22er an seinen Knöchel gebunden. Am Anfang konnte einem das viel vorkommen, aber hoffentlich würde Furi sich daran gewöhnen.

Furi schob ein paar lose Strähnen hinter sein Ohr und schaute Syn wieder in die Augen. „Du bist also nicht nur ein Detective, sondern auch ein Sergeant. Vielleicht sollte ich dich Sarge nennen."

„Vielleicht solltest du mich Syn nennen. Das würde ich sogar bevorzugen. Oder, wenn du willst, kannst du mich Corbin nennen."

„Ist das dein Vorname?"

„Ja, nur mein Team nennt mich Sarge oder Syn." Syn kam ein wenig näher und griff hinter Furi, um den Haargummi aus seinen Haaren zu ziehen. „Nenn mich einfach nur bei meinem Namen, bitte."

Furis Augen schlossen sich, sein Kopf fiel in Syns Handflächen, als er mit den Fingern durch die dichten Strähnen von Furis Haar kämmte. Ihre Oberschenkel rieben aneinander und Syn wollte sofort mehr Kontakt. Aber Syn wusste nicht, ob er für das, was Furi als nächstes tat, bereit war. Furi erhob sich, setzte sich rittlings auf Syns Schoß.

„Oh verdammt", zischte Syn. Furi starrte ihn unter langen, dunklen Wimpern an.

Furis Schwanz stieß an Syns Gemächt, ließ ihn stöhnen, weil sie sich schon so nahe waren. *Gottverdammt.* Syn ließ seinen Kopf an die Lehne der Couch fallen, während Furi sich seinen Weg an seinem Kinn hinunter und zurück zu seinem Mund küsste und leckte. Syn legte seine Hände auf Furis Hüften und folgte Furis Bewegungen. Syn glaubte nicht, dass er je etwas so Wunderbares gespürt hatte. „Oh Scheiße, Furious. Lass nicht zu, dass ich in meiner verdammten Jeans komme."

„Mmm, Syn", stöhnte Furi an seiner Ohrmuschel.

Endlich. Oh Gott. Syn packte zwei Fäuste voller Haare und plünderte Furis Mund. Syn leckte und biss jede Stelle, die er erreichen konnte. Er hätte nie gedacht, dass es in ihm so einen erotischen Rausch auslösen würde, seinen Namen ausgesprochen zu hören.

„Verdammt. Du bist so unglaublich sexy", knurrte Syn. Er verlor schnell die Kontrolle. Er wollte Furi zu Boden werfen und sich an ihm reiben, bis er nicht mehr geradeaus sehen konnte. Syns Kopf war vor Lust vernebelt, als er anfing, nach oben zu stoßen, auf der Suche nach mehr Kontakt. Er strich mit seinen Händen über muskulöse Oberschenkel, bevor er wieder den Weg zu Furis knackigem Arsch fand. So verdammt hart. Er massierte diese herrlichen Halbkugeln immer und immer wieder, kniff die Augen bei der Vorstellung, sich in Furis Hitze zu rammen, zusammen. „Verdammt, Furious, ich bin zu nah dran", stöhnte Syn, drückte Furis Hintern fest genug, dass es wehtat. So fühlte sich Ekstase an. Er hatte sie nie zuvor verspürt, hatte nie gewusst, wie es sich anfühlte, high zu sein, aber was er jetzt empfand, musste sehr nahe dran sein.

Syn irrte sich.

Furi glitt an seinem Körper nach unten, landete auf den Knien zwischen Syns Oberschenkeln. Erfahrene Hände begannen, seinen Gürtel zu lösen, während stechende, lusterfüllte Augen ihn anstarrten. Furi hatte Syn genau da, wo er ihn haben wollte. Vollkommen unter Kontrolle. Syn hätte alles gesagt oder getan, was Furi wollte, solange er ihn weiter so anschaute und seinen Namen stöhnte.

Furi öffnete Syns Hose und tippte auf seine Hüften, damit er sie anhob. Er zog die Hose zusammen mit all dem verdammten Metall nach unten. Furi vergaß auch die Unterhose nicht und ließ alles in einem Haufen zu Syns Füßen fallen. Furi blies heißen Atem über Syns harten Schwanz, berührte ihn nicht, leckte ihn nicht, atmete ihn nur an. „Jesus", keuchte Syn und schloss überwältigt die Augen. So wie er sich jetzt fühlte, konnte Syn seine wahre Natur nicht verleugnen.

155

„Sieh mich an", forderte Furi mit tiefer Stimme. „Sieh dir jede Sekunde an."

Syn kämpfte darum, seinen Kopf aufrecht zu halten, obwohl seine Lider von Erregung nach unten gezogen wurden. Er sah zu, wie Furi seine dicke, pinke Zunge ausstreckte und mit der flachen Seite die lange Vene an der Unterseite von Syns Schwanz entlangfuhr. Er presste seine Zähne zusammen, um nicht so laut zu schreien, dass er Furis Vermieterin im Obergeschoß weckte. Syn ballte seine Fäuste an der Seite. Wusste nicht, was zur Hölle er mit seinen Händen tun sollte. Wenn er sie jetzt in Furis Haaren vergrub, würde er dem Mann wahrscheinlich eine Glatze bescheren, wenn er kam.

Furi wirbelte seine warme Zunge um seine Eichel und drang mit der Zungenspitze in seinen Schlitz ein.

„Oh, mein Gott", wimmerte Syn.

„Mmm, fühlt sich das gut an, Syn?" Furi strich mit den Lippen über die empfindliche Eichel.

„Ja. Ja, Furi." Auf gar keinen Fall würde er noch lange durchhalten. Syn konnte versuchen, jede Vorschrift, die er kannte, zu zitieren, und er würde dennoch in weniger als einer Minute kommen. Wie eine vierzigjährige Jungfrau.

Furi öffnete seine sexy Lippen weit und nahm ihn ganz in seine warme Höhle auf. Syn war nicht unbedingt ausgestattet wie ein Pferd, aber er brauchte sich auch nicht für seine Ausstattung zu schämen. Furi stöhnte, als ob Syns Schwanz die am besten schmeckende Sache der Welt wäre, und er war sich nicht sicher, ob er noch länger stillhalten konnte. Syns Oberschenkel brannten, so sehr spannte er sie an, seine Bauchmuskeln waren fest, sein Bizeps spielte, sein ganzer Körper reagierte. Furis Mund befand sich an seinen Schamhaaren. Er schluckte, seine Kehle zog sich um seine

156

Eichel zusammen. Syns Augen verdrehten sich und er konnte gerade noch eine Warnung stöhnen. „Ich komme, verdammt. Ah! Jetzt!"

Syn fühlte, wie scharfe Zähne seinen Schaft entlangfuhren, einen gemeinen Stich erotischen Schmerzes hervorriefen, bevor Furi ihn wegleckte und heftig an seiner Eichel saugte, während er die Basis fest pumpte. Syn konnte nicht mehr stillsitzen und er konnte auch seine Hände nicht mehr unten lassen. Er vergrub sie in Furis Haaren, als er seinen Oberkörper aufrichtete und über Furis Kopf beugte, wobei die Heftigkeit seines Orgasmus ihn tief stöhnen ließ. Er stieß einmal in diesen hübschen Mund und kam tief in der Kehle seines Mannes. Der nächste Schwall Wichse öffnete Syns Mund zu einem stummen Schrei. Sein Körper knallte hart auf die abgenutzten Kissen der Couch, die Gewalt seines Orgasmus erwischte ihn unvorbereitet. „Verdaaaammt, Furious", stöhnte er, stieß wieder nach oben, fühlte, wie ein weiterer Schwall aus seinen Hoden kam. Sein Körper zitterte, als ob ihm furchtbar kalt wäre. Sein Schwanz weigerte sich, mit dem Kommen aufzuhören. Furi schluckte alles, leckte und schleckte seinen Schwanz, als ob dieser seine Lebensnahrung enthielt.

Syn war vollkommen benommen, fühlte sich betrunken von seinem starken Orgasmus. Er glaubte nicht, dass er je so heftig gekommen war. Sein Schwanz zuckte immer noch herrlich, als Furi auf seinen Schoß kletterte und seinen harten Schaft wild an Syns Bauchmuskeln rieb. Ja, Gott, er wollte, dass Furi auch kam, wollte, dass er sich so gut fühlte, wie Syn gerade im Moment.

„Verdammt, du kommst heftig. Hat mir gut gefallen", flüsterte Furi an seiner Wange. Ein wenig von seinem eigenen, süßen Nektar tropfte aus diesem talentierten Mund.

Syn begann gerade, wieder scharf zu sehen, als er ein lautes Klopfen an der Tür hörte, das ihn Furi von sich herunterreißen und gleichzeitig die Waffe aus seinem Holster ziehen ließ. Sobald Furi sicher hinter ihm stand, zog Syn seine Hose nach oben, da er seinen Schwanz erst wieder einpacken musste, bevor er Furi effektiv beschützen konnte. Er schaute zu ihm. „Erwartest du jemanden?" Syns Stimme war fest, aber leise.

„Nein", flüsterte Furi zurück und schaute nervös auf Syns Waffe. Syn manövrierte sie beide hinter die Couch in eine bessere Position. Er dachte eine Sekunde lang nach und holte dann den Schalldämpfer für seine Glock heraus und schraubte ihn an. Er wollte Furis Vermieterin keinen Herzinfarkt bescheren, sollte er schießen müssen. Er schob Furi weiter, hielt ihn sicher hinter sich. Wieder wurde laut gegen die Tür gehämmert.

„Was zur Hölle?", fauchte Furi.

Syn legte seine Hand auf Furis Lippen und schüttelte den Kopf, gab ihm zu verstehen, dass er nicht antworten sollte. Verdammt, er wünschte, er hätte mehr Zeit gehabt sich zu überlegen, wie er mit Furis Ehemann verfahren sollte. „Wer ist da?", brüllte Syn.

„Furious!", schrie eine tiefe Stimme zurück, als die Person anfing, die Tür einzubrechen.

Syn wusste, dass die windige Tür keine Chance gegen die heftigen Schläge hatte.

„Furious! Bist du da drinnen?"

„Warte!"

Syn hörte Furious kaum schreien, als ein großer Körper gegen die Tür rammte, dabei das Holz um den Griff zersplitterte. Die Kraft des Mannes trieb ihn in das Apartment und Syn nutzte dessen Bewegungsmoment zu seinem Vorteil. Er stieß Furi zurück und ging auf den Eindringling los. Syn duckte sich tief und benutzte seine Schulter, um den Mann gegen die Wand zu drücken. Der Typ schien beinahe ebenso groß und stark zu sein wie er selbst und Syn bezweifelte nicht, dass der Mann ihm einen guten Kampf liefern konnte, aber für den Moment war er von Syns Stärke überrascht, und er hatte keine Waffe. Furi brüllte ihm etwas zu, aber darauf konnte Syn sich nicht konzentrieren. Er konzentrierte sich auf den Eindringling. Syn duckte sich unter einem wilden Schlag, drehte sich und hakte seinen Arm unter den Angreifer, stieß ihn mit dem Gesicht voran gegen die Wand.

„Rühr dich ja nicht." Syn hielt den kräftigen Arm des Mannes an seinem Rücken und benutzte seinen Oberkörper, um ihn festzunageln. Er verdrehte die Hand des Mannes in einem unbequemen Winkel und benutzte seinen Daumen, um Druck auf einen empfindlichen Nerv im Handgelenk auszuüben, was den Mann vor Schmerz brüllen ließ. Er presste den Schalldämpfer seiner Glock an die Schläfe des Mannes und knurrte tief: „Er gehört jetzt mir."

„Syn, hör auf, du tust ihm weh!" Furi brüllte so laut er konnte, aber es brauchte ein paar Sekunden, bevor das Adrenalin nicht mehr so in Syns Ohren hämmerte, dass er ihn hören konnte.

„Er ist mein Freund!"

Syn ließ den Mann für eine Sekunde aus den Augen, um zu Furi zu schauen, der aussah, als würde ihm gleich schlecht werden. Er wirkte, als ob er Angst hätte, Syn zu berühren. Seine zitternde Hand schwebte über Syns Schulter.

„Bitte, leg die Waffe weg", flüsterte Furi.

Syn hob seine Waffe und trat schnell zurück, zog Furi mit sich, presste ihn an seine Seite. „Warum bricht er mitten in der Nacht hier ein?"

„Das weiß ich nicht. Wenn du mich loslässt, kann ich ihn fragen." Furi blickte auf Syns Todesgriff um seinen Bizeps.

Syn räusperte sich. „Entschuldigung."

Furi erreichte seinen Freund gerade, als der sich umdrehte, um sie anzuschauen, wobei er die schmerzende Stelle an seinem Handgelenk hielt und rieb. „Doug, geht es dir gut?" Furi nahm Dougs Handgelenk in die Hand und streichelte die Stelle, an der bereits ein blauer Fleck erschien.

Syn gefiel die übermäßig zärtliche Sorge, die Furi seinem Freund zeigte, nicht sonderlich. Vor allem gefiel ihm nicht, wie unglaublich attraktiv dieser *beste Freund* war. Doug atmete schwer und Syn hatte keinen Tropfen Schweiß vergossen.

„Ich habe gerade einen Film bei Illustra gedreht, als ich für die Befragung wegen Starman abgeholt wurde. Sie haben gesagt, dass du vor mir da warst, darum bin ich gekommen, um nach dir zu sehen." Doug schaute kurz zu Syn, bevor er versuchte, zwischen seinen keuchenden Atemzügen zu flüstern. „Und mein Bruder hat mir von den Scheidungspapieren erzählt, darum dachte ich, ich bleibe über Nacht."

„Wie rücksichtsvoll, aber das ist nicht nötig", sagte Syn zwischen zusammengebissenen Zähnen.

„Wer zur Hölle ist das?" Doug schaffte es endlich, seine Eier zur Arbeit zu bewegen, und trat näher zu ihm.

„Das ist der Typ, von dem ich dir erzählt habe." Furi schaute zu Syn. Jetzt, wo alles sich beruhigte und statt Schlägen nur noch wütende Blicke ausgetauscht wurden, bewunderte Furi Syns raue Erscheinung. Er hatte sich zu seinen vollen ein Meter neunzig aufgerichtet. Seine Timberland-Stiefel standen schulterweit auseinander, als ob er für den nächsten Kampf bereit wäre. Seine Hose war immer noch nicht zugeknöpft, sein Hemd stand offen und seine Waffe ruhte an seiner Seite. Er sah aus wie ein heißes, abtrünniges Cop-Model.

„Er ist der verwirrte Cop?", fragte Doug ungläubig.

Furis Augen weiteten sich bei Dougs Wortwahl. „Ich habe nie verwirrt gesagt", erwiderte er und schaute zu Syn.

„Jetzt verstehe ich, was du gemeint hast. Du hast mir nicht gesagt, dass er ein verdammter Bruce Willis, Stirb langsam-Cop ist." Dougs Augen verengten sich, schossen zwischen ihnen hin und her. „Ich habe die wütende Stimme eines Mannes gehört und dachte, dass Patrick dich vielleicht hier drinnen gefesselt hat, oder so einen Scheiß."

Sie schwiegen für eine Sekunde, als Syns Funkgerät lebendig wurde und eine kräftige, klare Stimme den kleinen Raum füllte. „Sarge, wie ist dein Status? Antwort."

Syn wandte seinen tiefen Blick nicht von ihnen ab, als er den Apparat von seinem Gürtel nahm. „Emory Point."

„Wir haben noch eine Leiche. Komm zu Illustra. God und Day sind ebenfalls auf dem Weg dorthin."

„Zehn-vier", antwortete Syn und steckte das Funkgerät wieder an seinen Gürtel.

„Eine Leiche", keuchte Furi und schmiegte sich instinktiv an Syns Seite.

„Ich muss gehen." Syn strich seine Kleidung glatt und steckte die große Waffe wieder in ihr Holster. Er schaute zu Doug. Der sah aus wie Furi, bleich und schockiert.

„Wer ist es?", fragte Doug.

„Das weiß ich noch nicht. Und selbst wenn, dürfte ich es euch nicht sagen." Syn musterte Doug fragend. „Wo bist du gerade hergekommen?"

„Wie schon gesagt", schnappte Doug. „Vom Revier. Du kannst deine Freunde fragen, sobald du dort bist."

„Schau, es tut mir leid, dass ich dich beinahe ausgeknockt hätte. Ich dachte auch, dass du sein baldiger Ex-Ehemann bist." Syn ging zur Couch, um seine Jacke zu holen.

„Sicher. Wie auch immer, Captain America", gab Doug wütend zurück.

Syn bellte ein Lachen und zog sich seinen Mantel an. Furi ging zu ihm, kehrte dabei seinem Freund den Rücken zu. Er wollte etwas sagen, irgendetwas, bevor Syn ging.

„Du hast mit ihm über mich geredet?" Syn wusste nicht, ob ihn das wütend machte oder nicht. Vermutlich kam es darauf an, was Furi gesagt hatte.

„Vor zwei Tagen. Als ich dich habe stehenlassen, nachdem diese beiden College-Bastarde mich angegriffen hatten." Furi schnaubte. „Ich war wütend, okay? Ich wusste nicht, was du von mir wolltest. Ich dachte, es wäre nur-"

Syn kam näher, schaute ihn direkt an. „Nur was? Dachtest du, ich würde nur herumspielen und mit dir experimentieren? Hast du das gedacht?"

„Nicht nach dem, was gerade passiert ist, nein. Aber zu der Zeit habe ich das gedacht. Ich habe Doug nur angerufen, um mich trösten zu lassen." Furis Stimme war tief und rau, sein fester Körper eng an Syn gepresst.

„Ich bin mir sicher, dass er dich sehr gut trösten kann", fauchte Syn, bevor er sich davon abhalten konnte, es zu sagen. *Wow. Im Ernst?*

„So ist es nicht. Doug ist mein Freund."

„Ein Freund, der zufällig nach ein Uhr nachts vorbeikommt und die Tür aufbricht, um zu dir zu gelangen."

„Hör auf mich zu unterbrechen. Doug ist hetero und nicht einmal mein Typ, selbst wenn er schwul wäre. Ich mag keine Eifersucht, Syn. Also hör auf." Furi beugte sich vor und strich mit seinen Lippen über Syns Hals.

„Na ja, er taucht auf und es ist unglaublich spät, was soll ich da denken?", flüsterte Syn.

„Hey, ich würde nicht mit dir rummachen, wenn ich schon jemand anderen hätte. Ich bin nicht diese Art Kerl." Furi stöhnte in Syns Ohr, als der seine große Handfläche in Furis Haar vergrub, beruhigend seine Kopfhaut massierte. Syns tiefe, Whiskey-raue Stimme drang in seinen Kopf. „Es tut mir leid. Ich bin nur gerade ziemlich durcheinander, nach allem, was heute Nacht zwischen dir und mir passiert ist. Ich wünschte nur, wir wären nicht unterbrochen worden."

„Ich auch."

Syn schlang seine Arme um Furis schmale Hüfte. „Ich will mehr Zeit mit dir verbringen. Ich *muss* mehr Zeit mit dir verbringen."

„Werden wir."

„Warum siehst du traurig aus?"

„Ich bin nervös wegen des Anrufs, den du gerade bekommen hast." Furi atmete zittrig aus.

„Schon gut. Wir werden diese Person bald erwischen." Syn hielt auf dem Weg zur Tür Furis Hand.

„Ja. Es klingt, als wäre jemand hinter den Darstellern von Illustra her", warf Doug von seinem Platz auf der Couch ein.

„Mein Team ist gut. Wir werden ihn fangen." Syn wandte sich an Doug. „Du musst gleich morgen Früh zurück aufs Revier kommen."

„Warum?", fragte Doug schnaubend.

„Weil ich es sage. Du warst vor Kurzem bei Illustra, richtig?" Syn holte seine Schlüssel hervor, während er sprach, gab Doug keine Chance zu antworten. „Das bedeutet, der Mord könnte passiert sein, während du dort warst. Darum musst du, wie ich es gesagt habe, morgen wiederkommen. Jetzt bleibst du hier bei Furi."

Syn nahm Furi an den Schultern, drehte ihn zu sich. „Wenn irgendein Mist passiert, rufst du mich auf meinem Handy an." Syn reichte Furi eine Karte aus seiner Innentasche. „Wenn du irgendwelche Probleme hast, und ich meine jede Art von Problem, rufst du mich sofort an. Ich werde einen Streifenpolizisten in diese Gegend schicken, der regelmäßig vorbeischaut und nach verdächtigen Aktivitäten Ausschau hält. Vor allem, weil deine Tür jetzt kaputt ist." Syn starrte böse in Dougs Richtung.

Furi nickte. „In Ordnung."

„Ich meine es ernst."

Syn lächelte und küsste Furis Wange wie ein perfekter Gentleman. Er beugte sich vor und inhalierte noch einmal den Duft seiner Haare, was Furi erschaudern ließ, und flüsterte: „Ruf mich später an."

Furi nickte wieder. „Sicher, Sergeant."

„Sag ihn", knurrte Syn, knabberte an Furis Ohr.

„Ja, Syn", erwiderte Furi mit einem sexy Flüstern.

Kapitel 17
„Spring und hoffe, dass der Fallschirm aufgeht"

Es war sechs Uhr morgens und Syn hatte noch keine Sekunde geschlafen. Nachdem sie einen Großteil des frühen Morgens am Tatort verbracht hatten, waren Syn, God, Day und Ronowski jetzt im Büro des Captains und gingen die Details ihres neuesten Mordfalls noch einmal durch. Ein weiterer männlicher Darsteller von Illustra war unter Drogen gesetzt worden. Jemand hatte sein Ecstasy gegen das gestreckte eingetauscht. Sein Dreh war frühzeitig beendet worden, nachdem er angefangen hatte, sich krank zu fühlen. Der Produzent hatte ihm gesagt, dass er sich an einem der nicht benutzten Sets ausruhen sollte, aber das war nie passiert. Maxus Dillion war zur Rückseite des Gebäudes gezerrt und brutal mit einem Baseballschläger verprügelt worden, bevor seine Handgelenke aufgeschlitzt worden waren.

„Das ist nicht dieselbe Vorgehensweise", erinnerte Syn die anderen. „Was bestätigt, dass wir die Person haben, die Starman und die drei anderen Opfer getötet hat. Dieses Opfer wurde nicht erschossen, sondern aufgeschlitzt. Das bedeutet, dass jemand anderes, höchstwahrscheinlich von BZNA, in Lady Jays Fußstapfen tritt."

„Ich denke, wir sollten uns einen Durchsuchungsbefehl für Illustra besorgen. Soweit wir wissen, könnte auch der Besitzer das verschnittene Ecstasy haben", schlug Ronowski vor.

„Warum zur Hölle sollte er helfen, seine eigenen Darsteller umzubringen? Dillion und Starman waren unter seinen Bestverdienern", widersprach God von seinem Platz auf der Ecke des Schreibtischs des Captains.

„Er weiß vielleicht nicht, dass die Drogen schlecht sind", sagte Day.

God nickte und sagte Syn, dass er den Durchsuchungsbefehl besorgen sollte.

Syn wies zwei seiner Männer an, alle Frauen abzuholen, die zwischen sechs Uhr abends und Mitternacht bei Illustra gewesen waren. Die Namen hatte er von Doug bekommen, bevor er ihm gestattet hatte, das Revier zu verlassen.

Syn befand sich jetzt im Büro des Richters und wartete auf eine Unterschrift für seinen Durchsuchungsbefehl. Seine Gedanken wanderten zum hundertsten Mal zurück zu Furious. Die Gefühle, die er bereits für diesen Mann hegte, waren stärker als alles, was er je gefühlt hatte, selbst für Rhodes. Syn hielt ein Stöhnen zurück, als er daran dachte, wie er seine Hände in Furis unglaublich weichen Haaren vergraben hatte, während er in der Kehle des Mannes gekommen war. Er erinnerte sich daran, wie sein ganzer Körper sich angespannt und gezuckt hatte, als sein Orgasmus den Höhepunkt erreichte, wie er dann das höchste Hoch verspürt hatte und langsam von seiner Euphorie zurück auf die Erde geschwebt war. *Jesus, verdammt!* Syn wand sich auf dem plötzlich sehr unbequemen Stuhl. Sein Schwanz wurde hart. Furious weckte einen unkontrollierbaren Hunger in ihm. Nach einem Mann. Syn erkannte erst jetzt, wie sehr er seine grundlegendsten Bedürfnisse vernachlässigt hatte, während er seiner Karriere nachgelaufen war. Er begehrte einen Mann. Furi mochte lange, wunderschöne Haare haben, aber seine kantigen Gesichtszüge und der herrliche Bartschatten ließen keine Spur Weiblichkeit zurück. All diese Tattoos erweckten in Syn den Wunsch, auf die Knie zu sinken und herauszufinden, wohin jedes Muster führte. Er wollte Furi erfreuen und plündern, ihn aber auch kennenlernen.

Syn überlegte, ob er seinen Leutnants erzählen musste, dass er mit einem von Illustras Darstellern involviert war, obwohl Furi gesagt hatte, dass er aufhören würde. Syn liebte Menschen mit Ambitionen und Ehrgeiz. Furi hatte sich einer schlimmen Situation mit seinem Ehemann entzogen und hatte sich voller Stärke darum gekümmert und hart daran gearbeitet, etwas für sich selbst zu erreichen, anstatt sich davon zerstören zu lassen. Syn konnte einen solchen Mann den ganzen Tag lang respektieren. Furious würde ein Geschäft haben.

Syn musste diesen Fall schnell lösen. Als er diesen Job angenommen hatte, hatte er nicht gedacht, dass er sich mit so vielen Leichen herumschlagen müsste.

Syn schaute wieder auf seine Uhr und schnaubte, als ihm klar wurde, dass er fünfundvierzig Minuten gewartet hatte. Die Rezeptionistin schaute von ihrem Computer auf und warf ihm ein entschuldigendes Lächeln zu. Er stand auf und ging in den Flur, um Furious anzurufen. Der Streifenpolizist hatte sich bereits bei ihm gemeldet und berichtet, dass die Nacht über alles ruhig geblieben war. Syn hatte bei diesem Anruf erleichtert aufgeatmet. Er würde nicht zulassen, dass Furious verletzt wurde, wenn er es verhindern konnte. Er machte sich eine gedankliche Notiz, den Richter um einen Gefallen zu bitten, um eine einstweilige Verfügung gegen Furis Ehemann zu bekommen.

Sein Handy vibrierte an seiner Hüfte. Wenn man von der Sonne sprach … „Hey du", sagte Syn weich ins Telefon, seine Stimme war bereits von Lust erfüllt, weil er an den Mann gedacht hatte.

167

„Selber hey. Wie läuft es?" Furis tiefe, sexy Stimme war wie geschmolzene Butter auf einer heißen, frisch gebackenen Semmel. So perfekt.

„Es ist in Ordnung." Syn atmete weich aus.

„Du klingst müde, Syn."

Syns Brust zog sich bei der Sorge in Furis Stimme zusammen. Der Klang seines Namens auf den Lippen des Mannes gab ihm das Gefühl, Furi wichtig zu sein. „Ja, ich bin ein bisschen müde, aber das gehört zum Job. Geht es dir gut? Hast du etwas gehört?"

„Mein Anwalt sagt, dass mein Ex in seinem Büro angerufen und Morddrohungen ausgesprochen hat. Nicht unbedingt gegen mich. Ich nehme an, das hebt er sich für das große Finale auf." Syn konnte die Nervosität in Furis Stimme hören.

„Ich will, dass du dir eine einstweilige Verfügung besorgst. Mich kümmert es nicht, wie dein Anwalt normalerweise vorgeht. Ich will nicht, dass dieser Typ auch nur in deine Nähe kommt." Syn schalt sich selbst, weil er diesen autoritären Ton benutzte. Hatte er wirklich das Recht, irgendetwas von Furi zu verlangen? Er kannte ihn kaum. Sie hatten nur ein bisschen rumgemacht. Was, wenn Furi versuchte, die Aufmerksamkeit seines Exmanns zu bekommen, indem er ihm die Papiere zustellen ließ? Was, wenn Furi ihm noch eine Chance geben, sehen wollte, ob der Mann sich geändert hatte?

„Hey du", unterbrach Furi seine Gedanken. „Ich kann die Räder in deinem Kopf von hier aus knirschen hören."

„Es ist nichts", schnaubte Syn. *Weißt du was? Scheiß drauf.* „Bist du heute Abend beschäftigt?"

„Ich arbeite an meiner Abschlussarbeit, aber danach habe ich Zeit." Furis Stimme fiel zu einem tiefen Bass, als er fragte: „Hast du Pläne, Syn?"

Syn schaute den Flur entlang, um sicherzustellen, dass niemand kam, bevor er seinen wachsenden Schwanz zurechtrückte und in das Telefon stöhnte.

„Mmm. Sehr schön. Ich weiß bereits, was du vorhast. Gut, denn ich habe denselben Plan. Ich habe den ganzen, verdammten Morgen an deinen Schwanz in meinem Mund gedacht."

„Furious", knurrte Syn.

„Ich bin hier. Sag mir, was du willst, Syn."

Syn zögerte. Furious spielte nicht mit ihm. Das war alles echt. *Verdammt. Bin ich bereit, einen Mann zu ficken?* Syn hatte sich schwule Pornos angeschaut, er kannte die Basics, aber das war auch schon alles. Syn hatte nur mit Frauen geschlafen, aber er wollte nichts mehr, als Furious zu ficken, bis er mit dieser tiefen Stimme schrie.

„Du lässt mich zu lange warten, Syn. Sind wir uns einig oder nicht?" Furious Stimme klang streng und kurzangebunden und das ließ Syns Magen sinken und seinen Schwanz hart werden.

„Ja, wir sind uns einig", flüsterte er.

„Gut. Schick mir deine Adresse."

Syn stand mitten im Flur und sah verloren aus. Sein Mund war geöffnet, damit er ein wenig zusätzlichen Sauerstoff einatmen konnte. Er fühlte sich, als würde er ersticken. Er wollte, dass Furious jetzt bei ihm war. Dass er ihm in die Augen schaute, während seine langen Haare in sein Gesicht hingen. Dass sie ihre Stirnen zusammenpressten, wenn er seine Hüften packte, ihn zwang, sich zu bewegen. Dunkle Augen, die sich in ihn boh-

„Syn!", schnappte Furi und Syn sprang in die Höhe und ließ beinahe sein Handy fallen.

Syn räusperte sich.

„Schick mir die Adresse. Jetzt."

„Sergeant Sydney, Ihr Durchsuchungsbefehl ist fertig", erklang eine Stimme von weiter den Flur entlang.

Syn schaute zurück zum Büro des Richters und sah die kleine Sekretärin dort mit dem Durchsuchungsbefehl in der Hand stehen. Syn legte die Hand über den Lautsprecher und dankte ihr.

„Furi, ich schicke dir jetzt die Adresse."

„Schön. Ich bin um acht da." Furi hielt inne und Syn lauschte der Stille. „Und Syn?"

„Ja?"

„Sei bereit." Furi beendete den Anruf.

Syn zerrte an den Haaren auf seinem Kopf. *Verdammt. Bin ich bereit? Scheiße. Bei Rhodes war ich nicht bereit und er ist gegangen.*

Kapitel 18
„Date Night"

Furious dachte daran, Doug zu bitten, ihn zu Syn zu fahren, nachdem sie sich mit dem Immobilienmanager wegen der Werkstatt getroffen hatten, die sie mieten wollten, entschied sich dann aber, sich von ihm beim Pub abliefern zu lassen. Furi war so gut gelaunt wie seit Monaten nicht mehr. Er war endlich mit der Schule fertig. Neun Monate intensiver Studien und Trainings würden sich endlich auszahlen. Er würde nicht in der Werkstatt von jemand anderem arbeiten, Geld für einen Fremden verdienen müssen. Nein, er würde seinen eigenen, na ja gemeinsamen, Laden mit Doug haben, das Versprechen, das er seinem Vater gegeben hatte, bevor dieser gestorben war, erfüllen.

Er hatte auch nicht einen Ton von seinem baldigen Ex-Ehemann gehört. Vielleicht würde Patrick einfach nur die Papiere unterschreiben und ihn sein Leben leben lassen. Und zudem hatte er noch jemanden getroffen, von dem er dachte, dass er eine gute Beziehung mit ihm haben könnte. Furi wusste, dass es Zeit brauchen würde, aber er konnte nicht ignorieren, wie Syn ihn anschaute, um ihn bettelte, ihn liebkoste. Er konnte vor allem nicht ignorieren, dass der Mann über einen Beschützerinstinkt verfügte, wie er ihn noch nie gesehen hatte. Niemand hatte sich je so für ihn stark gemacht oder versucht, ihn zu beschützen, wie Syn es tat, darum hatte er nicht länger Angst, dass Syn durchdrehen würde, wie Patrick es getan hatte.

Furi joggte über die Straße, nachdem Dougs Scheinwerfer um die Ecke verschwunden waren. Er nahm den Aufzug zu Syns Stockwerk und schaute noch einmal auf seine

Kleidung, um sicherzustellen, dass alles perfekt war. Er löste seine Haare, die er sich hinters Ohr gestrichen hatte, während der Rest seine Schultern hinabfloss. Er hielt vor Syns Apartmenttür an und klopfte zweimal. Furi musste zugeben, dass er Schmetterlinge im Bauch hatte. Er hatte seit Jahren kein erstes Date mehr gehabt. Zudem war er noch nie mit einem Cop ausgegangen, hatte sie immer gemieden. Obwohl Furi nie in Konflikt mit dem Gesetz geraten war, hatte er Cops immer als homophobe Arschlöcher klassifiziert, mit Abzeichen, von denen sie dachten, sie gäben ihnen das Recht, andere niederzumachen, wenn ihnen danach war. Aber er wusste einfach, dass Syn anders war.

Furis letzter Gedanke wurde unterbrochen, als Syn die Tür öffnete. Er sah in der engen Jeans und dem einfachen Poloshirt zum Anbeißen aus. Eine goldene Panzerkette hing um seinen Hals, passte perfekt zu dem viereckigen Diamanten in seinem rechten Ohrläppchen. Es gefiel Furi, dass der Mann seine Haare länger wachsen ließ. Die dunklen Strähnen am Oberkopf standen in alle Richtungen ab, waren vollkommen frei von jeglichen Haarprodukten und gerade lang genug, dass man daran ziehen konnte. Die graumelierten Seiten waren kurz geschnitten und sein Ziegenbart in eine dünne, saubere Linie gestutzt. Es gefiel Furi, dass Syn sein frühzeitiges Grau zeigte, das ihn elegant und verdammt sexy aussehen ließ.

„Hey du", sagte Syn mit einem kleinen Lächeln um den Mund. Offensichtlich gefiel ihm, wie Furi ihn anstarrte.

„Hey zurück." Furi konnte sein Grinsen nicht unterdrücken. Syn trat beiseite, um ihn hereinzulassen. Sobald Syn die Tür schloss, trat Furi auf ihn zu, drängte Syn rückwärts, bis sein Rücken an die Tür stieß. „Hey", flüsterte er wieder gegen Syns geteilte Lippen.

Furi nahm Syns Hände, verflocht ihre Finger und presste sie gegen die Tür. „Du riechst gut." Furis Lippen huschten über Syns Wange, während er Syns Gesicht seitlich anstupste, woraufhin er sich ein wenig drehte und Furi sein Gesicht in Syns Hals vergraben konnte. Er fühlte, wie Syn schneller zu atmen begann, als er gegen ihn stieß, seine Lust ein wenig weiter unten suchte. Syn zischte in sein Ohr und Furi lächelte.

„Verdammt, du reagierst so unglaublich. Ich liebe das." Furi ließ ihre Hände los und Syn hob seine sofort und vergrub sie in Furis langen Haaren. „Du magst meine Haare sehr, oder?"

Syns Stöhnen war seine Antwort, während er seine Hüften weiter bewegte.

„Antworte mir." Furi knabberte an Syns Kinn, bevor er das Stechen wegleckte.

„Ja, tue ich. Sie sind so weich und riechen so gut." Syns Stimme klang rau und tief, vibrierte an Furis Hals. Er legte seine Hände auf Syns kantigen Kiefer und drückte seine Lippen keusch auf die von Syn. Syns Lippen sahen fest aus, waren aber weich und süß. Die Unterlippe war ein klein wenig voller als die Oberlippe, absolut perfekt, um daran zu saugen. Furi rieb seine Lippen über die von Syn, neckte ihn, spielte, wollte sehen, was der Mann tun würde. Er fühlte sich siegreich, als Syn grunzte und sich nach vorne beugte, um ihre Verbindung zu vertiefen. Furi zog sich ein wenig zurück, zwang Syn, ihm zu folgen.

„Hör auf, mich zu ärgern", knurrte Syn.

„Tue ich nicht. Du willst es. Nimm es dir." Furi biss Syn direkt unter seinem Kiefer.

Syns Griff in Furis Haaren verstärkte sich, als er ihn ruhighielt, um seinen Mund für sich zu beanspruchen. Furi öffnete sich und ließ seinen Detective den Kuss kontrollieren … vorläufig. Ihre Zungen duellierten sich beinahe brutal. Furi passte sich Syns Leidenschaft an. Er ließ seine Hände zu Syns knackigem Hintern gleiten und drückte ihn durch die Jeans. *Verdammt.* Langsam massierte er diese Halbkugeln, bis Syn seinen Hintern rückwärts stieß, eindeutig um mehr bat. Furi entzog sich dem Kuss und schnappte nach Luft, während er sich nach vorne neigte, um an Syns Kinn zu lecken und daran zu knabbern. Eine Hand massierte weiter, während die andere der Ritze in Syns Hintern folgte. Das Stöhnen und Wimmern, das von seinem großen, starken Cop kam, machte Furis Schwanz noch härter. „Gottverdammt", fauchte Furi. „Wenn wir nicht aufhören, schaffen wir es nicht zum Abendessen."

„Häh?", flüsterte Syn, der weiter sein Gesicht in Furis Haare drückte.

„Abendessen. Ich bin am Verhungern."

„Oh, ich habe keine Ahnung, wie man kocht", sagte Syn an seinem Ohr.

Furis Lachen war rau. „Schön. Wie wäre es, wenn wir ausgehen und uns etwas holen?" Furi ließ seine Hand an Syns Hintern vorbeigleiten, stieß ein wenig gegen seine Eier, bevor er wieder an der Ritze entlang nach oben kam. „Bevorzugst du irgendetwas?" Furis Hand in Syns Nacken spannte sich an, während seine andere Hand weiter erkundete. Er zog seine Hand nach vorne und umfasste Syns Gemächt, drückte zu, bis er ein gequältes Stöhnen hörte und spürte, wie Syns Hüften nach vorne zuckten. Furi lächelte. „Ich habe dich etwas gefragt, Syn."

„Häh?" Syn saugte an Furis Hals, machte es auch für ihn schwer, sich zu konzentrieren.

Furi schlug auf Syns Hintern, bevor er zurücktrat. „Essen."

„Oh, ja, äh, äh … ich kann nicht kochen." Furi lächelte, als Syn über seine Worte stolperte und versuchte, seine Atmung unter Kontrolle zu bringen.

„Das hast du schon gesagt", erwiderte Furi und drehte sich um, um sich in Syns großzügigem, aber ziemlich leeren Apartment umzusehen. Vor dem riesigen Fernseher im Wohnzimmer standen ein Sofa und ein Lehnstuhl. Nirgendwo gab es Bilder oder Dekorationen. Er sah einen Bogen, der in eine gut proportionierte Küche führte, aber die sah ebenfalls ziemlich leer aus.

„Ich bin noch nicht lange hier", erklärte Syn, der Furis Gedanken erraten hatte. „Ich habe gerade eine Couch bestellt und bald werden ein paar Bilder geliefert und ich habe ein neues Bett."

Furi wirbelte herum und musterte Syn. Er sah so verdammt niedlich aus, wie er so unsicher vor ihm stand. „Ein neues Bett, hmm?"

Syn zuckte mit den Schultern. „Ich wollte es nur erwähnen."

„Du musst mir alles zeigen, sobald wir vom Essen zurück sind." Furi lächelte. Syn nickte und nahm seine Sachen von dem Regal an der Wand. Furi sah zu, wie er seine Marke ansteckte und sich eine Waffe hinten in die Hose steckte, ehe er sein Shirt darüber zog. „Musst du immer eine Waffe tragen?"

„Nein. Ich *muss* nicht. Aber ohne fühle ich mich nackt", erwiderte Syn und holte eine Jacke aus der Garderobe.

„Was für eine Waffe ist das? Sie sieht anders aus als die, die du gestern dabeihattest."

„Das ist eine Smith and Wesson 5906. Die passt hier hinten besser, wenn ich mein Holster nicht trage. Normalerweise habe ich während der Arbeit meine Glocks."

„Wie viele Waffen hast du?"

Syn trat in Furis Komfortzone, stand ihm direkt gegenüber, sodass sie sich fest in die Augen schauten. „Ich habe genug."

Furi schnaubte, öffnete die Tür und Syn sperrte hinter ihnen zu.

„Hey, wie wäre es mit Wings und Bier?"

„Klingt gut."

„Cool. Ich kenne eine hervorragende Bar namens Henry's. Sie haben die absolut beste Bier-Auswahl und die Wings sind fantastisch. Dort gibt es auch Darts und Pool."

Furi hörte auf, zu sprechen, als er bemerkte, dass Syn ein wenig blass aussah. „Hey, was ist los?"

„Äh, nichts." Sie waren in Syns altem, zuverlässigem Truck und Furi saß schweigend da, musterte den Mann neben sich.

„Fahren wir jetzt los oder was?" Furi verengte die Augen, starrte die Seite von Syns Gesicht an. Sein Kiefer war angespannt und sein Hals gerötet. *Was zur Hölle?*

„Ja, lass uns fahren."

„Gut."

Syn glaubte, ihm würde schlecht werden. Es war sein verdammtes Glück, dass Furi ausgerechnet die eine Bar vorschlug, wo die Hälfte des Reviers gerne abhing. Zur Hölle, selbst seine Leutnants gingen dorthin. Es wäre grausam, Furi so früh Days Anzüglichkeiten auszusetzen. Syn hatte nicht unbedingt Angst, mit einem Mann zusammen zu sein. Er war nur nicht der Typ, der sein Privatleben öffentlich machte. *Oder habe ich Angst? Verdammt!* Syn dachte nicht, dass Furi dafür wäre, ihre Beziehung geheim zu halten. Das hatte er in der Seitenstraße ziemlich deutlich klar gemacht.

Syn packte das Lenkrad und zwang seinen Fuß, auf das Gaspedal zu treten. Vielleicht ... nur vielleicht würde niemand da sein, den er kannte. Syn fuhr unter der Höchstgeschwindigkeit und fühlte Furis bohrenden Blick von der Seite. Er versuchte, zu lächeln und seinen Kiefer davon abzuhalten, seinen nervösen Tick zu zeigen.

Trotz seiner Bemühungen kamen sie in gefühlter Rekordzeit an. Furious stieg aus und wartete darauf, dass Syn langsam auf den Eingang zuging.

„Bist du dir sicher, dass alles in Ordnung ist?", fragte Furious genervt.

„Es geht mir gut. Wirklich. Gut. Perfekt", erwiderte Syn und trat sich gedanklich in den Hintern, weil er wie ein Idiot klang.

Furi nahm seine Hand und Syn musste seine gesamte Willenskraft aufbringen, um sie nicht wegzuziehen. *Natürlich zeigt er seine Zuneigung öffentlich.* Furious zog die Tür auf und trat ein, als hätte er keine Sorgen auf der Welt. Es war beinahe neun Uhr abends und obwohl es nicht übermäßig voll war, befanden sich doch einige Leute hier. Syn versuchte, sich nicht umzuschauen, hielt seine Augen auf die Rückseite von Furis Kopf gerichtet, der sie zu einem Tisch führte, der dankenswerterweise im hinteren Teil der Bar stand, wo es ein wenig dunkler war. Syn setzte sich so, dass er die Tür im Auge behalten konnte, während Furi sich ihm gegenübersetzte.

Furi sagte nichts. Er nahm eine der Speisekarten und fing an, sie zu lesen. „Zum ersten Mal mit einem Mann unterwegs?"

Syns Kopf schoss hinter der Speisekarte nach oben. „Uh. Ja, aber, du weißt schon."

„Nein, weiß ich nicht", antwortete Furi schnell. „Wenn du nicht herkommen wolltest, warum hast du das dann nicht gesagt? Du siehst aus, als würdest du gleich eine Verkleidung aus deiner Jacke ziehen. Oder hast du vor, dich den ganzen verdammten Abend hinter der Speisekarte zu verstecken?"

„Furious."

„Obwohl es dann mit dem Essen schwierig wird. Sollte ich mich darauf vorbereiten, dass du Magenprobleme vortäuschst?"

„Genug", bellte Syn und Furious dunkle Augen wurden bei seinem Tonfall groß. „Sei ein wenig nachsichtig, in Ordnung? Mit Männern auszugehen, ist nicht neu für mich. Überhaupt ein Date zu haben, ist neu für mich. Punkt. Praktisch mein gesamtes Erwachsenenleben habe ich mich darauf konzentriert, ein Cop zu sein, ein verdammt guter Cop zu sein. Ich hatte wenig Zeit für andere Dinge in meinem Leben, Dates eingeschlossen. Mit jemandem auszugehen braucht Zeit und Geduld, zwei Dinge, die ich nicht hatte. Ich war bereit, zu akzeptieren, dass ich für den Rest meines Lebens allein sein würde, bis ich dich gesehen habe. Ich wollte dich und ich war mehr als willens, die Zeit und Mühe zu investieren, um mit dir zusammen zu sein. Vergib mir also, wenn ich bei unserem ersten Date nicht alles vollkommen richtig mache."

„Das erwarte ich nicht von dir. Ich habe selbst seit Jahren kein Date mehr gehabt. Aber eine Sache, über die ich mir keine Sorgen mache, ist mich zu schämen." Furi schaute Syn direkt in die Augen.

Syn hatte keine Zeit, zu antworten, weil die Bedienung kam und eine Schale Erdnüsse auf ihren Tisch stellte. Sie sprach mit fröhlicher Stimme. „Was kann ich euch Jungs zu trinken bringen?"

„Ich nehme das Herbst-Ale, das ihr vom Fass habt", sagte Furious und nahm eine Handvoll Erdnüsse.

„Wow. Ihre Haare sind so hübsch. Ich wünschte, meine wären so voll. Kann ich sie anfassen?" Sie streckte die Hand aus und strich mit den Fingern durch Furis Haare, ohne auf seine Antwort zu warten.

Syn richtete sich auf, während er zusah, wie die Bedienung mit den großen Brüsten die Haare seines Mannes bewunderte. *Scheiße.* Syn betrachtete Furi bereits als sein Eigentum. Syn begegnete Furis Blick und sah das böse Glitzern darin. Ihm war offensichtlich klar, dass Syn nicht gefiel, was die Bedienung machte. Syn wollte der Einzige sein, dem es gestattet war, diese herrliche Mähne zu berühren. Sie hob ihre Hand, um noch einmal darüber zu streichen, und Syn platzte heraus: „Ich nehme dasselbe. Ich sterbe hier vor Durst."

Furious lachte tief, als die Bedienung davoneilte, um das Bier zu holen. Er warf Syn einen ungläubigen Blick zu. „Ernsthaft?"

„Ich finde, es ist ein wenig unprofessionell, so etwas zu tun, meinst du nicht?", sagte Syn.

„Was zu tun?"

„Spiel nicht mit mir."

„Oh, ich spiele nicht mit *dir*", warf Furi schnell ein.

179

„Ja. Tu es nicht. Ich würde nicht zulassen, dass jemand anderes mich antatscht, während ich mit dir unterwegs bin. Lass also nicht zu, dass sie dich noch einmal anfasst."

Furi hob bei Syns Tonfall eine Augenbraue. „Sicher, wie auch immer, aber sie hat mich nicht angetatscht, Syn." Furi ließ sich auf der Bank weiter nach unten sinken und legte einen Arm über die Rücklehne. Sein enges, schwarzes T-Shirt betonte seinen muskulösen Oberköper und entblößte Tattoos auf beiden Armen. Mehrere Tribal-Muster, einige nautische Sterne und ein großes Motorrad auf seinem linken Arm. Syn fragte sich, was sie alle bedeuteten und wie viele mehr sich unter seiner Kleidung verbargen. Furi starrte ihn nur an, ohne etwas zu sagen. Syn schloss seine Augen und atmete tief ein. Sein Schwanz war bereits halb hart, aber wenn Furi ihn so anschaute, wurde er mit jedem bösen Blick härter. Syn spürte, wie unter dem Tisch ein Fuß gegen seinen stieß. Er schaute Furi an und hob einen Mundwinkel an.

„Da, das ist besser", sagte Furi mit seiner tiefen, sexy Stimme. „Du bist verdammt heiß, wenn du so kontrollierend wirst."

Syn schüttelte seinen Kopf und nahm einen großen Schluck von dem Bier, das die Bedienung gerade vor ihm abstellte.

„Wir nehmen die Endless Wings, bitte." Furi bestellte für sie beide. „Sonst noch etwas, Babe?"

Syn verschluckte sich bei diesem Kosewort an seinem Bier, was ein herzhaftes Lachen bei der Bedienung und seinem Date bewirkte.

„Lustig, dafür wirst du später büßen."

„Das hoffe ich", schnurrte Furi beinahe.

Nachdem die Bedienung ihre Bestellung gebracht hatte, beruhigten sich Syns Nerven und die beiden führten ein leichtes, angenehmes Gespräch. Es half Syns Gefühl der Sicherheit, dass niemand hier war, den er aus dem Revier kannte. Während er und Furi aßen und tranken, erzählte Syn ihm von der langen Linie Cops, von der er abstammte. Er erklärte, dass er schon immer ein Detective hatte sein wollen.

Furi berichtete davon, dass sein Vater der beste Mechaniker war, mit dem er je gearbeitet hatte, und wie er seinen Laden auf dieselbe Weise führen würde: mit Integrität und Stolz. Sie lachten über seine Masturbationsvideos für Illustra und die Dinge, die er sich vorstellen musste, um sie zu überstehen. Syn wurde schnell nüchtern, als Furi gestand, dass er an ihn gedacht hatte, an seine Lippen, seinen Geruch und seine Stärke. Er erzählte ihm, wie sehr Syn ihn anmachte.

„Dito", konnte Syn nur erwidern. Furis Blick besagte, dass er genug vom Small Talk hatte und bereit für etwas anderes war. Syn wusste genau, was dieses andere war.

Syn bezahlte und sie gingen zur Tür. Lust umgab sie wie eine Wolke und Syn fragte sich, ob jemand sie sehen konnte. Furi griff wieder nach Syns Hand und er bot sie ihm gerne an. Er schaute über seine Schulter und warf ihm einen verführerischen Blick zu, als Syn zu ihm trat. In dem Moment, als sie durch die Tür traten, sah er vier Mitglieder seines Teams den Gehweg entlangschlendern. *Verdammt.*

„Hey Sarge." Pendleton, sein Experte für Explosionen, grüßte ihn zuerst.

Syn ließ Furis Hand los und vergrößerte schnell den Abstand zwischen ihnen. „Ja, hey Jungs." Sie hatten alle angehalten und starrten zwischen ihm und Furi hin und her. Syn konnte Furious nicht einmal in die Augen schauen, nach dem, was er gerade getan hatte.

Detective Green räusperte sich und zeigte auf Furi. „Kenne ich dich nicht?"

„Kaum", murmelte Furi.

„Äh, das ist … äh, äh. Er ist mein … äh." Syn fluchte innerlich. Offensichtlich wusste sein Team bereits, wer Furious war. Sie alle hatten detaillierte Listen von Illustras Darstellern und Furious' Bild war keines, das man leicht vergaß.

„Sarge, wer ist dein Freund?", fragte Detective Ruxsberg mit einem verschlagenen Lächeln auf seinem hübschen Gesicht.

„Er ist äh …"

„Er geht." Furis Stimme schnitt tief, als er sich einen Weg durch die Gruppe bahnte und in die entgegengesetzte Richtung von Syns Truck ging.

„Verdammt", flüsterte Syn, während er zusah, wie Furi um die Ecke bog.

„Du gehst ihm besser nach und bereitest dich darauf vor, ernsthaft zu Kreuze zu kriechen", sagte sein IT-Detective mit seiner ruhigen, kühlen Stimme.

Syn sagte nichts. Seine Männer gingen um ihn herum und in die Bar, ließen ihn beschämt zurück. Er dachte daran, Furi nachzulaufen, entschied sich dann aber, in seinen Truck zu steigen und ihn an der Ecke abzufangen. Er raste um den Block und bog in eine Seitenstraße, in der Hoffnung, sein wütendes Date zu finden. Als Syn aus dem Truck stieg, kam Furi um die Ecke auf ihn zu. *Oh Hölle.* Furi hatte seine Hände in die Taschen gerammt und wenn sein böser Gesichtsausdruck nicht zeigte, wie wütend Furious war, tat es seine Wortwahl, als er Syn endlich erreichte, ganz gewiss. „Lass mich, verdammt noch Mal, in Ruhe."

„Furious, ich weiß, dass du aufgebracht bist."

Furi wirbelte herum und starrte ihn mit Mitternachtsaugen an. „Aufgebracht! *Aufgebracht!* Schau mir ins Gesicht, gottverdammt! Sieht das für dich einfach nur aufgebracht aus?"

Syn hob seine Hände in einer beruhigenden Geste. „Gut, du bist wütend und hast jedes Recht dazu. Ich habe schlecht reagiert. Ich bin nur überrascht worden."

Furi stand dicht vor Syn und die Leute auf der Straße begannen, stehenzubleiben und zu starren. „Können wir das bitte woanders besprechen?" Syn versuchte, Furi weiter in die Seitenstraße zu schieben, weg von den neugierigen Ärschen auf der Straße.

„Fass mich ja nicht an!"

„Ich werde dich nicht anfassen! Verdammt, beruhige dich. Ich will es dir doch nur erklären", wehrte Syn sich. Es schien, dass er sich jedes Mal, wenn er mit Furi zusammen war, für etwas entschuldigte. „Es tut mir leid, in Ordnung? Ich hätte dich meinem Team ordentlich vorstellen sollen."

„Wie hätte das-"

„Bitte, Furious. Lass mich ausreden. Ich hätte ihnen zumindest deinen Namen sagen und dich als meinen Freund vorstellen sollen. Es tut mir leid. Ich habe dir gesagt, dass ich schlecht bin, wenn es um diesen Datingkram geht, und wenn du mir nicht sagst, dass ich mich selbst ficken soll, sondern mir noch eine-"

„Geh und fick dich selbst", unterbrach Furi ihn. Er versuchte, um Syn herumzugehen, aber Syn packte ihn am Handgelenk und drängte ihn gegen die Seite des Trucks.

„Nein! Ich werde mich nicht selbst ficken. Ich würde lieber dich ficken."

„Diese Chance hast du dir gründlich vermasselt", brüllte Furi ihn an.

„Habe ich das?"

„Was meinst du? Nur weil ich ein Mann bin, kannst du mich so behandeln, wie es dir gerade passt? Wenn du mit einer Frau zusammen wärst, hättest du sie vor den anderen Jungs so behandelt?"

Syn wandte den Blick ab, wissend, dass die Antwort auf diese Frage nein lautete.

„Antworte mir!"

„Wahrscheinlich nicht", gab Syn zu. „Vergib mir. Ich hätte dir das nicht antun sollen. Du verdienst es nicht, so behandelt zu-"

„Du hast verdammt recht, das tue ich nicht. Ich werde nicht dein schmutziges, kleines Geheimnis sein, Syn." Furi deutete mit seinem Finger auf Syns Gesicht. „Als *du* mich um ein Date gebeten hast, habe ich dir gesagt, dass du bereit sein sollst, und das war mein Ernst. Ich verstecke mich nicht, habe das seit über fünfzehn Jahren nicht mehr gemacht und werde es weder für dich noch für sonst jemanden tun."

„Furious, ich verstecke mich nicht und will das auch nicht. Die Jungs in meinem Team sind anständige Kerle und ich hätte wissen müssen, dass sie sich nicht wie Ärsche benehmen, aber für sie bin ich immer noch der Neue. Ich war immer ziemlich für mich, das ist auch schon alles. Ich habe wirklich nicht gewusst, wie ich mich in dieser Situation verhalten sollte." Syn fiel auf, dass Furis Wut sich langsam auflöste, darum wagte er es, seine Arme um Furis Hüfte zu legen. Furi versuchte, Syn wegzustoßen, aber er tat es halbherzig. Syn vergrub sein Gesicht in Furis Haaren. „Vergib mir, Furi."

„Bring mich einfach nur nach Hause", murmelte Furi und ging zur Beifahrerseite des Trucks.

Die Fahrt zu Furi war tödlich still. Syn war sich nicht sicher, ob Furi ihm vergeben würde oder nicht, hoffte aber sehr, dass er es tat. Syn mochte Furi wirklich. Er war die Art Mann, mit dem er stundenlang reden wollte, weil seine tiefe Stimme lustige Sachen mit Syns Gemächt anstellte, und ihn lachen zu hören, klang in seinen Ohren wie die süßeste Musik. Er wollte Furis schönes Gesicht sehen, wenn er nach der Arbeit an einem beschissenen Fall nach Hause kam, in dem Wissen, dass Furi es besser machen würde. Er wollte nach einer heißen Dusche mit ihm ins Bett gehen und sein Gesicht in Furis weichen Haaren vergraben, sich einfach in dem erotischen Geruch verlieren, der an den herrlichen Strähnen haftete.

Syn kämpfte gegen den Drang, sich noch einmal zu entschuldigen. Er hatte es schon mindestens fünfmal getan. Er schaute zu Furi hinüber, wünschte sich, dass der sich umdrehen und ihn ansehen würde. „Wirst du etwas sagen?"

Furi wandte ihm jetzt den Blick zu, aber was er sagte, war nicht unbedingt das, was Syn hören wollte. „Dein Truck muss überholt werden." Dann drehte er seinen Kopf wieder zum Fenster. Syn hielt am Gehweg gegenüber von Furis Apartment und schaltete den Motor aus. Furi sagte nichts. Er öffnete einfach die Tür, verließ den Truck und ging über die Straße. Syn sprang heraus, rief ihm hinterher. „Furi, bitte warte."

Furi hielt in der Mitte der Straße an und drehte sich zu ihm um, sah vollkommen gereizt aus. „Was?"

Syn ging gerade um den Truck herum, als er Reifen quietschen hörte und sah, wie helle Scheinwerfer direkt auf Furi zuhielten. „Furious!", brüllte Syn, aber er sah, dass er keine

185

Zeit mehr hatte. Er rannte los, sprang bei voller Geschwindigkeit ab und krachte mit seinem Körper in den von Furi. Die Motorhaube des Autos verpasste sie nur knapp. Syn rollte mit Furi, in einem hässlichen Durcheinander von Gliedmaßen, und kam hart auf dem Gehsteig auf. Syn behielt einen Arm um Furi, während er den Hals verdrehte, um zu sehen, wo das Auto war. Alles, was er sehen konnte, waren das Fabrikat des dunklen Autos und zwei Buchstaben des Nummernschildes. Syn zog seine Waffe, nur für den Fall, dass es wieder zurückkam.

Dann sprang er auf und zog Furi mit in die Höhe. „Rein, sofort."

Furi bewegte sich schnell. Syn blieb direkt hinter ihm. Sobald sie im Apartment waren, drehte Syn Furi um, damit er ihn anschauen konnte. Er musterte ihn und stellte fest, dass er größtenteils in Ordnung war. Furi sah aus, als stünde er unter Schock, und das zurecht, weil gerade jemand versucht hatte, ihn zu töten. Syn legte beide Hände auf Furis gerötete Wangen. „Furious, schau mich an." Syn wartete, bis diese jetzt verängstigten Augen ihn anblickten. Als Furi sich endlich auf sein Gesicht konzentrieren konnte, musste er in den Cop-Modus wechseln und seine Fragen stellen, solange die Details noch frisch in seinem Gedächtnis waren. „Fährt dein Ehemann einen BMW oder einen Mercedes?"

„Was?", flüsterte Furi.

„Das Auto, das gerade versucht hat, dich umzufahren, war ein Mercedes oder vielleicht ein BMW. Fährt dein Ex so ein Auto?" Syn versuchte, so klar wie möglich zu sprechen.

„Nein. Er fährt überhaupt nicht. Er hat Fahrer."

Syn holte sein Handy heraus und rief auf dem Revier an. Er sah zu, wie Furi auf seine Couch fiel und sich mit beiden

186

Händen über das Gesicht strich. Syn nannte dem Operator gerade die Nummer seiner Marke als Furis Kopf nach oben schoss. Er sah überrascht aus. „Warte. Hast du gesagt ein dunkler Mercedes?"

Syn sagte dem Operator, dass er einen Moment warten solle. „Ja. Kennst du jemanden, der einen schwarzen Mercedes fährt?"

„Ja." Furi schaute zu ihm auf. „Sasha Pain von Illustra hat einen schwarzen Mercedes."

Syn ging wieder an sein Handy. „Sucht nach einem schwarzen Mercedes, der auf der Clifton Road in Emory Point Richtung Osten fährt. Die ersten beiden Buchstaben auf dem Nummernschild sind Bravo, Tango." Syn beendete sein Gespräch mit dem Operator und rief dann seinen ersten Offizier an. Während er darauf wartete, dass Ronowski abhob, sagte er Furi, dass er sich einen Rucksack mit allem packen sollte, was er die nächsten zwei Tage brauchen würde. Furi bewegte sich nicht.

„Furious", knurrte Syn. Er wollte einfach nur aus diesem Apartment raus, für den Fall, dass Sasha zurückkam, um die Sache zu beenden.

„Ich werde nicht gehen. Sie wird mich nicht aus meinem eigenen verdammten Heim verjagen." Furi hob sein Kinn trotzig an.

Syn vergaß seinen Anruf und stellte sich direkt vor Furi. „Geh jetzt und pack deine Sachen. Diese verrückte Schlampe wird keine zweite Chance bekommen, solange ich etwas zu sagen haben."

„Du hast überhaupt nichts zu sagen."

„Habe ich wohl", bellte Syn. „Dein dämlicher Stolz wird dich umbringen. Wir werden uns um sie kümmern und dann kannst du sehr gerne wieder hierherkommen. Lass

187

nicht zu, dass deine Starrköpfigkeit dich zu einem leichten Ziel macht, denn das ist einfach nur dumm."

„Du nennst mich dumm?", schnappte Furi zurück.

Syn verdrehte frustriert die Augen. „Willst du mich verarschen? Furious, wir haben im Moment keine Zeit für diesen Kindergartenscheiß. Hol deine Sachen und dann gehen wir." Syn ging zu dem einzigen Fenster in Furis Apartment und hielt Wache, während Furi ein paar Klamotten, Toilettenartikel, Bücher und seinen Laptop in eine Tasche warf, nicht ohne die ganze Zeit zu fluchen. Syn ließ ihn sagen, was immer er wollte, solange er tat, was getan werden musste.

Furi hatte sich die große Tasche über die Schulter geworfen, als er vor Syn stand. „Fertig, Detective. Willst du mir noch weitere Befehle erteilen?"

Syn holte einmal tief Luft, um sich zu beruhigen. Er nahm Furi die Tasche ab und stellte sie sachte vor seine Füße. Dann legte er seine Arme um Furis Taille und zog ihn an sich. „Ich will dich nicht herumkommandieren. Ich kann nur nicht zulassen, dass irgendjemand dir wehtut." Syn kniff seine Augen zusammen. „Ich würde nicht gut damit zurechtkommen, wenn dir etwas passiert und ich wüsste, dass ich etwas hätte tun können, um es zu verhindern. Ich muss meinen Instinkten vertrauen. Das habe ich immer getan und das hat mich aus mehr als einer gefährlichen Situation gerettet. Meine Instinkte sagen mir, dass ich dich heute Nacht nicht alleine hierlassen soll, darum kommst du mit zu mir nach Hause. Morgen lasse ich Sasha abholen und für deinen Ex eine einstweilige Verfügung aufsetzen. Wenn du mich dann nie wiedersehen willst, verstehe ich das." Syn war sehr erleichtert, als Furi sich an ihn lehnte und die Umarmung erwiderte.

„Das ist zu viel, verstehst du? Ich bin ein Niemand, ein verdammter Mechaniker. Warum zur Hölle ist sie hinter mir her?" Furis Atem huschte über die feuchte Haut an Syns Hals.

Er lehnte sich zurück, um in Furis angsterfüllte Augen zu blicken. „Scheiß drauf. Du bist kein Niemand. Sag nie wieder so einen Mist. Du bist … du bist …" Syn wusste nicht recht, ob er schon bereit war, es zuzugeben, oder ob er aussprechen konnte, was er für Furi empfand. *Du bist mir wichtig.* Eines war sicher, auch wenn sein Beschützerinstinkt für diesen Mann sehr stark war, war da noch etwas anderes, das genau darunter lag. Er würde es nicht als Liebe bezeichnen, das war zu viel, zu früh. Er war noch nie verliebt gewesen, darum würde er dieses Wort nicht einfach so aussprechen. Aber er war auch nicht bereit, dass Furi sich für immer aus seinem Leben verabschiedete. Dieser Gedanke machte Syn krank.

„Ich bin was, Syn?"

Syn blinzelte. Er musste seinen Satz beenden. „Du bist stark genug, um hiermit fertig zu werden und siegreich daraus hervorzugehen." Syn drückte ihn fester. „Komm. Wir müssen gehen."

Als sie wieder im Truck und auf dem Weg zurück zu seinem Apartment waren, bestellte Syn eine Einheit, die die Gegend um Furis Apartment patrouillieren sollte, weil er sich um Furis Vermieterin Sorgen machte. Als Syn wieder auf seiner Seite der Stadt war, rief Ronowski an und informierte ihn, dass der Suchbefehl nach dem Mercedes für vierundzwanzig Stunden galt, aber noch niemand Sasha aufgegriffen hatte.

Kapitel 19
„Ein harter Kopf macht einen weichen Hintern"

Syn öffnete seine Tür und ließ Furi zum zweiten Mal in dieser Nacht in sein Heim.

„Sollte ich nicht im Zeugenschutz sein, an einem sicheren Ort?", fragte Furi indigniert.

Syn schaltete die Lampe im Wohnzimmer an und drehte sich zu Furious um, mit einem Blick, der sagte: ernsthaft?

„Wäre es dir lieber, wenn ich dich aufs Revier bringe, wo dich ein Detective fünf Stunden lang befragt, bevor sie dich in das beschissenste Hotel in der nächsten Stadt bringen? Während ein Cop, der die letzten zehn Jahre hinter dem Schreibtisch verbracht hat, die ganze Zeit auf seinem Hintern sitzt, während er dich angeblich bewacht?"

Furi ließ seine Tasche auf den Boden fallen und schüttelte den Kopf. „Wohl eher nicht."

„Ja, das habe ich mir gedacht." Syn grinste. Er zog seine Jacke aus und legte sie über die Rückenlehne seines neuen Sofas. Es war nett, aber er hatte bis jetzt noch keine Chance gehabt, es zu genießen. Furi ging rückwärts, bis die Rückseite seiner Beine gegen die Couch stieß. Er ließ sich fallen, als trüge er das Gewicht der Welt auf seinen Schultern.

Syn rieb sich den Nacken, wimmerte wegen der Anspannung dort. Er musste etwas zu Furi sagen ... irgendetwas ... aber was? Schlechte Menschen, Verbrechen, blitzende Waffen, Autos, die einen von der Straße abdrängten, das alles war für Syn normal, aber Furi versuchte nur, sein Leben zu leben. Syn setzte sich neben den schönen Mann. Seine Hand verharrte über seinem Knie, ehe er sie dann auf

190

seine Schulter legte. Die Geste war tröstend gemeint, schien aber nicht zu helfen. „Geht es dir gut?"

„Nein. Nein, Syn. Mir geht es nicht gut. Diese verrückte Schlampe hat gerade versucht, mich umzubringen, und warum? Weil ich sie nicht ficken wollte!" Furis Stimme wurde bei jedem Wort lauter. Er sprang von der Couch und begann, vor Syn auf- und abzulaufen, zog dabei an seinen Haarspitzen. „Ist das ein Grund, jemanden umzubringen? Jesus Christus! Ich habe nicht versucht, sie schlecht aussehen zu lassen. Ich wollte sie nur nicht ficken, weil ich, verdammt noch Mal, schwul bin!"

Syns Augen wurden groß und er streckte seine Hand aus, um Furi zu stoppen. „Furious, bitte, beruhige dich."

Furi wandte sich ihm zu, ein böser Ausdruck verzerrte seine schönen Züge. „Ach ja. Ich habe es für eine Sekunde vergessen. Du bist nicht schwul! Wir wollen ganz sicher nicht, dass die Nachbarn das denken!"

Syns Kopf ruckte bei Furis Tirade zurück. „Schön. Du bist aufgebracht wegen dem, was gerade passiert ist, und das projizierst du jetzt auf mich. Ich werde dich eine Weile alleine lassen. Bier steht im Kühlschrank, das Gästebad ist den Flur entlang. Fühl dich wie zu Hause." Syn drehte sich in Richtung seines Schlafzimmers. Er wollte verdammt sein, wenn er zuließ, dass Furi das hier in einen Streit über seine sexuelle Orientierung verwandelte.

„Verdammter Feigling", murmelte Furi.

Syn blieb vor seiner Schlafzimmertür stehen. *Hat er das gerade wirklich gesagt?* Syn drehte sich auf dem Absatz und eilte zurück ins Wohnzimmer. „Wie zur Hölle hast du mich gerade genannt?"

Furis Augen traten angesichts von Syns Wut hervor. Er stand langsam auf und ging auf die andere Seite der Couch.

Die Furcht auf seinem Gesicht verwandelte sich schnell in Wut. „Willst du mit mir kämpfen? Mich zusammenschlagen, Detective?"

„Was?" Syn keuchte aufgrund der Absurdität dieser Frage. Er schaute Furi direkt an und hielt seinem wütenden, dunklen Blick stand. „Zunächst einmal, wie kannst du es wagen, auch nur für eine Sekunde zu glauben, ich würde dich anfassen, wenn ich wütend bin? Nur weil der Bastard, den du geheiratet hast, das getan hat, heißt das nicht, dass *alle* Männer Schläger sind." Syn deutete auf seine Brust. „Ich bin kein Feigling, Furious. Für den Fall, dass du es vergessen hast, ich habe dir gerade dein gottverdammtes Leben gerettet."

„Oh nein, das habe ich nicht vergessen, aber trotzdem bist du die schlimmste Art Feigling. Du hast keine Angst davor, erschossen zu werden oder dich vor zwei Tonnen beschleunigendes Metall zu werfen, aber du hast Angst davor, die Hand eines Mannes, eines Mannes, von dem du behauptest, ihn zu mögen, in der Öffentlichkeit zu halten. So ein harter Hund auf der Straße, aber zu feige, zuzugeben, wer du wirklich bist."

Syn war sich nicht sicher, wie lange er Furi anstarrte, bevor er in sein Zimmer ging und die Tür hinter sich zuschlug.

Verdammt, verdammt, verdammt. Warum zur Hölle habe ich das gesagt? Sobald Furi den Schmerz in Syns Gesicht gesehen hatte, wollte er seine beißenden Worte zurücknehmen. Furi hatte schreckliche Angst und projizierte das in der Tat, genau wie Syn es gesagt hatte. Es war nicht Syns Schuld, dass sein Leben im Moment so beschissen war. Genaugenommen würde Furi das alles alleine durchmachen müssen, wenn der Cop nicht da wäre. Wahrscheinlich wäre er sogar schon tot. Syn versuchte, zu ihm zu halten, ganz egal, was Furis Verstand ihm vorspielte. Syn gab sich wirklich Mühe, mit ihm zusammen zu sein, und Furi war in keinster Weise nachsichtig. Jetzt war er hier, in Syns Apartment, unter seinem Schutz, und Furi hatte ihn gerade so grausam verletzt, dass Syn nicht hatte antworten können.

Furi ging den Flur entlang, bis er vor Syns Schlafzimmertür stehenblieb. Seine Hand hob sich, um zu klopfen, als er die Dusche hörte und sich entschied, es gut sein zu lassen. Furi musste gehen. Das hier war sein eigenes, beschissenes Leben. Furi sollte die Kontrolle wieder übernehmen, aber was machte er schon, außer sich hinter Syns sicheren Mauern zu verstecken? Er hatte zugelassen, dass die verrückte Schlampe ihn aus seinem eigenen Heim vertrieb. *Scheiß drauf.* Furi nahm seine Tasche und seine Lederjacke und trat durch die Haustür.

Furi fühlte sich genau so lange selbstsicher, bis er das Apartmenthaus verließ und auf die Straße trat. Dann überkam ihn eine Furcht, wie er sie noch nie gespürt hatte. Es war spät und dunkel, aber die Menschen eilten an ihm vorbei, als ob er gar nicht da wäre. Sie bemerkten sein Unwohlsein überhaupt nicht. Er lief zurück in die Gefahr. Eine Verrückte hatte gerade versucht, ihn umzubringen. Anstatt dort zu bleiben, wo er sicher war, hatte er entschieden, dass es eine gute Idee war, diesen Hafen zu verlassen und sich unbewaffnet wieder in Gefahr zu begeben. Ein Auto kam auf der anderen Straßenseite quietschend zum Stehen und das Geräusch weckte in Furi das Bedürfnis, sich zu Boden zu werfen. *Was zur Hölle mache ich hier? Scheiße!* Dann hörte Furi Syns Worte in seinem Kopf, *Lass nicht zu, dass deine Sturheit dich zu einem leichten Ziel macht!*

193

und er dachte daran, wieder nach oben zu gehen. Was er tun würde. Er holte tief Luft und warf sich die Tasche über seine Schulter. Er schaute über die Straße und sah, wie fünf oder sechs Männer lachend aus dem Pub seines Onkels torkelten. Er überlegte sich, einfach dorthin zu gehen und ein wenig Zeit totzuschlagen. Vielleicht war sein Onkel sogar einigermaßen gut gelaunt und würde Furi für ein, zwei Tage auf seiner Couch schlafen lassen. Vielleicht sogar, bis sie Sasha erwischt hatten.

Furi eilte über die Straße und in den Pub. Sein Herz schlug schneller und er war wütend, weil all diese Furcht ihn wahnsinnig machte. Kurz überlegte er, ob er Doug anrufen sollte, aber der hatte Furi bereits gesagt, dass er versuchte, mehr Zeit mit Cel zu verbringen. Vor allem, weil sie bald ziemlich viel Zeit investieren würden, um ihre Werkstatt zu eröffnen. Er suchte sich einen Weg durch die Menge und versteckte seine Tasche im Vorratsraum, damit sein Onkel sie nicht sah.

„Kannst du Hilfe gebrauchen, hübsches Mädchen?", flüsterte Furi Candy ins Ohr, während sie schnell auf der Kasse tippte. Sie sprang in die Höhe und schlug Furi auf die Schulter, weil er sich an sie herangeschlichen hatte.

„Was machst du an deinem einzigen freien Abend hier?", fragte sie ihn grinsend und schüttelte ungläubig den Kopf.

„Ich habe kein Leben." Er täuschte ein Lächeln vor. „Brauchst du Hilfe?"

Sie musterte ihn aufmerksam. „Honey, geht es dir gut?"

Furi fühlte Tränen in den Augenwinkeln und wurde sofort wütend. Wie konnten seine Emotionen es wagen, seinen Versuch, sich zu beherrschen, zu unterwandern? Er würde nicht weinen, das war sinnlos. Weinen bewirkte nichts, verschwendete nur Energie. „Es geht mir gut. Ich kann nur eine Ablenkung gebrauchen, das ist alles." Er zuckte mit den Schultern.

„Viel Spaß. Du kannst das andere Ende haben. Shawn musste seine Tochter früher abholen und hat mich hier alleine gelassen." Sie verdrehte die Augen. „Und natürlich hat dein nutzloser Onkel sich nicht dazu herabgelassen, mir zu helfen."

„Natürlich nicht", antwortete Furi und band seine Haare zurück. Er hatte das Bar-Shirt nicht an, aber das kümmerte ihn nicht. Er half einfach nur Candy und versuchte, sich abzulenken, damit er nicht über den Cop auf der anderen Straßenseite nachdachte. Den Cop, der wahrscheinlich gerade aus der Dusche gekommen war und erkannte, dass ihm ein Hausgast fehlte.

Die nächsten zwei Stunden verfiel Furi einer einfachen Routine und verlor sich in der Monotonie, eine Bestellung aufzunehmen, die Bestellung herzurichten, zu kassieren, nachzufüllen, Rückgeld zu geben, die Bar abzuwischen und alles zu wiederholen. Er war sich sicher, dass einigen der Stammkunden seine Einsilbigkeit auffiel, aber jeder durfte solche Tage haben. Es ging auf die Sperrstunde zu, als Furi nach hinten ging, um den Müll an der Hintertür abzustellen. Die Tür seines Onkels stand offen, darum schaute er hinein und klopfte gegen den Rahmen. „Hey Onkel. Ist es gerade schlecht?"

„Es ist immer schlecht. Was willst du?", knurrte sein Onkel und machte sich nicht einmal die Mühe, ihn anzuschauen.

„Mein Apartment wird ausgeräuchert. Kann ich auf deiner Couch schlafen?" Furi kaute auf seiner Unterlippe.

Dieses Mal schaute sein Onkel mit genervtem Gesichtsausdruck zu ihm auf.

„Höchstens drei Tage", fügte Furi hinzu.

„Ja, ja. Bring dein eigenes Waschmittel und Essen mit. Von mir bekommst du nichts." Sein Onkel bedeutete ihm, zu gehen, und Furi tat das gerne. Er hasste es, ihn um irgendetwas zu bitten, aber unglücklicherweise war er alles an Familie, was Furi geblieben war. *Nichts geht über die Familie.* Er kam zurück in die Bar und keuchte, als er die große, dunkle Gestalt an der Bar sitzen sah. Furis Brust zog sich bei diesem Anblick zusammen. *Er ist gekommen.* Furi brachte seine Beine dazu, wieder zu arbeiten, und ging langsam hinter die Bar.

„Äh, Candy, kannst du die Bestellung da aufnehmen?" Furi deutete auf das strenge Gesicht, das ihn böse anschaute.

„Nein, danke. Es wäre mir lieber, wenn du dich um mich kümmerst, Furious." Die Worte kamen lässig heraus, aber der harte, durchdringende Blick sagte, dass es sich um einen Befehl handelte.

Candys Kopf drehte sich zwischen ihnen hin und her und Furi entschied, dass es am besten wäre, sie nicht mit hineinzuziehen. Er ging langsam zum Ende der Bar und stand vor seinem wütenden Kunden.

„Ich bin aus gutem Grund gegangen." Furi beugte sich vor und flüsterte: „Ich habe dir nichts zu sagen."

„Oh, ich denke, du hast deinem Ehemann eine Menge zu sagen, Furious."

Kapitel 20
„Immer noch am Fall dran"

Dummer, ignoranter, sturer, eigensinniger, schwer zufriedenzustellender kleiner Scheißer. Syn murmelte vor sich hin, während er seine S&W einsteckte.

Als Syn nach einer Stunde aus seinem Zimmer gekommen war, hatte es ihn wütend gemacht, zu sehen, dass Furi gegangen war. Zuerst hatte er die Hände in die Höhe geworfen und gedacht, dass es nicht länger sein Problem wäre. Furi respektierte ihn nicht und er weigerte sich, regelmäßig beschimpft und zurückgewiesen zu werden, wo er doch sein Bestes versuchte. Aber je länger er dasaß und kochte, desto lauter sagte sein Herz ihm, dass er gehen, den Idioten finden und ihn zurückbringen sollte, damit er ihn beschützen konnte. Ganz egal, wie sehr der gutaussehende Bastard ihm auf die Nerven ging, er wollte ihn unbedingt. Syn zog seine Jacke an und verließ das Apartment.

Er war auf dem Weg zu seinem Truck, als eine kalte Vorahnung sein Rückgrat entlanglief. Sein Instinkt sagte ihm, dass etwas nicht stimmte. Überhaupt nicht stimmte. Syn schaute die geschäftige Straße auf und ab, versuchte, die Quelle für sein Unbehagen zu finden. Sein Blick stoppte bei dem leuchtenden Schild auf der anderen Straßenseite. *Bist du da drin, du Narr?*

Syn lief über die Straße, öffnete die Tür mit zu viel Kraft und musterte das Innere. Wie vermutet stand Furi hinter der Bar und arbeitete. Syn setzte sich auf seinen üblichen Stuhl. Ihm fiel auf, dass die Betriebsamkeit nachließ, da der Pub in einer halben Stunde schließen würde. Ein paar Tische waren besetzt und an der Bar saßen nur noch drei Leute mit Drinks. Zwei Männer in teuren Anzügen saßen

197

in der Nähe, während er darauf wartete, dass Furi sich umdrehte und ihn sah. Er nickte den beiden Männern kurz zu und dachte, dass sie viel zu gut gekleidet waren, um hier im Pub zu sitzen. Sie sahen wie Geschäftsmänner aus, waren aber gebaut wie Trucks.

Furi drehte sich zu ihm um und Syn sah sofort die ängstlichen Augen, die in sich gekehrte Haltung und vor allem die Erleichterung, die über sein Gesicht huschte, als er Syn erblickte. Er winkte Furi zu sich. Furi nahm eine Serviette und legte sie mit zitternden Händen vor Syn auf die Bar. *Irgendetwas stimmt hier ganz und gar nicht.* „Furious. Warum bist du gegangen?"

„Ich dachte, das wäre das, was du wolltest." Furi beugte sich vor, redete leise.

„Wenn ich gewollt hätte, dass du gehst, hätte ich es dir gesagt", sagte Syn. Er musterte Furi eingehend und sah, wie er kurz zu den zwei Männern in den Anzügen schaute. „Furious, was ist los?"

„Es ist … es ist … nichts", murmelte Furi.

Syn warf noch einen Blick zu den beiden Männern, die sich unterhielten, dann zurück zu Furi. „Du kommst mit mir zurück. Jetzt. Lass uns gehen."

Furi schüttelte den Kopf.

„Furious, ich werde nicht-" Syns Handy klingelte und unterbrach seinen Satz. Er hielt den Augenkontakt mit Furious, während er sein Telefon herauszog. „Syn."

Syn hörte seinem Leutnant aufmerksam zu und beobachtete gleichzeitig, wie Furi immer wieder offensichtlich verängstigt zu den beiden Anzügen schaute.

„Ja, Day. Ich bin in dem Pub auf der anderen Straßenseite. Wir sehen uns in zehn." Syn legte auf, schob das Telefon in seine Tasche und wartete darauf, dass Furi ihn wieder ansah. „Komm, wir gehen."

„Ich muss noch den Müll rausbringen. Ich bin gleich wieder da", erklärte Furious ihm abwesend.

Was verschweigst du mir? Furis Körpersprache schrie sein Unwohlsein hinaus, aber Syn kannte den Mann noch nicht gut genug, um zu wissen, was los war. Er würde also nicht weiter raten. Er würde Furi hier rausbringen. Punkt. Syns Telefon klingelte wieder. Dieses Mal war es Ronowski. „Ich werde das vor der Tür besprechen. Komm, sobald du fertig bist." Sein Blick begegnete wieder dem von Furi, aber nur für eine Sekunde. „Fünf Minuten", sagte er und stand auf, um vor dem Pub auf ihn zu warten.

Syn stand neben seinem Truck, während er mit Ronowski redetet. Ro sagte ihm, dass Sasha Pain zusammen mit zwei anderen Mädchen aufgegriffen worden war. Sasha und die andere Darstellerin, Angelica, sagten nicht viel, aber Ronowski glaubte, dass er die Dritte zum Reden bringen konnte. Er wollte, dass Syn bei der Befragung dabei war.

„Ja, Day und God sind in der Gegend und werden mich abholen. Wir sollten bald da sein." Syn beendete den Anruf und schaute auf die Uhr. Sieben Minuten waren vergangen. Syn folgte seinem ersten Instinkt und ging zurück in den Pub.

Kapitel 21
„Arschloch steht im Wörterbuch, direkt neben Fick dich"

Furi was so glücklich, Syns attraktives Gesicht zu sehen, dass er über die Bar springen, sich in die muskulösen Arme des Mannes werfen und um Vergebung betteln wollte, weil er so ein Arsch gewesen war. Nicht nur, dass sein gewalttätiger Ehemann Patrick hier war, er hatte auch seinen verrückten Arschlochbruder mitgebracht. In den letzten zwanzig Minuten hatte Patrick nur zwei Worte zu ihm gesagt, aber Brenden warf ihm immer wieder hitzige Blicke zu, während sie lässig ihr Bier tranken. Furi wusste nicht, ob sie darauf warteten, dass er ging, oder auf etwas anderes, aber sie benahmen sich sehr seltsam. Er wollte Syn sagen, dass Patrick direkt neben ihm saß, aber er wollte im Pub seines Onkels keine Probleme verursachen. Er würde einfach mit seinem wilden Beschützer gehen und Syn drängen, die einstweilige Verfügung zu besorgen, die alles regeln würde. Das eine, was Patrick nie tun würde, war, sich selbst und seine Firma zu blamieren, indem er sich verhaften ließ.

Furi entsorgte schnell den Müll und hatte nicht vor, wieder hineinzugehen. Er würde einfach die Seitenstraße hinaufgehen und sich mit Syn an seinem Truck treffen. Patrick und Brenden konnten sich drinnen fragen, wann er zurückkommen würde.

„Also, Darling, hier hast du dich also versteckt? All die Zeit, die ich damit verbracht habe, nach dir zu suchen, und du warst die ganze Zeit hier. Beim Abfall." Patricks Stimme war ruhig und klar. Das war sie für gewöhnlich immer, bevor er durchdrehte – in Furis Gesicht. Er schaute sich in der Seitenstraße um, die voller Müllcontainer, leerer Alkoholflaschen und weggeworfenem Essen war, und schüttelte

200

angeekelt den Kopf. „Na ja, als ich dich kennengelernt habe, hast du dich ja auch mit dem Plebs abgegeben und dorthin bist du offensichtlich zurückgekehrt." Patrick redete über die Werkstatt seines Vaters. Er mochte denken, dass sie ein Müllhaufen gewesen war, aber viele Leute hatten sie für einen ziemlich tollen Ort gehalten. Furi verfluchte den Tag, an dem er Patricks geschmeidigen Worten gestattet hatte, ihn von dort wegzulotsen.

„Ich muss zugeben, dass du nicht wieder den Namen deines Vaters angenommen hast, war ziemlich klug. Hat es dem PI wirklich schwer gemacht, dich zu finden. Bren hat gesagt, dass ich es *gut sein lassen soll*, dass du es nicht *wert bist*. Aber ich habe gedacht, dass du irgendwann zurückkommen würdest. Dann, aus heiterem Himmel, Überraschung, werden mir Gerichtsdokumente übergeben. IN MEINER VERDAMMTEN FIRMA! SCHEIDUNGSPAPIERE! So verdammt respektlos." Furi zuckte bei dem Wutausbruch seines Ehemanns zusammen.

„Ich wusste, dass du nicht sonderlich klug bist, Darling, aber komm schon. Du musstest wissen, dass ich dich nicht einfach gehen lassen würde, nachdem ich so viel Geld für dich ausgegeben habe."

„Ich habe alles zurückgelassen und das weißt du auch!", schrie Furi. „Mir sind tolle Kleider und teurer Schmuck vollkommen egal. Das ist jetzt alles wertlos, oder etwa nicht? Sag mir, Pat, hält dich deine Rolex in der Nacht warm?"

Furi sprang zurück, als Brenden näherkam, aber Patrick streckte den Arm aus, um seinen Bruder davon abzuhalten, sich ihm zu nähern. *Vorläufig.*

„Patrick, geh einfach. Wir passen einfach nicht zusammen. Wenn du nur für eine Sekunde darüber nach-

201

denkst, und ich meine, wirklich darüber nachdenkst, dann wird dir klarwerden, dass du mich nicht willst. Du willst nur dein Gesicht nicht verlieren, aber darum geht es bei einer Ehe nicht." Furi musste dafür sorgen, dass er weiterredete. Er saß in der Falle und wusste es. Er konnte spüren, wie ihm der Schweiß den Rücken hinunterlief. Die Müllcontainer standen am Ende der Gasse, ungefähr fünfzehn Meter von der Tür des Pub entfernt. Patrick und Bren hatten ihn eingekesselt, es gab kein Entkommen. Jetzt konnte er nur hoffen, dass Syn des Wartens müde wurde und nach ihm suchen würde, bevor sein Ehemann und Schwager zu viel Schaden anrichten konnten.

„Wovon sprichst du? Ich liebe dich und du liebst mich auch." Patrick grinste anzüglich. „Wenn du wirklich darüber nachdenkst, wird dir klarwerden, dass ich recht habe", verhöhnte er Furi.

Bren stand direkt neben seinem Bruder, bereit, zu tun, was er hatte tun wollen, seit Furi Patrick geheiratet hatte. Er wollte ihn bis zur Unkenntlichkeit zusammenschlagen. Furi wandte den Blick von Brenden ab, schaute seinen Ehemann traurig an. Seinen einst süßen, empfindsamen und charmanten Ehemann. „Patrick, bitte, geh einfach nach Hause, zurück zu deinem bequemen Leben, ohne einen ungewollten Ehemann, der alles kompliziert macht. Ich glaube, dass du mich wirklich geliebt hast, als wir geheiratet haben, aber du hast dich vollkommen verändert." Furi schloss die Augen, um die Erinnerungen abzuwehren, die in ihm hochstiegen. Er hatte verzweifelt versucht, diese Dämonen zur Ruhe zu betten. „Du hast angefangen, mich zu schlagen, nachdem wir uns geliebt haben. Wer zur Hölle macht so etwas? Es war, als ob in dir ein Schalter umgefallen wäre, und du auf einmal nicht mehr damit umgehen konntest, schwul zu sein."

Patrick schüttelte ungläubig den Kopf. „Das ist ziemlich ignorant, aber aus deinem Mund habe ich nichts anderes erwartet. Ich habe keine Zeit für dieses Gespräch und diesen Gestank hier. Lass uns jetzt gehen, Furious. Ich werde mich nicht wiederholen."

Verdammt. „NEIN! Ich werde mein Leben leben. Ich werde meine eigene Werkstatt eröffnen und ein ruhiges Leben haben, bei dem ich nicht regelmäßig in die Notaufnahme muss. Du willst mich nicht, Pat. Du willst einen Ehemann, der zu Hause bleibt. Ich bin nicht dieser Mann. Du hast mich glauben lassen, dass du meine Träume unterstützen würdest, aber du hast gewusst, dass du mit einem Mechaniker niemals glücklich werden würdest."

„Wie kannst du mit zwei gebrochenen Armen Autos reparieren?", fragte Brenden kalt.

Furi schluckte schwer, tat aber sein Bestes, ein tapferes Gesicht aufzusetzen. Er weigerte sich, diesem Arsch die Genugtuung zu geben, seine Angst zu zeigen. „Willst du mich deswegen zurück? Um den Boxsack für dich und deinen Bruder zu spielen?", schrie Furi. Seine Stimme war vor Wut und Angst tiefer geworden.

„Du kommst zurück, ob du willst oder nicht. Wir können das auf die einfache Tour machen und du steigst einfach ins Auto oder du kannst später in meinem Bett aufwachen, nachdem wir dich ausgeknockt haben. Mir ist beides recht."

„Ich komme nicht zurück", knurrte Furi. „Ich lasse mich von dir scheiden. Ende der verdammten Diskussion."

Furi hätte auf Brendens brutalen Schlag gegen sein Zwerchfell gefasst sein müssen, aber er zwang ihm die Luft aus den Lungen und warf ihn mit dem Hintern auf den schmutzigen Betonboden. Furi ging auf ein Knie und biss die Zähne zusammen und starrte seinen Ehemann an. „Mach, was du willst, du Bastard. Ich komme nicht zurück. Lieber sterbe ich hier." Brenden ging wieder auf ihn los. Dieses Mal war Furi in der Lage, ernsten Schaden abzublocken, aber der Tritt seines Schwagers gegen seine Brust schickte ihn wieder zu Boden. Furi rollte sich auf den Bauch, knirschte vor Schmerz mit den Zähnen, weigerte sich jedoch, zu schreien. Er konnte hören, wie Brendens Schritte näherkamen. Furi streckte die Hand aus und hob eine leere Weinflasche auf. Dann drehte er sich um und ließ die Flasche, so fest er konnte, nach oben sausen, schmetterte sie gegen Brendens schlechtes Knie. Der Schrei, der ertönte, verlieh Furi ein Gefühl des Sieges. Er wusste, dass der Mann zwei Knieverletzungen vom Football hatte. Er hoffte, dass er ihn lange genug aufgehalten hatte, um an ihm vorbeizukommen, aber er hatte sich geirrt.

„Du kleiner Scheißer", schrie Brenden, der sich vor Schmerz zusammenkrümmte.

Patrick packte Furi am Hals, schaute ihn finster an. „Du wolltest es auf die harte Tour. Ich werde sicherstellen, dass du nie wieder weglaufen kannst."

Furi riss sein rechtes Knie nach oben, traf Patrick aber nur am Oberschenkel und verfehlte seine Eier. *Verdammt*. Furi war bereit, das Unvermeidliche zu akzeptieren, als er hörte, wie die Tür der Bar aufgerissen wurde, und er eine dunkle Gestalt auf sie zueilen sah, die Patrick mit einem harten Schlag in die Rippen zu Boden schickte. Furi schaute in Syns wütendes Gesicht. Die schwarze Iris schimmerte vor Zorn. *Heilige Scheiße*. Syn streckte die Hand aus und zog Furi an sich. Er musterte seinen Körper kurz, bevor er ihn hinter sich drängte, wie er es immer tat. Brenden war der

Erste, der sich bewegte, und Syn schob Furi zurück, bereitete sich auf den Angriff vor.

Syn war zurück in den Pub gegangen und hatte gesehen, dass Furi nicht hinter der Bar stand. Was seine Aufmerksamkeit wirklich erregte, war, dass die beiden Panzer in Anzügen ebenfalls nicht mehr da waren. Syns sechster Sinn, der, der ihn immer zwei Schritte voraus sein ließ, drängte ihn vorwärts, sagte ihm, dass er sich schneller bewegen sollte. Syn ignorierte den neugierigen Blick von Furis Onkel hinter der Bar, als er auf die Hintertür zulief und dabei sein Funkgerät herauszog. Er hörte ein Zirpen und sprach in den Empfänger. „God, beeil dich. Ich habe ein Problem."

„Schon unterwegs", antwortete God in einem ernsten Ton.

Syn brach in voller Geschwindigkeit durch die Tür und nahm die Szene am Ende der Gasse schnell in sich auf. Einer der Männer hatte seine dicken Hände um Furis Hals gelegt und würgte ihn, während er ihn anbrüllte, dass er „ihn nie wieder verlassen würde". *Scheiße, Furis Ehemann.* Der andere Kerl lehnte an der Ziegelmauer und hielt eines seiner Knie. Er sah blass aus, als ob ihm vor Schmerzen schlecht wäre. Syn beschloss, sich später Gedanken um ihn zu machen. Er hieb seine Faust in die Rippen des Mannes, der Furi hielt, der unter dem Ansturm zu Boden ging. Syn wusste, dass er nur ein paar Sekunden hatte, bevor der Ex-Ehemann sich wieder erholte. Aber seine Priorität war Furi. Der sah im Großen und Ganzen in Ordnung aus. Er sah kein Blut oder Prellungen, darum platzierte Syn sich vor seinem Mann und richtete seinen Blick wieder auf die zwei Männer, die ihn schockiert und wütend anstarrten.

„Das ist ein Missverständnis. Das hier geht dich nichts an."

„Und ihr seid?", quetschte Syn zwischen zusammengepressten Zähnen hervor. Er kannte die Antwort auf diese Frage bereits, versuchte aber, ein paar Minuten herauszuschinden, um seine Wut unter Kontrolle zu bringen.

„Niemand, der für dich interessant wäre. Aber du stehst zwischen mir und meinem Ehemann, darum gebe ich dir eine Chance, zu gehen."

Syn schüttelte langsam den Kopf. „Das hast du falsch verstanden. Ich stehe zwischen dir und deinem Ex-Ehemann." In diesem Moment sah Syn, wie die Augen des Mannes sich von einem faszinierenden Hellgrau zu einem Aschgrau wandelten, wie der Himmel vor einem Gewitter. Er war wütend und Syn wusste, dass die Dinge sich zum Beschissenen wenden würden.

„Furious ist mein Ehemann. Das kann dir gefallen oder nicht. Er gehört mir."

„*Gehört* dir? Damit du ihn misshandeln kannst, wann immer es dir gefällt, und dann den Schwächling von einem Bruder übernehmen lassen kannst, wenn du müde wirst?" Syn trat näher. „Glaube ich nicht."

Der Ex versuchte, um Syn herumzuschauen, und sprach Furi an. „Honey, komm nach Hause zurück. Ich habe mich geändert. Ich werde dir nie wieder wehtun. Ich schwöre es bei meinem Leben."

„Schwachsinn. Er glaubt dir nicht und ich ganz sicher auch nicht", konterte Syn.

„Ich muss dir gar nichts beweisen."

„Und wie du das musst. Ich bin der Erste, den du überzeugen musst."

Der Ex breitete seine Arme aus, als ob er seine Umgebung einschließen wollte. „Ich bin hierhergekommen, um ihn zu holen. Das ist genug. Ich bin hier, oder nicht?"

„Das sind die Müllcontainer auch", antwortete Syn mit gelangweiltem Gesichtsausdruck.

„Du wagst es, mich als Müll zu bezeichnen?", knurrte der Ex.

„Nein. Müll wäre ein zu nettes Wort. Willst du wirklich wissen, wie ich dich nennen würde?" Syn grinste böse. Sein Lächeln verwandelte sich schnell in ein Knurren, bevor er weiterredete. „Furi gehört jetzt zu mir. Wenn du ihn willst, wirst du an mir vorbeimüssen, um ihn zu bekommen."

Syn spürte, wie Furi an seinem Arm zog. Ohne die Augen von dem Ex zu lassen, drehte er sich leicht, um zu hören, was Furi zu sagen hatte.

„Das ist nicht dein Kampf, sondern meiner", fauchte Furi ihm ins Ohr.

Syn kämpfte gegen den Drang, seine Augen zu verdrehen. *Ja, du hast es ihnen wirklich gezeigt, als ich hierhergekommen bin.* Syn schaute die Gasse entlang und sah, wie God und Day um die Ecke auf sie zukamen. Sie sahen wie zwei abtrünnige Biker aus. God in seinem schwarzen Ledermantel, der bis zu seinen Oberschenkeln reichte, den schwarzen Klamotten, den langen Haaren, die seinen Rücken hinabflossen, und den schwarzen Timberland-Schuhen, an deren falschen Ende man sich während eines Kampfes nicht befinden wollte. Day in seiner engen Lederjacke, der schwarzen Cargo-Hose und Jordans. Sie sahen wie Schläger aus, nicht wie Cops.

Syn zog Furi an seine Brust. „Furi, ich will, dass du durch die Bar zurückgehst und in meinem Apartment wartest. Ich

207

werde mit deinem *Ex*-Ehemann ein kleines Gespräch führen", sagte Syn extra laut.

Furi schnaubte genervt. „Syn, ich habe dieses Jahr sechs Monate lang Selbstverteidigungskurse in der YMCA gemacht. Ich kann für mich selbst kämpfen."

Syn schaute Furi an, als ob er den Verstand verloren hätte. „In der Y? Wow, das ist super, Furious. Wenn du je von den Village People angegriffen wirst, kannst du das Gelernte gerne anwenden. Jetzt will ich, dass du deinen Karate-YMCA-Hintern zurück in mein Apartment beförderst", knurrte Syn Furi an. Er drängte ihn in Richtung Tür. Er hatte weder die Zeit noch die Geduld, mit seinem lächerlichen Stolz zu diskutieren. Dankenswerterweise ging Furi mit einem letzten bösen Blick zurück in den Pub. Als Syn sich umdrehte, schauten God und Day zwischen ihm und seinen beiden Gegnern hin und her.

„Was ist hier los, Leute?", erkundigte God sich lässig, gab aber nicht zu erkennen, dass er Syn kannte.

„Du siehst aus, als wüsstest du, wie man kämpft. Ich gebe dir fünfhundert Dollar, wenn du diesen Idioten fertigmachst." Furis Ex-Ehemann richtete sich mit einem bösartigen Grinsen in Syns Richtung auf, als ob ihm gerade der beste und diabolischste Plan aller Zeiten eingefallen wäre. Er strich seine Krawatte glatt und versuchte, etwas von dem Schmutz an seinem zu teuren Anzug abzuklopfen, während er auf Gods Antwort wartete.

Day musterte Syn von oben bis unten, als ob er ihn einschätzen wollte, zuckte mit den Schultern und wandte sich an God. „Was denkst du?"

„Du weißt, dass ich niemand bin, der leichtes Geld ausschlägt." God rieb sich mit der Hand über die Bartstoppeln und warf Syn einen verschlagenen Blick zu, bevor er sich wieder an den Ex-Ehemann und den Schwager wandte. „Also, ihr zwei riesige Bastarde gegen diesen einen Kerl und ihr konntet ihn nicht niedermachen?"

„Keine Fragen. Willst du das Geld, oder nicht? Dieses Stück Scheiße steht zwischen mir und etwas, das mir sehr wichtig ist, und ich will, dass er ausgeschaltet wird."

Wer zur Hölle dachte dieser Kerl, wer er war? Tony Soprano? *Ausgeschaltet.* Syn ballte immer wieder seine Faust. Er wollte diesem Mann unbedingt eine Lektion erteilen, es in seinen dicken Schädel prügeln, dass Furi jetzt Syn gehörte und nie wieder etwas mit ihm zu tun haben würde.

Day kam ein wenig näher. „Schön, aber es kostet euch eintausend Dollar pro Mann."

Ex-Ehemann zuckte nicht einmal mit der Wimper bei dieser drastischen Erhöhung. Er zog seine Geldbörse heraus und zählte schnell die richtige Anzahl frischer einhundert Dollarnoten ab, bevor er sie in Days ausgestreckte Hand klatschte. Day nahm das Geld, faltete es zusammen und steckte es in seine Tasche. Er kehrte an Gods Seite zurück und nickte Syn zu. „Nach dir."

„Hey, wartet einen Moment", meldete der Schwager sich zu Wort, aber es war zu spät. Day hatte Syn das Stichwort gegeben. Er überwand die Entfernung zwischen sich und dem Ex schnell, gab ihm keine Zeit, sich zu verteidigen, bevor er seine rechte Faust gegen seinen Kiefer rammte, gefolgt von einem schnellen linken Aufwärtsschlag. Sein Gegner taumelte zurück. Gerade als Syn dachte, dass der Kerl einen Schlag gut wegstecken konnte, schwang der Ex-Ehemann weit nach rechts und zielte auf Syns Schläfe. Syn duckte sich mühelos weg. Verzweifelt darauf versessen, die Oberhand zu gewinnen, dachte der Ex, dass es eine gute Idee wäre, einfach auf Syn zuzustürmen und ihn von den

209

Füßen zu reißen, aber auch dieser Versuch war vergeblich. Syn hob seinen Fuß und trat dem Mann gegen die Körpermitte, was ihn nach vorne sinken ließ. Syn war nicht einmal außer Atem. Er riss den Kopf des Exmannes schnell unter seinen angewinkelten Arm und rammte ihm in schneller Folge dreimal das Knie in den Bauch. Syn liebte das Grunzen und die schmerzerfüllten Schreie, die das Arschloch von sich gab. Es fühlte sich so gut an, diesen Arsch für Furi fertigzumachen, dass Syn Angst hatte, er könnte nicht aufhören. Furis Ex klappte zusammen wie ein Stück Papier, fiel auf die Knie, aber Syn war für das Ende noch nicht bereit. Er schaute dem Mann in die Augen, riss seine rechte Hand zurück und landete einen brutalen Schlag in der Mitte des hübschen Gesichts. Er war sich ziemlich sicher, dass er ein paar Zähne gelockert und seine Nase dauerhaft neu strukturiert hatte. Der Ex flog auf den Rücken, umklammerte seine Nase, spuckte und schnitt eine Grimasse wegen der Schmerzen, die er sicher für die nächsten zwei Monate spüren würde.

Syn sah eine Bewegung aus dem Augenwinkel, aber er hatte sich auf den hinterhältigen Angriff des Schwagers vorbereitet. Doch bevor er Syn erreichen konnte, bewegte Day sich wie eine Kobra, schnell und präzise. Er streckte seinen Arm aus, schwang ihn hart und traf den Schwager in der Kehle, ehe er Syn auch nur nahekommen konnte. Er ging hart zu Boden, hielt seine Kehle, wollte vor Schmerzen brüllen, konnte es aber nicht. Er konnte keinen Laut von sich geben. Seine Augen wurden groß vor Schock, als Day auf ihn hinabstarrte und sein Werk bewunderte. Day schaute zu seinem Geliebten, genoss den stolzen Blick in Gods Gesicht.

210

Es stimmte also. Es macht die beiden wirklich an, den harten Hund heraushängen zu lassen.

„Diese verdammte Stadt ist voller Schläger, geldgieriger Porno-Schlampen und Stricher. Ich rufe die Polizei." Der Ex kochte, als er mühsam sein Handy aus der Tasche zog.

Wenn Syn nicht so verdammt wütend gewesen wäre, wäre es lustig gewesen, zu sehen, wie der Kiefer des Mannes herunterklappte, als God und Day ihre goldenen Marken unter ihren Shirts hervorzogen. Day lächelte ernst und ging vor ihnen die Hocke und sprach in einem offiziellen Tonfall. „911, wie lautet ihr Notfall?"

Jetzt, wo Day sich um den Bruder gekümmert hatte, konnte er sich auf sein wirkliches Problem konzentrieren.

„Steh auf", knurrte Syn. Der Bastard hob die Hand, um Syn abzuwehren. Syn packte die ausgestreckte Hand und runzelte die Stirn, als er den diamantenen Ehering am Ringfinger des Mannes sah. Syn verdrehte den Finger, zwang die Handfläche nach oben und nutzte sie, um ihn grob auf die Füße zu ziehen, was ihn vor Schmerz aufheulen ließ. „Furi gehört zu mir. Wenn du ihm je wieder zu nahe kommst, werde ich nicht so nett sein wie heute. Er will die Scheidung. Unterschreib die Papiere, unterschreib die Papiere nicht. Es ist mir egal. Halte dich nur fern von ihm." Syn verdrehte die Hand und zog noch heftiger daran. Noch ein paar Zentimeter und er würde den verdammten Finger brechen. Syn griff nach seiner S&W, der Drang, den Kerl permanent auszuschalten, stark. „Halte dich weit, weit fern von ihm. Ist das klar?"

„Genug." Gods raue, laute Stimme holte Syn in die Realität zurück.

Der Ex spuckte Blut auf den schmutzigen Beton. Rotz und Schweiß tropften sein Gesicht hinunter, als er Syn mit einem Blick festnagelte, der zu sagen schien: *Schön, wenn du Furi haben willst, dann behalte ihn und fick dich.*

„Das ist gut genug für mich." Syn ließ die Hand des Exmannes fallen und trat ein paar Schritte zurück, hielt sich so davon ab, etwas zu tun, das ihn seine Marke kosten würde. Zum Glück war God hier. Er war sich ziemlich sicher, dass der Ex-Ehemann und sein Bruder keine Anzeige erstatten würden, da Syn sie bei dem Vorhaben, jemanden anzugreifen und zu kidnappen, aufgehalten hatte.

„Verschwindet. Jetzt. Ich will eure armseligen Ärsche nie wieder in dieser Stadt sehen oder ich werde sicherstellen, dass niemand da ist, um mich davon abzuhalten, zu tun, was ich wirklich tun will." Syn ging dort in die Hocke, wo Patrick zu Boden gesunken war, sobald Syn seine Hand losgelassen hatte, und starrte in diese verängstigten grauen Augen. Er zog seine Marke heraus und zeigte sie dem Ex, genoss kurz den ungläubigen Blick auf dem lädierten Gesicht, bevor er harsch flüsterte: „Ich weiß, wie man einen Körper versteckt. Ich werde dich dort vergraben, wo niemand dich riechen kann."

Keiner der beiden Männer wartete darauf, ob Syn wirklich meinte, was er sagte. Sie kamen auf die Füße, humpelten die Gasse entlang, hielten sich gegenseitig aufrecht und schauten nicht zurück.

Sobald sie fort waren, hob Syn den Kopf und schaute seine Leutnants an. Er wusste, wie kurz davor er gewesen war, dem Bastard eine Kugel in den Kopf zu jagen, weil er nur sehen konnte, wie sich die Hände dieses Mannes um Furis Kehle legten. Syn hatte die Kontrolle schon lange nicht mehr verloren und er fragte sich, was das bedeutete. Wie tief waren seine Gefühle für Furi?

„Geh heim", sagte Day und legte ihm die Hand auf die Schulter. „Wir kümmern uns um den wilden Hexenclan auf dem Revier."

„Ich bin durchaus in der Lage, meinen Job zu machen, Day", schnappte Syn seinen Boss an.

„Das wissen wir. Wir lassen Sasha Pain, aka die Porno-Hexe, erst einmal ein wenig schmoren und befragen sie in der Früh. Ich frage mich, ob es eine Verbindung zwischen dem Ex-Ehemann und BZNA gibt." God ruckte mit dem Kopf. „Geh und schau nach deinem Mann. Du weißt, dass du bei ihm sein willst."

Syn war überrascht. God sagte nichts darüber, dass er einen ehemaligen Verdächtigen in einem Fall, an dem sie immer noch arbeiteten, datete, oder dass er sie in einen Kampf in einer Gasse hineingezogen hatte, während er Rache nahm. God war tatsächlich mitfühlend. Verdammt. Syn war verwundert, diese Seite an ihm zu sehen.

„Außerdem bist du für mich zu nichts zu gebrauchen, wenn du die ganze Nacht einen Ständer hast."

Und er war zurück. *Dieses Mitgefühl hat nicht lange gehalten.*

Kapitel 22
„Wahre Beichten"

Furi tigerte zum gefühlt millionsten Mal über Syns Teppich im Wohnzimmer, während er darauf wartete, dass er zurückkam. *Wie kann er es wagen, mir zu befehlen, zu gehen? Als wäre ich ein verdammtes Kind!* Furi entschied in diesem Moment, dass er mit Syn reden musste. Furi würde nicht sein Hausehemann oder seine Schlampe sein.

Furi hielt inne, als er hörte, wie sich die Tür öffnete und hinter Syn wieder schloss. All die Wut und Feindseligkeit, die er verspürt hatte, während er allein in Syns Wohnung gewesen war, verschwanden, als der auf wilde Weise gutaussehende Mann seine dunkle Jacke auszog und über die Couch warf, sich Furi mit einem hungrigen Blick näherte.

„Hat er dich verletzt?" Syns Stimme war rau. Er legte beide Hände an die Seiten von Furis Hals und hob seinen Kopf sachte an, um sich die leichte Rötung anzusehen.

„Es geht mir gut. Abgesehen von der Tatsache, dass du mich immer wieder retten musst, bin ich kein Schwächling. Ich kann mich selbst verteidigen", sagte Furi giftig, entzog sich Syns Untersuchung.

„Genau. Dieser Mr. Miyagi Crash-Kurs im Y." Syn unterdrückte ein Lachen, aber Furi fand es nicht sonderlich lustig und ließ es Syn wissen.

„Wage es ja nicht, über mich zu lachen." Furi stürmte an ihm vorbei den Flur entlang. Syns Schritte erklangen hinter ihm. Er holte ihn ein, als er vor der Badezimmertür angelangte.

„Hey, hey, hey", flüsterte Syn. „Es tut mir leid. Ich habe nicht über dich gelacht. Ich habe dich nur aufgezogen."

Furi runzelte die Stirn und Syn schüttelte den Kopf. „Lass mich das klarstellen. Nach einer extrem stressigen Situation Witze zu machen, hilft mir, mich zu beruhigen. Ich muss von dem Adrenalin-High herunterkommen, das ist alles."

Furi schaute skeptisch drein, bevor er schließlich seufzte. „Mir tut es auch leid." Furi nahm Syns Hand und ging rückwärts den Flur entlang zurück ins Wohnzimmer. „Hast du ihn umgebracht?"

Syns Kopf ruckte zurück, als hätte Furi etwas vollkommen Absurdes gesagt. „Nein. Vergiss, dass ich das gefragt habe. Ich will nicht über ihn reden." Furi kam näher und legte seine Hand auf Syns Hüfte. „Geht es dir gut?"

Syn schloss die schmale Lücke zwischen ihnen. „Jetzt schon."

Furi griff nach Syns rechter Hand, zuckte aber ein wenig zurück, als er Feuchtigkeit auf seiner eigenen spürte. Er schaute nach unten und bemerkte das Blut, das über seine Finger geschmiert war. *Oh mein Gott.* Furi hob Syns Hand in die Höhe, um sie genauer untersuchen zu können, und wimmerte, als er die verletzten Knöchel sah. Alle zeigten eine wütende, lila Färbung und an einigen Stellen war die Haut offen oder abgeschürft. Syns ganze Hand war geschwollen und musste zweifellos pulsieren. Syn allerdings zuckte nur lässig mit den Schultern. „Schon gut. Es ist nur ein Kratzer."

„Verdammt", flüsterte Furi. „Bist du dir sicher, dass du ihn nicht umgebracht hast?"

Syns kohlrabenschwarze Augen waren tödlich ernst. „Das wollte ich. Er sollte dankbar sein, dass God da war, um mich aufzuhalten."

215

„Es ist gut, dass du auf den Herrn hörst. Patrick könnte auch ein wenig von Jesus in seinem Leben gebrauchen", fügte Furi hinzu.

Syn brach in Gelächter aus. „Nein, God ist mein, ach, was solls. Es ist nicht wichtig."

Furi musterte weiterhin Syns Hand, während er hart an den Emotionen in seinem Hals schluckte. Er nahm Syns andere Hand und führte ihn in die Küche. „Setz dich." Er deutete auf einen der schmalen Stühle in der Küche. Zwei Schränke musste er durchsuchen, bevor er eine Schüssel fand. Er öffnete das Gefrierfach und war froh, zu sehen, dass Syn, wenn auch kein Essen, immerhin Eis vorrätig hatte. Furi leerte zwei der Eiswürfelmacher in die Schüssel, holte ein Bier aus dem Kühlschrank und stellte beides vor seinen Krieger. Grinsend fragte er: „Wo ist dein Erste-Hilfe-Kasten, Champ?"

„Unter der Spüle." Syn schüttelte den Kopf, musterte Furi intensiv. „Sind wir jetzt wieder bei den Spitznamen? Weigerst du dich, meinen Namen zu sagen?"

Die Frage ignorierend, legte Furi ein paar Servietten zusammen mit dem Erste-Hilfe-Kasten auf den Tisch und zog den zweiten Stuhl hervor, rückte ihn näher zu Syn, wodurch seine Knie praktisch zwischen Syns gespreizten Oberschenkeln waren. „Gib mir deine Hand."

Syn öffnete sein Bier und rammte seine blutige Hand in die Schüssel, wo sie mit einem Pochen auf den Boden traf. Er zuckte nicht einmal zusammen.

„Argh! Jesus! Was zur …" Furi zuckte zusammen, während er vorsichtig Syns Hand aus der Schüssel mit dem Eis zog. „Ich habe gesagt, dass du mir deine Hand geben sollst. Mann, harter Kerl."

Syn brachte das Bier an seine Lippen und nahm einen langen Schluck, trank die halbe Flasche aus, bevor er sie wieder abstellte. „Mmm. Gut."

Furi versorgte Syns Hand so sanft er konnte, spürte dabei die ganze Zeit den Blick des Mannes auf sich. Es war unheimlich still, nicht einmal das Geräusch ihrer Atmung war zu hören, obwohl sie sich so nahe waren. Furi hatte das ganze Blut von der Hand gewaschen und war bereit, die Wunden zu desinfizieren. „Das wird jetzt ein wenig brennen", sagte er leise, ohne aufzuschauen. Er goss das Desinfektionsmittel über die Knöchel und begann dann schnell, darauf zu pusten, um den Schmerz zu lindern. Nachdem ihm endlich auffiel, dass Syns Hand nicht einmal gezuckt hatte, schaute Furi in das amüsierte Lächeln des gut aussehenden Mannes. Furis Gesicht verzog sich peinlich berührt, als ihm klar wurde, dass das, was er gerade machte, für einen erwachsenen Mann nicht typisch war. *Ich puste immer noch auf Dinge, wenn sie brennen.* „Du bist ein Arschloch. Hör auf, mich so anzuschauen. Ich dachte, es tut weh."

„Hat es." Gottverdammt, Syns Stimme klang so mysteriös und gefährlich. Wie ein tiefes, sexy Grummeln, das tief aus seiner Brust vibrierte. Es machte Furi wahnsinnig vor Lust. „Aber du hast es besser gemacht."

„Schön, mach dich über mich lustig, He-Man."

Syn schüttelte den Kopf. „Schon wieder ein Spitzname. Sieht so aus, als wäre ich degradiert worden."

Nachdem Furi ein wenig Salbe auf die wunden Stellen gestrichen hatte, gab er ein paar Eiswürfel in ein Tuch und legte es sanft auf den geschwollenen Teil von Syns Handrücken. Er schaute Syn in die Augen, bevor er endlich

sprach. „Du hasst die Spitznamen wirklich, oder?" Ein
kleines Lächeln hob Furis Mundwinkel an.

„Das könnte man so sagen."

„*Syn* ist ein Spitzname, weil er nicht dein Geburtsname ist.
Du willst, dass ich dich so nenne."

„Von *dir* will ich nicht so genannt werden."

Furi hob eine Augenbraue in die Höhe. „Wie soll ich dich
denn nennen? Liebhaber vielleicht?"

„Nur, wenn du es bist."

„Das ergibt Sinn." Furi bereitete den Verband für Syns
Knöchel vor, während dieser sie noch kühlte.

„Dein Name ist verdammt cool. Du musst deinen Spitznamen lieben. *Furi.* Klingt wie der Name eines Pornostars,
ups." Syn tat so, als ob er tatsächlich vergessen hätte, was
Furi tat, um sein Geld zu verdienen.

Furi schlug leicht auf Syns steinharte Brust. *Verdammt,
überall Muskeln.* „Eigentlich mag ich meinen Namen gar
nicht so. Ich habe darüber nachgedacht, ihn ganz zu
ändern, als ich meinen Nachnamen geändert habe, aber
wegen meinem Vater habe ich meinen Rufnamen
behalten."

„Hat dein Vater dir den Namen gegeben oder wurdest du
nach ihm benannt?"

„Äh." Furi räusperte sich. „Nein, meine Mutter hat mir
den Namen gegeben. Sie hat mich nach dem Gefühl
benannt, dass sie hatte, nachdem ich geboren wurde."

Syn starrte ihn wortlos an und Furi fühlte sich sehr
unwohl. Er schaute auf und war erleichtert, zu sehen, dass
Syns Gesicht keine Verurteilung oder Mitleid zeigte, darum
fuhr er fort. „Sieh es so. Ich hätte auch ‚Angepisst' oder
‚Außer sich' heißen können." Er kicherte ohne echten
Humor. „Sie war wirklich wütend, als sie herausgefunden

hatte, dass mein Vater sie geschwängert hatte, und hat ihn gleich danach rausgeworfen. Ihr Arzt hat Mist gebaut und ihr gesagt, dass sie ein Mädchen haben würde. Stell dir ihre Überraschung vor, als ich rausgekommen bin, mit einem kleinen *Anhängsel*, wo ein *Loch* hätte sein sollen. Oh ja, sie war echt wütend. Daher der Name. Man hat mir erzählt, dass sie mich die ersten zwei Monate meines Lebens nicht auf den Arm genommen hat." Furi zuckte mit den Schultern, als wäre das keine große Sache.

„Wer hat sich um dich gekümmert?"

„Mein Vater und seine Mutter."

„Aber deine Mutter hat sich irgendwann beruhigt?"

„Irgendwie. Sie hat von Sozialhilfe gelebt und die haben ihr gesagt, dass ich bei ihr leben müsse, wenn sie weiterhin Essensmarken und freien Wohnraum haben wolle. Sie hat gerade so das Allernötigste getan. Mein Dad ist ständig vorbeigekommen. Manchmal musste er mit ihren festen Freunden kämpfen, wenn die gemein zu mir waren. Er war ein Motorradmechaniker mit seiner eigenen Werkstatt. Sie war klein, aber er war gut im Geschäft." Furi nahm das Eis von Syns Hand und trug wieder Salbe auf.

„Erzähl weiter", ermutigte Syn ihn.

„Mein Dad hat ziemlich gute Arbeit für die ansässige Biker-Gang gemacht und die haben ihm immer den Rücken freigehalten. Ich dachte, dass sie die härtesten Kerle der Welt wären. Seit ich vier oder fünf war, hat er mich in seine Werkstatt gebracht, damit ich zuschauen konnte." Furi begann, bei dieser Erinnerung zu lächeln, während er Syns Hand bearbeitete. „Mit zehn konnte ich einen Motor zusammenbauen. Mit fünfzehn habe ich mein erstes Motorrad gebaut. Ich habe ihm mit der Werkstatt geholfen, bis er …"

„Es tut mir leid, Furi", flüsterte Syn.

„Schon gut. Es ist schon eine Weile her."

„Hey, Genie. Warum gehst du überhaupt zur Schule, wenn du wahrscheinlich mehr weißt, als deine Lehrer?" Syn lächelte, versuchte offensichtlich, die Stimmung zu heben.

„Obwohl das stimmt", lachte Furi, „Wollen die Kunden, wenn sie in deine Werkstatt kommen, deine Zeugnisse an der Wand hängen sehen, ansonsten gehen sie woandershin."

„Klingt, als wäre dein Dad ein ziemlich kluger Geschäftsmann gewesen. Hatte er Zeugnisse und Empfehlungen?"

„Nein. Nur seinen Ruf, und die Geschäfte liefen."

Syn schaute auf seine Hand, als Furi mit den Fingerspitzen leicht über den Verband strich. Er hatte das Wasser von dem Eis abgetrocknet und eine sterile Auflage über die Knöchel gelegt, bevor er Syns Hand ein paar Mal mit dem Verband umwickelt hatte. Sobald sich das letzte Stück Tape an Ort und Stelle befand, glättete er das weiche Polster mit den Händen und wollte unbedingt den Schmerz wegküssen.

„Sehr gut. Hast du auch einen Erste-Hilfe-Schein?" Syns sexy Halblächeln wurde schnell zu Furis Schwäche.

„Nein. Aber im Laufe meiner Ehe bin ich ziemlich gut darin geworden, Schnitte und Prellungen zu versorgen." *Verdammt. Warum habe ich das gesagt?* „Es tut mir leid. Das hätte ich nicht sagen sollen."

„Aber es ist die Wahrheit", erwiderte Syn ernst. Seine Augen hatten die Farbe von Holzkohle und eine tiefe Falte erschien auf seiner Stirn. Syn stand abrupt auf, zog Furi mit sich. Er konnte Syn nicht in die Augen sehen. Er schämte sich so sehr dafür, wie er sich zum Opfer hatte machen lassen. Syn war stark und mutig, ein respektierter Cop und

klug. Warum sollte er jemanden wie Furi haben wollen?
„Schau mich an, verdammt."

Furis Augen schossen nach oben, um Syns Blick zu begegnen.

„Wir alle haben Dinge, die in der Vergangenheit geschehen sind, auf die wir nicht sonderlich stolz sind. Ganz egal woher du kommst oder wo du gewesen bist, wir alle haben unsere Prüfungen gehabt. Was dich als Mann definiert, ist, wie du mit ihnen fertig wirst. Hast du sie besiegt, oder hast du dich besiegen lassen?"

„Ich habe gar nichts besiegt. Ich bin davongelaufen wie ein Dieb in der Nacht. Ich habe nicht gekämpft." Furi schaute zu Boden.

Syn hob Furis Kinn sanft an, damit er ihn anschauen konnte. „Was deinen Ehemann und seinen bescheuerten Bruder betrifft? Sie haben nicht fair gekämpft. Du bist durch und durch ein Mann und wunderschön, weil ein echter Mann weiß, wann er sich umdrehen und einen Kampf hinter sich lassen muss, den er nicht gewinnen kann. Du magst denken, dass ich immer gewinne, aber ich bin der Erste, der dir sagt, dass dem nicht so ist und dass ich oft verliere, aber ich höre ganz sicher nicht auf zu kämpfen. Glaub ja nicht, dass mir nicht aufgefallen ist, dass du heute Nacht in dieser Gasse einen dieser großen Bastarde ausgeschaltet hast. Dein Schwager saß immer noch heulend wie ein Baby am Boden, lange nachdem du fort warst." Furi konnte bei diesen Worten ein breites Lächeln nicht unterdrücken.

„Du bist erstaunlich. Das Wenige, das ich über dich weiß, ist faszinierend. Ich will mehr erfahren, ich will alles wissen. Ich verspreche dir, dass nichts, was du sagst, mich davonjagen wird."

221

Syn erschien verletzlicher als Furi ihn je gesehen hatte. „Und ich hoffe, dass du nicht wegläufst, wenn ich dir von meiner Vergangenheit erzähle, meinen Prüfungen."

Furis Atem stockte.

„Von den Dingen, die ich will", flüsterte Syn, beugte sich vor und schmiegte sich nahe an Furis Ohr. Er vergrub sein Gesicht in Furis Haaren und atmete tief ein, bevor er es hinter seine Ohren schob. „Gott, ich will dich so unbedingt. Bitte."

Furi schwor, dass sich in seinem Inneren in diesem Moment etwas zusammenfügte. Syn öffnete sich endlich, sagte, wer er war und was er brauchte. Er wusste, was Syn wollte, aber war Furi tapfer genug, es noch einmal zu wagen? Er hatte es einmal getan und war nur knapp mit dem Leben davongekommen. Konnte er Syn vertrauen? Ja, das konnte er, denn Syn war zehnmal mehr Mann als Patrick.

Furi schob Syn ein wenig zurück und schaute ihm in die Augen. „Du warst noch nie mit einem Mann zusammen." Es war keine Frage, aber Syn schüttelte dennoch den Kopf.

„Bist du bereit, dir zu nehmen, was du wirklich willst? Denn ich kann es dir geben, wenn du damit umgehen kannst." Furi leckte Syns Lippen, genoss den Schauder, der ihn durchlief.

Dieses Mal nickte Syn.

„Sag es", knurrte Furi. „Ich will hören, wie du darum bittest."

„Kannst du mir geben, was ich will, Furi?" Syn hielt sich an Furis Schultern fest, als ob er eine Rettungsleine wäre und Syn am Ertrinken.

Furi packte Syns Nacken mit festem Griff, zog ihn grob zu seinem Mund und spie die Worte beinahe zwischen die geteilten Lippen. „Verdammt, ja. Wenn du Manns genug bist, es zu empfangen, kann ich es dir geben."

Syns Stimme war so tief, Furi musste sich anstrengen, ihn zu hören, aber als diese Worte in einem harschen Bass herauskamen, flossen sie Furis Kehle wie Lava hinab, verbrannten seinen Magen. „Wirst du mir gestatten, dich zu ficken, Furious?"

Furi blickte in diese dunklen Augen und wusste, dass er recht hatte. Syn schrie nach jemandem, der ihm seine rigide Kontrolle nahm. Der ihn vergessen ließ, dass er immer das Sagen hatte, immer alle Entscheidungen traf und die Zügel hielt, der zuließ, dass er sich zurücklehnte und fühlte, die Euphorie genoss. „Nein, Syn. Ich werde *dich* ficken."

Kapitel 23
„Das war überfällig"

Oh Hölle, oh Scheiße, oh Mist, oh verdammt. Fick mich. Nein, nein, nein, nein. Ich bin nicht bereit. Syn wusste nicht, wie er sich wegen Furis Ankündigung fühlen sollte. *Mich ficken?* Scheiße! Syn war immer oben, *richtig?* Er war derjenige, der die Ansagen machte, *richtig?* Furi sollte tun, was er ihm sagte, *richtig?* Denn so war es immer gewesen.

Furi musterte Syn so intensiv, er fühlte sich, als ob der Mann durch seine Augen in seinen Kopf sehen und den Kampf beobachten könnte, den Syn mit sich ausfocht. Das, was er immer für wahr gehalten hatte, kämpfte mit dem, was er, wie er erst jetzt erkannte, wirklich wollte. Es war angsteinflößend, alles in Frage zu stellen, was man in sexueller Hinsicht immer über sich geglaubt hatte.

„Hey." Furi unterbrach seinen inneren Kampf. „Niemand muss wissen, was in deinem Schlafzimmer passiert. Das geht nur dich etwas an. Mach nicht den Fehler, zu denken, dass, weil ich nicht dein Geheimnis sein will, ich intime Details aus unserem Sexleben teilen möchte. Schau mich an, Syn."

Syns Augen waren dunkel und Furi wusste nicht, ob das von der Erregung kam, die ihn durchströmte, oder eine akute Angstattacke aus Furcht vor dem Unbekannten war. Ohne Zweifel handelte es sich um neues, unerforschtes Gebiet. Furi musste vorsichtig sein oder er konnte mit einem veränderten Mann aufwachen. Seine Ehe mit Patrick hatte mit einer Lüge über Patricks wahre Bedürfnisse begonnen. Furi würde diese Beziehung nicht genauso beginnen. Syn war ein Bottom, die beste Art von Bottom. Einer, der es brauchte, dass sein Top ihn an einen Ort brachte, wo er sich um nichts kümmern musste, wo er fliegen konnte.

„Ein Bottom zu sein, hat überhaupt nichts damit zu tun, schwach oder kein richtiger Mann zu sein. Mein Ex-Ehemann hat diesen Mist geglaubt. Um unten zu sein, muss man Vertrauen und Mut haben. Den Mut, einer anderen Person die Kontrolle über den Sex zu überlassen und dieser Person zu vertrauen, dass sie sich um dich kümmert, während du diesen wichtigen Teil deiner Selbst – in deinem Fall die Kontrolle – in die Hand von jemand anderem legst. Das ist ein ganz besonderes und intimes Geschenk an einen Geliebten. Glaube mir, wenn ich dir sage, dass ich dieses Vertrauen nicht auf die leichte Schulter nehme."

Furi konnte sehen, dass seine Worte zu Syn durchgedrungen waren, aber jetzt, wo er die Wahrheit ausgesprochen hatte, musste er ihm zeigen, was er meinte. Furi schlang seine Hände um Syns Taille, hielt ihn fest und stöhnte erleichtert und erregt, als er Syns harten Schwanz an seinem eigenen fühlte. Er spürte, wie Syn mit den Händen in seine Haare fuhr, grob seine Kopfhaut massierte. Kleine Atemstöße an seiner Wange machten ihn noch begieriger. Furi atmete selbst aus und leckte die feuchte Haut an Syns Hals. Er schmeckte Salz und Männlichkeit, die beste Geschmacksrichtung auf der ganzen Welt. Furi führte sie rückwärts, bis Syns Rücken an die Wand neben dem Kühlschrank stieß. Syn grunzte ein wenig, weil der Aufprall so heftig war, und Furi saugte an diesen festen Lippen, die schnell nachgaben. Er leckte Syns Unterlippe, zwang ihn, den Mund weiter zu öffnen. Furi knurrte in seinen Mund. „Öffne dich für mich. Jetzt." Syns Mund teilte sich so schön, dass Furi darum kämpfen musste, sich zurückzuhalten und Syn nicht direkt auf den kalten Fliesen des Küchenbodens zu ficken. Syn hatte ihm gehorcht, hatte seinem Befehl gehorcht, nur darum ging es hier. Furi musste die absolute Kontrolle bewahren oder er würde Syns Vertrauen verlieren. Er tauchte mit seiner Zunge in Syns Mund und erkundete jede Geschmacksknospe, leckte jeden Winkel, während Syn sein Gemächt gegen ihn stieß, nach herrlicher Reibung zwischen ihren harten Schwänzen suchte.

Furis Körper lief auf Hochtouren, aber er blieb gefasst, musste jede von Syns Aktionen fühlen und darauf reagieren. Furi spürte, wie er wieder gegen ihn stieß und dieses Mal packte er Syns Hüften, zwang ihn, stillzuhalten, und sein Geliebter tat genau das. Furi lächelte an Syns nassen Lippen. *Guter Junge.* Das traute er sich allerdings nicht, laut zu sagen. Jedenfalls noch nicht. Er öffnete den Knopf an Syns Jeans und zog langsam den Reißverschluss nach unten. Furi griff selbstbewusst hinein, zischte bei dem Gefühl der Feuchtigkeit, das er in Syns Unterhose fand. Sein Mann tropfte wie ein kaputter Wasserhahn. Er konnte es nicht erwarten, ihn wieder zu schmecken. Aber zunächst glitten Furis Hände um Syns starke Hüften zu diesen runden, behaarten Backen und er packte zwei Handvoll. „Mmm. Verdammt, du fühlst dich gut an." Furi wollte so unbedingt hinein, aber er musste geduldig sein.

Syns Atem kam in schnellen, flachen Zügen und Furis Augen beobachteten jede Reaktion, als er langsam einen Finger an der Spalte von Syns Hintern entланggleiten ließ. Dieses kleine Stück Himmel war zwischen diesen festen Backen verborgen und Furi würde gleich ein erstes Gefühl dafür bekommen. Er hob die Hand, die immer noch Syns Hintern massiert hatte, an seinen Mund, machte es zu einer

226

erotischen Show, wie er seinen Mittelfinger ableckte, während Syn ihn mit verhangenen Augen musterte.

„Furi", stöhnte Syn.

„Shh. Ich habe dich. Du musst mir vertrauen." Er wusste, dass Syn diesen Finger tief in sich spüren wollte, und Furi würde das gerne für ihn tun. Er zog seinen mit Speichel bedeckten Finger aus seinem Mund und teilte Syns Pobacken, bevor er diesen Finger ganz vorsichtig das heiße Loch berühren ließ. Furi rieb ihn leicht vor und zurück. Massierte langsam die feste Haut darum herum. Syn gab das schönste Geräusch von sich, das Furi je gehört hatte. „Das gefällt dir, nicht wahr, Baby?" Furi wusste, dass Syn in dem Gefühl badete, und erwartete keine Antwort. Er kannte sie bereits. Syns Kopf war nach hinten geworfen, sein Schwanz tropfte wie wild. Ja, Furi kannte die verdammte Antwort. Er übte genau den richtigen Druck auf Syns Loch aus, fühlte, wie er sich in Erwartung des Eindringens ein wenig anspannte. „Entspann dich, Syn. Ich verspreche, ich werde dir nicht wehtun. Vertraust du mir?"

Syn senkte seinen Kopf und öffnete langsam die Augen, bevor er Furi sehr ernst anschaute. „Ja."

Furi musste diese ganze Angelegenheit aus Syns Küche in ein Zimmer mit einem Bett verlegen. Furi übte kaum Druck auf Syns Anus aus, ließ ihn sich an das Gefühl gewöhnen, dort berührt zu werden. Die vielen Nerven um den Anus waren so empfindlich und Furi war entschlossen, Syn dort so gründlich zu stimulieren, dass er seine wahren Sehnsüchte nie wieder anzweifeln würde. Als Furi Anstalten machte, seine Hände wegzuziehen, packte Syn seine Oberarme, offenbar noch nicht bereit, Furi mit der Massage aufhören zu lassen. Furi war vollkommen begeistert, schob Syns starke Arme aber gegen die Wand und presste seine Stirn an die von Syn. „Du hast hier nicht die Kontrolle, Syn. Verstanden?"

Syn nickte langsam.

„Gut." Furi griff nach unten und nahm Syns Schwanz in die Hand, pumpte ein paar Mal, fest und lang. Syns Wimmern und Stöhnen waren verdammt schön. Furi würde nie müde werden, diese Laute zu hören. „Ich weiß, dass sich das gut anfühlt, Baby, aber vertrau mir, ich habe noch nicht einmal angefangen, dir Lust zu bereiten. Ich will nur schnell duschen. Du gehst in dein Zimmer und machst dich für mich bereit. Ich bin in ein paar Minuten da."

Syn sah aus, als wollte er sich nicht bewegen.

„Geh", sagte Furi streng an Syns Mund, leckte noch einmal über diese sexy Lippen, bevor er seine Tasche nahm und ins Bad ging. Er musste diesen fürchterlichen Schmutz von dem Kampf in der Gasse so schnell wie möglich herunterwaschen. Dann würde er Syn so gut ficken, dass der Mann dachte, er hätte den Sex erfunden.

Kapitel 24
„Mein Gott, ich glaube, es gefällt ihm"

Syn ging in sein Zimmer und ließ die Tür einen guten Spalt offen. Er bewegte sich durch den großzügigen Raum, hob schmutzige Kleidung auf und warf sie in eine Ecke, weil er keinen Wäschekorb hatte. Er verstaute seine Waffen in seinem Nachttisch, stellte sicher, dass die Sicherungsbolzen eingerastet waren, während er versuchte, nicht zu sehr über alles nachzudenken. Er wusch sich schnell, reinigte eine bestimmte Stelle besonders gut und gurgelte mit einem zu scharfen Mundwasser, bevor er sein Bad verließ. Er trug nur ein Handtuch um seine Taille, während er schnell das Laken glattstrich und den blauen Bettüberwurf aufschlug. Syn kletterte auf das Bett und lauschte, ob Furi schon fertig geduscht hatte ... hatte er. *Verdammt. Verdammt. Gut. Beruhige dich. Atme. Das hier ist nicht dasselbe wie mit Rhodes. Du konntest es mit Rhodes nicht machen, weil er nicht der Eine war ... Furious Barkley ist es.*

Furi hatte den Nagel auf den Kopf getroffen. Syn wollte fühlen; er wollte sich gut fühlen, umsorgt. Sein ganzes Leben hatte er sich wie ein verdammter Roboter bewegt. „Sei ein guter Cop" war sein Mantra gewesen. Das war alles, was er je gekannt hatte. Jetzt war er über dreißig und hatte beinahe sein halbes Leben vorüberziehen lassen, ohne sich etwas Bedeutsames, Intimes fühlen zu lassen. Furi würde ihm das heute Nacht geben – und wenn die kurze Szene in der Küche ein Vorgeschmack war – würde Furi es ihm genauso besorgen, wie er es brauchte.

Zunächst hatte es ihn nervös gemacht, als Furi davon sprach, ihm die Kontrolle zu nehmen und ihm Befehle zu erteilen, aber der Mann hatte recht gehabt. Was er in

229

seinem Schlafzimmer machte, ging niemanden außer ihn etwas an. Punkt. Er fühlte sich nicht weniger als Mann, wenn er zuließ, dass Furi ihn fickte. Syn hasste es, auch nur daran zu denken, würde es niemals laut sagen, aber er war sich ziemlich sicher, dass Day am empfangenden Ende war, wenn er und God sich liebten. Wenn er also darüber nachdachte, hatte Furi recht. Es brauchte einen echten Mann, um einen anderen Mann toppen zu lassen. Es lief auf Vertrauen hinaus. Darauf, dem Partner genug zu vertrauen, um etwas Intimes mit ihm zu teilen. Syn war bereit. Oh zur Hölle, war er bereit.

Syn streckte sich auf seinem Bett aus. Er hatte sich gegen ein Queen- oder Kingsize-Bett entschieden, weil er nie gedacht hätte, dass er es mit jemandem teilen würde und angenommen hatte, dass er ein größeres kaufen konnte, sollte es notwendig werden. *Vielleicht ist es das ja jetzt.* Seine vorherigen Partnerinnen hatten nicht in seinem Bett geschlafen. Sie hatten es nie über die Couch hinausgeschafft. Vielleicht würde er dieses hier behalten. Das hieß, Furi würde immer sehr nahe bei ihm schlafen.

Syn schluckte, als Furi die Schlafzimmertür ganz aufstieß und vollkommen nackt und wunderschön dastand. Syns Augen wanderten sofort zu Furis langem, unbeschnittenem Schwanz, der aus seinen ordentlich gestutzten Schamhaaren hervorstand. Er war nicht übermäßig dick, was Syns Meinung nach vor allem beim ersten Mal eine gute Sache war, aber die Länge war beeindruckend. Ihm war nicht aufgefallen, dass er den Atem angehalten hatte, bis ein harter Atemzug über seine Lippen kam. „Verdammt."

Furi blieb wo er war, ließ Syn sich sattsehen. „Man könnte meinen, dass du meinen Schwanz noch nie zuvor gesehen hast, *Detective.*" Furis tiefe Stimme hallte von den blanken Wänden wieder.

„Was?", flüsterte Syn, immer noch gebannt von Furis Nacktheit. Es stand tatsächlich ein nackter Mann in seinem Schlafzimmer.

„Du hast meinen Schwanz schon gesehen. Als du die Darsteller von Illustra überprüft hast, hast du sicher auch ein paar von meinen Videos gesehen, oder?" Furi lächelte.

„Äh. Nein. Sobald ich herausgefunden hatte, dass du dort arbeitest, habe ich deine Akte meinem Leutnant übergeben." Syn dachte über das, was er gerade gesagt hatte, nach ... *Verdammt! Day hat gesehen, wie mein Freund sich einen runterholt. Das kann nicht gut sein.*

„Was stimmt nicht? Du hast mir gesagt, dass dir egal ist, was ich getan habe. Warum wolltest du sie dir nicht ansehen?" Furi sah nicht aufgebracht aus, nur neugierig.

„Ich wollte dich nicht auf diese Weise missachten." Syn spürte, wie sein Gesicht heiß wurde. Furi war ein Pornodarsteller. Es war nicht wahrscheinlich, dass er vor eine Kamera trat, wenn er sich schämte.

Furi kam neben das Bett. Er hatte sich die Haare mit dem Handtuch getrocknet, aber sie waren immer noch feucht und ein paar Nuancen dunkler als im trockenen Zustand. Sie sahen auch länger aus, wie sie über seine Schultern flossen. Syn setzte sich langsam auf und schwang seine Beine über den Rand des Bettes. Sein Handtuch öffnete sich und er ließ es dort liegen, schämte sich seiner Nacktheit ebenfalls nicht. Furi trat zwischen seine gespreizten Beine. Obwohl Furis halb-erigierter Schwanz direkt vor seinem Gesicht stand, lag seine Aufmerksamkeit woanders. *Oh Gott.* Er achtete nur auf das große Drachentattoo auf der linken Seite von Furis Oberkörper. Der Schwanz mit den Stacheln lief über seine muskulöse Schulter und endete in der Mitte seines Nackens. Syn fuhr die wunderschöne Kreatur mit einem Finger nach, hielt nur kurz bei Furis Nippel an, sah zu, wie sich Gänsehaut um die kleine Knospe bildete. Syn war von Furis Schönheit vollkommen fasziniert. Er hatte noch nie so cremige Haut gesehen. Sexy, hellbraune Haare lagen feucht auf seiner muskulösen Brust. Syn hob seine andere Hand und ihm fiel auf, dass er zitterte, als er Furis tätowierten Körper erkundete. Die nautischen Sterne, die er auf Furis Arm gesehen hatte, waren nicht nur alte Symbole für Homosexualität, für Syn repräsentierten sie auch das, was der fünfzackige Stern eigentlich bedeuten sollte: Führung, Loyalität, Ehre. Er hatte bereits die schwarz-rote Harley gesehen, die einen Großteil von Furis Unterarm bedeckte, aber er hatte nie die Worte gelesen, die darunter standen. *Ich muss Versprechen einlösen und noch kilometerweit fahren, bevor ich mich zur Ruhe legen kann.*

Mindestens ein Dutzend chinesische Symbole führten an seiner rechten Seite nach unten. Ein Sprichwort, geschrieben in einer eleganten, schnörkeligen Schrift, bedeckte seine linke Seite beinahe vollkommen. Syn schaute in Furis halbgeschlossene Augen und schob seinen Arm zurück, damit er es lesen konnte.

Die großartigste Sache, die du je lernen wirst, ist, wie man liebt.
Das Großartigste, das du je fühlen wirst, ist, geliebt zu werden.
Aber Liebe, habe ich gelernt, ist mehr als drei
Worte, gemurmelt in der Dunkelheit im Bett. Liebe wird
Von Taten bestärkt, einem Muster der Hingabe in
Den Dingen, die wir jeden Tag füreinander tun.

Syn wusste nicht, wie er dazu kam, zu tun, was er dann tat, aber es fühlte sich richtig an. Er beugte sich vor und drückte mehrere sanfte Küsse auf diese wunderschönen

Worte und umarmte Furi. Syn schob Furi dann auf Armlänge von sich. „Du bist so verdammt schön", brachte er hervor, seine Stimme rau von Gefühlen und Verlangen.

Furi stieß Syn sanft auf das Bett und stieg über ihn, drückte ihn mit seinem Gewicht nieder. Syn konnte sich nicht erinnern, je so angetörnt gewesen zu sein. Seine Eier waren voll und schmerzten. Sein Schwanz so hart und rot, dass er dachte, er könnte dauerhaften Schaden erleiden. Er brauchte einen Orgasmus – bald.

„Verdammt, du fühlst dich gut unter mir an", stöhnte Furi und stieß hart gegen Syns Schwanz.

Syn hielt seine Beine gerade und ein wenig steif, seine Arme lagen flach an seiner Seite. Er war sich nicht sicher, wo er sie platzieren sollte. Er mochte diese Ungewissheit nicht, mochte es nicht, nicht zu wissen, was er tun sollte. Verdammt, er musste etwas tun. Furi sollte ihn eigentlich anleiten …

Sobald ihm dieser Gedanke kam, reagierte Furi, als hätte er ihn gehört. Er nahm Syns Hände und schlang seine Arme um Furis Hals. Syn streichelte die schöne Mähne, während Furi sich härter an ihm rieb, Syn tief in der Brust stöhnen ließ. „Spreiz deine Beine schön weit für mich, Baby." Furis Stimme war dunkel und sinnlich, als er über Syns Hals leckte und an seinem Kinn knabberte, darauf wartete, dass Syn gehorchte.

„Oh Gott." Es fühlte sich so gut an. Syn spreizte seine Beine weiter als eine billige Schnalle in einem Red Roof Inn. „Ich brauche es jetzt, Furi."

Furi lachte, ein tiefer, kehliger Laut in seinem Ohr, der ihn dazu brachte, seine Hüften auf der Suche nach Erlösung anzuheben. „Du bekommst es, wenn ich bereit bin, es dir zu geben." Furi erhob sich und Syn widerstand der Versuchung, die Arme nach ihm auszustrecken und ihn anzuflehen, zurückzukommen. Bewundernd starrte Furi auf ihn herab, bevor er ihm einen Schlag auf den Oberschenkel verpasste. „Komm her", sagte Furi und schaute zum Kopfende des Bettes.

Syn drehte sich um und bewegte sich auf die Mitte des Bettes zu, rutschte zurück, bis sein Kopf auf einem der beiden Kissen lag. Seine Augen folgten Furi, als er durch die Tür auf den Flur trat. Er fragte sich, was Furi da draußen machte, erkannte aber schon bald, dass er etwas aus seiner Tasche holte. Er kam mit ein paar Dingen in seinen Händen zurück und stellte sie auf dem Nachttisch ab. Als Furi einen durchsichtigen, roten Schal über seiner Nachttischlampe drapierte und so den Raum in ein sexy Glühen tauchte, war Syn platt. Es schien beinahe so, als hätte Furi das geplant.

„Wo hast du den her?" Syn musste einfach fragen.

Furi kletterte zurück auf das Bett und stieß seine Beine wieder auseinander, machte es sich bequem, als würde er dorthin gehören. „Aus deinem Wäscheschrank."

„Ich habe einen Wäscheschrank?" Syn runzelte die Stirn.

Furi grinste nur und schüttelte ungläubig seinen Kopf. „Du hast ein nettes Bett hier, Syn. Ich mag, dass es nicht so groß ist. Macht alles gemütlicher."

„Danke", flüsterte er abwesend, während er immer noch die Gegenstände musterte, die Furi mitgebracht hatte. Der kleine, seltsame, wie ein Schwanz geformte Gegenstand faszinierte ihn am meisten. Er schaute endlich wieder zu Furi, der amüsiert lächelte.

„Weißt du, was das ist?" Furis Augen waren so dunkel und schimmerten vor Lust, dass Syn nur daliegen und ihn anstarren konnte. „Es ist ein Prostata-Massagegerät."

„Du wirst dieses Ding in mich stecken?" Syn konnte seine tiefe Stimme kaum wiedererkennen. Er wusste, was eine Prostatamassage war … theoretisch. Er hatte Dinge gehört, gute Dinge. Mit einem Mal wurde er ängstlich.

„Ich werde mit dir tun, was auch immer ich will, und du wirst es mir erlauben", raunte Furi verführerisch und beugte sich nach unten, um einen von Syns Nippeln zwischen seine Zähne zu nehmen.

Syns Rücken bog sich auf. „Furious", zischte er. Verdammt, ihm war nie klar gewesen, wie empfindlich seine Nippel waren, bis Furi immer wieder mit seiner Zunge über eine der festen Knospen strich, während er in die andere kniff. „Oh verdammt, ja."

Syn stieß hart nach oben, wollte verzweifelt mehr Reibung an seinem tropfenden Schwanz. Furi hielt dagegen und legte seinen heißen Mund über den anderen Nippel. Syn vergrub seine Hände in Furis Haaren und zog stöhnend ein wenig daran. „Verdammt, fühlt sich gut an."

Furi schaute an ihren miteinander verbundenen Körpern herab und kicherte wissend. „Ich liebe es, dass du so verdammt gut reagierst. So willig und bereit. Mmm. Schau dir diesen wunderschönen Schwanz an, der darum bettelt, geleckt und gesaugt zu werden."

„Ja. Saug ihn, Babe", bettelte Syn.

„Du hast hier nicht das Sagen, Syn", erklärte Furi in ruhigem Ton an seinem Bauch. Neckte ihn mit schnellen Bewegungen seiner Zunge.

„Nein, nein. Ich will die Kontrolle nicht haben. Ich will nur, dass du mir einen bläst, bitte."

Furi lachte leise, wanderte weiter nach unten, bis seine Lippen über Syns Schwanz verharrten. Syn hielt den Atem an, wartete auf das erste Lecken. *Komm schon, verdammt.* Furi stützte sich einfach nur über seinem Gemächt ab, rieb seine Bartstoppeln an der Innenseite von Syns Oberschenkel. „Das erinnert mich an das erste Mal, das ich dir einen geblasen habe, Baby. Du bist so verdammt hart gekommen, dass ich dachte, ich würde an deiner Wichse ersticken."

„Furious", stöhnte Syn wieder, kniff seine Augen zu.

„Schau mich an." Furi streckte seine pinke Zunge heraus und zog sie langsam über die Unterseite von Syns Schwanz, strich über die Eichel, als er zur Spitze kam.

„Ja, das ist es." Syn sah zu, wie sein Mann ihm eine sehr erotische Show bot.

Syns Hüften schienen sich wie von selbst zu bewegen. Er stellte seine Füße auf das Bett, die Beine weit gespreizt und sah zu, wie er seinen nassen Schwanz zwischen Furis hübsche Lippen pumpte. Oh, es war herrlich, sich wieder mit diesem talentierten Mund vertraut zu machen. Furis Brauen waren konzentriert zusammengezogen und es machte Syn wahnsinnig, dass er ihn so unbedingt glücklich machen wollte. Obwohl er nicht schnell zustieß, kam er doch tief – beinahe bis zur Basis – und Furi hatte kein Problem damit. Mit einer Hand rollte er Syns Eier in ihrem Sack, während die andere die Basis seines Schwanzes im selben Rhythmus wie seine Pumpbewegungen bearbeitete. Sein Kopf fiel instinktiv zurück und seine Augen verdrehten sich. *Ich werde kommen!* Verdammt, Syn war schon da. Furi hatte noch keine zwei Minuten gesaugt. „Gleich. Verdammt! Ja!"

„NEIN!", brüllte Syn und es kümmerte ihn nicht, wie laut er war. Syn fühlte, wie sich etwas Enges um seinen Schwanz und seine Eier legte, sehr schnell unterdrückte, was vielleicht sein explosivster Orgasmus hätte werden können ... ein unbedingt nötiger Orgasmus. „Au, verdammt. Was machst du?"

236

„Du kommst, wenn ich sage, dass du kommen kannst", sagte Furi viel zu ruhig für Syns Geschmack und holte noch mehr Hilfsmittel vom Nachttisch.

Syn warf seinen Kopf auf das Kissen und presste hervor: „Nimm mir dieses verdammte Ding ab, Furious."

Furi hielt inne, ließ das Prostata-Massagegerät neben seinem Oberschenkel auf das Bett fallen und rieb seinen Körper langsam an dem von Syn entlang. Seine Brust ließ Funken an Syns überempfindlichem Schwanz sprühen. Syn stieß nach oben, aber Furi erhob sich auf die Ellbogen und schaute auf ihn hinunter. „Wie war das? Ich habe dich nicht gehört." Furi schaute ihn streng an. „Heute Nacht gehört dein Schwanz mir, damit ich machen kann, was ich will. Bevor du dich nicht einfach entspannst und fühlst, mir vertraust, dass ich mich um deine Bedürfnisse kümmere, lasse ich dich darauf warten."

Syn war noch heißer als zuvor – verdammt, wie war das überhaupt möglich? Furi ganz dominant zu sehen, war ein extrem attraktiver Anblick. Syn rieb Furis Arme, versuchte, ihm zu zeigen, dass er ruhig war und ihm vertraute.

„So ist es gut, Baby." Furi ließ sich wieder auf Syns Brust sinken und attackierte seinen Mund mit einer Wildheit, die er vorher nicht gezeigt hatte. Die langen, braunen Haare fielen zu beiden Seiten von Syns Gesicht, schirmten ihn und seinen Geliebten vor der Außenwelt ab. Syn hob die Hände und strich mit den Fingern durch die dichten Strähnen, drehte sein Gesicht, um den berauschenden Geruch zu inhalieren, der stets in diesen Wellen zu finden war. „Du riechst so gut ... immer", stöhnte Syn. Furi lächelte an seiner Stirn, drückte sanfte, süße Küsse dorthin, während er sich mit den Ellbogen über ihm abstützte und

Syn schamlos seine Nase in Furis Achsel vergrub, das selige Gefühl genoss, sich am Geruch seines Mannes zu erfreuen.

Kehlig lachend beugte Furi sich nach unten, nahm Syns Mund wieder in Besitz. Er hörte nicht auf, ihn zu küssen, während seine Hand zwischen ihre Körper glitt, Syns harten Schwanz berührte.

„Mmm. Ja."

Furi pumpte ihre tropfenden Schwänze zusammen und Syn verlor beinahe den Verstand. Wenn er nicht von dem Cockring zurückgehalten worden wäre, hätte Syn über sie beide abgespritzt, während Furi seinen Schwanz erwürgte, ihn langsam, erotisch umbrachte. Es sah so aus, als würde sein Geliebter auch um seine Fassung ringen. Furi packte Syns Oberschenkel brutal und spreizte sie weit, starrte sein Loch nur an, als wäre er vor Erstaunen erstarrt. Furis Lippen bewegten sich, aber keine Worte kamen heraus. Syn wand sich unter seinem Blick. Hatte er zu viele Haare? War sein Loch hässlich? Zur Hölle, Syn hatte nicht viele Arschlöcher gesehen, aber er hatte angenommen, dass seines normal war. *Fick mich einfach nur.* Ein Lächeln huschte über Furis schönes Gesicht, als er es sich zwischen Syns Oberschenkeln bequem machte. Furi schob Syns Beine zurück und tauchte zu seinem intimsten Körperteil, leckte mit langen, flachen Bewegungen über sein zitterndes Loch.

Syn zischte und hob seine Beine weiter an, kümmerte sich nicht darum, wie die Position ihn aussehen ließ. Furi machte etwas Unbeschreibliches mit ihm. Die sanften Stöße und liegenden Achten, die Furi mit seiner Zunge machte, brachten Syn dazu, mit den Hüften zu zucken, mehr zu wollen, tiefer. Furi drückte Syns Hüften auf die Matratze, zwang ihn, stillzuhalten, doch das war schwierig. Syn erhob sich auf die Ellbogen und genoss den sündigen

Anblick zwischen seinen Beinen. *Verdammt!* Furi besorgte es ihm so richtig.

Syn bewegte seine Hüften in dem Umfang, den Furi ihm gestattete. Es fühlte sich so erotisch und schmutzig an, so wild, aber doch sinnlich. Es fühlte sich wie all die Dinge an, die Syn schon seit sehr langer Zeit hatte fühlen wollen. Seine verbundene Hand ruhte auf seiner Stirn und mit der anderen spielte er mit seinen bereits stimulierten Nippeln. Er zwickte und bewegte jeden, schrie auf, als er sie mit gerade genügend Kraft drückte, um ein wenig Schmerz zu erzeugen, im selben Moment, als Furi seine lange, heiße Zunge in ihn schob. Syn machte sich nicht länger Sorgen darüber, ob er kam, denn er wusste, wenn er es tat, würde es epische Ausmaße haben. Er genoss einfach nur all die einmaligen und fremdartigen Gefühle, die durch seinen Körper wirbelten.

Syn war so in seinen Empfindungen gefangen, dass ihm nicht aufgefallen war, dass Furi mit etwas anderem als seiner Zunge gegen sein Loch drückte. Es war stumpf, glatt und kalt. Syn blickte an sich herab und staunte über den Ausdruck reinen Selbstbewusstseins auf Furis Gesicht. Als das Objekt den ersten Muskelring durchdrang, ihn öffnete, ließ Syn ein überraschtes Grunzen hören. Es war kein schmerzliches Geräusch, sondern das seliger Erlösung. „Verdammt, Furious." Syn hatte etwas in sich, das war *es.* Obwohl es nicht Furis langer Schwanz war, vermittelte es ihm doch das Gefühl, genommen zu werden. Furi schaute zu ihm auf, beobachtete ihn mit seinen bemerkenswerten dunklen Augen, während er das glitschige Objekt langsam weiter hineinstieß. Syn war mehr als bewusst, wie es sich in ihm bog, an seinen Wänden entlangglitt. *Verdammt. Das fühlt sich so verdammt gut an.* Wenn er das gewusst hätte. Syn war bereits von diesem Gefühl abhängig und er war sich noch nicht einmal sicher, ob das hier schon als Sex zählte. Sie befanden sich immer noch beim Vorspiel, waren noch nicht zur Penetration mit Furis Schwanz gekommen.

Es gab keinen Schmerz, nur ein angenehm volles Gefühl. Die Dehnung war da, aber er konnte leicht damit umgehen. Es war mehr ein „gib mir eine Sekunde, um mich daran zu gewöhnen"-Gefühl. Nicht einmal ein Bruchteil des Schmerzes, den er sich vorgestellt hatte. Das leichte Stechen und Brennen waren nicht unangenehm. Zur Hölle, nein, es gab Syn das Gefühl, am Leben zu sein. Dann machte das magische Spielzeug etwas in ihm oder berührte etwas, das ihn Sterne sehen ließ und seinen Schwanz dazu brachte, sich gegen die Fesseln des Cockrings zu wehren.

„Furious!", brüllte Syn. Seine Hüften bockten, suchten nach diesem Gefühl.

„Ja, das ist es, nicht wahr? Gefällt dir das?" Furi musterte ihn schelmisch. „Willst du mehr?"

Syn nickte einfach nur wie ein Irrer. Unfähig zu sprechen, in Erwartung von - „Ahh, ja! Verdammt! Mehr, Baby, bitte." Syn konnte keinen einzigen Gedanken zu Ende bringen, während Furi dieses wundervolle Gerät an ihm demonstrierte, wie ein professioneller Sexspielzeug-Verkäufer, der ihm alle Einstellungen des kleinen Wunders zeigte. Furi streichelte Syns harten Schwanz mit einer Hand, konzentrierte sich bei jedem zweiten Pumpen auf die rote Eichel, während er das Spielzeug in ihn stieß, dabei die Intensität und die Geschwindigkeit erhöhte. Syn war so überwältigt, dass er in einer Sprache plapperte, die selbst Rosetta Stone nicht lehren konnte.

Seine Augen waren fest geschlossen, seine Zähne entblößt, während er alles nahm, was Furi ihm geben konnte.

Er ließ einfach alle Hemmungen fallen und gestattete es sich, einfach zu fühlen. Es gab keine Sorgen, keine Probleme, die gelöst werden mussten, nichts, um das er sich kümmern musste. Er fühlte nur vollkommene Gelassenheit und Seligkeit. Syns Augen verdrehten sich. „Ich vertraue dir", flüsterte Syn.

„Ja." Furis Flüstern war voller Lust. Als Furi den Cockring abnahm, zuckte Syns ganzer Körper von der Welle an Kraft, die durch ihn floss, brutal in und durch seinen Schwanz raste.

„Verdammt! Ich komme. Furi! Fuck, ich komme so verdammt hart!", rief Syn.

Furi drückte einen Knopf auf dem Spielzeug, das starke Vibrationen durch Syns pulsierenden Kanal schickte, während er es fest auf seine Prostata presste. Syn konnte nur seinen Körper fühlen lassen, schreien, bocken und es hinnehmen. In seinem eigenen Bett war er vollkommen hilflos gegenüber Furis gnadenlosem, sexuellem Angriff. Furi packte Syns Hintern so fest, dass er sicher Spuren hinterlassen würde, und legte seinen heißen Mund über seinen Schwanz, nahm ihn in einem Schluck bis zur Basis auf. Eine animalische Lust kreiste durch ihn, in einer Intensität, die er noch nie verspürt hatte. Syn wurde von Hunger übermannt und packte grob zwei Handvoll von Furis Haaren, pumpte seinen Schwanz so tief in seine Kehle, wie es möglich war, während er lautstark seine Erlösung herausstöhnte. Unglaubliche Hitze umgab seinen Schwanz, als er immer wieder heiße, dickflüssige Wichse in diese himmlische Höhle abgab. Syn zeigte keinerlei Zurückhaltung oder Höflichkeit, als er Furis Mund benutzte, seinen Schwanz zwischen diese hübschen, pinken Lippen fickte, bis er keine Kraft mehr hatte.

Furi pumpte seinen eigenen Schwanz wild. Seine Hand bewegte sich so schnell an seinem Schaft, dass sie verschwamm. Syn wünschte sich, dass er das Gesicht seines Geliebten sehen könnte, ihn im Augenblick der Lust beobachten könnte. Sein Kopf war zu schwer, um ihn anzuheben, und Furis Gesicht war in seinen feuchten Schamhaaren vergraben, sein roter, geschwollener Mund schwebte immer noch in der Nähe von Syns empfindlichem Schwanz, keuchte heißen Atem auf ihn, während er seine eigene Erlösung in den rot-erleuchteten Raum heulte und Syns Oberschenkel mit nasser Hitze bedeckte. Furi ließ sich zwischen seine Oberschenkel fallen und legte seinen Kopf auf Syns Gemächt. Sein Brustkorb hob und senkte sich schnell, als ihn sein Orgasmus ebenfalls schwach zurückließ. Syn streichelte abwesend Furis lange Strähnen, während sie beide auf die Erde zurückkehrten.

Syn schüttelte den Kopf vor Überraschung. Er war froh, dass Furis Kopf immer noch dort unten war, ansonsten hätte Syn sich für das alberne Grinsen geschämt, das seinen Mund verbreiterte. Furi hatte ihm gezeigt, was es hieß, jemanden um den Verstand zu bringen. Syn war ein neuer Mann. Er war ein verdammter Bottom und er nahm diesen Titel gerne an. Er liebte das Gefühl, wenn etwas in seinen Hintern eindrang, sein Loch dehnte. Es war so viel, so schnell, aber er schaute nicht zurück und ganz sicher bedauerte er nichts.

Kapitel 25
„Schnell Freunde finden"

Furi war nicht klar, dass er dort, wo er lag, eingenickt war, bis er spürte, wie Syn sich unter ihm bewegte. Furi stöhnte und hob seinen Kopf von Syns Hüftknochen und starrte in dunkle Augen. Syns Blick sagte gar nichts.

„Hey du."

„Hey zurück." Syns Stimme war tief und wackelig.

„Bist du bereit, dass ich von dir heruntersteige?" Furi lachte leise, hoffte, Syns Stimmung aufzuhellen. Er zwang sich in die Höhe. „Ich hole etwas, um dich sauberzumachen." Furi ging ins Bad und wusch sich langsam, hatte beinahe Angst, zurück ins Schlafzimmer zu gehen. *Flipp nicht aus, bitte flipp nicht aus, Syn. Es ist in Ordnung, Babe.* Um Zeit zu schinden, wusch Furi sich sein Gesicht und putzte sich die Zähne. Er nahm einen warmen Waschlappen mit ins Schlafzimmer und fing an, Syns Beine und seinen Bauch sauberzumachen. Er wollte wissen, wie der Mann sich fühlte, war aber zu nervös, um zu fragen. Auch die Spielzeuge wischte er ab und stellte sie wieder auf den Nachttisch.

Syn drehte sich und zog den Überwurf bis zu seiner Hüfte, bedeckte sich selbst. Furi konnte den Schmerz, der ihn beim Anblick von Syns Rücken durchfuhr, nicht beschreiben. Er hoffte wirklich, dass Syn einfach nur seine erste homosexuelle Erfahrung verarbeitete. Furi konnte nicht begreifen, wie der Mann die ganze Zeit in Ekstase hatte schreien können, nur um sich jetzt schlecht zu fühlen. Furi schaltete die Lampe aus, kroch unter die Decke und kuschelte sich um Syns harten Körper. Er spürte, wie Syn sich anspannte. *Verdammt. Oh, komm schon, das kann nicht wahr sein.* Es konnte doch nicht sein, dass Syn ihm gegenüber so ausflippen würde wie Patrick. Furi konnte nicht so viel Pech haben. Licht kroch aus dem Flur unter der Tür hindurch, darum konnte Furi sehen, dass Syns Augen offen und alarmiert waren.

„Syn", flüsterte Furi. „Willst du, dass ich gehe?"

Syn warf sich so schnell herum, dass es ihn überraschte. „Was? Warum?"

„Na ja, du scheinst ein wenig aufgebracht zu sein. Ich will nicht ..." Furi unterbrach sich selbst. Er wollte nicht, dass Syn wusste, wie sehr es ihn schmerzen würde, wenn er gehen müsste.

Syn sah beschämt aus, zerrissen. Furi ließ sich wieder auf das Bett fallen, vollkommen erschöpft legte er einen Arm über sein Gesicht. Er atmete heftig aus und schwang seine Beine wütend über die Seite des Bettes. „Ich bin hier weg. Ich werde nicht so lange hierbleiben, bis du feststellst, dass du nicht schwul bist und dann ausflippst." Furi schob seine Beine heftig in seine Hose, drehte sich dann um, um seine Sachen vom Nachttisch zu holen, als er sah, dass Syn sich auf einen Ellbogen gestützt hatte und ihn mit einem breiten Grinsen musterte.

„Oh, das ist also lustig?", fauchte Furi.

Syn streckte sich träge. „Ja, ist es. Ich finde, dass du zum Brüllen bist. Jetzt komm mit deinem Schwanz wieder in das verdammte Bett."

„Was?" Furi starrte Syn an, als hätte er den Verstand verloren.

„Komm einfach ins Bett."

„Zur Hölle, nein."

„Furious, verdammt. Ich habe noch nie mit jemandem geschlafen, in Ordnung?" Syn stöhnte und rieb sich mit der Hand über seine Bartstoppeln.

„Du hast noch nie mit jemandem geschlafen", wiederholte Furi ungläubig.

„Ich meine nicht so. Ich habe oft genug gefickt, aber sie sind danach immer gegangen. Ich habe nie daran gedacht, mit jemandem das Bett zu teilen. Mann, ich weiß nicht, ob ich schnarche oder ob ich im Schlaf furze oder ob -" Syns gebräunte Haut bekam unter Furis amüsiertem Blick eine tiefrote Farbe.

„Es kümmert mich nicht, ob du schnarchst oder furzt." Furi lachte. „Ich mache das wahrscheinlich selbst." Er setzte sich auf die Bettkante.

Syn streckte die Hand aus und streichelte Furis Rücken. „Du musst aufhören, wütend zu werden und davonzustürmen. Ich habe gesagt, dass ich dir nicht wehtun werde und das habe ich ernst gemeint. Ich bin ganz sicher nicht unglücklich über das, was heute Nacht passiert ist. Also, wie schon gesagt, schwing deinen Schwanz wieder in dieses Bett."

Furi würgte ein Lachen hervor, kickte seine Jeans wieder von den Beinen, damit er sich neben seinen Geliebten in das Bett legen konnte. Dieses Mal wandte Syn ihm nicht den Rücken zu, sondern schaute Furi direkt an. Furi kam näher, bis sie Brust an Brust lagen, ihre Schwänze halb-hart und verführerisch nah beieinander. Furi atmete erleichtert auf, als Syn mit einer Hand durch seine Haare streichelte, sie hinter sein Ohr schob. Er konnte nicht widerstehen, beugte sich vor und drückte einen sanften Kuss auf Syns Mund.

„Bist du mit mir fertig?", fragte Syn in diesem dunklen, maskulinen Tonfall, in den Furi sich schnell verliebte.

Furi kicherte an Syns Wange und knabberte an ihm. „Oh, ich habe noch mehr, Baby." Syns Lächeln nahm Furi den Atem. Furi schob sein Gemächt nach vorne, stöhnte bei dem Gefühl ihrer schnell hart werdenden Schwänze, die sich aneinander rieben. Sie lagen immer noch auf der Seite, als Syn sein Bein über Furis Hüfte legte und härter gegen ihn stieß. Furi knetete die harten Muskeln an Syns Rücken, sehnte sich danach, zu diesem sexy, festen Hintern vorzudringen. Er keuchte, als Syn seinen Schwanz packte und anfing, ihn mit sicheren, selbstbewussten Bewegungen zu pumpen.

„Verdammt, Syn", stöhnte Furi an Syns Hals.

Furi glitt mit einer Hand an Syns Rücken hinunter und hielt erst an, als seine Finger zwischen den beiden Pobacken ruhten. Er streichelte sachte über Syns Loch, liebte es, wie der starke Mann in seinen Armen zuckte und stöhnte.

„Jaaa", zischte Syn.

„Mmm", war alles, was Furi zustande brachte. Er hatte seine Augen geschlossen und seinen Mund an Syns breiter Schulter festgesaugt, während er seine Erektion in Syns enge Faust pumpte. Furi konnte die Feuchtigkeit, die noch von dem Spielzeug da war, um Syns gefügiges Loch spüren und konnte nicht widerstehen, einen Finger hineinzustoßen. Syn zuckte gegen ihn. „Alles in Ordnung?"

„Verdammt, ja. Ich, ich b-brauche -", stotterte Syn und bewegte seinen Hintern nach hinten, um Furis Finger entgegenzukommen.

„Ich weiß, was du brauchst. Aber ich will, dass du mich darum bittest", knurrte Furi an Syns Ohrmuschel. Er liebte es, wie Syns Körper auf ihn reagierte. Genauso, wie er es

246

sich vorgestellt hatte. Syn packte Furis Schulter mit einer Hand, während die andere weiterhin Furis Schwanz bearbeitete, die Vorhaut in einer herrlichen Bewegung vor und zurück zog.

„Ich will das hier und das weißt du auch. Spiel also nicht mit mir", schnappte Syn zurück. Furis Schwanz zuckte und tropfte an Syns Bauch. Verdammt, sein Bottom war so unglaublich heiß und fordernd ... verlangte, gefickt zu werden.

„Dreh dich um", befahl Furi.

Syn gehorchte schnell. Furi kniete sich hin und leckte einen Pfad von Syns Hals zu seiner Wange, küsste und knabberte an seinen Lippen. Syns seliges Stöhnen und sein Gesichtsausdruck reichten aus, um Furi davon zu überzeugen, dass er bereit war, gefickt zu werden. Er würde es gut für Syn machen, und wenn es das Letzte war, das er tat.

Furi nahm das Gleitgel und ein Kondom vom Nachttisch und bereitete sich schnell vor. Mit zwei Fingern massierte er Syns Loch. So, wie es unter seiner Berührung zuckte, musste Furi die Basis seines Schwanzes zusammenpressen, um nicht die Kontrolle zu verlieren. „So unglaublich heiß."

Syn grunzte und schob seinen Hintern nach hinten, auf der Suche nach mehr. Furi wusste, dass der Mann sein Lob wie ein Schwamm in sich aufsog. Syn war diese Art Mann. Er musste bei allem, was er tat, der Beste sein. Er war ein Bottom, darum würde er der beste Bottom sein, den Furi je gehabt hatte.

„Keine gottverdammten Finger mehr. Fick mich endlich", fauchte Syn über seine Schulter.

Furi schlug Syns Hintern ein paar Mal mit seinem harten Schwanz. „Verdammt, du bist ein fordernder Bottom nicht wahr? Schau dich an. Sehnst dich nach meinem Schwanz",

247

stöhnte Furi, rieb seinen Schaft in Syns Spalte auf und ab. Er nahm das Gleitgel und tropfte reichlich davon über Syns Loch.

„Verdammt, willst du mich in Gleitgel baden? Muss es so unglaublich kalt sein?", grummelte Syn.

„Das nächste Mal stelle ich es erst in meinen Gleitgelwärmer", zog Furi ihn sarkastisch auf und schlug Syns Hintern hart mit seiner rechten Hand. Als Syn dagegen protestierte, legte Furi eine Hand zwischen Syns Schulterblätter und drückte ihn auf die Matratze. Er stieß mit seinem Schwanz gegen ihn und begann, in ihn einzudringen. Syn packte Furis Oberschenkel und drängte ihn voran.

Furi drang gleichmäßig ein und Syn öffnete sich ihm mit wenig Widerstand. „Kämpf nicht dagegen an, Baby. Atme."

„Ugh. Fuck", stöhnte Syn.

Furi spürte, wie Syn sich verspannte. Er hörte auf, einzudringen, und Syn packte sein Bein, drängte ihn, weiterzumachen. Furi löste Syns Hand von seinem Bein und verflocht ihre Finger. „Entspann dich. Ich weigere mich, dir wehzutun. Atme, langsam und gleichmäßig." Furi bewegte den Teil seines Schwanzes, der sich bereits in Syn befand, langsam vor und zurück.

„So verdammt eng." Furi konnte das Heben und Senken von Syns Brustkorb spüren, als er versuchte, das Eindringen zu veratmen.

„Mmm. Brennt", zischte Syn.

„Vertrau mir, Baby. Es wird richtig gut werden."

„Ich vertraue dir", flüsterte Syn.

Furis Herz flatterte bei diesen Worten. Verdammt, er wollte, dass dieser Mann sein wurde, mehr als alles andere auf der Welt. Syn war genau das, was ihm in seinem Leben fehlte. Auch wenn er sich nie vorgestellt hatte, dass er sich in einen Cop verlieben würde, würde er nicht eine Sache an seinem seit Neuestem schwulen, überfürsorglichen Sergeant ändern.

„Gut, Baby. Öffne dich und lass mich rein. Lass zu, dass ich es gut für dich mache." Furi legte seinen langen Körper über Syns Rücken und drang langsam und gleichmäßig ein, bis sich sein Gemächt gegen Syns heißen Hintern presste. „Ohhh, fuuuuck. Verdammt, du fühlst dich so gut an."

„Furious", sagte Syn mit wackeligem Atem.

„Ich bin hier, Baby." Furi bewegte seine Hüften in flachen Stößen, während Syn sich daran gewöhnte, Furi in sich zu haben. Was nicht lange dauerte. Syn erwiderte die Stöße, was ihn aufschreien ließ, als er tiefer eindrang. „Fühlst du dich gut, Babe?"

Syn nickte. Sein Gesicht war im Kissen vergraben und er murmelte etwas, das Furi nicht verstehen konnte. Furi ließ Syns Arm los und legte seinen Körper auf ihn, drückte sie beide auf das Bett. Syn stöhnte laut, als Furi sich tiefer in ihn grub.

„Lass mich dich hören, Syn. Lass mich hören, wie gut du dich fühlst." Furi zog an Syns Haaren, drehte sein Gesicht vom Kissen weg. „Versteck dich nicht vor mir." Furi zog sich zurück und rammte hart hinein. Dieses Mal brüllten sie beide ihre Lust in das dunkle Zimmer. Furi wollte nicht, dass Syn bald kam. Er wollte für immer in Syns Hitze leben.

„Furious, ich will … Mach es … Schnell …"

Syn wusste nicht, wie er sagen sollte, was er wollte, aber Furi wusste es. Er erhob sich auf beide Arme, bog seinen Rücken auf und begann, mit langen, tiefen Bewegungen in Syns Hintern zu stoßen. Er kannte das Gefühl, so voll zu sein, und doch nicht voll genug, mehr zu brauchen. Dieser unbeschreibliche Moment, wenn Schmerz und Lust sich vermischten, wenn der Kopf nicht wusste, ob er aufschreien oder stöhnen sollte. Das Geräusch, das dabei herauskam, war eine Kombination von beidem, das sich noch am ehesten wie ein Wimmern anhörte. Dort war sein wunderschöner Sergeant gerade. Er keuchte Furis Namen immer und immer wieder, während er ihm seinen Hintern entgegenreckte, nach mehr bettelte.

Furi beugte sich zu Syn herunter, um ihn am Ohr zu lecken. „Du willst, dass ich dich hart nehme, nicht wahr? Dich zum Schreien bringe? Dafür sorge, dass du deinen Verstand verlierst? Ist es nicht so, Hübscher?"

„Furious. Furious. Bitte."

Syns tiefe, bittende Stimme war das schönste Geräusch auf der Welt. „Fuck!" Furi hämmerte seine Hüften, fickte seinen Geliebten hart und tief, genau wie der es wollte. Furi fuhr zurück und packte Syns Hüften, zog ihn auf alle Viere. Syns Proteste stießen auf taube Ohren. Er wusste, dass sein Mann die Position liebte, wenn Furi mit seinem Gewicht auf ihm lag, aber Syn würde diese hier auch lieben. Furis Griff war unnachgiebig. Er packte Syns breite Schultern und rammte ihn mit jeder Vorwärtsbewegung auf seinen Schwanz, wollte die tiefste Penetration, die möglich war. Sein Takt war schnell und brutal. Er veränderte den Winkel ein paar Mal, bis Syn vor Seligkeit aufschrie. *Das ist es.* Furi hielt diesen Winkel und traf sein Ziel mehrmals, bis sein Mann unter ihm auseinanderfiel.

„Oh … Gott … oh … Gott … oh … Gott. Ich werde …" Syn keuchte jedes Mal, wenn Furi in ihn rammte. Sein Körper zuckte und wand sich, während er fluchte. Auch Furi war verloren.

„So verdammt heiß. Ich ficke dich so gut. Ficke dich, bis du mir gehörst", stöhnte Furi, pumpte seine Hüften, als wäre er besessen.

„Ja."

„Ja. Was?" Furi schnappte nach Luft. Er packte Syns nasse Haare, während sein eigener Schweiß wie Regen von ihm tropfte. Obwohl Syns Gesicht verzogen war, erkannte Furi es als eine Maske reiner Ekstase. Er sah so unglaublich schön aus. Furi begann, seinen Rhythmus zu verlieren. „Ich komme gleich, Baby."

„Dein. Dein. Dein", sang Syn.

Furi wusste nicht, ob Syn einfach nur in der Lust verloren war, aber er würde diese Erklärung vorerst akzeptieren. „Ja, mein." Furi griff herum nach Syns … *was zur Hölle?* … sehr weichem Schwanz. Furi runzelte die Stirn. Für einen Moment dachte er, dass er ihm keine Lust bereitete, aber dann traf es wie ein Vorschlaghammer. Syn war bereits gekommen. Furi beugte sich über Syns Rücken und strich mit der Hand über das Laken unter ihm, bis seine Finger in einer Pfütze aus abkühlendem Sperma landeten.

„Bastard", fauchte Furi. Der Gedanke, dass Syn gekommen war, ohne dass Furi seinen Schwanz berührt hatte, löste Furis eigenen Orgasmus aus.

Syn hatte nicht gedacht, dass es möglich war, zu kommen, ohne seinen Schwanz zu berühren. Aber das war gerade passiert. Und verdammt! Er war so heftig gekommen, dass er nicht einmal hatte schreien können. Er hatte keinen Laut von sich gegeben. Es war ein explosives, stilles Klagen gewesen und Furi hatte ihn direkt hindurchgefickt.

Furi lag ausgebreitet über Syns verschwitztem Rücken. Seine Hüften pumpten wild und Syn war sich deutlich bewusst, wie Furis Schwanz in seinem empfindlichen Kanal pulsierte.

„Gottverdammt, Furious." Syns Rücken bog sich durch, als Furi in ihn rammte. Ihn hielt, während sein Schwanz seine Erlösung freigab. Syn hatte sich nicht vorstellen können, dass sich irgendetwas so gut anfühlen könnte. Er wollte sich selbst einen Tritt verpassen, weil er sich nicht schon viel früher genommen hatte, was er brauchte. Jede Menge Menschen hatten erfolgreiche, fordernde Karrieren *und* Beziehungen. *Eine Beziehung … mit Furious.* Syns Körper zitterte bei dem Gedanken.

Furi leckte an seinem Ohr, rieb seine starken Hände an Syns Rücken auf und ab, beruhigte das Beben, das seinen Körper durchfuhr. Sein Kanal pulsierte immer noch, als Furis Schwanz aus ihm herausglitt. Syn stöhnte bei dem Gefühl der Leere.

„Es ist in Ordnung. Ich werde dich schon bald wieder füllen", flüsterte Furi an Syns Ohrläppchen, als ob er seine Gedanken gelesen hätte. Syns Schwanz zuckte bereits bei dem Versprechen, dass sein Hintern wieder gefüllt würde.

„Fuck." Syns Arme gaben nach und sie beide fielen auf das kalte, feuchte Laken. „Urgh", brummte Syn. Er war kein Fan davon, in kalter Wichse zu liegen. Furi kicherte über ihm.

„Ich nehme an, du wirst auf der feuchten Stelle schlafen."

„Runter von mir, Idiot." Syns Ton war humorvoll, als er sich umdrehte und den sexy Mann von seinem Rücken warf. Furi wäre auf den Boden gefallen, aber Syn streckte die Hand aus und hielt ihn am Unterarm, lachte jetzt lauter.

„Das nächste Mal könntest du mich vorwarnen." Furi kam ihm nahe und sie wurden still, starrten einander an. Ihr Lächeln verblasste und sie beugten sich beide instinktiv vor, ließen ihre Stirnen sich berühren, bevor sie leicht feuchte, volle Lippen aneinander rieben.

„Ich fühle mich gut", sagte Syn, strich mit den Händen durch Furis Haare. „Mach dir keine Sorgen."

Furi lächelte träge. Sein frisch gefickter, entspannter Gesichtsausdruck gab Syn das Gefühl, dass er den Jackpot geknackt hatte. Er fühlte sich so friedlich, dass er das Gähnen nicht unterdrücken konnte, das ihm entkam und in Furis Mund landete. „Scheiße. Tut mir leid." Ein müdes Kichern war alles, was sie beide zustande brachten.

Syns Augen waren geschlossen. „Wir sind total schmutzig."

„Mhmmm." Furi gähnte. Auch seine Augen schlossen sich. „Derjenige, der am heftigsten gekommen ist, muss aufstehen und den Waschlappen holen."

„Das bist du."

„Das bist du."

Sie sagten es gleichzeitig, teilten ein postkoitales Lachen, während sie einander träge liebkosten. Syn stöhnte und stand auf, um ins Bad zu gehen. Er kam am Badezimmerspiegel vorbei und erkannte sich beinahe selbst nicht. Er sah entspannt aus. Die Falte, die fast schon permanent in seine Stirn eingegraben gewesen war, hatte sich geglättet. Die Dunkelheit seiner Augen glänzte beinahe. Syn lächelte und es gefiel ihm, wie er dabei aussah. „Verdammter Furious", flüsterte er.

Syn wusch sich und gab dann Seife auf einen Waschlappen für Furi. Syn trat um die Ecke und wurde wieder von dem surrealen Gefühl übermannt, einen nackten Mann in seinem Bett liegen zu haben. Verdammt. Furis herrlich gebauter, tätowierter Körper erstreckte sich vom Kopf- bis zum Fußende. Furis Hintern war klein, aber rund und perfekt geformt. Syns Augen verdrehten sich, als sein Schwanz ein Lebenszeichen von sich gab bei dem Gedanken, sich in diesen sexy Arsch zu rammen und ihn zu ficken, bis er nicht mehr geradeaus sehen konnte.

Syn ging ein wenig gestelzt zurück zum Bett und stieß Furi mit seiner nackten Hüfte an. „Hey, du."

„Hey zurück." Furis Stimme klang melodisch.

„Hier ist dein Waschlappen. Ich schaue schnell, ob alle Türen abgeschlossen sind. Dann gehe ich ins Bett." Syn räusperte sich nervös. „Du bleibst, oder?"

Furi drehte sich herum und nahm den warmen Waschlappen entgegen, während er Syn musterte. „Ja, aber", Furi stützte sich auf einen Ellbogen, „bittest du mich, in deinem Bett zu bleiben, oder bittest du mich, zu bleiben, damit du mich beschützen kannst?"

Syn beugte sich vor und küsste Furis schmutziges Mundwerk. „Beides. Jetzt halt den Mund."

Furi nahm das Gleitgel vom Nachttisch und warf es in die Richtung von Syns Kopf. Er verfehlte ihn nur knapp, als Syn das Zimmer verließ. Syn lachte den ganzen Weg bis zum Wohnzimmer. Als er zurückkam, linste er um den Türrahmen. „Ist es sicher?"

Furi hatte sich auf den Bauch gedreht und die Decke zu seinen schmalen Hüften hochgezogen. Syn glaubte, ein „Nein" zu hören, aber Furis Mund war halb in den flauschigen Kissen vergraben. Syn überprüfte seine Waffen noch einmal, bevor er hinter *seinem Mann* ins Bett stieg.

Syn hatte nicht bemerkt, dass er eingeschlafen war, bis er von einem kalten, prickelnden Gefühl, das sein Rückgrat hinunterlief, geweckt wurde. Syn fuhr alarmiert auf und lauschte intensiv, bevor er sich bewegte. Sein Arm lag über

Furis Bauch, sein weicher Schwanz ruhte an einer seiner Pobacken. Normalerweise würde sich das gut anfühlen, aber das nagende Gefühl an seinem Hinterkopf ließ ihn seinen ersten Morgen mit einem Mann nicht genießen. Syn schloss seine Augen, bemühte sich, etwas zu hören, aber dennoch … nichts. Etwas stimmte aber eindeutig nicht. Als Syn sich von Furis berauschendem Duft zurückzog, wurde es ihm klar. Essen. Jemand kochte. Gottverdammt.

Syn vergrub sein Gesicht in Furis weichen Haaren und flüsterte: „Was immer du tust, komm nicht aus dem Bett. Ich bin gleich zurück."

Furi schnüffelte ein wenig. „Mmm. Wo gehst du hin? Wie spät ist es?"

Oh Gott. Furis raue, tiefe Morgenstimme war der sündigste Laut, den Syn je gehört hatte. „Shh." Syn schob Furis Haare hinter sein Ohr und küsste ihn auf die Schläfe. „Es ist kurz nach fünf. Schlaf weiter."

„Mmm 'kay."

Syn zog seine Unterhose an, verließ das Schlafzimmer leise und ging wütend in Richtung Küche. Er kam um die Ecke und wollte bei dem Anblick, der sich ihm bot, ausflippen. Day stand an seinem Herd und lud eine Art Eierspeise auf einen Teller, bevor er sich umdrehte und ihn vor God abstellte. God faltete eine Seite seiner Zeitung herunter und schaute Syn an.

„Guten Morgen Sonnenschein", sagte Day viel zu fröhlich für fünf Uhr morgens. „Wir haben Frühstück gebracht."

Syn presste seinen Kiefer zusammen und versuchte, seine vorgesetzten Leutnants nicht anzubrüllen. „Habt ihr beide den Verstand verloren? Kommt schon. Es ist, es ist … früh." Syn hob sein Handgelenk, weil er vergessen hatte, dass er seine Uhr noch nicht angelegt hatte. „Verdammt, ihr Jungs seid immer im Büro oder an einem Tatort oder hier bei mir zu grauenhaften Zeiten."

„Oh, es ist früh?", fragte Day ungläubig. God zuckte mit den Schultern, als ob ihm das ebenfalls nicht klar gewesen wäre.

„Ernsthaft. Wann zur Hölle schlaft ihr Jungs?"

„Niemals", sagte God lässig.

„Wann fickt ihr?", schnappte Syn.

„Immer", gab Day zurück. „Haben es erst vor dreißig Minuten getrieben. Du hast übrigens eine sehr nette Couch, wirklich bequem. Der Fleck tut mir leid." Syn zeigte Day müde den Stinkefinger.

„Sei nicht böse", singsangte Day. „Ein wenig Fleckenentferner wird das Problem lösen."

Syn rieb sich wütend über seine müden Augen und knurrte. „Day."

„Er ist nicht in der Stimmung für Witze, Liebling", bemerkte God hinter seiner Zeitung. „Du weißt, dass wir keinen Sex auf deiner Couch hatten, beruhig dich also. Verdammt, du bist morgens ziemlich schlecht gelaunt. Es sei denn … Wir haben nichts unterbrochen, oder? Wie geht es Porno-Boy?" Gods tiefe Stimme füllte die Küche, ließ Syn zusammenzucken.

„Zuerst einmal, nenn ihn nicht so. Niemals. Und verdammt, God. Sprich leiser. Scheiße. Er schläft noch", schimpfte Syn seinen Leutnant, der von Syns Wut nicht im Geringsten beeindruckt zu sein schien. „Ihr Jungs könntet ihn schlafen lassen, er hatte eine harte Nacht."

Day lehnte seine Brust an Gods breiten Rücken, legte seine Arme über seine Schultern. „Oh verdammt, was für Freunde sind wir. Es war hart, huh?" Day hatte einen entschuldigenden Blick.

„Ja, war es, Day. Er ist einfach -"

„Versuch es das nächste Mal mit Gleitgel auf Wasserbasis", unterbrach Day ihn und God verschluckte sich an seinen Eiern.

„Day, verdammt." Syn versuchte, nicht zu grinsen, aber wenn er so darüber nachdachte, war es wirklich lustig.

„Ich wusste, dass ich dich zum Lächeln bringen kann. Iss etwas, Sarge, wir müssen die irren Hühner befragen. Du weißt, wie mitteilsam die Leute werden, wenn sie eine Nacht im Gefängnis verbracht haben."

„Verdammt. Gut, lass mich nur -"

„Wow. Hier riecht es hervorragend." Furis tiefe Stimme erklang aus dem Flur, als er in Richtung Küche ging. „Du kochst, Babe? Wer hätte das gedacht? Ich nehme die Gladiatorenportion." Furi redete in seinem besten römischen Akzent, als er in die Küche schlenderte, die Hände an den Hüften und den Kopf in der Höhe.

Syn drehte sich um, gerade als Furi God und Day bemerkte.

„Oh Fuck, Scheiße, Jesus Christus!" Furi stolperte. Seine Augen huschten wild zwischen allen Anwesenden hin und her. „Verdammt, es tut mir leid." Furi schaute zu Syn, versuchte abzuschätzen, wie viel Mist er gerade gebaut hatte.

Syn lächelte ihn an und Furis entsetzter Gesichtsausdruck verschwand auf der Stelle. Syn hielt ihm seine Hand hin und flüsterte: „Es ist in Ordnung."

„Verdammt." Gods scharfe grüne Augen musterten Furis praktisch nackten Körper. Seine Tätowierungen waren gut zu sehen, weil er nur eine Unterhose trug. Der harte Schlag auf seinen Hinterkopf, den Day ihm verpasste, unterbrach seine Bewunderung.

„Hat sich das gut angefühlt, God?", fragte Syn amüsiert.

„Es t-t-tut mir leid. Hast du gerade G-God gesagt?" Furi sah verwirrt aus.

„Beruhige dich, Mann. Du befindest dich nicht im Fegefeuer." Day zwinkerte ihm zu. „Du bist in Syns Apartment, darum sieht es nur so aus."

Syn schnaubte genervt.

„Sieht so aus", sagte Furi, als ob er enttäuscht wäre. Er lächelte und zeigte an, dass er sich eine Hose anziehen würde. Furi brüllte aus dem Schlafzimmer: „Gott könnte niemals so heiß sein!"

Syn verdrehte die Augen, als er das breite Grinsen auf Days Gesicht sah. *Wunderbar.*

„Dein Kerl denkt, dass mein Mann *heiß* ist." Day zog langsam den anderen Küchenstuhl hervor, setzte sich vorsichtig, schlug ein Bein über das andere und legte seine verschränkten Hände in einer klassischen, psychoanalytischen Geste in seinen Schoß. Dann zog er eine Augenbraue hoch und fragte Syn monoton: „Wie fühlst du dich dabei?"

„Weißt du was? Verschwindet. Alle beide." Syn deutete auf seine Eingangstür.

Furious kam immer noch lachend zurück. Er zog Syns ausgestreckten Arm nach unten und küsste ihn auf den Mund. Syn dachte, dass es ihm vielleicht unangenehm wäre, sich vor anderen Menschen, vor allem seinen Chefs, zu küssen, aber dem war nicht so. Zudem waren seine Chefs nicht unbedingt typisch. Syn zog Furi an sich und küsste ihn ordentlich, bevor er ihn sich hinsetzen ließ.

Furi hätte schwören können, dass sein Herz für ungefähr zehn Sekunden stehengeblieben war, als er gedacht hatte, er hätte Syn vor seinen Kollegen blamiert. Der Gladiator-

Kommentar war ein offensichtlicher Hinweis gewesen, dass er es Syn in der letzten Nacht so richtig besorgt hatte. Er hatte gedacht, Syn wäre alleine und würde für ihn kochen, ansonsten hätte er das nie gesagt, aber Syn machte es nichts aus.

Furi war schockiert, als Syn ihn für einen sexy Kuss direkt vor seinen attraktiven Freunden an sich zog, und verdammt, waren die beiden heiß. Furi setzte sich und schaute zum Herd. „Das riecht hervorragend. Was ist es?"

„Ein Auflauf mit Speck, Kartoffeln und Ei", antwortete der Kleinere des Duos. Er bestand ganz aus Lächeln und lustiger Energie. „Bedien dich."

„Und nimm dir die Gladiatorenportion", sagte der Große rau. Seine Stimme war wild und kratzig und um seinen schmalen Mund spielte nicht der Hauch eines Lächelns. Furi fragte sich, wie der Mann klang, wenn er einen anschrie. Er würde es hoffentlich nie herausfinden.

Furi ignorierte den Kommentar und stand auf, um sich einen Teller mit dem köstlich aussehenden Essen zu machen. Nachdem er sich wieder hingesetzt hatte, fand er es angemessen, sich vorzustellen. „Ich bin Furious", sagte er und streckte erst dem Kleineren und dann dem Größeren seine Hand hin.

„Wir wissen, wer du bist", sagte der Mann charmant. „Ich bin Leonidis Day, aber du kannst mich Day oder Leo nennen und das ist mein Partner in jedem Sinn des Wortes. Sein Name ist Cashel Godfrey. Du kannst ihn Cash nennen, wenn du dich mit God nicht wohlfühlst ... das ist meistens so bei Leuten, die nicht an ihn gewöhnt sind."

„God erscheint mir passend", flüsterte Furi. Er sah zu, wie der große Mann die Ecke seiner Zeitung nach unten zog und ihm zuzwinkerte.

„Verdammt, ich glaube, ich bin gerade gekommen." Furi zwinkerte zurück.

„Heilige Scheiße. Ich liebe diesen Mann!" Day lachte laut. „Syn, dein Freund ist echt lustig."

„Ja. Er ist ein echter Jim Carey." Syn warf Furi einen bösen Blick zu. Ihm gefiel offensichtlich sein „Ich bin gerade gekommen"-Kommentar nicht, aber Furi warf Syn einen Kuss zu. Es gefiel ihm, dass Syn nicht versucht hatte, die Sache mit dem festen Freund richtigzustellen.

„Ihr Jungs arbeitet also mit Syn zusammen?", fragte Furi um einen Mundvoll Speck und Eier herum.

„Jep. Wir sind seine Leutnants", antwortete Day, hob die größte Kaffeetasse, die Furi je gesehen hatte, an und nahm einen kräftigen Schluck. „Ihr Jungs hattet gestern eine schwere Nacht, darum dachten wir, dass wir vorbeischauen."

Syn nickte nur. „Hmm. Genau."

„Netter Verband." God schaute wieder hinter seiner Zeitung hervor und neigte den Kopf in Richtung von Syns Hand. „Nichts gebrochen?"

Syn schaute auf seine Hand. „Furi hat sie letzte Nacht für mich verbunden. Die Haut ist nur ein bisschen abgeschürft. Es ist wirklich nicht schlimm."

„Er hat versucht, ganz hart zu sein, aber ich musste pusten, um es besser zu machen." Furis Neckerei brachte Syn zum Lächeln.

„Ich bin froh, dass es dir gut geht, Syn." Day zwinkerte spöttisch.

Furi schaute zu Syn. „Du hast keine Ahnung, wie wunderbar es ist, so großartige Chefs zu haben. Sie sind gekommen, um nach dir zu sehen, und waren so nett,

Frühstück mitzubringen. Sie sind einfach rundherum gute Männer."

„Warte es einfach ab, Furi", unterbrach Syn ihn.

„Was?" Furis Brauen hoben sich verwirrt.

„All die warmen Komplimente, die du God und Day machst ... warte es einfach ab."

Furi sah verwirrt aus. „Ich weiß nicht, worauf du -"

„Was hast du sonst noch blasen müssen, damit es besser geworden ist?", fragte Day schnaubend. „Ich hasse es, diese Show verpasst zu haben, Spanky." Day lächelte Furi breit an.

Furi stöhnte und ließ den Kopf sinken, während er mit beiden Händen durch seine Haare strich. „Ihr habt meine Videos gesehen."

„Zur Hölle, ja!" Day grinste.

„Lediglich als Beweismaterial und zu Nachforschungs-zwecken", warf God ein.

„Fünfmal", brüllte Day und schlug God auf seinen großen Bizeps.

„Schon gut, Jungs. Haltet den Mund", schnaubte Syn.

„Ich meine ja nur, du glücklicher Bastard. Du datest einen heißen Pornojungen und wir können nichts sagen." Day starrte Furi an, ignorierte Syns Wut vollkommen.

Furi lachte und stand auf, um seinen Teller in die Spüle zu stellen. Er wuschelte durch Days Haare auf seinem Weg zurück. God hatte ein Lächeln im Gesicht, als er die Zeitung umblätterte. „Syn, schwing deinen Arsch in die Höhe und zieh dich an, wir müssen los. Ro wird jede Minute anrufen."

Furi sah zu, wie Days Augen an Syns muskulösem Körper nach unten wanderten. Furi war fasziniert. Diese Männer

261

pflegten eine Kameraderie, die er noch nie unter Kollegen beobachtet hatte, vor allem nicht unter Cops.

Day deutete auf Syns Hüften. „Dir hängt eine kleine Frucht aus deiner Hose, Syn."

Syn schlug seine Hände über den Eingriff seiner Boxershorts zusammen und drehte sich abrupt in Richtung des Schlafzimmers um. „Gebt mir fünfzehn Minuten, Arschlöcher."

Furi kicherte und stand auf, um ihm zu folgen.

„Du hast fünf", schrie God. „Wir haben keine Zeit, dass Spanky dir noch einen runterholt."

Kapitel 26
„Du machst deinen Job und ich den meinen"

Syn schüttelte immer noch ungläubig den Kopf, als er die Dusche anstellte. Sobald er in die Duschkabine trat, kam Furi herein und lehnte seinen großen Körper an das Waschbecken. Syn wusch sich schnell, während er zusah, wie Furi seine Haare zu einem dicken Pferdeschwanz zusammenband, der bis zur Mitte seiner Schultern reichte. Syn erinnerte sich daran, wie er mit den Fingern durch diese weichen Strähnen gefahren war und wie er an ihnen gezogen hatte, als die Lust ihn übermannt hatte. Sein Schwanz wurde hart, brachte ihn zum Lächeln, weil er bereits so sehr in diesen Mann verschossen war. Furi zog sein Shirt und seine Schuhe an, als ob er sich ebenfalls bereitmachte, zu gehen.

„Was machst du?", fragte Syn über das laufende Wasser.

„Ich mache mich fertig."

„Wofür?"

„Ich habe Doug angerufen. Er kommt, um mich abzuholen", erwiderte Furi.

„Was?!", brüllte Syn. Er schaltete das Wasser aus und stieß die Duschtür auf. „Ich will nicht, dass du gehst, Furious. Dein Ex könnte immer noch in der Stadt sein und ich will absolut sicher sein, dass wir die Person erwischt haben, die versucht hat, dich anzufahren. Ich denke, du solltest hierbleiben."

Furi starrte Syn an, als ob er seinen Verstand verloren hätte. Syn schlang sich ein Handtuch um die Hüften und trat näher zu Furi. „Schön, das klang jetzt ein wenig harscher, als ich das wollte." Syn legte seine Hände an Furis

Hüfte und beugte sich vor, bis seine feuchte Stirn an Furis Schulter ruhte.

„Ich verstehe das", flüsterte Furi ihm ins Ohr. „Aber ich kann mich hier nicht verstecken. Ich habe Dinge zu erledigen, Syn. Der Immobilienmanager trifft sich heute mit uns, um noch einmal alles zu inspizieren und den Mietvertrag zu unterzeichnen. Ich muss mich auch noch mit zwei Mechanikern treffen, die wir angestellt haben." Furi lächelte breit. „Dann muss ich noch die Aufgabe für meine Abschlussarbeit holen, damit ich den Abschluss bekomme."

Syn starrte in Furis leuchtende Augen. Er hob eine Hand und strich zärtlich über Furis Wange. „Glückwunsch."

„Danke." Furi küsste sacht seine Lippen. „Es wird alles gut gehen. Ich bin ein großer Junge."

„Ich weiß, dass du das bist." Syn zwinkerte.

Furi wurde rot vor Scham. „Halt den Mund. Fang nichts an, was du nicht beenden kannst."

„Ich werde es später beenden", versprach Syn. Sein Blick war reine Lust, als er seinen härter werdenden Schwanz an Furis Oberschenkel presste.

„Und wie du das wirst", stöhnte Furi an Syns Wange, stieß gegen ihn. „Ich würde dich auf der Stelle nehmen, wenn deine Chefs nicht da wären."

Syn stöhnte.

Furi packte Syns Schwanz fest und pumpte zweimal, schlang seinen anderen Arm um Syns Rücken, um ihn bei sich zu halten. Er knabberte an Syns mit Bartstoppeln bedecktem Kinn, drückte süße Küsse an seinem Kiefer entlang bis zu seinem Ohr. Furi schob seine Zunge heraus und zog das fleischige Ohrläppchen zwischen seine weichen Lippen. Furis Lippen pressten an sein Ohr, als er in einem tiefen, sexy Knurren sprach. „Ich würde dich über das Waschbecken beugen und dich ficken, bis du meinen Namen brüllst und mich anflehst, nicht aufzuhören."

„Fuck", stöhnte Syn. Hitze durchfuhr ihn bei Furis schmutzigen Worten.

„Ich ficke dich hart, genau wie du es magst, Baby." Furi pumpte schneller.

„Oh verdammt, verdammt. Nein. Hör auf, Liebling", protestierte Syn schwach, dessen Eier bereits von dem Bedürfnis, zu kommen, pulsierten.

„Warum?", zischte Furi.

„Weil ich mich weigere, Day hören zu lassen, wie ich komme." Syn brachte ein wenig Abstand zwischen ihre Körper und ging weiter rückwärts, bis er an die Wand stieß. Er versuchte, seine Atmung zu kontrollieren, aber in Furis wunderschönes, gerötetes Gesicht zu schauen, half nicht wirklich.

„Ihr Jungs seid irre.", Furi schüttelte den Kopf.

„Days Scherze kennen keine Grenzen. Ich wäre nicht überrascht, wenn mein Stöhnen heute über die Lautsprecher im Büro laufen würde." Syn öffnete die Badezimmertür und bedeutete Furi, in den Flur zu schauen. „Schau."

Furi fing an, zu lachen, als er Day sah, der im Flur stand, das Handy gezückt und die nicht-existierende Kunst an Syns blanker Wand musterte. Er pfiff, als ob er nur abhängen und keinen Ärger suchen würde. Syn zeigte ihm nur den Stinkefinger und zog Furi in sein Schlafzimmer. Er knallte die Tür hinter sich zu.

„Oh mein Gott. Das ist einfach zu lustig." Furi lachte, während er ein paar Dinge in seinen Rucksack packte.

„Ja, weil du dich nicht mit ihm herumschlagen musst."
Syn zog sich schnell an.

„Ist er ein guter Cop?" Furi stellte die Frage, ohne aufzu-
blicken.

Syn lächelte. „Ob du es glaubst oder nicht, er ist hervorragend. Wenn man ihn mit God zusammensteckt, sind die
beiden unbesiegbar. Wäre es anders, wäre ich nicht den
ganzen Weg von Philly hierhergekommen, um für sie zu
arbeiten."

Syn klippte seine Telefone und seine Marke an, bevor er
seine Waffen in die Holster schob. Er ging zu Furi, der auf
dem Bett saß und ihn bei seinen Vorbereitungen beobachtete. Er zwängte sich zwischen seine Knie und nahm Furis
Gesicht in seine Hände. Wenn Furi die Geste schockierte,
zeigte er es nicht. Er hob lediglich sein Gesicht, um Syn
anzustarren. „Wenn du irgendwelche Probleme hast ..."
Syn holte tief Luft, wünschte sich insgeheim, dass Furi einfach dortbleiben würde, wo er wusste, dass er sicher war.
Er war nicht Furis Wärter und er würde ihn nicht zwingen.
Davon hatte er in seinem Leben schon genug gehabt. „Geh
erst an einen sicheren Ort und ruf mich dann sofort an."

Furi legte seine Hände auf die von Syn und senkte sie
langsam nach unten. Er stand auf und schlang seine Arme
um Syns Hals. Syn drückte Furi eng an sich. Ihre Münder
trafen sich hart und hungrig. Sie bissen und leckten
einander, als ob einer von ihnen auf eine lange Reise gehen
würde. Sie küssten sich, als ob es das letzte Mal sein
könnte, und das machte Syn unglaublich nervös. Ihm gefiel
dieses Gefühl nicht, ihm gefiel die Unsicherheit dieser
ganzen furchtbaren Situation nicht. Er musste das in Ordnung bringen. Im Moment waren sie nicht im Bett. Furi
war nicht über ihm oder in ihm. Sie waren wieder draußen

in der gnadenlosen Welt und das war Syns Domäne, dort war er derjenige, der die Kontrolle übernahm. Wenn dem Mann in seinen Armen etwas zustieß, würde er sich das nie vergeben. „Wie lautet Dougs Telefonnummer?", fragte Syn und unterbrach ihren Kuss.

Furi schaute ihn ein paar Sekunden an, bevor er die Zahlen herunterratterte. „Ich werde sie nur benutzen, wenn ich dich nicht erreichen kann", sagte Syn, während er die Nummer in sein eigenes Handy einspeicherte.

Furi seufzte tief, was Syn aufblicken ließ. „Stimmt etwas nicht? Bist du nervös?"

„Ja, sehr sogar", gab Furi zu und Syn wollte ihn unbedingt beruhigen.

Syn hob Furis Kinn, so dass sie sich in die Augen schauen konnten. „Ich bin nur einen Anruf entfernt. Wenn irgendein Scheiß passiert, kann ich dir in Sekunden jemanden schicken, verstehst du -"

„Das ist es ja", unterbrach Furi Syn. „Ich bin nicht nervös wegen meinem Ex oder Sashas wütenden Schlampen. Ich bin wegen dir nervös." Syn setzte an, um etwas zu sagen, aber Furi hob die Hand, um ihn aufzuhalten. „Ich weiß, dass ich mich mit Zähnen und Klauen gegen dich gewehrt habe. Ich habe mich wie ein Arschloch benommen und das nur dann, wenn ich mich nicht wie ein undankbares Kind aufgeführt habe. Du hast mir schon mehr als einmal das Leben gerettet und ich …" Furi schien nach den richtigen Worten zu suchen, bevor er weitersprechen konnte. „Ich will nicht, dass du mich aufgibst, wenn du das Gefühl bekommst, dass es zu viel Arbeit ist. Du kannst dich nicht auf deinen anspruchsvollen Job konzentrieren, wenn du dir Sorgen darüber machst, in welchen Schwierigkeiten ich stecken könnte. Du musst fokussiert bleiben, damit du dein Team anführen kannst."

Syn schüttelte bereits den Kopf bevor Furi zu Ende gesprochen hatte. „Das stimmt nicht. Ich rolle mich nicht auf den Rücken und ergebe mich."

„Hattest du schon viele feste Freunde oder Freundinnen, Syn? Ich denke nicht. Das ist im besten Fall stressig. Du kannst es definitiv nicht gebrauchen, dass es deine Fähigkeit, deinen Job zu machen, beeinträchtigt."

Syn deutete aus seinem Schlafzimmerfenster. „Was da draußen auf den Straßen passiert, damit kann ich umgehen. Lass mich tun, was ich tue, Furious. Überlass es mir." Syn deutete ins Zimmer. „Die Dinge in meinem Bett, die überlasse ich dir und alles wird ins rechte Lot rücken."

Furi lächelte über Syns Vorschlag, mochte ihn hoffentlich.

„Furious." Syn trat näher und legte seinen Mund auf Furis langen Hals, inhalierte den männlichen Geruch und den berauschenden Sandelholzduft, der an seinen schönen Haaren haftete. „Jetzt, wo ich dich hatte, dich in mir hatte … gehe ich garantiert nirgendwohin."

Syn beugt sich für einen weiteren Kuss nach vorne und wollte ihn gerade vertiefen, als er God von der Eingangstür bellen hörte, dass er „seinen Arsch herschieben" sollte.

„Ich muss gehen." Syn küsste Furi auf die Wange. „Ich rufe dich später an. Sei vorsichtig." Es fühlte sich an, als ob noch etwas anderes von seinen Lippen kommen wollte, aber er unterdrückte dieses unbekannte Gefühl und verließ sein Zimmer.

Kapitel 27
„Verbales Erbrochenes"

Sasha Pain war eine unglaublich schöne Frau. Sie saß auf der anderen Seite des Metalltisches und starrte sie mit einer Mischung aus Schock und Furcht an.

Ronowski hatte Shelia McIntyre, auch bekannt als Sasha Pain, dazu gebracht, zuzugeben, dass sie sich mit Lady Jay zusammengetan hatte, um einen Mord zu begehen und verschnittenes Ecstasy zu kaufen, um ihre Kollegen unter Drogen zu setzen. Er hatte all das getan, bevor sie überhaupt im Büro angekommen waren. Syn schlug Ro gratulierend auf die Schulter, während sie zu ihrem Büro gingen. „Gut gemacht, Mann. Wirklich gut." Syn lächelte.

Ro kniff die Augen zusammen und warf Syn einen seltsamen Blick zu, als ob er versuchte, herauszufinden, was an ihm anders war.

„Was?", fragte Syn nervös. Er öffnete die Tür zu ihrem großen Büro. Ihm fiel auf, dass die meisten Mitglieder des Teams bereits da waren und auf ihre Aufgaben warteten. God und Day strichen Namen auf dem Whiteboard durch. Er ließ sich auf seinen Stuhl fallen, spielte mit ein paar Akten auf seinem Schreibtisch. Ronowski lehnte sich lässig an die Seite seines Stuhls und starrte auf ihn herunter. Syn schnaubte und versuchte, das Kichern zu verbergen, das sich unter seinem Grinsen verbarg. „Warum siehst du mich so an, Ro?"

Ro lächelte zurück. „Aus keinem speziellen Grund. Du siehst nur, äh. Ich weiß nicht … glücklich aus, finde ich."

„Oh, er ist sehr glücklich", brüllte Day durch den weiten Raum.

Verdammt. Und schon geht es los. Syn hatte gewusst, dass Day seinen Mund nicht halten würde.

„Sarge ist sogar sehr glücklich." Day schaute ihn an. „Er fühlt sich unglaublich glücklich, nicht wahr, Sarge?" Day blinzelte ihm übertrieben zu und Syn widerstand nur schwer dem Bedürfnis, seinen Mülleimer über Days Schreibtisch auszuleeren. Er begnügte sich damit, ihm den Mittelfinger zu zeigen.

Ro ließ Syn vom Haken und kehrte zu ihrem Fall zurück. „Ms. Pain ist jedenfalls keine Männerhasserin – na ja, zumindest nicht so schlimm wie ein paar der anderen BZNA-Damen. Sie gibt zu, dass sie versucht hat, Furious Angst zu machen, indem sie ihn mit ihrem Auto von der Straße gejagt hat, aber sie behauptet, sie hätte ihn auf gar keinen Fall verletzt." Ros Stimme troff vor Sarkasmus.

„Völliger Blödsinn!", schnappte Syn.

„Beruhige dich, Syn. Wir werden das regeln", sagte God, der zu ihnen herüberkam. „Was sagt sie jetzt?"

Ro drehte sich um, um zu dem großen Mann aufzuschauen, der praktisch über ihm stand. Syn fand, dass God näher war, als eigentlich nötig war, um seine Fragen zu stellen. Er war nahe genug, dass Ro seinen Kopf an Gods Brust legen konnte, wenn er das wollte, aber wie auch immer.

„Im Moment hat sie Angst und ist bereit, zu kooperieren", informierte Ro sie.

„Ist sie auch bereit, bezüglich des Ecstasy-Dealers zu kooperieren?", fragte Syn.

„Es gibt nur eine Möglichkeit, das herauszufinden", erwiderte Day, der die Akte auf seinem Weg zur Tür mitnahm.

Als sie zurück nach unten zu den Verhörräumen kamen, redete Sashas Anwalt leise mit ihr. Sie traten alle vier in den kleinen Raum und Syn sehnte sich danach, die Frau in die Finger zu bekommen. Er hatte noch nie in seinem Leben eine Frau geschlagen, er war zu einem Ehrenmann erzogen worden, aber hier würde er sofort eine Ausnahme machen. Sasha brauchte jemanden, der ihr ein wenig Vernunft beibrachte.

Sie schaute sie alle an, als sie ihre Plätze einnahmen. „Wann kann ich diesen Raum verlassen? Ich bin schon den ganzen Morgen hier."

„Wenn wir fertig sind", sagte Syn trocken.

„Meine Mandantin wurde nicht offiziell angeklagt und sie ist seit beinahe achtundvierzig Stunden hier."

„Ich wäre nicht so vorschnell, Frau Anwältin. Ihre Klientin hat bereits gestanden", sagte Ro und setzte sich direkt vor die schmale Anwältin. „Wir werden zu den Vorwürfen kommen. Aber wir müssen darüber sprechen, wo sie die verschnittenen Drogen gekauft hat. Wir können Ihnen vielleicht zu einem guten Deal mit dem Staatsanwalt verhelfen, wenn Sie uns die Informationen über den Ecstasy-Dealer geben." Ro tätschelte Sashas zitternde Hand sanft. „Wenn Sie kooperieren, Ms. McIntyre, wird die Staatsanwaltschaft Ihnen wahrscheinlich gestatten, auf ein geringeres Vergehen zu plädieren, und die Anklage wegen versuchten Totschlags fallen lassen."

„Lady Jay hat diese Männer getötet, nicht ich. Ich habe versucht, sie aufzuhalten. Ich habe nicht versucht, Furious umzubringen. Ich wollte ihm nur Angst machen. Er hat mich gedemütigt!" Tränen strömten Sashas Wangen hinunter. Syn konnte nicht glauben, wie leicht manche Menschen ihre schlechten Taten erklären konnten. Warum dachten die Leute, dass es keine große Sache war, das

271

Gesetz zu brechen? Diese Frau konnte nicht so verdammt dumm sein.

Syn versuchte, nicht zu knurren, aber wenn er an die Scheinwerfer dachte, die letzte Nacht auf Furi zugerast waren, fiel es ihm schwer, seine Wut zu kontrollieren. „Spar dir die Tränen, Prinzessin. Niemand hier kauft dir das ab, nicht einmal deine eigene, gottverdammte Anwältin."

„Entschuldigen Sie, Sergeant Sydney. Aber ich -"

„Halten Sie den Mund." Syn hob seine Hand, um die unerwünschte Antwort der Anwältin abzuwürgen. Er war nicht in der Stimmung, sie sich anzuhören. „Gib uns den Namen des X-Dealers oder du findest dich ohne Paddel auf dem Scheißefluss wieder. Sieh es so: Da du ja so gegen Schwänze bist, dort wo du hingehst, gibt es verdammt wenige."

Sasha biss sich auf die Unterlippe, während ihre Anwältin ihr etwas ins Ohr flüsterte. „Ich kann euch den Namen von Furis Ehemann geben. Er hat mich dafür bezahlt, ihm die Adressen von Furis Arbeitsplatz und seiner Wohnung zu geben, weil er hinter ihm her ist. Ich glaube, er will ihm wehtun. Er hat den anderen Mädchen von BZNA versprochen, dass er Lady Jay helfen wird, wenn sie ihm helfen."

„Um den Bastard haben wir uns bereits gekümmert. Er interessiert mich nicht im Geringsten." Syn stützte seine Hände auf den Tisch. „Ich kann nur nicht verstehen, warum du all dem zugestimmt hast, obwohl Furious der einzige Kerl war, der dich nie gefickt hat. Deine kleine Blödsinnsgruppe behauptet, gegen Männer zu sein, die Frauen misshandeln, aber ihr habt den einzigen Kerl, der euch nichts getan hat, ins Visier genommen. Warum? Weil deine Facebook-Freunde über dich gelacht haben, als er sich geweigert hat, einen Film mit dir zu drehen? Du woll-

272

test ihn und er hat dich nicht mal mit einem acht Meter langen Stock angefasst."

„Tu nicht so, als würdest du mich kennen oder wissen, was ich gedacht habe", fauchte Sasha ihn an.

„Ich weiß, was du dir gedacht hast. Ich bin der verdammte Schlampen-Flüsterer", bellte Syn gemein. Er wusste bereits, dass er es übertrieben hatte, als die Worte aus seinem Mund kamen. Aber dieses Weibsstück hatte versucht, jemanden zu verletzen, der ihm sehr wichtig war. Also zur Hölle mit ihr.

Sashas Anwältin keuchte. Ihr Gesicht wurde knallrot. Sie musterte Syn wütend. „Muss ich Ihren Captain hierherholen, da Ihre Leutnants rein gar nichts gegen Ihr Fehlverhalten unternehmen? Das hier ist schlimmer als jede Befragung, der ich je beigewohnt habe. Meine Mandantin muss nicht hier sitzen und sich wegen ihres Berufes schlechtmachen lassen, Sergeant Sydney."

Syn lachte ungläubig auf. „Beruf. Ernsthaft, Frau Anwältin? Was ist ihr Abschluss? Ein Bachelor in Zickigkeit?"

„Sergeant! Raus, sofort!" Gods plötzliches Brüllen erschreckte alle, aber Syn hatte es erwartet. Er war emotional in diesen Fall verwickelt und das brachte ihn durcheinander. Syn schaute auf und sah, dass God ihm bedeutete, den Raum mit ihm zu verlassen. Auch Day erhob sich. *Verdammt.* Syn sagte nichts mehr. Er stürmte einfach durch die Tür und knallte sie hinter sich zu.

Die drei standen vor dem Verhörraum. Syn versuchte, sich bei seinen Leutnants für sein unangemessenes Verhalten zu entschuldigen, aber God unterbrach ihn. „Sag bloß nichts. Ich weiß, dass du schwer in deinen ersten Schwanz verliebt bist, aber du kriegst dich besser wieder ein – und zwar auf der Stelle. Ich werde deine verdammten Wutausbrüche während meiner Befragungen nicht tolerieren, Syn." Gods tiefes Knurren klang einschüchternd.

„Warte einen Moment, God", mischte Day sich mit beruhigendem Tonfall ein. „Denkst du nicht, es wäre fair, seine Seite zu hören?"

„Schön. Was ist seine verdammte Seite?", bellte God, dessen grüne Augen vor Wut funkelten.

Alle wurden still. Syn kratzte sich am Hinterkopf. Days Augenbrauen zogen sich konzentriert zusammen. Offensichtlich war keiner von beiden in der Lage, eine Entschuldigung zu finden, die Syns Ausbruch erklärte. God wartete ungeduldig, mit hochgezogener Augenbraue.

„Schön", meinte Day. „Zurück zu deiner Seite, God."

„Jetzt ist nicht der richtige Zeitpunkt, Klugscheißer zu spielen, Day." God musterte ihn wütend, bevor er seine Aufmerksamkeit wieder Syn zuwandte. „Du solltest beten, dass dieses Mädchen trotz deiner widerlichen Beleidigungen noch reden will, denn wenn ich die Chance auf diesen Dealer verpasse, werdet ihr mich verdammt wütend erleben. Dann werde ich das an deinem Arsch auslassen, Syn, und nicht auf die Art, die dir gefällt." God drehte sich um und ging zurück in den Raum, ohne Syn zu Wort kommen zu lassen.

Syn fuhr sich mit der Hand durch die Haare und zog an den längeren Strähnen am Oberkopf. „Verdammt. Ich hab es vermasselt", presste er durch zusammengebissene Zähne hervor. „Mist. Es tut mir leid, Day."

Day schaute weiter durch den Spiegel. God und Ro verhandelten wieder mit Sasha, nachdem sie sich für Syns Verhalten entschuldigt hatten. Syn schickte ein stilles Dankgebet gen Himmel, dass ihre Verdächtige immer noch über einen Deal redete. Syn ließ sein Kinn auf seine Brust fallen. Er fühlte Days Hand auf seiner Schulter.

„Mach dich deswegen nicht zu sehr fertig, Syn. Wir alle waren schon an diesem Punkt", flüsterte Day. Er schaute zu, wie Ro die Informationen für ihre nächste Razzia niederschrieb. „Geh nach Hause. Wir kümmern uns hier um alles. Strategie-Meeting um Punkt 0700."

„Ich muss nicht nach Hause gehen, Day. Mir geht es gut", widersprach Syn.

Day drehte sich endlich zu ihm um. „Syn. Geh heim. Das ist keine Bitte. Die Angst, jemanden, den man liebt, zu verlieren, und dann die Möglichkeit zu bekommen, es dem Angreifer heimzuzahlen, ist viel auf einmal und die Versuchung, Rache zu nehmen, groß. Gönn dir einen Drink, geh ins Bett, werde die Spannung irgendwie los. Wir kümmern uns morgen um alle Details."

Syn wandte sich zum Gehen. Bevor er um die Ecke trat, rief Day ihm hinterher.

„Hey. Syn."

„Ja?"

„Der Schlampen-Flüsterer?" Day lachte herzlich. „Ein Klassiker, Mann."

Syn konnte sein anzügliches Grinsen nicht unterdrücken. Das musste man Day lassen. Er kam um die Ecke und ging direkt zu den Hinterausgängen, nicht wirklich in der Stimmung, mit jemandem zu plaudern. Als er endlich draußen war, fiel ihm ein, dass er mit God und Day hergekommen war.

Verdammt.

Syn ging zurück ins Büro und holte sich die Schlüssel für einen der SUVs des Teams. Er unterschrieb schnell und eilte zurück durch den Bullpen. Er hielt nicht an, um zu atmen, bevor er den N. Decatur Blvd. In Richtung Emory Point entlangfuhr. Er brauchte Furi.

Kapitel 28
„Zusammenstoß zwischen dem Freund und dem Liebhaber"

Furi hatte sein Handy bereits gegen Mittag ausgemacht, nachdem er die fünfte Droh-SMS bekommen hatte. *Fuck.* Er wusste, wer das war. *Verdammt soll er sein. Ich hätte wissen müssen, dass er sich nicht einfach geschlagen gibt.*

„Furi. Hörst du mir überhaupt zu?"

Furis Kopf schoss bei Dougs lauter Stimme in die Höhe.

„J-j-ja, ich höre zu."

„Alsooo. Rezeptionist oder kein Rezeptionist?"

„Ähm. Obwohl wir es uns leisten könnten, einen Rezeptionisten anzustellen, denke ich, dass wir uns vorerst ein gutes Büro-Telefonsystem kaufen, kabellose Empfänger im Laden verteilen und die Mechaniker abwechselnd ans Telefon gehen lassen sollten. Wenn es schnell gut läuft, stellen wir jemanden ein." Furi hakte ein paar Punkte ab und blätterte durch eine Tonne Papiere, die sie auf der Tischplatte ausgebreitet hatten.

Gleich nachdem Syn an diesem Morgen gegangen war, hatte Furi auf der anderen Straßenseite darauf gewartet, dass Doug ihn für das Treffen mit ihrem neuen Immobilienmanager abholte. Beide vibrierten sie vor Aufregung, endlich ihren Traum Wirklichkeit werden zu lassen.

Sie hatten Jase's Auto Shop vor beinahe sechs Monaten gefunden. Immer, wenn Furi Spezialteile für seine Hausaufgaben brauchte, kam er dorthin. Furi mochte die Jungs, die dort arbeiteten, sehr. Sie waren freundlich und unglaublich talentiert. Es erinnerte ihn an die Werkstatt seines Vaters. Als Jase verkündete, dass er sich zur Ruhe setzen und die Werkstatt im nächsten Jahr verkaufen wollte, hatten Furi und Doug ihre Chance sofort wahrgenommen.

Jase's war perfekt gelegen, in einer hervorragenden Gegend von Atlanta mit sehr loyalen Kunden. Die Arbeit, die der Mann leistete, war schlichtweg phänomenal. Eindeutig die beste Werkstatt und Tuning-Stätte im Staat. Die knapp siebenhundert Quadratmeter große Werkstatt hatte eine gut bemessene Rezeption/Wartefläche, eine Autopflegestation, zwei Büros, einen voll ausgerüsteten Arbeitsbereich mit fünf Buchten, vier davon mit Hebebühnen. Obwohl es sie zusätzliche neun Monate gekostet hatte, um die Anzahlung anzusparen, die sie für den Mietvertrag brauchten, wussten sie, dass es das wert war. Die großartige Neuigkeit war, dass Jase gewillt war, ihnen zudem einen hervorragenden Preis für sein ganzes Inventar anzubieten.

Sie hatten die letzten drei Stunden im IHOP verbracht, nachdem sie den Mietvertrag unterschrieben hatten. Die Werkstatt gehörte ihnen, fünfzig-fünfzig. Jetzt besprachen sie wichtige Details mit ihrem neuen Manager und zwei Assistant Managern. Es ging um Ideen für die Eröffnung, die Bedürfnisse ihrer Angestellten, das Inventar, Genehmigungen, Kunden und vieles andere. Sie hatten sich entschieden, in dreißig Tagen zu eröffnen. Die Werkstatt war bereits voll funktionsfähig, darum brauchten sie nur die neuen Lizenzen, Halterungen für ein paar ihrer neueren Werkzeuge und genügend Zeit, um eine zweiwöchige Werbung für die Neueröffnung zu schalten. Während der letzten Woche würden sie die Werkstatt von einem Industriespezialisten professionell reinigen und die neuen Möbel herbringen lassen, inklusive des Bikes von Furis Vater, das auf einer erhöhten Plattform im Fenster stehen würde – das würde sicher Fußgänger anlocken. Furi und sein Vater hatten die Maschine komplett neu gebaut und getunt bevor er gestorben war. Es war das letzte Projekt gewesen, and

278

dem sie zusammengearbeitet hatten. Furi ließ die Maschine von Florida herbringen, wo sie bei seiner Großmutter gestanden hatte, dem einzigen Ort, von dem er gewusst hatte, dass sie dort sicher war.

„Furi, diese Werkstatt wird so unglaublich, Mann. Ich habe bereits angemeldete Kunden. Bist du dir sicher, dass wir den Autoreinigungsdienst noch nicht eröffnen sollen?", fragte Doug und nahm einen Schluck von seiner dritten Tasse Kaffee.

„Ich denke, es ist eine gute Idee, den schon zu eröffnen, Furi, da es der beliebteste Service war, den Jase angeboten hat. Wir wollen seinen Kundenstamm nicht verlieren", meldete sich Roderick, einer der Assistant Manager, zu Wort. Der ältere Mann war ein brillanter Absolvent des Morris Brown College. Es gab kein Geschäftsproblem, das er nicht lösen konnte.

„Na schön", stimmte Furi zu. „Wir können es versuchen. Aber das heißt, dass wir noch mehr Leute anheuern müssen."

„Lass uns zwei erfahrene Männer einstellen und ein paar Praktikanten vom Abschlussjahr der Vo-Tech Schule", schlug Roderick vor. „Ich kann den Papierkram dafür sofort erledigen. Sie können es um der Erfahrung willen machen und wir bekommen einen Steuernachlass, weil wir an einem gemeinnützigen Ausbildungsprogramm teilnehmen."

Doug lächelte. „Gute Idee, Brainiac."

„Ich denke, damit können wir dieses Treffen abschließen. Wir treffen uns mor-" Furi hielt mitten im Satz inne, als er sah, dass zwei uniformierte Polizisten ihn anstarrten. Doug drehte sich um.

„Schauen die dich an, Roderick?", fragte Doug.

Roderick warf den Stift auf den Tisch und warf seine Hände in einer übertriebenen Geste in die Luft. „Warum zur Hölle sollten sie mich anschauen, Doug? Weil ich hier der einzige mit einer verdammten Vorstrafe bin? Nett, Mann, wirklich nett. Das tut weh."

„Jesus, Rod. Niemand versucht, deine empfindlichen Gefühle zu verletzen. Sag, wie fühlt sich deine Vagina, wurde die auch verletzt, du verdammter Warmduscher?" Doug verdrehte die Augen und schaute wieder zu den Cops, die immer noch in ihre Richtung starrten.

„Beruhigt euch, Jungs, es sieht so aus, als würden sie mich beobachten." Furi fing an, seine Papiere zusammenzusuchen, wobei er die Polizisten im Auge behielt, von denen jetzt einer in ein Handy redete. „Lasst uns einfach gehen."

„Gibt es etwas, das du uns erzählen musst, Furi?", fragte Roderick, während er seine eigenen Sachen einsammelte.

„Nein, Rod. Wir treffen uns morgen um neun." Furi stand auf und stopfte den Rest seiner Unterlagen in seine Büchertasche. Er hoffte, dass die Cops nicht hier waren, um ihn darüber zu befragen, wie sein Ex die Scheiße aus dem Leib geprügelt bekommen hatte. Er fragte sich, wie viel Schaden Syn angerichtet hatte. Er hatte angenommen, dass der Mann sich zurückgehalten hatte, weil er ein Polizist war. Furi holte sein Handy heraus und schaltete es wieder an.

„Ich fahr dich nach Hause, Furi." Doug stand neben Furi und schaute die Cops wütend an. „Denkst du, das hat etwas mit Illustra zu tun?"

„Das glaube ich nicht", flüsterte Furi.

„Warum flüsterst du?", fragte Doug laut, woraufhin das Paar am nächsten Tisch zu ihnen herüberschaute.

„Würdest du die Klappe halten? Komm schon, lass uns gehen." Furi zog ein paar Dollarnoten heraus und warf sie auf den Tisch. Er wartete, bis ihre drei neuen Angestellten ihre Sachen gepackt hatten, und folgte ihnen zum Ausgang.

„Entschuldigung, Sir." Einer der jungen Polizisten hob die Hand, um sie aufzuhalten. „Sind Sie Furious Barkley?"

„Vielleicht. Vielleicht nicht. Gibt es hier ein Problem, Officer?" Doug stellte sich vor Furi.

„Du kannst wetten, dass es hier ein Problem gibt." Syn trat in die Tür und riss seine dunkle Fliegersonnenbrille herunter. Sein wütendes Stirnrunzeln sagte Furi, dass es sich nicht um einen angenehmen Zufall handelte. „Danke Jungs, ihr könnt gehen."

Furi stand mit offenem Mund da, während Syn die Polizisten wegschickte.

„Ernsthaft, Starsky? Wirst du meinen Jungen verfolgen, wann immer er das Haus verlässt?", bellte Doug wütend und blockte Furi immer noch.

„Er ist nicht *dein* Junge. Und was ich in Bezug auf Furi mache, geht dich überhaupt nichts an." Syns zusammengepresster Kiefer ließ seine Worte wie ein bösartiges Zischen klingen. Er drängte sich an Doug vorbei und stand direkt vor Furi. „Wenn ich über sechs Stunden lang versucht habe, ihn zu erreichen, und er weder abgehoben noch meine Anrufe erwidert hat, schicke ich ein verdammtes SWAT-Team, um ihn zu finden, wenn ich das will."

Syn drehte sich herum und deutete auf Dougs Gesicht. „Das ist *meine* Entscheidung, nicht deine." Syns Stimme wurde immer lauter und alle Augen ruhten auf ihnen.

„In Ordnung, lasst uns von hier verschwinden." Furi stieß beide Männer an und drängte sie zur Tür hinaus.

Sobald sie in der kalten Herbstluft standen, drehte Syn sich wieder zu Furi, bis sie Brust an Brust standen. „Wo bist du gewesen, Furious? Ich bin verrückt geworden, weil

281

ich dich nicht erreichen konnte, und du sitzt hier und isst Pfannkuchen", knurrte Syn.

„Hey, reiß dich zusammen, Mann." Doug versuchte, sich zwischen Furi und Syn zu zwängen.

Syn schaute ihn genervt an. „Doug, ich schwöre, wenn du mich anfasst, werde ich sicherstellen, dass du diese Hand nie wieder benutzen kannst."

„Schon gut, schon gut." Furi legte beide Hände flach auf Syns Brustkorb, fühlte seinen schnellen Herzschlag unter all den Muskeln. *Fuck. Er hatte wirklich Angst. Was habe ich mir nur dabei gedacht, mein Telefon auszumachen, bei allem, was gerade los ist?* „Syn, es tut mir so leid. Ich habe mein Telefon ausgemacht, weil -"

„Du schuldest ihm keine Erklärung. Du bist ein erwachsener Mann, Furious. Wir hatten ein Geschäftstreffen. Er hat kein Recht, von dir zu verlangen, dass du ihm ständig zur Verfügung stehst, genau wie Patrick es getan hat."

Furi und Syn schnappten beide Doug an. Aber Furi übernahm die Kontrolle. „Hey, sag so etwas nie wieder. Dieser Mann hat nichts mit diesem Arschloch gemein." Furi schüttelte den Kopf über die Absurdität von Dougs Anschuldigung. „Nenn seinen Namen nicht einmal im selben Atemzug mit dem von Patrick."

Doug schaute Furi an, als hätte er ihn noch nie zuvor gesehen.

„Doug, du weißt nicht alles, was los war. Aber ich verspreche, ich erzähle es dir, in Ordnung? Dann wirst du dich ziemlich beschissen fühlen, wegen dem, was du gerade zu Syn gesagt hast." Furi nickte. „Geh nach Hause. Ich rufe dich an, sobald ich wieder in Syns Wohnung bin."

„Du wohnst bei ihm?", schrie Doug.

282

„Doug. Du weißt, dass es bei mir nicht sicher ist", sagte Furi leise. Seine Augen baten seinen Freund, zu verstehen.

„Dann solltest du bei mir wohnen. Ich traue diesem Kerl nicht!"

„Das ist einfach nur verrückt", fauchte Syn. „Ich weiß, dass du sein Freund bist, aber du klingst um einiges wütender, als ein *Freund* es sein sollte."

„Versuch nicht, mich zu lesen, Detective. Furi ist mein bester Freund und ich habe mich um ihn gekümmert, seit dem Tag, an dem er hierhergekommen ist." Doug wich vor Syns einschüchternder Pose nicht zurück. Syns dunkle Sonnenbrille war wieder auf seiner Nase, bewirkte, dass er wie ein harter Kerl aussah mit seinem schwarzen Ledermantel und den Stiefeln. All die Waffen, die Syn unter seinen Armen stecken hatte, und die glänzende Marke um seinen Hals waren ein Anblick direkt aus einem heißen Cop-Porno.

Syn trat in Dougs persönlichen Raum. „Ich beschütze Furi. Er ist jetzt mit mir zusammen, ob es dir gefällt oder nicht."

„Wenn du nicht wärst -"

„Wenn er nicht wäre, wäre ich jetzt tot und dieses Gespräch sinnlos", unterbrach Furi Doug bei was auch immer der gerade sagen wollte. Furi ignorierte Dougs fragenden Blick. „Ich werde dich anrufen, in Ordnung? Und dir alles erzählen."

„Ich werde sicherstellen, dass ich in der Nähe bin, wenn er das tut, damit du dich bei mir entschuldigen kannst, Dummkopf", grummelte Syn.

„Fick dich."

„Oh, jetzt willst du mich auch." Syn lachte bellend. „Ich dachte, du wärest hetero."

„Syn", schnappte Furi. „Hör auf."

Syn nahm Furis Rucksack von seiner Schulter und zog ihn selbst an. Er verflocht ihre Finger und Furi konnte nicht ignorieren, wie sehr ihm diese Geste von seinem harten Sergeant gefiel. Doug stand immer noch sehr nahe bei Furi, musterte sie beide aus schmalen Augen.

„Hör auf, so zu starren", flüsterte Furi.

„Bist du dir sicher, dass du weißt, was du tust?", flüsterte Doug zurück.

Furi drehte sich um und schaute in Syns auf raue Weise schönes Gesicht und dann auf ihre verschränkten Hände. Er wandte sich wieder an den besorgten Doug. „Ja, das bin ich." Furi beugte sich vor und küsste Doug keusch auf die Lippen. Dann sah er zu, wie er sich abwandte und ging.

Als Furi sich wieder zu Syn wandte, schaute dieser böse drein und sein Brustkorb war eingefroren, als ob er den Atem anhalten würde. Furi trat so nah an Syn heran, wie er konnte. „Was ist los?"

„Mach das nie wieder." Syn Stimme war rau und tief.

„Was wieder?" Furi runzelte verwirrt die Stirn.

Syn hob seine freie Hand und strich mit dem Daumen über Furis volle Lippen. „Leg deine Lippen nicht wieder auf ihn." Syn schüttelte den Kopf, als Furi den Mund öffnete, um sich zu wehren. „Ich weiß, dass es freundschaftlich war und nichts bedeutet hat, aber tu mir den Gefallen, in Ordnung? Leg deinen Mund nicht auf seinen." Syn beugte sich vor, nahm Furis Unterlippe in seinen Mund und saugte leicht daran, direkt auf dem Parkplatz des IHOP. „Nur ich darf diese hübschen Lippen schmecken", stöhnte Syn in Furis Mund.

Furi legte seine Arme um Syns Schultern. „In Ordnung", flüsterte er zurück und küsste Syn auf die Wange.

„Lass uns gehen." Syn trug Furis Rucksack zu dem großen SUV, den er neben dem Gebäude geparkt hatte, und stellte ihn auf den Rücksitz.

„Wem gehört dieser Truck?", fragte Furi.

„Ich habe ihn mir von der Arbeit ausgeliehen. Er gehört dem Team. Wir können ihn benutzen, wenn wir ihn brauchen." Syn schaltete den PS-starken Motor an. Furi schloss seinen Anschnallgurt und drehte sich dann zu Syn, als ihm klar wurde, dass der nur dasaß und nach vorne starrte.

Furi öffnete den Gurt wieder. „Babe. Was ist los?"

Syn nahm seine Sonnenbrille ab und schaute Furi an. „Furi. Was du heute getan hast … mach das nicht wieder. Ich kann deine Privatsphäre respektieren. Wirklich, das kann ich. Aber im Lichte dessen, was vor Kurzem passiert ist, bitte, schließ mich nicht so aus. Ich war … ich habe gedacht …"

„Fuck, Syn. Es tut mir so leid. Ich habe nicht nachgedacht. Ich habe dich heute so oft anrufen wollen." Syns Augen wurden groß.

„Nur, um deine Stimme zu hören. Nicht, weil ich Ärger hatte. Aber ich wollte nicht anhänglich erscheinen. Wir hatten einmal Sex und ich benehme mich schon verliebt. Kann nicht aufhören, an dich zu denken." Furi wusste, dass er vor Scham errötet war. Aber wenn Syn versuchte, die Worte zu finden, um auszudrücken, dass er sich heute gefürchtet hatte, dann würde Furi seine eigenen Gefühle nicht zurückhalten.

Sie trafen sich über der großen Konsole und ließen ihren Kuss die Worte sein. Furi schob seine Zunge tief in Syns Mund, drückte aus, wie sehr ihm das alles leidtat. Syns heiße, gierige Zunge sagte Furi, wie wichtig es ihm war, ihn zu beschützen. Als es schien, als ob aller Sauerstoff aus dem Auto gesaugt worden wäre, lehnten sie sich ein wenig zurück, um die Wangen aneinander zu legen. Syns Atem kam in wackeligen Stößen, seine Hände drehten sich in Furis langen Haaren, versuchten, ihn näher zu ziehen.

„Ich habe gedacht, ich würde heute durchdrehen, Furi." Syn schlug plötzlich mit der Hand auf die vordere Konsole und Furi zuckte zusammen. „Ich konnte nur daran denken, dass ich diesen Arsch umbringen würde, wenn er dich hat. Ich würde ihn langsam umbringen."

Syn klang todernst und Furi hasste sich selbst dafür, dass er Syn durch diese Hölle geschickt hatte.

„Baby, es tut mir so wahnsinnig leid. Ich weiß nicht, was ich sonst sagen soll. Ich habe nur diese ganzen Nachrichten bekommen und darum das verdammte Ding ausgemacht."

„Welche Nachrichten?"

„Von ihm." Furi setzte sich wieder in seinen Sitz, sein Ärger flammte wieder auf. Er hatte die Nase von Patrick und seinem Bruder so voll, er wollte nur noch schreien. Jetzt würde ihre Scheiße seine Chance auf etwas Wunderbares mit jemand anderem zunichtemachen.

„Lass mich sehen." Syn streckte die Hand nach dem Handy aus.

Furi reichte es ihm zögerlich und saß still da, während Syn sich die Nachrichten anschaute.

Sie waren alle ähnlich: *Ich bin noch nicht fertig mit dir. Dein Bodyguard wird nicht immer da sein. Ich habe auch Waffen. Du gehörst mir und ich gehe nicht, bevor ich dich nicht habe. Bis dass der Tod uns scheidet, erinnerst du dich?*

„Ich wusste, ich hätte ihn in der Gasse fertigmachen sollen." Syn starrte auf das Display des Handys, murmelte die Worte, als würde das Telefon zuhören. „Dieser Bastard ist wie eine schlechte Angewohnheit, es ist so verdammt schwer, ihn loszuwerden. Jetzt muss ich ausrasten."

„Syn. Ich will nicht, dass du deine Karriere aufs Spiel setzt. Patrick und sein Bruder sind gefährlich und unberechenbar. Sie denken, sie beherrschen die Welt, nur weil sie Geld haben und die Leute nach ihrer Pfeife tanzen. Sie werden versuchen, das Gesicht zu wahren. Niemand demütigt sie und kommt davon." Furi schaute Syn mit einem schmerzvollen Ausdruck an. „Das ist mein Kampf, nicht deiner."

„Wir machen es auf die legale Weise. Wir besorgen uns diese einstweilige Verfügung, in Ordnung? Etwas sagt mir, dass Patrick keine negative Publicity für sich und sein Geschäft haben möchte. Also wird er höchstwahrscheinlich die Verfügung achten, sich von dir fernhalten und jeden Kontakt abbrechen."

„Gut." Furi atmete heftig aus.

„Ich werde mich morgen darum kümmern, in Ordnung?"

„Danke." Furi strich mit dem Handrücken über die Innenseite von Syns Oberschenkel. Er liebte das tiefe Stöhnen, das sofort von diesen geteilten Lippen entfloh und das Innere des Autos füllte.

„Gerne", flüsterte Syn. „Berühr mich weiter."

„Nicht hier. Fahr zu deiner Wohnung, jetzt", befahl Furi.

Syn raste zu seinem Apartment.

Kapitel 29
„Ein fester Freund, eintausend Gefühle"

„Ich werde mit dir kommen. Ich bin in der Stimmung, etwas zu trinken." Syn überquerte bereits die Straße hinter Furi.

„Ja, genau. Ich weiß, warum du wirklich kommst." Furi warf Syn ein Lächeln zu.

„Ich weiß nicht, wovon du sprichst. Ein kühles Blondes klingt nett." Syn tat so, als hätte er wirklich keine Ahnung, worauf Furi hinauswollte.

„Du hast gerade gesagt, dass du es nicht erwarten kannst, heiß zu duschen und mich ins Bett zu bekommen. Jetzt willst du in den Pub und was trinken, während ich meinen Arbeitsplan checke?"

Syn antwortete nicht. Er zwinkerte Furi nur schelmisch zu und öffnete die Tür für ihn. Er behielt Furi, so gut es ging, in Sichtweite. Wenn dieser schöne Mann stolperte, würde Syn da sein, um ihn aufzufangen. Syn saß auf seinem Stammplatz, während Furi im Hinterraum verschwand. Nur eine andere Person befand sich an der Bar, die meisten der Kunden an den Tischen aßen zu Mittag. Eine kleine Frau, die Syn noch nie zuvor gesehen hatte, wischte den Bereich vor ihm sauber und fragte, ob er die Karte sehen wollte. „Ich will nur ein Wasser, ohne Zitrone, bitte", bestellte Syn.

„Was ist aus dem kühlen Blonden geworden?" Furi war wieder an seiner Seite. Seine Stimme strich über die feinen Haare in Syns Nacken. Woran hatte Syn gedacht, dass er ihn nicht hatte kommen sehen?

„Wasser ist kühl." Syn legte seinen Arm um Furis Taille, liebte es, wie leicht er sich an ihn schmiegte. Syn nahm ein paar Schlucke und lehnte die Karte erneut ab.

„Hi Susan. Wie ist es dir ergangen?" Furi lehnte sich über die Bar und küsste sie auf die Wange.

„Oh, gut, Süßer. Wie steht es mit dir? Wie läuft es in der Schule?" Syn verfolgte das lockere Gespräch zwischen den beiden.

„Die Schule ist gut. Ich bin fertig. Ich werde meine Abschlussarbeit nächste Woche abgeben. Dann werde ich ziemlich damit beschäftigt sein, meine Werkstatt zu eröffnen. Ich bin nur hergekommen, um sicherzustellen, dass mein Onkel mich dieses Wochenende nicht eingeteilt hat." Furi lächelte.

„Oh Furious! Ich bin so stolz auf dich, Honey! Komm her und lass dich drücken. Deine eigene Werkstatt, wie aufregend!" Furi lachte, als die Frau hinter der Bar hervorkam, die Arme weit für ihn ausgebreitet. Er umarmte sie, hob ihre leichte Gestalt vom Boden und wirbelte sie ein paar Mal herum. Dabei quietschte sie und Syn lächelte ebenfalls. Sie lachte hysterisch, während sie Furis Schultern mit dem Spültuch schlug. „Lass mich runter, du dummer Junge."

„Wir eröffnen nächsten Monat. Du bringst mir also dein Auto und bekommst einen kostenlosen Service." Furi küsste ihre Wange und kehrte an Syns Seite zurück.

„Oh, mach dir keine Sorgen um meine Schrottkarre. Das ist sinnlos." Sie kicherte.

„Ein Auto ist niemals nutzlos, solange es fährt, Süße. Du bringst es mir einfach und ich sorge dafür, dass es schnurrt wie ein Kätzchen."

Die Frau errötete und schaute zu Syn. „Darf ich fragen, wer dein Gentleman ist?"

Furis Lachen war beruhigend. „Gentleman? Wirklich, Susan?"

Syn streckte seine Hand aus und die Frau legte kleine Finger in seine, hielt kaum seine Hand. „Mein Name ist Corbin. Ich bin Furis fester Freund", sagte Syn selbstbewusst. Er konnte Furis überraschten Blick fühlen, richtete seine Aufmerksamkeit aber auf Susans glückliches Gesicht.

„Du bist aber auch sehr gutaussehend. Kein Wunder, dass dieser hier von Ohr zu Ohr lächelt." Susan schlug spielerisch mit dem Spültuch nach Furis Bauch. „Es ist schön, dich kennenzulernen, Corbin. Ich bin Susan. Ich bin praktisch Furis Tante, weil ich schon seit über fünfzehn Jahren mit seinem Onkel zusammen bin. Gott segne mich." Sie lachte wieder.

„Es ist eine Freude, dich kennenzulernen, Tante Susan." Syn schenkte ihr ein halbes Lächeln, das sie erröten ließ.

„Die Freude ist ganz meinerseits. Ich muss nach meinen Tischen sehen. Arbeitest du heute Nacht, Süßer?"

Furi und Syn erhoben sich. „Nein. Und ich habe das ganze Wochenende frei. Ich muss eine Million Sachen für die Werkstatt erledigen."

Sie strahlte und umarmte ihn noch einmal, bevor sie ging.

„Sie ist nett", bemerkte Syn. Er hielt Furis Hand, als sie die Straße überquerten.

„Ja. Wenn sie nicht gewesen wäre, da bin ich mir ziemlich sicher, hätte mein Onkel mich schon vor langer Zeit -" Furi verstummte, als Syn abrupt am Randstein stehenblieb.

Syn schaute den Gehsteig auf und ab, hielt Furi dicht bei sich. Etwas fühlte sich falsch an. *Scheiße.* „Geh rein, Furi", befahl Syn, als er das schwarze Stadtauto erblickte, das einen halben Block entfernt auf der anderen Straßenseite parkte. Die Fenster waren getönt und es stach unter den anderen, älteren Autos hervor wie ein Fremdkörper. Er konnte zwei Gestalten darin erkennen. Es war offensichtlich, dass sie erkannt hatten, dass sie bemerkt worden waren, denn das Auto sprang an, entfernte sich vom Randstein und raste in eine Seitenstraße.

„Verdammter Feigling", knurrte Syn.

„War das?"

„Ja, das war er. Warum bist du nicht reingegangen, wie ich es gesagt habe?" Syn bedachte Furi mit einem bösen Blick.

„Weil ich nicht einfach davonlaufen wollte wie eine Heulsuse." Furi starrte zurück. „Wenn er mich will, dann stehe ich genau hier. Er kann kommen und versuchen, mich zu erwischen." Furi hob sein Kinn trotzig an.

„Das ist der dümmste Scheiß, den ich je gehört habe", schnappte Syn zurück. „Dich der Gefahr in die Arme zu werfen, macht dich nicht tapfer, es macht dich zu einem Idioten. Jetzt geh rein."

„Hey!"

„Nein, nein, nein", Syn schüttelte den Kopf. „Du missachtest unsere Abmachung. Erinnere dich daran, hier bin ich der Boss." Syn gestikulierte über die Straße.

„Schön, fester Freund." Ein unheilvolles Lächeln erschien auf Furis beeindruckenden Lippen, während er Brust an Brust mit Syn stand. „Dann lass uns reingehen und ich sage dort, was ich zu sagen habe."

Syn fiel auf, wie Furi die Worte *fester Freund* betonte, und er verstand genau, woran Furi dachte, während der mit seinen langen Beinen die Stufen hinaufeilte und im Gebäude verschwand. Syn holte tief Luft. Er bereitete sich darauf vor, in Furis sexuelle Festung zu treten, und konnte nicht widerstehen. Er wollte sich nicht dagegen wehren. Nach dem Nachmittag, den er mit der Suche nach Furi verbracht hatte, schuldete der Mann ihm ein wenig Entspannung.

Syn trat mit Furi in den Aufzug. Beide stellten sich auf gegenüberliegende Seiten der engen Kabine, starrten einander sehnsüchtig an, ließen die sexuelle Spannung steigen. Als die Türen sich auf Syns Stockwerk öffneten, liefen sie beide los, als hätte jemand einen Alarm ausgelöst. Syn hielt vor seiner Tür an und bemerkte sofort Furis Brustkorb, der sich an seinen Rücken presste, seinen heißen Atem an seinem Hals und, O Gott, Furis harten Schwanz, der gegen seinen Hintern stieß. Syns Schlüssel verharrte vor dem Schloss, als all diese lebensbejahenden Empfindungen sein Nervensystem überfluteten. Furi stieß härter gegen ihn und drängte ihn gegen die Tür. Es fühlte sich so gut an, dass es schon kathartisch war. Er ließ seinen Kopf auf Furis Schulter fallen.

„Mach die Tür auf, Syn. Sonst ficke ich dich gleich hier auf dem Flur." Furi leckte Syns Ohr. Etwas in Furis Stimme und der Art, wie er redete, machte Syn vollkommen hilflos gegenüber den Avancen des Mannes.

„Fuck" stöhnte Syn und drehte den Schlüssel im Schloss. Er keuchte, als er endlich aufsperrte. Nachdem er den Knauf gedreht hatte, taumelten sie zusammen in das Apartment. Furi trat die Tür zu und überwand die Entfernung zwischen ihnen. Syns Schwanz war härter als chinesische Arithmetik und seine enge Jeans erhöhte sein Unbehagen noch weiter. Er versuchte, sie zurechtzurücken, aber er würde nur Erleichterung erfahren, würde er die Hose ganz ausziehen.

Furi war über Syn, leckte und biss seinen Mund, seinen Hals, seinen Kiefer, jede Stelle, die er erreichen konnte. Syn öffnete sein Holster und legte seine Waffen auf die nächstgelegene Oberfläche. Furi drängte ihn rückwärts, bis er gegen die Wand stieß und dann lag sein Mund wieder auf ihm. Heiß und fordernd, genau, was Syn brauchte. Er ließ seinen Kopf zurückfallen, traf die Wand mit einem Pochen, während Furi hart an seiner Kehle saugte.

„Du bist jetzt also mein fester Freund, Syn?" Furi stieß seine Hüften nach vorne, wodurch Syn seine Antwort vollkommen vergaß. „Du triffst heute alle möglichen Entscheidungen, nicht wahr?"

„Furi", stöhnte Syn.

„Du bist eine Naturgewalt draußen auf den Straßen, was, Baby?" Furi öffnete Syns Jeans und riss sie brutal nach unten, bis zu seinen Oberschenkeln. Sein Schwanz sprang nach oben, weinte über die Freiheit. Syn griff danach, als seine Hand zurückgerissen und hinter seinen Rücken gedreht wurde. Furi wirbelte ihn herum, hielt seinen Arm an Ort und Stelle und rammte Syns Brust gegen die Wand. „Aber hier drinnen bist nicht du der Chef, nicht wahr, Baby?"

Furi hielt Syn im Polizeigriff. Er wusste nicht, ob er sich wehren oder kommen sollte. Furis Hand strich langsam an Syns Bauchmuskeln entlang zu seinem dunkelroten Schwanz, doch er berührte ihn kaum, während er weiter zu Syns Hoden wanderte.

Syn stöhnte ein volles, begieriges Stöhnen. Von seiner Wange bis zum Oberkörper war er flach an die Wand gepresst, aber Syn schämte sich nicht dafür, wie sein Hintern sich hervorreckte, still um Furis Angriff bettelte.

Derweil spielte Furi mit Syns Hoden, bevor er seinen Griff verstärkte. „Antworte mir." Furi stieß seine Hüften wieder nach vorne und zog gleichzeitig hart an Syns Eiern.

„Argh, verdammt, ja, ja, ja!", schrie Syn. Verdammt, dieser Mann würde ihn noch umbringen.

„Da hast du vollkommen recht. Ich kontrolliere das hier." Furi nahm Syns Schwanz in die Faust und pumpte ihn schnell und hart. „All das gehört jetzt mir, richtig, *fester Freund?*"

„Ahhh. Fick dich." Syn kniff die Augen wegen der obszönen Lust, die seinen Körper durchfuhr, zu. Furis dominantes Gerede und sein fester Griff würden ihn in nur einer Minute gegen seine verdammten Wand kommen lassen.

Furis Kichern klang beinahe dämonisch. „Fick mich?", flüsterte er in Syns Ohr, leckte den Rand, bevor er nach innen vordrang. Das feuchte Geräusch ließ Syns Schwanz noch mehr tropfen. Furi küsste sich einen Weg über Syns Wange zu seinen Lippen. Wegen des Winkels war der Kuss schlaff, aber köstlich. Furis Finger strichen über Syns Kehle, weiter zu seinem stacheligen Bart und tanzten zwischen ihrem Kuss. „Saug sie."

Syn nahm zwei von Furis Fingern in den Mund und saugte fest an ihnen. Er hinterließ so viel Speichel wie möglich auf diesen langen Gliedern, wissend, wohin sie gehen würden.

„Mmm, sexy Bastard. Schau, wie verdammt erregt du bist. Du bettelst darum, dass ich dieses Loch fülle, nicht wahr?"

Verdammt, Furis tiefes Schnarren war ein mächtiges Aphrodisiakum. Syn war kaum noch in der Lage, mit Worten auf Furis Dirty Talk zu reagieren. Er konnte nur zuhören und ihn genießen. Sein Gehirn war zu sehr mit Endorphinen geflutet, um eine kohärente Antwort zu formen.

Noch immer hielt Furi einen von Syns Armen auf seinem Rücken fest und als er seine Finger aus Syns Mund zog, verschwendete er keine Zeit damit, sie an Syns Pofalte auf und ab zu bewegen. Syns Arsch zog sich begierig zusammen, als Furi über die hochempfindlichen Nerven um sein Loch herum streichelte. Mutig streckte er seinen Hintern weiter heraus, bettelte still um mehr, brauchte mehr, wollte mehr.

Kapitel 30
„Das ist so echt"

Oh Gott! Syn war einfach zu gut. Furi hätte nie gedacht, dass der Mann sich so gut und so schnell damit anfreunden würde, ein Bottom zu sein. Es gefiel Syn nicht nur, er nahm es voll an. Er benutzte es, um sich selbst stärker zu machen und sah es nicht als Schwäche. Das war Patricks Problem gewesen.

Syns Hintern war bettelnd vorgestreckt. Furi musste ein paar Mal tief einatmen, um seinen Orgasmus zu stoppen. Syn so empfänglich zu sehen, glich nichts, was er sich je vorgestellt hatte. Syn bezeichnete sich in der Öffentlichkeit selbst als Furis festen Freund. Das war eindeutig eine Überraschung gewesen. Selbst Männer, die schwul und seit Jahren geoutet waren, zögerten, das F-Wort zu benutzen.

Furi rieb über Syns Loch, liebte das Zischen, das von seinem Mann kam. „Ja. Ich weiß, was du willst." Furi drückte sanft gegen die enge Öffnung, ließ zu, dass sie sich ein wenig lockerte, bevor er weiter eindrang.

„Ich will es nicht sanft. Mach einfach", knurrte Syn, stieß gegen Furis Hand.

Furi ließ Syns Arm los und schlug ihm fest genug auf den Hintern, um einen hübschen, roten Handabdruck zu hinterlassen. Syn zuckte zusammen und schaute Furi finster an, aber dieser Blick beeindruckte ihn nicht. Er würde nicht zulassen, dass Syn übernahm, was ihm gehörte. „Leg deine beiden Hände an die Wand und beweg sie ja nicht. Wenn doch, hole ich mir über deinem Arsch einen runter und du wirst rein gar nichts dagegen tun können. Ich werde dein Loch die ganze Nacht über leer und hungrig lassen", flüsterte Furi drohend gegen Syns Hinterkopf.

Syns Brustkorb vergrößerte sich mit seinem tiefen Atemzug und fiel dann gleichmäßig, als er seine Hände langsam an die Wand legte. Furi stieß innerlich siegestrunken die Faust in die Luft. Dieser große, böse Sergeant wurde von ihm kontrolliert. Auch wenn Patrick gewollt hatte, dass Furi ihn toppte, hatte er Furi doch nie erlaubt, ihn auf diese Weise zu toppen, so wie er es wollte.

„Gut, Baby. Lass zu, dass ich mich um dich kümmere." Furi streichelte zuerst die schmerzende Haut an Syns Hintern, bevor er eine Pobacke zur Seite zog, um ihn zu öffnen. Ohne zu stoppen, ließ Furi einen Finger in Syn gleiten.

„Furious", schrie Syn und stellte sich bei diesem brutalen Eindringen auf die Zehenspitzen. „Ah, fuck, ja."

Furious stieß nur ein paar Mal in Syns Hintern, ehe er einen zweiten Finger hineinschob und ihn krümmte, um Syns Prostata zu berühren. Syn fluchte in diesem knurrigen Timbre, das in Furi den Wunsch weckte, die Grenzen des Mannes zu testen, nur um zu sehen, wie tief Syns Stimme werden konnte.

„Gott, du bist so verdammt sexy. Scheiße. Bin bereit, dich auf der Stelle zu ficken."

„Ja." Syns Faust traf hart auf die Wand und Furi wusste, dass er schnell in ihn kommen musste.

„Beweg dich nicht. Bleib genau so." Furi zog seine Finger langsam heraus, hörte das gestöhnte „Beeil dich" aus dem Flur kaum, als er ins Schlafzimmer rannte und das Gleitgel und ein Kondom holte.

Syns Stirn ruhte an der Wand, sein Brustkorb hob sich bei jedem Atemzug. Seine Hose hing um seine Knöchel und sein T-Shirt war am Rücken bereits schweißdurchtränkt. Kurzum, er sah herrlich aus und bereit, gefickt zu werden.

Furi wagte es nicht, seinen Schwanz zu streicheln, als er ihn aus seiner Jeans befreite. Er stand kurz davor, zu explodieren, alleine von dem Anblick, wie Syn so unterwürfig auf ihn wartete. Furi kümmerte sich schnell um das Gummi und öffnete gerade das Gleitgel, als Syn nach hinten griff und seine Hand in Furis Haaren vergrub, ihn an sich zog.

„Nicht zu viel Gleitgel. Ich … ich will dich fühlen." Syns Stimme war voller Leidenschaft, rau vor Begierde.

Für ein paar Sekunden erstarrte Furi, bevor er sprechen konnte. „Du bist ein Mann nach meinem Geschmack, Syn." Furi tupfte ein wenig Gleitgel auf die Eichel und verteilte eine dünne Schicht auf seinem Schaft. Er gab noch ein paar Tropfen auf seine Finger und bedeckte Syns Loch damit, schob ein wenig davon hinein, um sein Inneres zu befeuchten.

Syn knurrte und zog an Furis Haaren.

„Wir brauchen *ein wenig* Gleitgel, Babe, oder es wird dir nicht gefallen, wie es sich anfühlt, wenn du morgen gehst." Furi ließ die Flasche auf den Boden fallen. Syn hielt sich immer noch an Furis Haaren fest, hielt ihn eng an sich gepresst. Furi legte seine Stirn auf Syns breite Schulter, als er seinen Schwanz an Syns engem Loch positionierte und gleichmäßig nach vorne presste, bis er den ersten Muskelring durchbrochen hatte. Syns Körper vibrierte. Gott, er war so empfindsam, als ob er sein ganzes Leben auf Furi gewartet hätte.

„Tiefer. Tiefer", keuchte Syn.

Furi hielt sich mit einem Todesgriff an Syns Hüfte fest, als er in seinen Kanal eindrang. Er war so eng und heiß um ihn, dass Furi seinen Kiefer zusammenpressen musste, um nicht laut aufzuschreien. „Baby. Baby, du fühlst dich so gut an. Oh mein Gott." Furi hörte nicht auf, bis er bis zu den

Eiern in seinem Mann steckte. Furi löste eine Hand von Syns Hüfte, legte sie unter seinen Arm und schlang ihn um seine Brust, hielt sie aneinandergepresst. Furi pumpte leicht mit den Hüften, wollte sich nicht von Syn trennen.

„Du fühlst dich so gut an. So stark", flüsterte Syn. Sein letztes Wort war ein Schluchzen. Syn stieß gegen ihn, seine Faust fest an der Wand geballt. „Mmm. Fuck, genau da."

Furi beugte seine Knie ein wenig, zielte mit seinem Schwanz nach oben und presste sein Gemächt an Syns Hintern, wissend, dass seine Eichel über diese spezielle Stelle rieb.

„Oh Gott, Furi. Fick mich", schrie Syn.

Furi hielt sich an Syns Hüften fest und begann, in Syns engen Kanal zu pumpen. Die minimale Menge an Gleitgel machte die Empfindungen nur umso heißer. Syn rammte ihm seinen Hintern bei jedem Stoß entgegen. Das laute Klatschen war wie sinnliche Musik in seinen Ohren. Furis Augen verdrehten sich und er wusste, dass er kurz, sehr kurz davor war, zu kommen. „Berühr dich selbst, Syn. Ich will sehen, wie du für mich kommst", keuchte Furi.

Syn ließ Furis Haare los und stütze sich mit einer Hand an der Wand ab, während die andere seinen tropfenden Schwanz schnell pumpte. „Oh mein Gott, Syn." Furi küsste Syns Hals und biss auf den schnellen Puls unter der verschwitzten Haut. Er riss Syns Shirt über dessen Kopf und machte schnell dasselbe mit seinem eigenen. Er musste den Hautkontakt spüren.

„Furious. Ich komme." Syn hatte die Worte kaum ausgesprochen, als sein Hintern sich so fest um Furis Schwanz zusammenpresste, dass er Sterne sah. „Ich komme", würgte Syn hervor. Sein Körper zuckte wild und Furi hielt ihn fest, während Syn seine Wichse an die Wand und über seine

Hand spritzte. Er war so froh, dass sie praktisch gleich groß waren, weil er es liebte, die vielen seligen Ausdrücke auf Syns Gesicht zu sehen. Er war noch nie mit jemandem zusammen gewesen, der so heftig kam. „Oh fuck, fuck, fuck, fuck!" Syn presste seinen Hintern bei jedem Wort, das er brüllte, begierig zurück, kämpfte mit Furis wilden Stößen.

Furi hörte nicht auf, Syn zu ficken, bis sich sein kehliges Stöhnen in ein zufriedenes Wimmern verwandelt hatte und sein Loch sachte um ihn herum zuckte, während Syn die Nachbeben seines Orgasmus spürte. Er atmete schwer, der Schweiß tropfte von seinem Rücken zwischen sie. Furi leckte einige der Tropfen auf. Er liebte den salzigen Geschmack auf seiner Zunge.

„Bereit, dass ich komme, Baby?" Furi hielt Syn eng an sich gedrückt. Syn war vollkommen erledigt, seine Hand streichelte träge seinen Schwanz und jetzt war auch Furi bereit, seine Eier zu leeren.

„Ja, komm." Syns Worte waren genuschelt. Sein Körper war flach gegen die Wand gepresst, aber er schaffte es, eine Hand zu heben, um Furis Kopf an seinen Hals zu drücken. „Dein Schwanz fühlt sich so gut in mir an, Furious. Ist es immer so?"

„Ja, mit dir ist es das." Furi leckte über Syns raue Wange.

„Ich will das immer. Die ganze, verdammte Zeit." Syn klang, als wäre er high. Als ob er schweben würde. Die postkoitale Seligkeit hatte alle seine Mauern eingerissen.

Er liebte es, wenn Syn mit ihm redete, ihn dafür lobte, dass er ihn so gut fickte. Das gab ihm das Gefühl, ein verdammter Rockstar zu sein. Furi bewegte seine Hüften in einem langsamen, sexy Kreis, schob seinen Orgasmus durch ihn hindurch. Das Reiben weckte in Furi den

Wunsch, schmutzig zu sein. Er begann mit Dirty Talk, während er sich weiter an Syn rieb. „Ich werde dich zu einer Schlampe für meinen Schwanz machen, Baby. Du wirst ihn die ganze Zeit wollen." Furis Eier hoben sich eng an seinen Körper. Er biss Syn in die Schulter, während er sich bis zum Anschlag in Syns Hintern versenkte. Sein Schwanz pulsierte in Syn, während er seine Ladung in das Kondom schoss. Furi stöhnte bei jedem Spritzer, der seinem Schaft entkam. „Fuck", keuchte er, ehe er sich langsam zurückzog. Er musste sich schwer an Syn lehnen, um nicht auf den Boden zu gleiten.

Syn war der Erste, der sich regte. „Darf ich mich jetzt bewegen?", fragte er, die sündige Stimme voller Humor.

„Mmm. Ja. Ich denke, du hast es dir verdient." Furi lachte an seinem Ohr.

Syn drehte sich herum und schaute Furi in die Augen. Furi gefiel, was er dort sah. Sicherheit und Frieden. „Fühlst du dich besser?", flüsterte Furi, küsste Syns feuchte Lippen sanft.

„Ja. Viel besser. Danke, Baby." Syn streckte sich und beugte sich nach unten, um seine Hose heraufzuziehen, ließ sie aber offen. „Komm, lass uns duschen. Du kannst meinen Rücken waschen."

„Klingt gut." Sie küssten sich noch für ein paar Sekunden träge, bis Furi zurücktrat und seine eigene Hose hochzog.

Da es schon spät war und sie beide erschöpft, entschieden sie sich dafür, Chinesisch zum Abendessen zu bestellen. Während sie aßen, erzählte Furi Syn alles über die neue Werkstatt und er liebte es, wie ehrlich Syn sich für ihn freute. Furi war glücklich darüber, wie gut sich die Dinge nach ihrem holprigen Start entwickelten, aber er musste realistisch sein. Obwohl Syn sich mit Furi in seinem persönlichen Bereich wohlzufühlen schien, konnte sich das jede Minute ändern, und auch wenn er die Dinge nicht verschreien wollte, wollte er auch nicht unvorbereitet getroffen werden.

Syn lehnte sich auf der Eckcouch zurück und legte die Füße auf der Ottomane ab, während Furi sich über die Länge der Couch ausbreitete und den Kopf in Syns Schoß bettete. Furi trug ein Tank-Top und eine lässige Hose, Syn eine kurze Hose und kein Oberteil. Syns Augen schlossen sich, als er unterbewusst seine Finger durch Furis Haare wob.

„Also … es ist in Ordnung, wenn ich zurück nach Hause gehe, sobald du die einstweilige Verfügung für Patrick hast, oder?"

Syn hörte auf, Furis Haare mit den Fingern zu kämmen, aber er öffnete die Augen nicht.

„Ich will damit sagen, dass ich mir sicher bin, dass du deine Wohnung wieder für dich haben willst und dir keine Sorgen mehr darüber machen musst, den Babysitter für mich zu spielen." Furi lachte, aber das Thema war alles andere als lustig. Er war gerne bei Syn. In nur zwei Tagen hatte er gelernt, es zu genießen in seinem stillen Apartment zu sein, sich in seiner starken Gegenwart zu befinden, ihm seine Kontrolle zu nehmen, mit ihm zu duschen, mit ihm zu essen, all die kleinen Dinge zu tun, die eine Beziehung stärkten. Jetzt fühlte es sich an, als ob das alles nur ein Zwei-Tage-Trip in eine Fantasiewelt gewesen wäre und es jetzt an der Zeit war, in die reale Welt zurückzukehren. Syn setzte sich aufrechter hin und starrte in Furis Augen, sein Ausdruck dunkel und ernst.

Syn räusperte sich, bevor er zu sprechen begann. „Zunächst einmal habe ich mich nie als Babysitter gefühlt. Weil ich nicht zulasse, dass Babys mich ficken. Ich dachte. Ich – ich dachte, ich würde mich um jemanden kümmern, der mir wichtig ist." Syn machte Anstalten, aufzustehen, und Furi musste seinen Schoß verlassen. „Ich dachte, ich würde Zeit mit meinem festen Freund verbringen. Da habe ich mich wohl geirrt." Syn schaltete den Fernseher aus und ging schnell in Richtung seines Schlafzimmers.

Furi saß einfach nur wie vom Donner gerührt da. Er verstand, dass Syn wütend über seine Wortwahl war, aber er konnte ein Lächeln nicht unterdrücken. Er lächelte, weil Syn nicht wollte, dass er ging. Er genoss ihre gemeinsame Zeit ebenso sehr wie Furi. Schnell stand er auf und ging in die Küche, um eine Flasche Wasser zu holen, bevor er langsam ins Schlafzimmer trottete. Es war dunkel und Syn lag bereits im Bett, die Decke bis zur Hüfte hochgezogen. Furi zog sein Oberteil aus, ließ es zusammen mit seiner Hose und dem Slip fallen und stieg ins Bett zu seinem Mann, schmiegte sich eng an ihn. Er drehte Syns Gesicht zu sich, da er nicht sehen konnte, ob seine Augen offen waren. „Es tut mir leid. Ich habe es nicht so gemeint, wie es geklungen hat." Furi seufzte leise. „Ich will wohl nur nicht, dass dich meine Anwesenheit nervt. Patrick und Brenden haben immer gesagt, wie nervtötend es ist, mich um sich zu haben, und dass ich die Stimmung zerstöre, wann ich immer einen Raum betrete. Ich könnte es einfach nicht ertragen, wenn du so empfinden würdest."

„Au! Scheiße!", schrie Furi auf. „Du hast mir in die Eier geschlagen, Syn!"

„Nein, habe ich nicht." Syns Stimme klang streng. „Ich habe dich dort geschlagen, wo deine Eier sein sollten."

„Was?" Furi rieb stöhnend seine Hoden. Zugegeben, Syn hatte ihn nicht fest geschlagen, aber das nachdrückliche Klopfen war genug, um ihn stöhnen zu lassen.

„Ich will kein Wort mehr darüber hören, was dieser Arsch gesagt oder dir angetan hat. Ich will nicht, dass du die Dinge wiederholst, die er dir an den Kopf geworfen hat, oder mir erzählst, auf wie viele verschiedene Arten er versucht hat, dich kleinzumachen. Denn ich bin kein Fan davon, mir Scheiße anzuhören." Syn zog Furi nah an seine Brust und als er sprach, schlug sein warmer Atem gegen Furis Mund. „Du verstehst nicht, dass dieser Bastard eifersüchtig auf dich war. Egal, was er über dich gesagt hat, das genaue Gegenteil ist der Fall. Der einzige Grund, warum er gesagt hat, dass du die Stimmung in einem Raum zerstörst, war, weil alle Augen sich auf dich gerichtet haben und niemand sich mehr für seinen langweiligen Arsch interessiert hat. Deine Persönlichkeit und dein Stil ziehen die Blicke auf sich und das stört unsichere Ärsche wie ihn und seinen Bruder. Also bitte, vergleich mich nicht mit ihm und versuch nicht, das, was ich tun oder fühlen werde, davon abzuleiten, was *er* getan hat. Ich mag bei unserem Date ein wenig gestolpert sein, aber ich wäre stolz, dich als meinen Mann an meiner Seite zu haben. Du bist unglaublich schön, Babe."

Furi genoss das Kompliment. „Es wird nicht wieder vorkommen", war alles, was er sagen konnte. Er hatte kein Recht, auch nur an Patrick zu denken, wenn er bei Syn war.

„Nächster Punkt. Auch wenn ich nicht denke, dass wir schon bereit sind, zusammenzuwohnen, mag ich es, wenn du hier bist. Ich mag es, wenn wir beim Abendessen über unseren Tag reden und dann gemeinsam ins Bett gehen. Das hatte ich noch nie. Mir war nie klar gewesen, wie sehr ich es mögen würde, wenn ich es erst hätte." Syn beugte sich vor, küsste Furis Hals und vergrub seine Nase in seinen Haaren. „Gott, du riechst so gut. Ich habe mein ganzes Leben alleine geschlafen und wenn ich jetzt so darüber nachdenke, habe ich dich vermisst."

Furi zog Syns Gesicht aus seinen Haaren und küsste ihn leidenschaftlich. Er schwor sich in diesem Moment, dass er aufhören würde, in der Vergangenheit zu leben, und sich darauf konzentrieren würde, wie hell seine Zukunft aussah. Er würde sich keine Sorgen darüber machen, Syn zu vergraulen. Der Mann war viel zu stark und stur, als dass das passieren könnte. Syn rollte sich auf ihn und ließ seine Hand zwischen seine Oberschenkel gleiten. „Oh verdammt." Syn über sich zu haben, fühlte sich großartig an, all dieses Gewicht und die Muskeln, die ihn in die Matratze drückten.

„Es tut mir leid, dass ich dir in die Eier geschlagen habe, aber du musstest daran erinnert werden, dass sie da sind." Syn ließ ein kehliges Lachen hören.

Furi kicherte an Syns Kiefer. „Mhmm. Ob berechtigt oder nicht, es hat wehgetan." Furis Stimme wurde zwei Oktaven tiefer und hatte einen hitzigen Tonfall angenommen. „Warum küsst du sie nicht und machst so alles besser?"

Syn massierte Furis Eier leicht, während seine Hüften gegen ihn stießen. „Baby, ich äh … äh. Ich hab noch nie … du weißt schon", stotterte Syn nervös.

„Ich weiß", flüsterte Furi. „Es ist in Ordnung, wenn du nicht willst."

„Nein, nein", beeilte sich Syn, zu sagen. „Ich will es. Es kann nur sein, dass ich nicht besonders gut bin."

„Das kann ich mir nicht vorstellen." Furi lächelte.

„Du weißt, was ich meine. Ich könnte schrecklich sein. Was, wenn ich dich beiße?"

„Mich beißen! Warum zur Hölle solltest du das tun?" Furi packte Syns Hüften und zog ihn an sich. „Knabbern ist in Ordnung, Babe, aber ein richtiger Biss passiert nur mit Absicht. Ich denke nicht, dass du dieses Problem haben wirst."

„In Ordnung", sagte Syn und bewegte sich langsam Furis langen Körper entlang nach unten.

Furi streckte die Hand aus und machte die kleine Lampe neben dem Bett an, flutete den Raum mit sanftem Licht. „Ich muss das sehen, Baby." Er setzte sich auf und rutschte zurück, bis sein Oberkörper am Kopfteil lehnte, ehe er seine Beine weit spreizte, sodass Syn es sich zwischen ihnen bequem machen konnte. Furis Schwanz war bereits hart. Die Vorhaut war zurückgezogen, die Eichel entblößt und hatte einen tiefen Rotton angenommen. An der Spitze glitzerte ein großer Tropfen klarer Flüssigkeit.

Syn streckte seine Zunge heraus und leckte die Perle auf, bevor sie seinen Schaft hinunterlaufen konnte. „Ssss", zischte Furi. Syn schaute auf und eine Seite seines Mundes hob sich zu einem herausfordernden Grinsen. Seine heiße Zunge kam wieder heraus, strich diesmal über die Stelle unterhalb der Eichel. „Du machst mich wahnsinnig, Syn."

Syn ließ sich Zeit, benutzte nur seine Zunge, um in langen, gleichmäßigen Bewegungen über Furis Schwanz zu gleiten. Dann wanderte Syn ein wenig weiter nach unten, um seine Eier zu lecken – es fühlte sich gut an – war aber nicht annähernd genug. Furi winkelte ein Knie an, ließ es zur Seite fallen. Er legte seine Handfläche auf Syns Hinterkopf, die andere Hand legte er um die Basis seines Schafts und stupste ihn an Syns Lippen. „Mach auf, Baby. Nimm ihn in den Mund."

Syns Lippen teilten sich, aber Furi entging das Zittern der vollen Unterlippe nicht. Furis Stimme war rau, aber seine Berührung zärtlich. „Es ist in Ordnung, Babe. Genau so ... saug ein wenig stärker." Syn saugte fester und versuchte, tiefer zu gehen, begann dann aber, zu würgen, und zog sich abrupt ganz zurück. Er sah beschämt aus. „Verdammt." Syn wischte sich über den Mund.

Furis Lächeln war verführerisch. Er hielt seinen Schwanz weiter auf Syns Mund gerichtet und benutzte seine Hand, um ihn wieder nach unten zu drücken. Syn öffnete sich dieses Mal ein wenig weiter und Furi hob seine Hüften, ließ die Eichel an Syns feuchter Zunge entlanggleiten und stöhnte, als er die Wärme spürte. Er drückte Syn nicht tiefer, ließ ihn selbst entscheiden, ob er mehr aufnehmen wollte. Furi pumpte die Basis seines Schwanzes, während Syn an der Spitze saugte. „Ja, das fühlt sich gut an."

Syn versuchte, ein wenig weiter nach unten zu kommen, würgte laut und zog sich wieder zurück. „Gottverdammt."

„Baby, du machst das hervorragend." Furis Schwanz war hart und schmerzte. „Ich liebe das Geräusch, wenn du an meinem Schwanz würgst. Das macht mich irre an."

„Du lügst. Es fühlt sich nicht gut für dich an. Ich sehe wie ein Idiot aus", grummelte Syn. Er sah wie ein enttäuschtes Kind aus, das bei seinem Lieblingsspiel verlor. Furi musste sich zusammenreißen, um nicht zu lachen. Als Syn versuchte, sich ganz aufzurichten, hielt Furi ihn auf.

„Nah, nah, nah. Wo willst du hin?" Furis Hand lag schwer auf Syns Schulter, drückte ihn wieder nach unten. „Komm schon. Niemand mag einen Aufgeber. Übung macht den Meister, Liebling", knurrte Furi. Er nahm die Spitze seines

Schwanzes und tippte damit erneut gegen Syns Lippen. Syn lachte laut. „So ist es gut. Öffne diese weichen Lippen für mich."

Syn öffnete sich so wunderschön und Furi glitt direkt hinein. Er behielt seine Handfläche auf seinem Schwanz, um Syn davon abzuhalten, ihn tiefer aufzunehmen, und ließ den Mann sich auf die empfindliche Spitze konzentrieren. „Ja, fuck. Mmm. Ja, mach weiter und zieh deine Zähne leicht über die Eichel. Leck unter die Vorhaut." Syn gehorchte perfekt und Furi bog bei dem herrlichen Gefühl den Rücken durch. „Ahh. Wunderbar, Baby."

Syn fuhr fort, die Eichel zu saugen und daran zu knabbern, bis Furi dieses wunderbare, brennende Gefühl in seinen Eiern zu spüren begann. Seine Wichse kochte in seinen Hoden, bereit, seinen Schaft hinauf zu explodieren, direkt in Syns heißen Mund. „Bist du bereit, meine Ladung zu bekommen, Syn?"

Syns gutturales Stöhnen reichte Furi als ein ja. Wenn er es nicht wollte, würde er sich zurückziehen. Syn fuhr fort, die Eichel zu bearbeiten, sein starker Kiefer spannte sich immer wieder an. Furis Beine waren ruhelos, sie bewegten sich auf dem kühlen Laken auf und ab, als sein Orgasmus näherkam. Furi setzte sich weiter auf und legte seine Hand auf Syns Kehle, wollte spüren, wie er seine Wichse schluckte. Syns Körper zuckte und sein Enthusiasmus stieg exponentiell an. *Oh Gott.* Syn mochte es, gewürgt zu werden. Er war von Furis Hand auf seiner Kehle so erregt, dass ihn das antrieb. Syn bearbeitete eifrig seinen Schwanz, pumpte seine enge Faust an der oberen Hälfte, konzentrierte sich auf die rote Eichel.

„Fuck! Fuck! Ich komme gleich, Baby! Oh Gott. Jetzt!" Furi drückte Syns Kehle ein wenig fester und sein Knurren vibrierte durch seine Schwanzspitze, trieb Furi in seinen Orgasmus. Er fühlte die erste Welle von Syns Erlösung an seinem Oberschenkel, während sein eigener erster Spritzer einen harschen Schrei aus der Tiefe seines Bauches zwang. Syn zuckte wieder, aber sein Mund blieb die ganze Zeit auf Furis Schwanz und seine Kehle versuchte immer noch, jeden Tropfen zu schlucken, aber Furi konnte nicht aufhören, er kam immer weiter und der Anblick von seinem Sperma, das aus Syns Mundwinkeln floss, war zu viel. Furi warf seinen Kopf zurück gegen das Kopfteil des Bettes und jaulte wieder, als ein weiterer Schwall aus ihm herausschoss. Syn saugte jetzt so hart, dass sein Kiefer von der Intensität seines eigenen Orgasmus verkrampfte. Ihr Stöhnen und Fluchen mischte sich, schuf eine wunderschöne Symphonie, bis zum Finale, als beide Männer keuchten, ihre Schwänze vollkommen befriedigt.

Kapitel 31
„Höchste Alarmstufe"

Syns Wecker klingelte um sechs Uhr. Er nahm sein Handy schnell in die Hand, um den nervigen Ton auszuschalten, bevor er es wieder auf den Nachttisch knallte.

„Mmm. Mach das Ding nicht kaputt", stöhnte Furious hinter ihm. Seine kehlige Morgenstimme sorgte dafür, dass Syns bereits harter Schwanz sich in Granit verwandelte.

Syn hätte nicht gedacht, dass es ihm gefallen würde, der „kleine" Löffel zu sein. Aber wie sich herausstellte, liebte er es. Furis warme Arme waren um seine Mitte geschlungen. Syn schob seinen Hintern zurück gegen Furis langen Schwanz und stöhnte, als er eine sexy Reaktion bekam. Furi pumpte seine Hüften gegen ihn, drückte seine Taille, um ihn an Ort und Stelle zu halten. „Du bist unersättlich, weißt du das?" Furi kicherte träge.

„Das ist deine Schuld", stöhnte Syn zurück.

„Warum?"

„Hör auf, mich so gut zu ficken, und ich werde es nicht mehr so unbedingt wollen."

„Dann bist du tatsächlich am Arsch, denn ich kann nicht anders, als hervorragend zu sein." Furi knabberte an Syns Nacken und er konnte das Lächeln an seiner Haut spüren.

„Arroganter Arsch", murmelte Syn, bevor er sich aus dem Bett rollte.

„Hey. Wo gehst du hin?", wimmerte Furi.

Syn lächelte auf den schönen Mann herab, der die Hälfte seines Bettes belegte. Furis Haare waren wild über das Kissen ausgebreitet und seine dunklen Wimpern bedeckten seine verschlafenen Augen zur Hälfte. Syn wollte nichts mehr, als wieder ins Bett zu gehen und sich in Furis Wärme zu hüllen. „Ich muss früh da sein. Wir wollen den Bastard, der BZNA das verschnittene Ecstasy geliefert hat, überwachen."

„Ernsthaft?" Furi setzte sich auf, wirkte sofort deutlich konzentrierter.

„Jep. Auch wenn es still um Illustra geworden ist und es keine weiteren Morde gab, hat Sasha uns trotzdem erzählt, dass der Typ sein Gift an jeden vertickt, nicht nur an BZNA. Ich bin wirklich froh, dass du dort nicht mehr arbeitest", sagte Syn und warf weiter Gegenstände in seine APD-Tasche.

„Ich auch. Illustra war immer nur für den Übergang, bis ich meinen Abschluss habe. Ich habe nicht versucht, aus diesem Scheiß eine Karriere zu machen." Furi stand auf und riss alle Laken vom Bett, inklusive des Überwurfs.

„Was machst du da?" Syn hielt an der Tür an, ein Handtuch in der Hand.

„Ich werde das Bettzeug waschen. Wonach sieht es denn aus?" Furi strich sich mit der Hand durch seine Haare, in dem Versuch, sie zu zähmen. Das sah in Syns Augen so wunderschön aus, dass er nur dastand und zusah. „Oder willst du heute Nacht in getrocknetem Sperma schlafen?"

„Gutes Argument." Syn ging ins Bad und hörte, wie Furis Lachen ihm folgte.

Syn stand mit seiner Tasche zu seinen Füßen an der Tür. Er trug eine dunkle Jeans und einen schwarzen Rollkragenpullover, warm, aber bequem, weil er sich den ganzen Tag in einem Überwachungs-Van aufhalten würde. Seine Waffen für heute waren eine Sig Sauer in seinem Schulterholster und ein Colt 25 Automatic an seinem Knöchel. Der heutige Tag sollte der Überwachung dienen. Wenn alles wie erwartet lief, würden sie morgen einen Durchsuchungsbefehl haben. Furi lehnte an der Wand neben der Tür, als Syn sich ihm näherte. „Wann gehst du?", fragte Syn.

„In ungefähr einer Stunde."

Syn ließ nicht zu, dass ihre Körper sich berührten. Er strich mit dem Handrücken über Furis Brustkorb. Seine Haare waren nass vom Duschen und er roch nach Syns Seife. „Ich werde dich anrufen, sobald ich die einstweilige Verfügung habe. Kannst du darauf warten, bevor du gehst?" Syn war eindeutig nervös.

„Wann wäre das?", erkundigte Furi sich und machte sich bereit, nein zu sagen.

„In ungefähr drei bis vier Stunden", sagte Syn mit seinem einnehmendsten Lächeln.

Furis Gesichtsausdruck fragte *Ernsthaft?*. „Ich kann nicht hier sitzen und Däumchen drehen, Syn. Ich muss eine Werkstatt eröffnen, erinnerst du dich? Ich muss mich zuerst mit Doug treffen, dann die Männer hereinlassen, die das Sicherheitssystem installieren und um neun zu einem Treffen mit meiner Bank. Ich werde nicht hier sitzen und auf eine gottverdammte einstweilige Verfügung warten. Ich bin den ganzen Tag mit Doug unterwegs."

Hervorragend, der verdammte Doug. Nur heißes Gerede und nichts dahinter.

Syn konnte nicht anders, als an die Droh-SMS zu denken, die Furi bekommen hatte, oder wie Patrick Furi folgte und nur darauf wartete, dass Syn nicht da war. Wenn Patrick Furi in die Hände bekam, konnte niemand sagen, wie weit er gehen würde, um Furi mit *nach Hause* zu nehmen. Syn wusste auch nicht, wie viele andere Frauen von Illustra Patrick angeheuert hatte, um ihm zu helfen, an Furi heranzukommen. Er hatte es gehasst, Patrick in der Gasse gehen

312

zu lassen, aber bei den hochpreisigen Anwälten, die der Mann hatte, würden sie etwas Konkreteres brauchen als das Wort einiger sitzengelassener Frauen.

„Hey du." Furis warmer Griff legte sich um seinen Nacken und riss ihn aus seinen schrecklichen Gedanken.

„Hey zurück", flüsterte Syn. Er presste sich an Furis gut geformten Oberkörper und vergrub sein Gesicht in Furis Hals, atmete ihn ein. „Mir gefällt das nicht. Er will dich zurück."

„Ich weiß. Mir gefällt es auch nicht." Furi rieb Syns Rücken in langen, langsamen Bewegungen. Die Geste war überraschend tröstlich.

Syn küsste Furis langen Hals und sein Ohrläppchen. „Er kann dich nicht haben", flüsterte Syn leise. „Denn du gehörst jetzt mir."

„Das stimmt. Darum gehe ich nirgendwo hin." Furi küsste Syns Kiefer. „Ich kann nicht stundenlang warten, aber ich sage dir etwas. Ich werde mich auch nicht zu einem leichten Ziel machen. Ich werde mit Doug oder den neuen Angestellten zusammen sein. Er wird nichts versuchen, solange es Publikum gibt. Ich werde auch mein Handy anlassen, damit du mich anrufen kannst, wenn du möchtest."

Syn fühlte sich ein klein wenig besser. Er vertraute niemandem außer sich selbst und seinen Männern, Furi zu beschützen. *Oh.* Syn holte sein Handy heraus. „Ich werde dich heute von zwei Uniformierten überwachen lassen." Syn wählte gerade, als Furi ihm das Handy aus der Hand nahm und den Anruf beendete.

„Auf gar keinen Fall. Ich brauche keine verdammte Security, Syn." Furi stieß nicht fest zu, aber er schob Syn aus seinem persönlichen Bereich. „Ich bin nicht der Präsident, Mann."

Syn seufzte frustriert. Er musste gehen, wollte es aber nicht. „Fuck", knurrte Syn. Er dachte immer noch über mögliche Lösungen nach, als er hörte, wie etwas an seinem Türschloss kratzte. Etwas Metallisches bewegte sich darin. Wenn er irgendwo anders im Apartment gewesen wäre, hätte er es nicht gehört, aber er stand direkt neben der Tür, darum konnte er hören, dass jemand versuchte, hereinzukommen. Er stellte sich instinktiv vor Furi, zog seine Sig aus dem Holster und löste den Sicherheitsbolzen. Er spürte, wie Furi sich hinter ihm anspannte.

Er konnte hören, wie das Werkzeug den Schließmechanismus manipulierte. *Ist dieser Bastard wirklich mutig genug, am helllichten Tag in mein Apartment einzubrechen?* Syn bewunderte die Größe der Eier des Mannes. Die Tür der Garderobe war eine Armlänge entfernt. Er riss sie auf und packte die Decke auf dem obersten Regal, zog seine geladene Schrotflinte herunter, gerade als die Tür sich langsam öffnete. Syn konnte nur die Spitze eines schwarzen Stiefels sehen. Furi hielt seine Schulter. „Hey. Hör dir das an!", brüllte Syn. Er legte den Schaft der Waffe fest an seine Schulter und lud mit zwei extrem schnellen Bewegungen durch. Das Geräusch klang sehr laut und einschüchternd in dem stillen Raum. Es war bei Weitem eines angsteinflößendste Geräusche, das ein Eindringling hören konnte.

„Nicht schießen, Dirty Harry." Das nervige Kichern, das folgte, war unverkennbar.

„Bastard", knurrte Syn. „Day, hast du deinen verdammten Verstand verloren?"

Seine Leutnants kamen durch die Tür. Day lachte über den wütenden Ausdruck auf Syns Gesicht und über Furi,

314

der hinter ihm an der Wand lehnte und sich von einer Panikattacke erholte. „Syn. Was zur Hölle ist los, Mann? Würdest du wirklich jemanden mit der Schrotflinte erschießen, von dem denkst, dass er in dein erbärmliches Apartment einbricht? Du weißt, dass das übertriebene Gewaltanwendung ist, oder?", fragte God und schaute ihn erwartungsvoll an.

„Ich wollte euch nur Angst machen. Niemand bricht ein, nachdem er dieses Geräusch gehört hat, das kannst du mir glauben." Syn entfernte die Hülse, legte die Waffe wieder in die Garderobe und deckte sie zu. Er drehte sich zu Furi. Er sah ein wenig blass aus, war aber in Ordnung.

Syn wirbelte wieder herum. „Day. Klopf an eine verdammte Tür wie ein normaler Besucher und warte, bis ich dir sage, dass du hereinkommen kannst!"

Day schnaubte und ließ sich auf die Couch fallen. „Man lädt den Wind nicht ein. Der Wind -"

„Hör mit diesem Wind-Scheiß auf. Denn wenn deine Tür geschlossen ist und du die Tür bewachst, dann bleibt der Wind draußen bis … Du. Die. Tür. Öffnest." Syns dunkle Augen bohrten sich in die braunen von Day.

Gods Lachen klang rau, während Day erstaunt aussah. „Aber wir sind eine Familie."

„Was zum Henker", grummelte Syn. Er musste gehen. Er hatte keine Zeit, Day zu erklären, wie man sich in einer zivilisierten Gesellschaft benahm. Er schaute mit ernsten Augen zu Furi. „Ich muss gehen, aber ich denke wirklich -"

Furi zog Syn an sich, bevor er den Satz beenden konnte und küsste ihn hart auf den Mund, ehe er sich umdrehte und in Richtung Schlafzimmer ging. „Konzentrier dich einfach auf deinen Job und zieh keine Polizisten von ihren

315

Aufgaben ab, nur um mir zu folgen. Da draußen könnte jemand sein, der wirklich ihre Hilfe braucht."

Syn konnte nichts mehr sagen, denn Furi hatte die Schlafzimmertür zugemacht. Ende der Diskussion.

„Was ist los, Sarge?", erkundigte God sich, seine grünen Augen auf Syn gerichtet.

„Dieser Widerling ist immer noch hinter Furious her. Er hat ihm Droh-SMS geschickt und ihn angerufen. Letzte Nacht haben er und sein dämlicher Bruder einen Block vom Pub entfernt geparkt. Wahrscheinlich haben sie darauf gewartet, zu sehen, ob Furi arbeitet, damit sie ihn wieder angreifen können. Als sie gesehen haben, dass ich bei ihm war, sind sie abgehauen."

Syn zerrte seine Tasche wütend vom Boden in die Höhe und folgte seinen Chefs durch die Tür. Erst im Aufzug, als Day ihm eine Hand auf die Schulter legte und er zusammenzuckte, wurde ihm klar, wie angespannt er war.

„Ganz ruhig, Kumpel. Du weißt, dass du auf uns zählen kannst. Auf uns alle. Du hast diesem Typen eine Lehre erteilt, aber er muss einen harten Schädel und einen weichen Arsch haben. Diese Art Mensch kann dafür sorgen, dass ein guter Cop seine Marke und seine Pension verliert. Nutz die legalen Kanäle. Besorg eine einstweilige Verfügung und lass sie schnell aushändigen. Nach dem, was gerade hier passiert ist, will ich nicht, dass du diesem Kerl noch einmal begegnest." Days Worte waren freundlich, hatten aber einen offiziellen Unterton. Sein Leutnant sagte ihm, dass er sich zurückhalten sollte.

Syn schnaubte. Ihm gefielen Days Worte nicht. Er musste nicht einmal zu God schauen, um zu wissen, dass der seinem Partner zustimmte. Ob Syn es nun zugeben wollte oder nicht, sie hatten recht. Wenn er Furis Bald-Ex-

316

Ehemann in die Finger bekam, war er sich nicht sicher, ob er sich zurückhalten könnte.

„Wie meinen Sie das, er wollte nicht unterschreiben? Die Verfügung wird von einem verdammten Sergeant angefordert!" Syn stand neben einem der Suburbans der Abteilung auf dem schlecht beleuchteten Parkplatz. Nach einem langen, anstrengenden Überwachungstag hörte er nun zu, wie der Gehilfe des Richters ihm Neuigkeiten meldete, die er nicht hören wollte. „Es gibt jede Menge Beweise, die diese Forderung stützen. Ist der Kerl blind? Ich habe ihm die Textnachrichten gezeigt." Syn musste sich beruhigen, er redete über einen Richter – den Richter, der Furi keine einstweilige Verfügung geben wollte. „Das sind bedrohliche Worte. Wenn ich Ihnen sage ‚auf der Hut zu sein' oder ‚Ich werde dich haben, bis dass der Tod uns scheidet', wie zur Hölle würden Sie das auffassen? Wollen Sie mir sagen, dass Sie sich sicher fühlen würden?"

Gott, er war so wütend! Er wollte die Frau verfluchen, auch wenn sie nur die Überbringerin der Nachricht war. „Nicht einmal eine zeitlich begrenzte?", fragte Syn. Er hörte noch ein wenig länger zu, bevor er aggressiv auf den roten Knopf drückte, der das Gespräch beendete. „Fuck!", brüllte er.

„Sarge. Beruhige dich, Mann. Wir müssen einfach nur zwei Jungs auf deinen Mann ansetzen", mischte Ruxsberg, sein Elektronik-Spezialist, sich ein. Er lehnte an der Fahrerseite des Autos und wartete darauf, ihn nach Hause zu fahren, da God und Day noch länger bleiben würden, um sich mit dem Captain zu treffen. Es war beinahe acht Uhr abends, er hatte furchtbaren Hunger und jetzt musste er Furious die schlechte Nachricht überbringen.

317

„Das wird er auf gar keinen Fall erlauben. Er will nicht, dass ihm Cops folgen." Syn war so angespannt, dass er dachte, sein Kopf würde explodieren. Er warf seine Tasche auf den Rücksitz und stieg vorne ein.

„Hey, ich habe eine Idee." Ruxsberg fädelte sich in den Verkehr ein und fuhr in Richtung von Syns Wohnung.

„Und die wäre?" Syn seufzte müde.

„Ruf Day später heute Abend an. Er hat eine andere Richterin, mit der er oft arbeitet. Er bringt sie dazu, praktisch jeden Durchsuchungsbefehl zu unterschreiben, um den er bittet. Also denke ich, dass er sie auch überreden kann, dir eine einstweilige Verfügung auszustellen, für so lange, wie du willst."

Syn schaute Ruxsberg mit neuer Hoffnung an. „Glaubst du?"

„Ganz sicher. Day hat schon mal einen Durchsuchungsbefehl für einen Verdächtigen bekommen, den wir nur fünfundzwanzig Minuten beobachtet hatten." Ruxs schaute zufrieden drein.

„Schön, das werde ich versuchen."

„Wenn das nicht funktioniert, rufst du uns an und wir kümmern uns selbst um diesen Scheiß, Sarge."

„Das weiß ich zu schätzen, Mann." Syn und sein Detective stießen ihre Fäuste zusammen. Er hätte sich keine bessere Gruppe Männer zum Arbeiten wünschen können.

„Außerdem mag ich deinen Mann. Ich will nicht, dass ihm etwas zustößt. Er macht verdammt gute Videos, Mann."

„Fick dich", lachte Syn und stieß Ruxs gegen die Schulter. Die Blödelei und Ruxs Vorschlag hatten seine Stimmung gehoben. Er holte sein Handy heraus und drückte auf die Schnellwahl. Er musste jetzt wissen, wo Furi war. Er hatte ihm den ganzen Tag über nur zwei Textnachrichten geschickt, aber Furi musste gewusst haben, dass er sich Sorgen machte, denn er hatte Syn im Laufe des Tages immer wieder angerufen. In Syns letzter Nachricht hatte er ihn angewiesen, mit Doug und seinem neuen Manager zu seinem Apartment zu fahren, um nach seiner Vermieterin zu sehen und Kleidung für die nächsten Tage zu holen. Nicht, damit Syn ihn beschützen konnte, sondern weil er ihn bei sich haben wollte.

Syn hörte das Telefon klingeln und drückte auf den Lautsprecher.

„Hey du."

Syn musste lächeln, als er hörte, wie Furis tiefe Stimme ihre vertraute Begrüßung sprach. „Hey zurück."

„Bist du auf dem Weg nach Hause?", fragte Furi ihn.

Zuhause. Es klang beinahe so, als würden sie zusammenwohnen. „Ja, bin ich. Wo bist du?"

„Im Pub."

„Wirklich?" Syns Herz machte einen Sprung.

„Doug ist bei mir. Beruhig dich, Baby. Ich bin sicher", sagte Furi verführerisch. Sein Ton ließ Syns Schwanz in der Enge seiner Jeans zucken.

„Bin in fünfzehn Minuten da."

„Gut. Ich werde da sein."

Syn legte auf.

„Mann, du bist total verschossen", lachte Ruxs herzlich.

Syn konnte dem nicht widersprechen, denn so war es.

Kapitel 32
„Date Wiedergutmachung"

Furi trat, fünfzehn Minuten nachdem Syn angerufen hatte, aus dem Pub seines Onkels. Er musste zugeben, dass er ihn unbedingt sehen wollte. Es war unglaublich, wie viel ihm bereits an dem überfürsorglichen, befehlenden Mann lag. Er hatte ihm an diesem Tag alle zwei Stunden eine SMS geschickt, nur um hallo zu sagen. Syn schrieb zurück mit einzelnen Antworten wie „Selber hey" und „Hey zurück" und das war es dann. Doug stand mit ihm draußen, während er eine Zigarette rauchte und mit Jared, dem Security-Mann des Pubs, Witze riss. Er hatte Doug erzählt, was mit Patrick los war, und alles, was Syn für ihn getan hatte. Doug war Furis bester Freund, aber auch ein weiterer Sorgenkrämer in Furis Leben.

Furi lachte über Jared, der sich einen Scheinkampf mit Doug lieferte, als er einen dunklen Suburban um die Ecke kommen und nur etwa einen Viertel Block vom Pub entfernt parken sah. Ein großer Mann in einer Armeehose und einem engen schwarzen T-Shirt öffnete die Fahrertür, stieg aus und schaute sich langsam um, als ob er etwas spüren würde. Syn kam aus der Beifahrerseite und um die Motorhaube herum, ermöglichte es Furi so, ihn ganz zu sehen. Ganz in schwarz gekleidet, mit einem schwarzen Ledermantel, der, wie Furi wusste, tödliche Waffen verbarg, sah Syn aus wie der feuchte Bad-Boy-Traum eines schwulen Mannes. Seine dunklen Haare waren zerzaust. Einige Männer mussten hart arbeiten, um diesen Look hinzubekommen, aber bei seinem Mann fielen die Haare einfach so. Seine Augen waren beinahe kohlrabenschwarz und als er nur noch ein paar Meter entfernt war, erhellten die Stra-

320

ßenlampen sie und Furi konnte Syns Leidenschaft für ihn sehen. Dann stand Syn vor ihm, schlang seine Arme um Furis Mitte und zog ihn eng an seine Brust, küsste ihn, als ob er gerade aus dem Krieg zurückgekehrt wäre. Direkt auf der Straße, vor seinem Kollegen, Doug und Jared küsste Syn Furi, als ob er ihn wirklich vermisst hätte.

Die Pfiffe hinter ihnen ignorierend, beendete Syn den Kuss nach einem Moment und grub eine Hand in Furis Haare. „Hey", begrüßte er Furi.

„Selber hey", neckte Furi ihn, drückte einen weiteren schnellen Kuss auf Syns Mund.

„Wie geht es dir, Doug?", fragte Syn, ohne auch nur eine Sekunde seinen Blick von Furi abzuwenden.

„Alles gut", schaffte Doug, zu sagen. „Furi, ich verschwinde. Wir sehen uns morgen."

„Hol mich um acht ab."

Doug winkte auf dem Weg zu seinem Auto, das drei Blocks entfernt stand.

„Kein Kuss für deinen Freund?" Syn hob eine Braue.

„Erstens wage ich zu bezweifeln, dass er einen wollen würde, da du gerade meine Mandeln für mich überprüft hast. Zweitens hast du mir gesagt, dass ich das nicht mehr tun soll, warum fragst du mich also?" Furi schaute ihn erwartungsvoll an.

Syn ignorierte die Frage und stellte seine eigene. „Wo sind deine Sachen?"

„Drinnen. Ich hole sie." Furi eilte zurück, um seine Tasche aus der Bar zu holen.

Er kam mit seiner Tasche über der Schulter wieder heraus. Er war froh, dass er in der Lage gewesen war, mehr von seinen persönlichen Sachen zu holen, wie sein Lieblingsshampoo, seinen eigenen Rasierer, sein liebstes Sexspielzeug und die alltäglichen Notwendigkeiten. Syn redete immer noch mit dem Detective, der ihn gefahren hatte, als Furi sich ihm näherte und seine Lippen auf Syns Nacken drückte. Er unterbrach sein Gespräch überhaupt nicht, sondern redete weiter über ein Meeting, das für Montag geplant war, während er gleichzeitig seinen Arm hob, um Furi zu packen und seinen Mund an seinem Hals zu halten. Verdammt, er liebte es, wie entspannt Syn bei ihm war. Sein Freund zuckte ebenfalls nicht einmal mit der Wimper.

„Wie läuft es, Furious?", fragte ihn der große, rothaarige Detective und bot ihm seine Hand. Furi hob seine Stirn von Syns starker Schulter, um ihm respektvoll zu antworten.

Furi schüttelte die Hand des Detectives. Er hatte ihn schon einmal gesehen. Sein Name war Ruxsben oder Ruxsburger oder so ähnlich. Keiner von ihnen trug Namensschilder, aber er war einer der Ärsche, die ihn für die Befragung abgeholt hatten. *Der, der eine Lehrstunde in Benimmregeln braucht.* Aber heute Nacht schien er freundlich zu sein, wahrscheinlich wegen der Person, um die Furi seine Arme geschlungen hatte. „Ziemlich gut, Mann. Und selbst?"

„Kann mich nicht beschweren. Ich bin immer noch aufrecht."

Furi und Syn lachten beide über diese Antwort. Niemand wollte in der Horizontalen an die Decke einer Kirche starren, hatte Furis Vater immer gesagt.

„Ich habe gehört, dass du Probleme mit einem verrückten Ex hast." Er sah mit einem Mal ernst aus, seine hellgrünen Augen wurden durchdringend. „Sarge ist Teil der Familie und wir beschützen unsere Familie. Wenn du mit ihm zusammen bist, dann gehörst du jetzt auch zur Familie. Ich bin übrigens Armin Ruxsberg. Du kannst mich Ruxs nennen."

Furi starrte den Mann ehrfürchtig an.

„Wenn du ein Problem hast, Furi, dann haben dreiundzwanzig andere Männer ebenfalls ein mächtiges Problem. Das ist unser Motto." Er griff in die Brusttasche seiner Jacke und zog eine Visitenkarte heraus, die er ihm reichte. „Wenn du je etwas brauchst, rufst du zuerst Syn an und wenn er aus irgendeinem bizarren Grund nicht ans Telefon geht, rufst du mich an. Ich gehe unter dieser Nummer immer ans Telefon, egal ob Tag oder Nacht."

Furi war sprachlos. Er hatte jetzt eine Familie. Er glaubte diesem Mann und ganz egal, welcher Kampf ihn erwartete, er würde ihn nicht alleine kämpfen müssen.

Ruxs streckte seine Hand noch einmal aus und als Furi sie dieses Mal ergriff, zog er ihn in eine einarmige Umarmung. „Verdammt. Danke. Das bedeutet mir sehr viel. Du hast ja keine Ahnung." Furi bemühte sich, seine Emotionen unter Kontrolle zu halten. Er konnte nicht anders, als an seine Zeit mit seinem Vater zu denken, so bekannt kam ihm diese Szene vor. Sein Vater hatte den vollen Schutz des Grideon Motorradclubs genossen. Sie waren Tag und Nacht für ihn da gewesen, hatten über ihn und seinen kleinen Jungen gewacht.

Jetzt hatte Furi einen Mann in sein Leben gelassen, der eine unglaubliche Familie mit sich brachte. Furi fühlte sich wirklich, als würde er in den Spuren seines Vaters wandeln. *Nach all der Zeit.*

Syn schlug in Ruxs Hand ein und legte ihm die Hand für einen Moment auf die Schulter. „Gut, Mann, wir verschwinden hier. Wir sehen uns Montag."

323

„Zur Hölle ja, das werden wir. Ich bin bereit, diesen Fucker am Montag festzunageln." Der große Mann sah aus, als ob er fünf Fucker festnehmen könnte … ganz alleine.

Syn sah genauso gefährlich aus. „Das ist unser Job."

„Schön, ich bin weg. Bye, Furious."

„Bye", erwiderte er schnell.

Syn nahm seine Hand und schaute sich gründlich um, bevor er ihn über die Straße führte. Furi schwieg auf dem Weg nach oben. Der Aufzug hielt im dritten Stock, aber niemand war da. Syn drängte sich eng an ihn, beschirmte ihn mit seinem breiten Körper, während er den Knopf drückte, um die Tür zu schließen.

„Da ist niemand, Held. Beruhige dich", flüsterte Furi an Syns Hals.

Syn starrte ihn für ein paar Sekunden an, während der Aufzug nach oben fuhr. Seine dunklen Augen musterten ihn so eindringlich, als hätte er Furi noch nie gesehen. „Du bist so schön."

Furi beugte sich vor und küsste Syns Lippen sachte. „Danke", flüsterte er.

Sie standen immer noch zusammen, als die Türen des Aufzugs sich öffneten.

„Nicht der Ort, Mann. Definitiv nicht der richtige Ort", nuschelte eine Männerstimme.

Furi schaute bei Syns wütendem Schnauben auf. Ein Typ mit langen, strähnigen Haaren und seine Freunde drängten in den Aufzug, bevor Syn und Furi hinauskonnten. Syn bahnte sich einen Weg, zog Furi mit sich.

Furi fand das amüsant. „Wer war das?"

„Niemand Wichtiges." Syn verdrehte die Augen.

Furi lehnte sich gegen die Wand, während Syn wütend den Schlüssel umdrehte und die Tür aufstieß.

„Das ist mein nerviger Nachbar. Wohnt direkt gegenüber. Spielt seine verdammte Musik viel zu laut und hat immer zu viele Gäste, die im Flur Lärm machen. Er ist ein Stoner und vollkommen unwichtig."

„Warum bist du dann wütend?" Furi hielt Syn an der Schulter fest, bevor er weiter in die Wohnung gehen konnte.

„Bin ich nicht. Ich hasse es nur, wenn Leute es sich zur Gewohnheit machen, andere Leute zu nerven."

„Nicht dein Problem." Furi zog seine Tasche von Syns Schulter und ließ sie auf die Couch fallen.

„Du hast recht." Syn schlang seine Arme um Furis Taille. „Wie war dein Tag?"

„Gut. Habe eine Menge erledigt. Alles entwickelt sich hervorragend." Das alles fühlte sich so häuslich an. Furi versuchte, nicht an seinen fehlgeschlagenen Versuch bezüglich Häuslichkeit zu denken. Syn war so reif, so fürsorglich, alles, was Patrick nicht war.

„Hast du Hunger?"

„Ich bin am Verhungern. Ich hatte den ganzen Tag über nur ein Stück von Dougs Burger. Ich bin den ganzen Tag unter Volldampf gelaufen."

„Willst du …" Syn zögerte, bevor er weitersprach. „Essen gehen?"

Furi musterte ihn. Er wusste, dass Syn an das letzte Mal dachte, als sie ausgegangen waren und wie das geendet hatte. Syn war wütend und blamiert gewesen und Furi war alleine davongestürmt.

„Ja. Das will ich." Er würde Syn eine zweite Chance geben. Er glaubte nicht, dass er ihn dieses Mal enttäuschen würde.

Syn lächelte auf diese sexy Art. „Gut. Ich kenne ein nettes japanisches Steakhaus in der Innenstadt. Danach müssen wir aber noch einen kurzen Zwischenstopp einlegen."

Furi zog seine Bürste aus seiner Tasche, um seine Haare noch schnell zu kämmen, bevor sie gingen. „Einen Zwischenstopp wo?"

„Die Sache mit der einstweiligen Verfügung ist nicht so gelaufen, wie ich das gehofft hatte."

Furi hielt mit dem Kämmen inne. „Was meinst du? Habe ich eine?"

„Nein. Aber mach dir keine Sorgen", fuhr Syn fort, als er den nervösen Gesichtsausdruck sah, den Furi nicht verbergen konnte. *Fuck. Es gibt nichts, was dem Bastard sagt, dass er sich von mir fernhalten soll.*

Syns Hände legten sich auf seine Wangen. „Hey. Ich habe gesagt, du sollst dir keine Sorgen machen. Ich werde mich auf meine Art um diesen Scheiß kümmern."

Furi blies müde die Luft aus seinen Lungen und hob die Hand, um durch seine Haare zu streichen, aber Syn fing sie ab. „Zieh nicht an deinen Haaren, Baby." Er lächelte. „Vertraust du mir, Furious? Traust du mir, diese Sache für dich zu erledigen?"

Furi schaute Syn in die Augen. Er sah Loyalität darin. „Ja. Das tue ich." Er beugte sich vor und versiegelte ihre Münder. Sie küssten sich, als würden sie ihre Hingabe zueinander bestärken. Sekunden wurden zu Minuten. Keiner von beiden hatte es eilig, aufzuhören oder den Kuss zu beenden. Sie legten nur kurze Pausen ein, um ihre Positionen zu ändern oder zu atmen.

„Mmm. Du schmeckst so gut. Aber du hörst besser auf, bevor du verhungerst, denn wenn du so weitermachst, werde ich dich nehmen. Schnell und hart, direkt hier auf deinem Wohnzimmerboden", keuchte Furi an Syns geschwollenen Lippen.

Syn rieb Furis Arme, als versuche er, sich selbst zu beruhigen. „Also schön, ich höre auf. Für den Moment. Aber vergiss diesen Gedanken nicht."

Syn war perfekt. Es war, als ob sie gerade ihr erstes richtiges Date gehabt hätten. Sie aßen bei Kerzenschein in einem netten Restaurant mit Ausblick über den Missouri River. Er konnte nicht glauben, wie romantisch Syn sein konnte. Er hielt seine Hand und schaute ihn sehnsüchtig an, als würde Furi ihm alles bedeuten. Furi wollte, dass es wahr war, aber es war noch zu früh in ihrer Beziehung. Syn gewöhnte sich gerade an das Gefühl, einen Partner zu haben, und Furi war nicht so herrlich ignorant, dass er nicht wusste, wie schnell sich die Dinge ändern konnten. Aber er hatte Syn gesagt, dass er seine Zweifel nicht mehr laut aussprechen würde. Er würde die Zeit – wie lange sie auch sein mochte – die er mit Syn hatte, genießen. Sie gingen den Gehsteig entlang, hielten Händchen und redeten über nichts Besonderes. Syn war so fasziniert, wenn Furi von seiner Werkstatt sprach. Es war so eine Erleichterung, fühlte sich so anders an, mit jemandem zusammen zu sein, der etwas, das ihm wichtig war, so vollkommen unterstützte.

Syn redete nicht viel über seine Familie, nur dass sie sehr auf den Job und die Karriere konzentriert waren. Im Leben ging es nicht um Spaß und Spiele, sondern um Arbeit. Es brach Furi das Herz, zu hören, dass dieser überlebensgroße Mann dazu gebracht worden war, zu glauben, dass er es nicht verdiente, glücklich zu sein.

Es war nach elf Uhr. Sie fuhren wieder auf der Interstate 285, vollgestopft mit Saikoro Steak und japanischem Reisbier. „Das Essen war wirklich gut. Danke."

Syn schaute ihn an und lächelte kurz. „Gerne." Das sexy Grinsen, das dann folgte, sagte Furi, dass Syn über etwas Schmutziges nachdachte. „Wirst du mich später ranlassen? Das Essen war nicht billig."

Furi brach in Gelächter aus. Gott, er liebte es, wenn Syn frech wurde. Der Mann brauchte mehr Fröhlichkeit in seinem Leben, anstatt der ständigen Sorgen. „Ganz bestimmt. Ich bin leicht zu haben, Baby."

Syn hob seinen Arm von der Mittelkonsole und legte seine Hand auf Furis Oberschenkel. „Gut. Denn ich habe vor, dich heute Nacht voll auszunutzen."

Bevor Furi antworten konnte, fiel ihm auf, dass Syn an ihrer Ausfahrt vorbeigefahren war. „Hey, du bist so geil, dass du die Ausfahrt verpasst hast."

„Ich habe dir doch gesagt, dass ich mich noch um etwas kümmern muss."

„Syn", knurrte Furi und schloss seine Augen. „Weißt du, wo Patrick und sein Bruder sich aufhalten?"

„Natürlich tue ich das. Ich bin ein Detective, oder etwa nicht?" Syn war vollkommen ernst, als er ihn anschaute.

„Syn. Mir gefällt das nicht. Komm schon, wir hatten einen netten Abend, lass uns zurück zu dir fahren, damit ich dich ficken und dir zeigen kann, wie sehr er mir gefallen hat", schnurrte Furi in der Hoffnung, sein entschlossenes Date abzulenken.

„Entspann dich. Ich verspreche, es wird schnell und schmerzlos sein."

„Oh mein Gott, oh mein Gott, oh mein Gott." Furi sank auf seinem Sitz zusammen und wollte sich in Luft auflösen.

So sehr er auch sehen wollte, wie sein großer, böser fester Freund seinen Ex fertigmachte, wollte er doch nur, dass Patrick und Brenden aus seinem Leben verschwanden. Er wollte sie nie wiedersehen.

Kapitel 33
„Rache ist süß"

Syn lächelte innerlich. Furi war auf dem Beifahrersitz zusammengesunken und sah aus, als ob er überall nur nicht in dem Auto sein wollte. Er hatte Furi gesagt, dass er sich für ihn um die Sache kümmern würde und er hatte es so gemeint. Syn hatte keine Lust mehr auf Spielchen.

Nach zwanzig Minuten Schweigen, bogen sie in eine lange, gewundene Straße ein, an der große Häuser im zeitgenössischen Stil vor einem weitflächigen, künstlich angelegten See standen. Syn schaltete die Lichter aus, als er an einem beeindruckenden, zweistöckigen Ziegelhaus mit einer u-förmigen Auffahrt vorbeirollte. Er sah keine Autos und nahm an, dass sie sich in der Doppelgarage befanden. Er stellte den Motor ab, griff über die Konsole und holte seine Mini Maglite, die Sig Sauer und ein Leinenetui aus dem Handschuhfach, um alles in seinen Hosenbund zu schieben.

„Syn, das ist verrückt. Ich werde das nicht tun. Zur Hölle, nein! Lass uns gehen, jetzt!", bellte Furi.

„Shh. Babe, du bist viel zu laut. Jetzt hör auf, mich anzubrüllen, steig aus und schlag die Tür nicht zu", flüsterte Syn, der bereits draußen war und jetzt leise die Tür zudrückte.

Furi sah ihn an als wäre er irre. Heilige Hölle, war das der Zeitpunkt, an dem er herausfand, dass Syn ein Psychopath war? Syn tippte leicht an Furis Fenster. Er zuckte nervös zusammen.

„Komm schon, Babe. Ich verspreche dir, alles wird gut. Du hast gesagt, dass du mir vertraust." Syn grinste teuflisch.

Furi öffnete sein Fenster ein wenig, damit Syn ihn gut hören konnte. „Ich traue dir, aber -"

„Es gibt kein aber, wenn man vertraut", unterbrach Syn ihn. „Zeig mir, dass du mir hier draußen vollkommen vertraust. Ich vertraue dir im Schlafzimmer. Ohne Wenn und Aber. Ich lasse zu, dass du mir zeigst, was ich brauche, selbst wenn ich nicht weiß, dass ich es brauche."

Verdammt. Gut, das ergab Sinn, aber das hier war mit Abstand das Verrückteste und Gefährlichste, das er je getan hatte. Denn er hatte den schleichenden Verdacht, dass Syn nicht einfach zur Eingangstür gehen würde, um höflich zu klingeln. Furi stieg langsam aus und drückte die Tür sachte zu. Syn hielt ihm seine Hand hin und Furi zögerte kurz, bevor er die seine hineinlegte. Syn lief locker zur Rückseite des Hauses. Der Garten war offen, hatte keinen Zaun, sodass der herrliche Blick auf den See durch nichts versperrt wurde. Die Möbel auf der Terrasse waren teuer, aber was noch beeindruckender war, war die abgeschirmte Veranda.

„So kommen wir hinein", flüsterte Syn.

„Was passiert, wenn der Alarm losgeht? Ich bin mir sicher, dass sie Waffen haben. Wir werden erschossen werden!", schrie Furi.

„Wenn du nicht den Mund hältst, werde ich dich selbst erschießen." Furi wusste, dass Syn nur Spaß machte, weil er Mühe hatte, sein Lachen zu verbergen als er sich umdrehte und ihn schnell küsste. Er zog Furi zur Tür und griff an seinen Hosenbund, um das Leinenetui herauszuziehen.

„Was ist das?", flüsterte Furi und kauerte sich bei der Tür auf den Boden.

Syn lächelte ihn an. „Warum bist du da unten?"

331

„Ich will nicht gesehen werden." Furis Hände zitterten, darum legte er sie auf seine Oberschenkel.

„Aber hier gibt es keine Kameras, Babe." Syn grinste.

„Ist das hier ein Spaß für dich? Bekommst du so deine Kicks?" Furi starrte ihn an.

Syn beugt sich nach unten und flüsterte ihm ins Ohr: „Du weißt genau, woher ich meine Kicks bekomme."

Furi wünschte sich, sein Körper würde nicht auf Syns kehliges Knurren reagieren, aber er tat es. Syn in diesem Modus brachte seinen Schwanz zum Zucken. Sein abgetragener schwarzer Ledermantel war geschlossen, zeigte nur den Kragen seines dünnen, schwarzen Sweaters. Syns Jeans war dunkelblau und lag köstlich an. Abgerundet wurde das sexy Outfit von kamelfarbenen Timberland-Stiefeln. Das war Syn in seiner besten Kleidung und Furi liebte es.

Syn schob ein Werkzeug in die im traditionellen Stil mit Holz gerahmte Verandatür. Es gab ein leises Klicken und Syn wandte sich mit einem breiten Grinsen zu ihm. Er zog die Tür langsam auf und sie traten auf eine Veranda, die mehr wie ein Wohnzimmer aussah. Dort standen moderne Rattan-Sofas mit dicken Outdoor-Kissen. In der hinteren Ecke befand sich ein großer Fernseher, zusammen mit einem Kühlschrank und einer Minibar. An den Wänden hing abstrakte Kunst. *Hmm. Nett.*

Furi schaute sich immer noch um, während Syn bereits vor einer größeren, besser gesicherten Tür stand und die Vorderseite eines Sicherheits-Paneels abschraubte. Furi eilte zu ihm. „Weißt du, was du da machst? Was, wenn du Mist baust, der Alarm losgeht und wir hier drinnen eingesperrt werden?"

„Danke für das Vertrauen, Babe. Du bist kein sonderlich guter Wingman, weißt du das?"

„Du meinst Komplize", korrigierte Furi ihn. „Tut mir leid, aber nein, bin ich nicht."

„Wir haben nur begrenzt Zeit und etwas muss getan werden. Darum muss ich schnell handeln. Ich bin der Wächter, Baby, und du sollst mir in der Farbe den Rücken freihalten", sagte Syn ruhig, während er verschiedenfarbige Kabel aus dem Kasten an der Wand zog.

„Ich soll was machen?" Furi runzelte die Brauen. „In der Farbe? Wovon zur Hölle sprichst du?"

„Basketball. Du weißt schon, der Bereich hinter der Freiwurflinie und zwischen den Seitenlinien. Wenn ich mich für den Wurf bereitmache, musst du mir den Rücken freihalten." Syn sagte all diesen Unsinn – danach klang es zumindest für Furi – während er eine Mini-Schere hervorholte und zwei der Kabel durchtrennte.

„Fertig. Und jetzt …" Syn schob zwei extrem dünne Metallwerkzeuge in das Bolzenschloss und den Türknauf. Er drehte das eine Werkzeug im Uhrzeigersinn, das andere dagegen, woraufhin das Schloss klickte und Syn den Knauf drehte, sodass die Tür sich öffnete. Syn drehte sich um und sah ihn so stolz an, dass Furi grinsen musste.

„Du bist verrückt." Furi schüttelte seinen Kopf, aber er lächelte immer noch dümmlich.

„Aber das gefällt dir, oder?", flüsterte Syn.

„Wie du meinst." Furi verdrehte die Augen. „Was jetzt?"

„Jetzt gehen wir rein." Syn nahm die Maglite und schickte ihren Strahl durch die Tür, bevor er diese ganz öffnete und eintrat. Das Haus war dunkel und Furi konnte nur erkennen, dass sie durch die Küche hereingekommen waren. Es roch, als ob an diesem Abend ein italienisches Essen gekocht worden wäre, da der Geruch von Knoblauch und anderen Gewürzen schwer in der Luft hing. Syn zielte mit dem Taschenlampenlicht nach unten, während er langsam über den glatten Boden schlich. Furi hielt sich an seiner Gürtelschlaufe fest, um ihn nicht zu verlieren, und stieß gegen etwas auf dem Boden.

Syn hielt an und drehte sich zu ihm. „Sei leise, Furi", fauchte er.

„Ich kann nichts sehen", schnappte Furi zurück.

„Wir sind Einbrecher, Baby. Du musst deinen Katzenblick benutzen." Wieder lachte Syn leise.

Furi fand nichts davon lustig und er konnte überhaupt nicht verstehen, warum Syn so viel Spaß hatte, dämliche Witze riss und Sport-Metaphern verwendete, die überhaupt keinen Sinn ergaben.

„Beruhig dich. Halt dich einfach an mir fest."

Furi kam Syn so nah wie möglich. Er führte sie zum Ende der großen Küche und setzte sich auf einen Hocker vor einer Frühstücks-Bar. Er ließ die Taschenlampe an, stellte sie aber kopfüber auf die Bar, sodass sie in vollkommene Dunkelheit getaucht waren. Furi spürte, wie Syn ihn zwischen seine Beine zog, und versuchte, sich zu wehren. „Was machst du?"

„Warten."

„Worauf? Dass sie herunterkommen und uns holen?" Furi sprach ganz leise, weil er Angst hatte, erwischt zu werden.

Syn schlang seine Arme um Furis Taille. „Wer ist *sie*, Baby? Wo denkst du, sind wir?"

„Sind Patrick und sein Bruder hier?", flüsterte er. Seine Augen irrten herum, obwohl er nichts sehen konnte. Er hatte einfach nur das Gefühl, dass jemand ihm auf den Hinterkopf schlagen würde.

Syn ließ ihn los und Furi hörte das Geräusch eines Reißverschlusses, bevor er wieder an Syns warmen Brustkorb

334

gezogen wurde. „Das würde ich niemals tun. Ich will nicht, dass du je wieder in seine Nähe kommst. Nie wieder. Verstehst du das?"

„In wessen Haus sind wir dann, zur -"

Bevor Furi seinen Satz beenden konnte, hörte er zwei Männerstimmen, die nach unten kamen. Sie lachten. „Von jemandem, dem ich vertraue, also hör auf, dir Sorgen zu machen", sagte Syn beruhigend.

„Jemand kommt." Furi versuchte, sich von Syn zu lösen.

„Shh. Schon gut. Beweg dich einfach nicht und gib keinen Laut von dir", flüsterte Syn an seinem Ohr. Syn streckte seine Zunge heraus und strich damit über Furis Ohrläppchen, bevor er es zwischen die Zähne nahm. Furi lehnte sich wieder zurück, ließ Syn sein Gesicht unter seine offenen Haare schmiegen.

„Du riechst immer so verdammt gut", stöhnte Syn leise.

„Syn." Furi reagierte auf die zärtlichen Berührungen. Syn strich mit den Fingern seinen Hals hinauf in seine dichten, braunen Haare. Massierte seine Kopfhaut, während er an seinem Hals leckte und knabberte, die Haut direkt unter seinem Ohr einsaugte, das Blut an die Oberfläche brachte. Syn markierte ihn, wo nur er es sehen konnte.

Zwei Männer kamen in die Küche, ohne das Licht anzumachen. Einer von ihnen öffnete den Kühlschrank, der ein Glühen in den Raum warf und Furi war endlich in der Lage zu sehen, um wen es sich handelte. *Oh mein Gott.* Ein Mann stand hinter dem, der sich in den Kühlschrank beugte. Er rieb sein Gemächt an dessen Hintern, während er vier Wasserflaschen nahm. *Heilige Scheiße, ist das?* Furi wusste nicht, was zur Hölle das war, aber er hatte ganz sicher keine solche Szene erwartet. Es waren Syns lustiger Leutnant und der heiße Cop, der ihn befragt hatte, als er auf das Revier

335

gebracht worden war. *Ich dachte, er wäre mit dem großen Kerl zusammen. Hat er eine Affäre?* Eine Million Fragen rasten durch Furis Kopf, aber konnte sie nicht aussprechen, sagte kein Wort. Syn war still, sein Gesicht immer noch an Furis Hals vergraben. Er machte er sich nicht die Mühe, aufzuschauen. Jeden Moment würden sie erwischt werden. Der Leutnant schloss den Kühlschrank und das Zimmer lag wieder im Dunkeln, aber Furi konnte deutlich hören, wie sie sich küssten und einander, immer wieder unterbrochen durch ihr Stöhnen, etwas zuflüsterten. Ihre lustvollen Geräusche hallten durch die Dunkelheit. Das musste Syn wirklich anturnen, denn seine Hände wanderten weiter nach unten zu Furis Hintern, damit er ihre harten Schwänze langsam aneinander reiben konnte. Jetzt, wo Furi sich relativ sicher war, dass sie sich nicht in Gefahr befanden, lauschte er den Lauten der beiden attraktiven Männer, die einander gleich vernaschen würden, während Syn seine Hände an seiner Poritze nach unten wandern ließ und dabei herrlichen Druck ausübte. Es war alles so heimlich und gefährlich, dass Furi anfing, es zu mögen … sehr.

Furi spannte sich an, als er zwei weitere tiefe Stimmen die Stufen herunterkommen hörte. „Ich bin noch nicht mit dir fertig", sagte einer der Männer zu dem anderen in einem lustvollen Ton. Die beiden Männer kamen aus dem Flur und betraten den Raum. Ein Lichtschalter wurde betätigt und die plötzliche Helligkeit blendete Furi.

„Guten Abend, meine Herren", grüßte Syn aus Furis Halsbeuge heraus, machte sich immer noch nicht die Mühe, seine halb-nackten Chefs und die beiden anderen, äußerst attraktiven Männer anzuschauen.

„Heilige Scheiße!", brüllte Day.

Jetzt schauten alle Syn an. Syn hob endlich den Blick und Furi schob seine Haare hinter sein Ohr und rieb über die Stelle an seinem Hals, an der Syn die letzten beiden Minuten gesaugt hatte. Es fühlte sich gut an.

„Syn, was zur Hölle, Mann?" Gods Stimme klang tief und drohend.

Furi nahm all das entblößte männliche Fleisch vor sich auf. „Ich will verdammt sein", flüsterte er.

Syns Lachen war beinahe bösartig. „Du sagst es, Babe." Alle vier Männer trugen nur Boxershorts, mit Ausnahme des Cops, der Furi befragt hatte. Detective Ronowski. Ja, das war es. Er war vollkommen nackt. Day veränderte ihre Position, sodass er vor Ronowski stand.

„Ich hoffe, ich störe nicht, Leute. Furi und ich waren in der Gegend und dachten, ihr hättet vielleicht Lust auf eine Runde Mensch ärgere dich nicht." Syn lachte. „Aber es sieht so aus, als würdet ihr bereits ein Spiel spielen. Eines, das viel mehr Spaß macht als Mensch ärgere dich nicht." Syns Stimme glich glatter, weicher Butter.

„Willst du auch spielen?", fragte Day und starrte Furi direkt an.

Furi versteckt sein Gesicht an Syns Schulter, weil er sich sehr bemühte, die Kollegen seines festen Freundes nicht anzustarren. Aber sie waren alle unglaublich heiß. Vor allem God. Verdammt, war der Mann groß und gut gebaut. All diese Muskeln und Tattoos.

„Zur Hölle, Day. Ein Schwanz ist sexy. Zwei Schwänze sind der Himmel, aber drei Schwänze zum Spielen … das ist ein Überangebot."

Day ging zu ihnen und Ronowski musste hinter die Kücheninsel hasten, um seine Nacktheit zu verbergen. Die Absicht hinter Days sinnlichem Gang und den strahlenden, haselnussbraunen Augen war unmissverständlich. „Vielleicht will der Porno-Junge uns ja eine Show liefern", sagte Day, als er direkt vor ihnen stand. Day hob seine Hand und strich durch Furis lange Haare.

Syn zog Furi enger an sich. „Wenn du deine Hand nicht verlieren willst, nimmst du sie besser weg." Syns Stimme klang tödlich.

Obwohl Furi sich sicher war, dass Syn nur einen Witz machte, machte es ihn ungeheuer an, wenn er seine besitzergreifende Seite zeigte.

Day verengte die Augen und trat zurück, aber Furi entging der selbstzufriedene Blick nicht.

„Wie zur Hölle seid ihr hier hereingekommen? Ich weiß, dass der Alarm an war", fragte Day.

„Stell dich mir einfach als den Wind vor", erwidert Syn sarkastisch. God ging zur hinteren Tür und schaute nach draußen.

„Er hat die Drähte gekappt", sagte God. Er klang genervt. „Fucker."

Syn ignorierte God und schaute zu den anderen beiden Männern, die einander umarmten, während sie den Schlagabtausch amüsiert verfolgten. „Wie geht es dir, Detective Johnson? Lustig, dich und Ronowski hier zu dieser späten Stunde zu sehen."

„Fick dich." Johnson lachte. „Du hast es schon gewusst, tu also nicht so schockiert."

„Ich tue nicht schockiert. Du hast recht, ich habe es gewusst. Ihr vier seht einander immer wie besonders saftige Stücke Steak an. Ich wäre ein ziemlich schlechter Detective, wenn mir das nie aufgefallen wäre."

„Ihr seid also alle, ihr wisst schon …" Furi gestikulierte zwischen ihnen.

„Wir sind wirklich gute Freunde", bestätigte God und sein Ton machte klar, dass dieses Gespräch beendet war.

„Fuck", stöhnte Furi, rieb sich seinen härter werdenden Schaft. „Das ist echt wild. Nette Piercings übrigens, Jungs." Sowohl Day als auch Ronowski hatten gepiercte Nippel. Day trug schwarze Stecker, während die goldenen von Ronowski auf seiner gebräunten Haut leuchteten.

„Du hast dir einen heißen Kerl geangelt, nicht wahr, Sarge?" Ronowskis wunderschönes Lächeln konnte einen Mann ruinieren. Furi starrte den attraktiven, nackten Mann an und konnte nicht verhindern, dass sich ein Grinsen über seinem Gesicht ausbreitete. Sich alle sechs von ihnen im Bett vorzustellen, war für ihn zu überwältigend, aber eine höllisch gute Fantasie.

„Denk nicht einmal daran", knurrte Syn.

„Du wirst diesen Kasten ersetzen, Arschloch", sagte God und schlug die Hintertür zu.

„Natürlich, Boss. Davon abgesehen habe ich ein Problem und es gibt etwas Wichtigeres, um das ich mich zuerst kümmern muss." Syn schaute mit einem Mal ernst drein. Auch die anderen wurden ernst.

„Was auch immer du brauchst." Day sprach als erster.

„Sag es uns", warf Johnson ein. Er verschränkte seine großen Arme über seinem mächtigen Brustkorb.

Wow. Wenn einer ein Problem hatte, hatten alle ein Problem. Jeder von ihnen war bereit, dem anderen zu helfen. Das war zutiefst beeindruckend.

„Die einstweilige Verfügung für Furious wurde von Richter Henley abgelehnt. Furi wird immer noch verfolgt und bedroht. Ich unterschätze diesen Kerl nicht, Day. Trotz der Tracht Prügel, die er von mir bezogen hat, versucht er es weiter. Er hat Furis Arbeitsplatz ausgespäht und versucht, ihn alleine zu erwischen. Ich versuche, das Richtige zu tun und der Befehlskette zu folgen. Ich muss Furi und meinen Job beschützen. Wenn er Furi anrührt, werde ich ihn finden und umbringen."

Furi zitterte bei Syns Direktheit und Intensität. Er spürte, wie Syn ihn enger an sich zog, als könnte er den Gedanken, ihn zu verlieren, nicht ertragen.

„Schön. Zunächst einmal handle nicht überstürzt. Ich werde Richterin Jones anrufen. Ich bin mir sicher, sie wird uns die einstweilige Verfügung ausstellen. Weißt du, wo diese Männer sich aufhalten?", fragte Day.

„Ja, Jessup hat sie für mich über die Buchstaben des Kennzeichens, das ich ihm gegeben hatte, gefunden. Sie wohnen im Mandarin Chateau in West Atlanta", sagte Syn.

„Vielleicht sollten wir ihnen einen Besuch abstatten", schlug Johnson drohend vor.

Furi zweifelte nicht, dass dieser Mann ebenso viel Schaden anrichten konnte wie die anderen. God wandte sich Johnson zu und Furi erhaschte einen Blick auf einen extrem großen Löwenkopf, der auf Gods Rücken tätowiert war. *Jesus Christus.* Er bedeckte seine ganze linke Seite. Das Maul war weit geöffnet. Die volle, buschige Mähne war so detailliert, dass sie aussah, als ob sie sich mit Gods Muskeln bewegen würde. Die Farben waren das Atemberaubendste daran. Das goldene Braun der Mähne war mit Schwarz und Gold gemischt. Die Pfoten waren groß und die Klauen ausgefahren, als ob er kurz vor dem Angriff stünde. *Verdammt.*

Furi wurde aus seiner Trance gerissen, als Syn ihm auf den Hintern schlug. Sein Gesicht wurde rot, als ihm auffiel, dass alle ihn anstarrten. „Es ist ein wunderschönes Bild", gab Furi zu.

„Gut zu wissen", erwiderte Day. „Aber ich habe dich gefragt, ob dein Ex sich dir genähert hat, seit er dich in der Gasse in die Enge getrieben hat."

„Nein. Ich bin immer mit meinem Geschäftspartner oder Syn zusammen. Also nein, ich bekomme nur Anrufe und SMS", erklärte Furi.

„Schick sie mir, so schnell es geht. Ich werde Valerie gleich morgen anrufen. Wir werden uns darum kümmern, das verspreche ich dir. Syn, stell sicher, dass Furi die persönlichen Nummern von uns allen auf seinem Handy gespeichert hat", sagte Day. Furi begann, zu sehen, warum Syn seine Chefs so respektierte.

„Morgen ist Sonntag. Richterin Jones wird wahrscheinlich nicht vor Montag da sein", sagte Syn, die Frustration war klar in seiner Stimme zu hören.

„Richter arbeiten vierundzwanzig Stunden und sie ist sonntags meistens da. Es funktioniert also", fügte Ronowski hinzu.

„Mann, Ro. Zieh dir was an. Der Moment ist vorüber", würgte Syn hervor.

Alle lachten, als Syn und Furi sich zum Gehen wandten. Ronowski schlich sich rückwärts aus dem Zimmer, eine Hand über seinem Gemächt.

God schlug Syn auf die Schulter. „Du wirst nicht versuchen, das selbst zu regeln. Hast du verstanden?"

Syn starrte ihn für mehrere Sekunden an. Keiner der Männer wandte den Blick ab. „Verstanden", sagte Syn schließlich. Furi atmete erleichtert aus. Verdammt, in diesem Raum befand sich eine ziemliche Menge Testosteron.

Syn wandte sich an seinen anderen Leutnant. „Danke, Day."

341

„Ich rufe dich morgen an, sobald die Verfügung steht“, erwiderte Day.

Furi schüttelte Day die Hand und brachte seine eigene Dankbarkeit zum Ausdruck, bevor Syn ihn zur Hintertür führte. „Wir gehen auf demselben Weg, auf dem wir gekommen sind.“ Syn zog seine Chefs wieder auf.

„Ihr habt eine echt schöne Küche“, fügte Furi hinzu.

Day warf ihm einen Topflappen nach. „Verschwindet endlich.“

„Klopft das nächste Mal an“, bellte God ihnen nach.

„Dito“, schrie Syn zurück, schon halb durch die Tür.

Kapitel 34
„Wage ich es zu sagen, dass dies Liebe ist"

Syns Hände waren überall, als er die Tür öffnete und sie in die Wohnung fielen. Furi war noch rauer und fordernder als sonst. Furi trat die Tür zu und drückte Syn dagegen, rammte dann seinen harten Brustkorb gegen ihn, hielt ihn an Ort und Stelle. Syns Atem entkam ihm mit einem dumpfen Geräusch, als sein Rücken auf das Holz der Tür traf.

Syn lachte rau an Furis Hals, während er an seiner Kehle knabberte. „Ich hoffe, es war nicht der Anblick von einem halbnackten God, der dich so erregt hat."

Furi lehnte sich ein wenig zurück und schaute ihn vollkommen ernst an, bevor er mit rauer Stimme sprach. „Du hast mich so erregt … du. Du machst mich wahnsinnig. Die Scheiße, die du heute Nacht abgezogen hast, war leichtsinnig. Du hast mir für eine Weile ziemlich Angst gemacht."

Furi verstummte und nahm Syns Gesicht in beide Hände, leckte einen Pfad über seine kratzige Wange. „Und dafür wirst du bezahlen, Baby." Furi wirbelte Syn herum und drückte seine Brust gegen die Tür.

„Furious", stöhnte Syn, als er spürte, wie sein Sweater ihm grob über den Kopf gezogen wurde. Furis Hand presste hart auf die Mitte seines Rückens, hielt ihn gegen die Tür gedrückt. „Ja, bestraf mich."

Syn erstarrte, als Furis Angriff auf seinen Körper sofort aufhörte, nachdem er das gesagt hatte. *Oh nein.*

Furis Haare streiften Syns Gesicht, als er sich vorbeugte, um ihm ins Ohr zu flüstern. „Hat dir je jemand Handschellen angelegt, Sergeant? Dich gefesselt?"

343

Syn zitterte, sein Schwanz tropfte in seine enge Jeans. „Oh, Fuck."

„Beweg dich ja nicht." Furi presste sich ein paar Sekunden an Syns Hintern und war dann fort.

Beeil dich. Syn hörte das bekannte Geräusch seiner Handschellen, die aus der Innentasche seines Ledermantels geholt wurden. Syn hielt sich vollkommen still, während sein Schwanz bei jedem Klingeln der metallenen Handschellen zuckte. Die Erwartung war reine Folter und Furi ließ sich Zeit, zu ihm zurückzukommen. Aber als er es endlich tat, war Syn nicht auf Furis Aggressivität vorbereitet. Einer seiner Arme wurde ihm auf den Rücken gerissen und Syn fühlte, wie sich das kühle Metall um sein Handgelenk schloss. Syns Gesicht und seine Schulter wurden an das feste Holz gepresst, während sein anderer Arm gepackt und gedreht wurde, um sich zu der anderen Hand zu gesellen. Furi schloss die zweite Handschelle um sein Handgelenk, eng genug, dass er sich gefesselt fühlte, aber nicht so eng, dass er nicht jede Sekunde genießen konnte.

Syns Hände befanden sich auf einer Höhe mit Furis Gemächt und er konnte nicht widerstehen, die gut proportionierte Wölbung in Furis Hose zu streicheln. Furi trat zurück und Syn stöhnte. Er würde nur in der Lage sein, das zu berühren, was Furi ihm gestattete. „Hat es dir gefallen, dass ich heute Nacht so nervös war, Syn? Hat es dir gefallen, als ich mich neben dich gekauert habe, während du in jemandes Haus eingebrochen bist?" Syn hörte, wie Furi seine Hose öffnete, das Geräusch seines Reißverschlusses war über seinem Keuchen kaum zu hören. „Hat es dir gefallen, mir heute Nacht Angst einzujagen?" Furis Stimme klang ruhig, wie ein gnadenloser Mann, der schon bald seine Rache bekommen würde.

„Ich habe nicht versucht, dir Angst zu machen", flüsterte Syn.

„Ich glaube dir nicht", schnappte Furi an seinem Ohr. Mit einer schnellen Bewegung riss Furi Syns Hose und Boxershorts bis zu seinen Knöcheln. Sein Schwanz sprang hervor und schlug gegen seine Bauchmuskeln. *Heilige Scheiße!* „Ich glaube, dass es dir gefallen hat. Mich in deinem Element zu haben, hat dich angemacht, das verstehe ich. Aber jetzt befindest du dich in meiner Domäne, Corbin. Und glaub mir, wenn ich dir sage, dass mich das hier wirklich anmachen wird."

Syn hatte keine Zeit, zu reagieren. Er wurde wieder herumgerissen und zurück gegen die Tür gestoßen, seine Hände hinter ihm gefangen. Er blickte direkt in Furis dunkle Augen und wusste, dass er in köstlichen Schwierigkeiten steckte. „Ich werde jeden Ausdruck sehen, der sich in deinem Gesicht spiegelt, während ich dich ficke."

Syn war nackt, bis auf die Hose und Boxershorts um seine Knöchel. Furi hatte irgendwann sein eigenes Shirt ausgezogen und seine Jeans war geöffnet. Die glitzernde Spitze seines Schwanzes schaute aus der Vorhaut heraus. Syn stellte fest, dass er diesen beeindruckenden Mann noch einmal schmecken wollte. Furi tat, was er angekündigt hatte, und beobachtete ihn.

Furi packte Syns Schwanz und begann sofort mit einem abrupten und brutalen Rhythmus.

„Au. Fuck! Fuck!", brüllte Syn. Seine Knie gaben nach, als er nach vorne fiel. Seine Stirn landete auf Furis linkem Brustmuskel. „Scheiße! Zu viel! Zu viel!"

Furi presste seinen Oberkörper an ihn, zwang ihn wieder nach oben gegen die Tür. „Uh huh. Du dachtest, ich würde es langsam angehen, nicht wahr? Denkst du, dass du es langsam und süß verdient hast?" Furi pumpte Syns Schwanz so schnell, dass er nicht mehr klar sehen konnte. Furis Finger flogen verschwommen an seinem harten Schaft auf und ab. Er würde nicht lange durchhalten. Syn kniff die Augen so fest zusammen, dass es wehtat. Seine Stirn war gerunzelt und jeder Muskel in seinem Körper angespannt von dem überwältigenden, sinnlichen Angriff, der seine Gedanken und seinen Körper zerschmetterte.

Syns Körper sank gegen seinen Liebhaber. Seine Augen verdrehten sich, als er sein Gesicht knurrend an Furis Hals vergrub. Er biss Furi in den Übergang zu seiner Schulter, bevor er darüber nachdenken konnte. Furi hielt das brutale Tempo an seinem Schwanz aufrecht, hob aber die andere Hand und rammte Syn wieder gegen die Tür.

„Beißen, Baby?" Furi grinste schelmisch. „Versuchst du, mir wehzutun?"

Syn konnte nur den Kopf schütteln. Er hatte Furi wirklich nicht beißen wollen. Aber er konnte seinen Zahnabdruck auf der Schulter des Mannes sehen. „Es tut mir leid", brachte er hervor. Syns Gesicht war immer noch verzogen von der intensiven Lust, da Furis Hand nicht aufhörte, sich zu bewegen. Ihm fiel nichts ein, was er sagen könnte. Sein Gehirn tropfte langsam zusammen mit seinen Liebes- tropfen aus seinem Schwanz. Furi wusste, was er ihm antat. Auf gar keinen Fall konnte man Syn für das, was er im Moment tat, verantwortlich machen.

„Du brauchst etwas in deinem Mund, damit du dich benimmst", flüsterte Furi an seinen geteilten Lippen. Syns Schwanz tropfte noch mehr. Er würde den verdammten Teppich reinigen lassen müssen. Furis Schwanz tropfte ebenfalls und er wusste, dass der Mann so angeturnt war wie er selbst. „Mein Schwanz würde in deine Kehle

346

gerammt richtig gut aussehen, aber damit warten wir noch. Das hier wird ausreichen müssen."

Syn bekam keine Chance herauszufinden, was das bedeutete, bevor Furis Zeigefinger in seinen Mund geschoben wurde. Syn verstand nicht, wie Furi seinen Schwanz so schnell in seiner engen Faust bearbeiten und gleichzeitig seinen Mund so langsam mit den Fingern ficken konnte. Syn leckte das lange Glied, sein Loch zog sich in Vorfreude zusammen.

Syn ließ ein würgendes Stöhnen hören. „Ich werde kommen ... kann nicht mehr viel aushalten." Er wimmerte beinahe. Es war ihm egal. Furi bearbeitete ihn, wie er es noch nie zuvor erlebt hatte. Ein Orgasmus, der ihn ganz sicher auf die Knie zwingen würde, war auf dem Weg. Er konnte das Brennen in seinem Rückgrat spüren, das Ziehen in seinen Eiern, als sie nach oben wanderten.

Furi schaute ihn direkt an, sein Gesicht eine Maske der Konzentration. Seine Oberlippe hob sich in einem gemeinen, aber irgendwie unglaublich heißen Knurren, als er Syns Beine mit einer Bewegung auseinanderstieß, wie ein Polizist es tun würde. Syns breiter Stand hatte ihn offen genug, um hinnehmen zu können, was Furi als nächstes tat. Syn saugte immer noch an Furis Finger, als wäre er ein Schwanz, als Furi ihn schnell herauszog und zu seinem Hintern führte. Er musste seine Hand nur für eine Sekunde von Syns Schwanz nehmen, um eine Seite seines Hinterns zur Seite zu ziehen und seinen feuchten Finger schnell über diese enge Knospe zu reiben, die feste Haut darum aufzuheizen, bevor er seinen Finger heftig hineinstieß und nicht stoppte, bis seine Handfläche an seinem Hintern ruhte.

„Jesus, Fuck!", brüllte Syn auf und ging bei diesem schnellen, brutalen Eindringen auf die Zehenspitzen. *Oh*

Fuck, ja! Wann zur Hölle hatte Syn angefangen, von ein wenig Schmerz so angeturnt zu werden? Hatte er es immer rau gemocht? Er hatte mit den Frauen, mit denen er zusammen gewesen war, nie brutal sein können. Es hatte nie jemanden gegeben, der mit ihm hatte fertigwerden können. Darum hatte er es nicht gewusst. *Argh. Danke, Baby.* Wenn Syn nach dieser Nacht keinen weiteren Tag mehr erlebte, wäre das in Ordnung. Diese Erfahrung war gut genug, um danach zu sterben.

„Ich werde heute nicht zärtlich sein, Syn. Du verdienst alles, was du bekommst. Aber du kannst mich nicht täuschen, Liebling. Ich weiß, wie sehr es dir gefällt, wenn es wehtut." Furi küsste das Stöhnen fort, das Syn in die Luft zwischen ihnen entließ.

„Mach, dass es wehtut. Mach, dass ich es spüre. Ich muss es spüren. Tu mir weh", bettelte Syn, mehr zu sich selbst als zu Furi. Er befand sich in einem freischwebenden, präorgasmischen Zustand. Furi pumpte seinen Finger in seinem Loch in dem gleichen, wilden Rhythmus, den er für seinen Schwanz verwendete, und Syn konnte nicht mehr. Dieser doppelte Angriff – gefüllt zu sein, während sein Schwanz gepumpt wurde – war zerstörend. Sein Orgasmus kam an die Oberfläche wie eine Kugel, die in die Kammer einrastete, aber der Bastard hielt ihn dort in seinen Fängen, beinahe, als ob Furi ihm den Befehl gab, noch ein wenig länger zu warten.

Furi konzentrierte sich auf die Eichel seines beinahe lilafarbenen Schwanzes. Verdammt, er war so bereit, zu kommen. Kurze, schnelle, geschmeidige Bewegungen über die Kante der Eichel, alle paar Mal ein Drücken und Drehen, während gleichzeitig seine Prostata stimuliert wurde. „Fuck." Syn pumpte heftig mit den Hüften. Es fühlte sich so wild an, seine Hände nirgends abstützen zu können, während er kurz davor war, zu kommen. Es gab nichts, das er drücken konnte. Er konnte seine Faust nicht in seinen Mund stopfen, um den Schrei zu dämpfen. Es gab nichts, was er tun konnte, außer seinen Gesichtsausdruck dem Mann zu zeigen, der nichts auf der Welt mehr wollte, als jede Sekunde seiner Erlösung zu beobachten. Und er würde gleich alles sehen. Syn war ganz kurz davor, zu kommen, und er konnte nichts tun, um es aufzuhalten.

„Das ist es. Schau dich nur an." Furi lehnte sich zurück, um besser sehen zu können. Der Finger in Syns Hintern drang noch einmal tief ein und Furi trommelte so schnell mit ihm, dass es sich wie eine Vibration an seiner Prostata anfühlte. Er hörte nicht auf, bis Syn anfing, so laut zu schreien, dass er die Nachbarn zwei Stockwerke unter ihnen aufwecken konnte. Die erste Welle schickte Syn auf die Knie und Furi fiel mit ihm, stoppte keine Sekunde lang.

„So ist es gut, Syn. Komm überall auf mich", stöhnte Furi. Mit jeder Bewegung seiner Faust pumpte er mehr Sperma aus seinem Schwanz. Syn fiel nach vorne, das ganze Gewicht seines Oberkörpers krachte auf Furi. Er war eine Pfütze trägen Schlicks in den Armen seines Geliebten. Syn schmiegte seinen Kopf in Furis dichte Haare und keuchte durch den Rest seines Orgasmus. Er zuckte und bockte, während Furi sein wildes Tempo herunterfuhr und Syns Loch träge bearbeitete.

„Verdammt, fühlt sich das gut an!", stöhnte Syn und bewegte seinen Hintern langsam auf Furis Finger.

Furi wusste, dass Syn dachte, das Tempo würde von chaotisch zu entspannt wechseln, jetzt, wo er ihn zum Kommen gebracht hatte, aber er irrte sich gewaltig. Furi bewegte sich zur Seite und schlang seine Arme um Syns breite Brust, um ihn auf den Teppich zu legen, da seine Hände immer noch hinter seinem Rücken gefesselt waren. Fuck, er sah so gut aus, dass Furi ihn von Kopf bis zu den Zehen ablecken wollte. Nackt und unterwürfig, vollkommen unter Furis Kontrolle. Furi stand nicht auf BDSM, aber er wusste, wie er seinem Liebhaber das euphorische Gefühl geben konnte, sexuell dominiert zu werden. Mehr Leute, als es zugeben würden, sehnten sich nach diesem sorgenfreien, entspannten Moment im Bett und brauchten nur einen selbstlosen Partner, der ihn ihnen schenkte.

Furi zog seinen Finger endlich aus dem warmen Kanal, um Syn die Stiefel und die Jeans ganz auszuziehen, damit er seinen Mann ordentlich erfreuen konnte. Obwohl Syn neu war, was Beziehungen anging, zweifelte Furi nicht, dass er ihn unendlich gebannt halten konnte. Er würde dem wunderschönen Exemplar, das da unter ihm lag, zeigen, wie gut es war, ein schwuler Mann in einer festen Beziehung zu sein. Er hoffte, dass die Szene bei God und Day ihn nicht verwirrt hatte. Furi brauchte keine zusätzlichen Schwänze im Bett. Auch wenn es lustig sein konnte, spielten nicht alle schwulen Männer mit anderen Paaren. Ein Mann genügte Furi. Er würde es Syn jeden Tag zeigen, wenn der es ihm gestattete. Syn würde ihm mit seinem Herz und seinem Körper vertrauen können, wissen, dass er ihm niemals wehtun würde. Und insgeheim hoffte er, dass Syn genauso fühlte.

„Furi", stöhnte Syn und klang immer noch wie betäubt.

Furi ließ Syns Oberkörper auf dem Teppich ruhen, packte aber seine Hüften mit beiden Händen und riss ihn auf die Knie. Syn grunzte hart, aber das verwandelte sich schnell in ein sexy Wimmern, als Furis warme Zunge über sein gedehntes Loch leckte. Er wirbelte seine Zunge über die nachgiebige Haut, bevor er für einen intensiveren Geschmack tiefer eintauchte.

„Ahhh. Fuck. Fuck, ja", stöhnte Syn. „Mmm. Furi, was du mit mir machst."

Gottverdammt, dieser Mann würde Furis Ruin sein. Alles an ihm war so verdammt sexy. Die Art, wie er stöhnte. Die Art, wie er schrie. Die Art, wie er auf ihn reagierte. Und vor allem die Art, wie er schmeckte. Moschus und Leder mit einem Hauch Irish Spring, was, wie er jetzt wusste, Syns Lieblingsseife war.

Furi griff in die Schublade des Kaffeetisches und zog ein Kondom und eine frische Flasche Gleitgel heraus, die er dort untergebracht hatte, bevor er am Vortag das Haus verlassen hatte. Es war immer gut, vorbereitet zu sein, dachte er.

Furi rollte sich das enge Latex über, während er Syns Hüften nicht aus den Augen ließ. Sie bewegten sich, als würde er bereits gefickt werden. Sein Mann wusste, dass es kommen würde. Furi war froh, dass Syn praktisch mit dem Gesicht auf dem Boden lag und so den selbstzufriedenen Blick auf seinem Gesicht nicht sehen konnte. Furi ließ den Verschluss der neuen Flasche Gleitgel aufpoppen und sah, wie Syns Körper bei dem Geräusch zusammenzuckte. Er griff nach oben und strich mit der Hand Syns Rückgrat nach unten. Seine Fingerspitzen wanderten über jeden Wirbel. Er liebte die Schauder, die Syns starken Körper durchfuhren.

„Furious. Nicht zu viel Gleitgel. Brauche dich", murmelte Syn heiser.

Furi packte die Basis seines Schwanzes, um zu verhindern, dass er explodierte. Es dauerte ein paar Sekunden, bevor er in der Lage war, eine dünne Schicht Gleitgel auf seinem Schwanz zu verteilen. Mit nur einem kleinen Tropfen auf seinem Finger drang er in Syns ungeduldigen Kanal ein. Er schloss seine Augen und nahm einen beruhigenden Atemzug, ehe er seinen langen Schwanz an Syns Loch legte. Er tippte Syns Loch mit seinem Schwanz an, um ihn ein wenig mehr zu necken, wissend, dass der Mann mehr als bereit war, gefickt zu werden.

„Furious, mach schon!", bellte Syn und schaute wütend über seine Schulter.

„Oh. Du fängst nicht an, Befehle zu erteilen, oder Syn?", fragte Furi sanft. Es war derselbe Tonfall, den er benutzte, bevor er Syn den Atem stahl und seinen Schwanz pumpte, als ob er ihn häuten wollte. „Bist du hier der Boss, Baby?"

Syns Rücken hob und senkte sich, während er schnell und kurz atmete. *Er weiß, dass es jede Minute kommt.* Verdammt, Furi hatte noch nie so viel Spaß mit einem Partner gehabt oder ein solches Hochgefühl verspürt. Sollte der Zeitpunkt je kommen, glaubte Furi nicht, dass er Syn würde gehen lassen können, selbst wenn der Mann das wollte.

„Nein, ich bin nicht der Boss", seufzte Syn.

„Wer ist es?", fragte Furi, seine eigene Stimme rau vor Lust.

Syn antwortete nicht schnell genug.

Furi riss an Syns Handgelenk, die kühlen, metallenen Handschellen klapperten und Furi rammte seinen Schwanz in Syn. Sein Gemächt klatschte gegen diesen heißen Arsch; beide Männer bellten bei dieser kraftvollen Bewegung.

„Furi. Fuck!", schrie Syn. Seine Stimme war rau. Seine Entschlossenheit war schon vor langer Zeit verschwunden.

Furi wusste, dass er auf gar keinen Fall länger als zwei Minuten durchhalten würde, und er schämte sich nicht.

Kein Mann konnte in Syns enger Hitze lange durchhalten. Sie war eine lebende, pulsierende Esse, die seinen Schwanz auf die erotischste Weise zusammenpresste und verbrannte. Furi warf seinen Kopf zurück, seine langen Haare fielen bis auf die Mitte seines Rückens, während er sich ein paar Momente gab, das Gefühl zu genießen, bevor er sich wieder ganz auf Syn konzentrierte.

„Härter, härter", flüsterte Syn. Aber Furi hörte ihn. Fuck, er hörte ihn und er hörte zu.

Furi packte Syns verschwitzte Schultern und riss ihn zurück auf seinen Schwanz, während er seine Hüften nach vorne stieß. Furi biss seine Zähne so fest zusammen, dass sein Kiefer schmerzte. Sein Mann wollte es hart, er würde es ihm hart geben.

Syn grub seine Stirn in den Teppich. Sein Hintern stand in der Luft, bereit, genommen zu werden. Es war ein einmaliger Anblick. Dieser starke, überfürsorgliche Sergeant einer Elite-Einheit, der sich unter ihm wand und weinte, Furi immer wieder anbettelte, ihn hart zu nehmen.

„Gefällt dir das, Syn?" Furi fickte Syns Hintern, als ob er wollte, dass er am nächsten Tag an nichts anderes denken konnte. Er würde sich mindestens die nächsten vierundzwanzig Stunden daran erinnern, wer in ihm gewesen war. Er ließ Syns Schultern los und packte stattdessen seine Handgelenke direkt über den Handschellen und riss an seinen Armen, rammte ihn immer wieder auf seinen Schwanz. Syn schrie jeden Gott an, der gerade zuhörte, aber Furi hörte keine Sekunde auf.

„Ahh! Verdammt!", bellte Syn, während sein Hintern brutal genommen wurde, genau, wie er es gewollt hatte.

Furi würde bald kommen. Er hielt gerade lang genug inne, um Syns Schlüssel von dem Tisch vor ihnen zu holen und schnell die Handschellen aufzuschließen.

Furi warf die Handschellen zur Seite und drang schnell wieder in Syns Wärme ein. Er beugte sich über den muskulösen Rücken, gab dem Mann seine eigene Hitze. „Shh. Ich hab dich, Baby. Aber ich werde dich nicht an den Schultern verletzen." Furi fickte ihn hart und tief, zuckte mit den Hüften, sodass seine Eier an Syns Damm klatschten.

Das Stöhnen, das Syn hervorbrachte, klang animalisch. Es war an der Zeit. Furi griff unter Syn und packte seinen harten Schwanz. Fuck, er war schon wieder so hart. Er pumpte nicht so brutal, wie er es zuvor getan hatte, wählte stattdessen ein leichtes, aber festes Gleiten, ließ die Haut die Arbeit machen. Er legte seinen Unterarm um Syns Hals und übte leichten Druck auf Syns Kehle aus, wissend, dass ihm das gefiel.

„Oh fuck. Furious. Was zur Hölle machst du mit mir?", stöhnte Syn.

„Ich beanspruche dich für mich, Corbin." Furi leckte Syns Ohrmuschel. Er hörte, wie Syn bei dieser Antwort keuchte, wahrscheinlich, weil er seinen Vornamen benutzt hatte, und Furi legte alles in die wenigen Sekunden, die er noch hatte. Er musste kommen. Er war ein selbstloser Liebhaber, aber er schämte sich nicht, sich seine Erlösung zu nehmen, sobald sein Partner seine bekommen hatte.

„Komm für mich, Hübscher." Furi hielt den vollen Körperkontakt aufrecht, während er seinen Schwanz in seinen Mann pumpte. Er hob seine Hüften nur hoch genug, um sich ein paar Zentimeter zurückzuziehen und wieder tief in ihn zu stoßen. Furi fühlte, wie seine Eier hart wurden und seine Bauchmuskeln sich zusammenzogen. Er konzentrierte sich auf die Spitze von Syns Schwanz, als er spürte, dass er sich wie ein Stahlrohr verhärtete. Syns Kopf fiel zurück auf Furis Schulter und Furi legte seine Hand auf Syns Kehle und drückte gerade fest genug zu, um ihn über den Rand zu stoßen.

Die erste Welle heißer Wichse von Syn ließ sie beide wild zucken. Syn kam härter als jeder Mann, den Furi je gesehen hatte. Er presste seinen eigenen, schmalen Körper an Syns Rücken. Er konnte spüren, wie der Orgasmus des Mannes seinen Körper vollkommen übernahm, wie jeder Muskel und jeder Nerv Feuer fing. Syn brüllte und zuckte unter ihm, während sein Orgasmus mit ihm machte, was er wollte. Furi hielt sich fest, flüsterte aufmunternd in Syns Ohr, während er den Orgasmus durchlebte. „Du gehörst mir, Baby. Nur mir. Lass los für mich. Zeig mir, wie sehr es dir gefällt, dass ich dich kontrolliere."

Syns begieriger Aufschrei war ein süßer Laut und der Kuss, den Furi sich stahl, während er selbst kam, schmeckte wie der reinste Nektar. „Oh Gott. Oh Gott, Corbin!" Furi war da, bereit, sich in seinen Geliebten zu ergießen. Wenn da nur nicht diese verdammte Barriere wäre, würde er Syn mit seiner Essenz füllen. Ihn im wahrsten Sinne des Wortes für sich beanspruchen. *Eines Tages.* Furi rammte sich in Syn und hielt dann inne, als sein Schwanz pulsierte. Er stöhnte tief in der Kehle. Flüche lagen ihm auf der Zunge. Seine Hände strichen Syns Rücken hinauf und hinunter, während sein Sperma das Kondom überflutete. Welle um Welle kam aus seinem Schwanz, ließ seinen Körper zucken. „Fuck, Baby." Furi packte Syns Hüften, die angefangen hatten, sich an ihm zu reiben, Furi praktisch molken. Er beeilte sich, eine starke Hand auf Syns Schulter zu legen und eine auf seine Hüfte,

355

um ihn ruhig zu halten. Sein Schwanz war im Moment viel zu empfindlich für so etwas. „Ich sollte dich dafür bestrafen." Furi lachte und stöhnte gleichzeitig, als sein weicher Schwanz aus Syns Loch glitt.

Furi richtete sich auf, damit er Syn mit sich ziehen konnte. Beide Männer fielen zur Seite. Er hielt einen Arm um Syns Mitte und stützte sich auf seinen Ellbogen, damit er auf Syns attraktives Gesicht herabschauen konnte. Syns Augen waren geschlossen und er sah so aus, als würde er sich auf etwas konzentrieren. *Fuck. War ich zu brutal? Vielleicht wollte er nicht gefesselt werden. Gott, aber er ist so wunderbar. Er sollte für immer mein sein.* Mehr Worte lagen auf Furis Zunge. Worte, die er noch nicht sagen konnte. Worte, vor denen er Angst hatte, sie laut auszusprechen. Stattdessen entschied er sich für: „Wie fühlst du dich?"

Syn drehte sich, sodass er Furi näher betrachten konnte. „Warum fragst du mich das, nachdem wir Sex hatten? Denkst du, ich kann die Nervosität oder Furcht in dieser Frage nicht hören? Du willst etwas anderes sagen, fragst aber stattdessen das, und dann verspannst du dich, bis ich antworte."

Furi starrte Syn mit großen Augen an, erstaunt von seiner scharfen Wahrnehmung.

„Hast du vergessen, dass ich ein Detective bin, Furious? Ich habe viele Jahre damit verbracht, zwischen den Zeilen zu lesen."

Furi sah beschämt aus. Syn hatte ihn gebeten, ihm zu vertrauen, aber Furi hatte immer noch Zweifel. „Es tut mir leid. Ich wollte nur sichergehen, dass ich dir nicht wehgetan habe."

„Das hast du." Syn konnte sein Grinsen nicht ganz verbergen. „Aber es hat mir gefallen."

„Morgen wird es dir vielleicht nicht mehr so gut gefallen."
Furi schaute tief in diese kohlrabenschwarzen Augen und
fragte sich kurz, ob Syn wirklich ganz ihm gehörte.

„Nein. Es wird sogar noch besser sein. Eine ständige
Erinnerung, dass du dort gewesen bist, richtig? Hast du das
nicht gesagt, als du in mich gestoßen hast?" Syn strich mit
den Fingern durch Furis Haare, schob sie hinter sein Ohr.

Furi lächelte ihn an. „Es überrascht mich, dass du überhaupt etwas hörst, so wie du schreist." Furi sprang auf,
sobald Syn klar wurde, was er gesagt hatte. Niemand wollte
an die Laute erinnert werden, die er während des Sex von
sich gab, oder an seinen Gesichtsausdruck in wildester Leidenschaft. Furi lief um die Couch herum. Sein schlaffer
Schwanz schwang in der kühlen Luft. Syn war schnell auf
den Beinen und auf der anderen Seite des Zimmers, in dem
Versuch, vorherzusehen, wohin Furi laufen würde.

„Machst du dich jetzt über mich lustig?" Syn grinste. „Wie
wäre es dann, wenn ich nicht mehr für dich schreie?"

„Das kannst du versuchen." Furi sprintete nach links und
auf den Flur zu, aber Syn hatte ihn, bevor er an der Garde-
robentür vorbei war. Furi wirbelte herum und duckte sich
unter Syns Arm hindurch, als dieser nach ihm griff. Seine
Haare flogen über seine Schulter. Er lief durch die Öffnung
in die Küche, kam auf der anderen Seite wieder heraus und
entkam Syns Griff nur knapp, als er zurück ins Wohnzimmer lief.

Syn lief hinter ihm her und Furi sprang über die Rückseite
der Couch, stellte so ihre Ausgangsposition wieder her. Syn
auf der einen Seite der Couch, Furi auf der anderen. Er
lachte so sehr, dass er kaum atmen konnte. „Du bist zu alt,
alter Mann. Entweder das oder ich habe dich zu hart
gefickt. Du kannst mich nicht fangen", neckte Furi.

„Nein. Deine Bewegungen sind zu kindisch, als dass ich sie vorausahnen könnte, Jungspund. Aber das muss dieses Y-jitsu sein, das du in sechs Monaten gelernt hast. Beeindruckend", schoss Syn zurück.

Furi knurrte, weil Syn sich über seinen Selbstverteidigungsunterricht lustig machte, und sprang ihn an. Er erinnerte sich an nichts aus seinem Training, zielte nur hoch und wollte Syn am Hals packen, um ihn in den Schwitzkasten zu nehmen, aber Syn kauerte sich zusammen und Furi umarmte nichts als leere Luft. *Verdammt, das war gut.* Syn wirbelte herum, packte ihn an der Taille und zog ihn an seinen breiten Brustkorb. Er hielt ihn mit seinen langen Armen und ganz egal, wie sehr er sich wehrte, er konnte nicht entkommen. Syn drehte sich mit ihm und stieß Furi gegen die Wand. In zwei effizienten Bewegungen hatte er einen Arm hinter ihn gepresst und den anderen mit seinem Unterarm verhakt. Furi konnte sich gar nicht mehr bewegen und es gefiel ihm. Syn stieß hart gegen seinen Rücken und löste seine Hand von Furis Handgelenk, aber er konnte seinen Arm nicht herausziehen, weil Syns Körper ihn an Ort und Stelle hielt. Syn schob Furis wilde Haare aus seinem Gesicht und starrte ihn an. Furi atmete schwer, während Syn so aussah, als hätte er kein Gramm Energie verschwendet. Syns Mitternachtsblick wanderte von seinem Kopf langsam zu seinen geteilten Lippen. Er musste sich nicht lange fragen, was Syn dachte.

„Gott, du bist so schön", flüsterte Syn an der Seite seines Gesichts, während er ihn ruhighielt. „Ich hätte nie gedacht, dass ich einen anderen Mann schön finden würde, aber hier bist du."

Der Klumpen in Furis Kehle hielt ihn davon ab, zu antworten. Syn betrachtete ihn mit so viel, verdammt, so viel von etwas, über das er nicht nachdenken wollte. War es möglich? Nein. Zu früh.

Syn beugte sich vor und platzierte einen sanften Kuss auf Furis Mund, der schnell zu einem wilden Zungenspiel und lauten Stöhnen eskalierte. Syns Schwanz wandelte sich von halb-hart zu steinhart, während er sich von hinten an ihm rieb, und Furi konnte sich nicht zurückhalten, seinen Hintern gegen ihn zu stoßen.

„Fuck." Syn biss in Furis volle Unterlippe und saugte daran, während er seinen tropfenden Schwanz in seine Poritze drückte.

Nur weil Furi gerne toppte, hieß das nicht, dass er einen hübschen, fetten Schwanz, der ihn füllte, nicht zu schätzen wusste. „Syn", keuchte Furi. Er konnte sein Herz nicht beruhigen. Es war über ein Jahr her, dass er gefickt worden war. „Willst du mich ficken, Corbin?"

Syns Bewegungen wurden heftiger. Offenbar gefiel ihm die Frage oder das Angebot, das dahinterstand. Syns Gesicht war an seinem Lieblingsplatz vergraben, der Basis von Furis Hals, in seinen Haaren. Er konnte spüren, wie der Mann ihn einatmete. Syn ließ Furis anderen Arm los und klatschte seine Handfläche gegen die Wand, als würde ihn seine Leidenschaft übermannen. Seine andere Hand hielt Furis Pobacke brutal fest. Syn massierte die feste Halbkugel, seine Atmung wurde ungleichmäßig, er verlor die Kontrolle.

„Verdammt, Syn." Furi stützte sich mit beiden Händen ab. Wollte er, dass sein erstes Mal nach langer Zeit an eine Wand gelehnt stattfand oder in einem bequemen Bett? Er war unentschlossen, denn auch wenn das Bett herrlich klang, war das, was Syn gerade mit ihm machte, wunderbar sündig. Wenn Syn es so wollte, würde er, nein, konnte er es ihm nicht abschlagen.

„Fick mich", flüsterte Furi. „Fick mich, Syn."

Syn knurrte an seinem Ohr und Furi wünschte sich, dass er in Reaktion auf diesen Laut nicht so heftig gezittert hätte. Ganz egal, wie die Rollen verteilt waren, er musste immer die Kontrolle haben, würde von unten toppen. Furi griff nach Syns Händen und zog, bis er beide Handgelenke hatte und seine Handflächen an die Wand vor ihm legen konnte.

„Lass deine Hände dort", befahl Furi. Als er seine Hände von Syns Händen löste, blieben sie an Ort und Stelle.

Furi griff nach hinten, nahm Syns Schwanz und platzierte ihn enger an seinem Hintern. Er stieß rückwärts gegen Syn und genoss das Zischen in seiner Kehle. „Härter", fauchte Furi.

„Furi." Syns Stimme war so leise, dass er ihn nur deshalb hörte, weil sein Gesicht an seinem Hals vergraben war. „Ich werde dich jetzt nicht ficken."

Furi schloss seine Augen und atmete aus, bevor er sprechen konnte. „Das wirst du, wenn ich es dir sage."

„Ja, das werde ich. Aber ich würde lieber warten." Syn hörte auf, sich an ihm zu reiben, und Furi vernahm ein gequältes Stöhnen von seinem großen Sergeant.

„Warten worauf?" Furi atmete tief durch. Sein Hintern zog sich zusammen und er wollte laut aussprechen, wie enttäuscht er war, dass Syn ihn nicht auf diese Weise wollte. Er verstand, dass nicht alle Männer beides mochten, aber es schockierte ihn zutiefst, dass Syn ihn abgewiesen hatte.

„Bis es Zeit ist", flüsterte Syn und bewegte sich von ihm fort.

Furi bat ihn nicht, sich zu erklären. Er war sich nicht sicher, was Syn mit „Zeit" meinte. Sie hatten bereits Sex gehabt. Worauf genau warteten sie?

Furi drehte sich um und starrte Syn an. Er gab ihm sein Einverständnis mit einem Nicken.

„Dusche?", fragte Syn mit schiefem Lächeln.

Furi legte seine Hände auf die warmen Fliesen, während Syn seinen Körper von Kopf bis Fuß wusch. „Kann ich deine Haare waschen?"

„Ja", war alles, was Furi herausbrachte. Die Fünf-Sterne-Behandlung fühlte sich so verdammt gut an, dass er nicht wusste, was aus seinem Mund kommen würde, wenn er seine Antworten nicht auf ein Wort limitierte. Vielleicht eine Erklärung seiner unsterblichen Liebe.

Syn griff an ihm vorbei, um Furis Shampoo zu holen und seine ganze Handfläche zu füllen.

Furi kicherte. „Denkst du, du hast genug?"

„Ich liebe den Geruch. Wo hast du es her?"

„Ich kaufe es online von jemandem, der seine eigene Mischung für Männerhaare zusammengestellt hat. Es passt gut zu mir."

Furi stöhnte, sobald Syns Hände mit seiner Kopfhaut in Berührung kamen. Er massierte das Shampoo in seine langen Strähnen und Furi verlor sich in den sich wiederholenden Bewegungen. Syn kam nahe an seinen Rücken und Furis Schwanz hob sich begeistert.

„Fühlt es sich gut an, wenn ich das mache?", fragte Syn an Furis Hals.

„Mmmhmmm." Furi hatte keine anderen Worte. Gut beschrieb es nicht einmal annähernd. Furi drückte seinen

Hintern an Syns Schwanz und war nicht überrascht, ihn so hart wie Beton zu finden.

Syn kämmte Furis Haare mit den Fingern und bog seinen Kopf zurück, damit er unter den Wasserstrahl kam. Sobald Syn das Shampoo ausgewaschen hatte, griff er wieder nach der Flasche. Furi musste sich nicht lange fragen, was Syn tat, als er mit der Hand zwischen sie griff, ihre Erektionen nahm und begann, sie schnell zu pumpen. Furis Knie gaben nach und Syn presste seinen Brustkorb hart an ihn, um ihn aufrecht zu halten. „Verdammt, Syn." Hier ging es nicht um Zärtlichkeit oder Romantik, hier ging es um zwei Männer, die unbedingt kommen mussten.

Syn knurrte an Furis Hals. Seine Faust übte gerade den richtigen Druck aus. Syn hatte sich an diesem Abend um jedes seiner Bedürfnisse gekümmert, und nachdem er ihn wie einen König gewaschen hatte, holte er ihm noch einmal einen herunter, was sicherstellen würde, dass er in ein Koma fallen würde, sobald er ins Bett ging.

„Ich komme gleich", stöhnte Syn. Seine Hüfte zuckte an der von Furi.

„Ja." Furi nahm Syns Gesicht zwischen beide Handflächen und zwang ihn, ihm in die Augen zu schauen. „Lass mich dich sehen."

Furis Hüften bockten einmal, zweimal und dann kam er über Syns Faust. Das musste Syn in den Wahnsinn getrieben haben, denn er folgte ihm direkt. Sein heißes Sperma vermischte sich mit dem heißen Wasser der Dusche. Er konnte sehen, wie Syn darum kämpfte, seine Augen offen und auf ihn gerichtet zu halten, aber er schaffte es. Syn dabei zuzusehen, wie er kam, wurde Furis Lieblingsbeschäftigung. Es gab nichts Vergleichbares. Überall sich anspannende Muskeln und hervorstehende

362

Adern. Ob es stimmte oder nicht, Furi glaubte, dass er der Einzige war, der ihn so kommen lassen konnte. Er würde es glauben, bis Syn ihm etwas Gegenteiliges sagte.

Syn hob seine Hand und schaute ihrer beider Wichse an, die von seinen Fingern tropfte. Furi konnte die Unentschlossenheit auf seinem Gesicht sehen. Er wollte schmecken, war sich aber nicht sicher. Furi nahm Syns Handgelenk, hob einen Finger an seinen Mund und leckte ihn sauber, wobei er Syn nicht aus den Augen ließ.

„Verdammt, Furi."

Furi mochte das gequälte „verdammt", das über Syns Lippen kam. Seine Augen waren halb geschlossen, während er zusah, wie Furi seine Hand reinigte.

„Komm her", befahl Furi.

Syn verschwendete keine Zeit, zu gehorchen. Furi nahm seinen Kiefer zwischen die Hände und brachte ihre Münder zusammen, schob seine Zunge in Syns Mund, um ihm einen Vorgeschmack zu geben. Syn stöhnte in seinen Mund und öffnete ihn weiter, um ihn tiefer eindringen zu lassen.

„Gefällt dir, wie wir schmecken, Baby?", flüsterte Furi und schloss seine Lippen wieder über denen von Syn.

„Mmm. … ja." Syn hielt ihn an sich gedrückt.

Sie standen da, starrten einander an und Furi musste seinen Kiefer zusammenpressen, um nichts zu sagen, das Syn in die Flucht jagen könnte. Gott, war dieser Mann intensiv. Alles an ihm schrie, dass er perfekt für Furi war, aber er würde geduldig sein, bis Syn das ebenfalls klar wurde.

Sie lehnten ihre Stirnen aneinander, während sie von dem High ihrer Orgasmen herunterkamen.

„Meine Eier werden über Wochen verschrumpelt sein", stöhnte Furi, ließ das Wasser den Rest ihres Spermas wegwaschen.

Syn wimmerte zustimmend und drehte das Wasser ab.

„Ich bin erschöpft."

„Ich auch."

„Schlafen?"

„Jetzt."

Kapitel 35
„Das habe ich nicht gesagt … Oh ja, das hast du wohl"

Syn wachte vor Furi auf, versuchte aber, ihn nicht zu stören. Er wollte ihn nur beobachten. Furi lag auf dem Rücken und seine Haare waren wild über Syns blaue Kissen ausgebreitet. Syn konnte ein Lächeln nicht unterdrücken, als Furi schnaubte und abwesend mit der Hand seine Brust hinab zu seinen Schamhaaren fuhr und sich die drahtigen Haare intensiv kratzte. Syn musste sich stark am Riemen reißen, um nicht zu lachen. Er hatte seit Jahren kein solches Bedürfnis zu lachen verspürt. Furi ließ ihn emotional und sexuell unglaubliche Dinge erleben. Er wollte, dass Syn sich gut fühlte. Furi rollte sich auf die Seite und tastete automatisch nach Syn, damit er seinen Morgenständer an seinem Oberschenkel reiben konnte.

Syn konnte sein Kichern nicht mehr zurückhalten.

„Was ist so lustig?", fragte Furi in seiner sexy Morgenstimme. Er hielt sich nicht damit auf, die Augen zu öffnen.

„Du. Bist du nicht noch erschöpft vom Sex?", fragte Syn mit einer Stimme, die ebenso rau klang.

„Na ja, mein Schwanz hat seinen eigenen Kopf." Endlich öffnete Furi seine Augen und Syn verlor sich auf der Stelle in ihren Tiefen. Ihm fiel keine Antwort ein. Syns Augen wanderten über den schönen Mann vor ihm. Selbst mit Schlaf in den Augen und unordentlichen Haaren war er immer noch der schönste Anblick auf der Welt. Syns Gesicht musste seine Gedanken verraten haben, denn er fühlte, wie Furis Handfläche sich um seine Wange legte.

„Ich weiß", flüsterte Furi.

Fuck. Er weiß es. Moment. Weiß was? Wie? Furi konnte es unmöglich wissen. Syn vergrub sein Gesicht an Furis Brust und ließ zu, dass der Mann seinen angespannten Rücken streichelte. Er konnte Furi nicht alle Macht überlassen. Wenn er sein Herz zu schnell anbot, konnte niemand sagen, was der Mann damit machen würde. Furi hatte nie angedeutet, dass er für eine richtige Beziehung bereit war, vor allem, weil seine Scheidung noch gar nicht durch war. Er war sich sicher, dass Furi nicht herumficken wollte, aber das hieß nicht, dass er bereit war, mit Syn Geschirr auszusuchen.

„Versteck dich nicht vor mir." Furi packte Syns kurze Haare in seinem Nacken. „Es ist in Ordnung."

Syn drückte Furis Schultern, hielt ihn eng an sich gepresst.

„Nicht, bevor du nicht bereit bist, in Ordnung? Ich werde da sein, wenn du es bist", erklärte Furi ihm sanft.

Syn war dankbar, dass Furi die Angelegenheit nicht weiterverfolgte. Er war für eine Aussprache noch nicht bereit und er wollte nicht als Weichling gesehen werden, weil er sich in einen Mann verliebte, den er gerade einmal drei Wochen kannte.

„Wie sehen deine Pläne für heute aus?" Furi wechselte das Thema.

Gott sei Dank.

„Ich habe keine. Ich habe heute frei, es sei denn, ich bekomme einen Notruf." Syn rollte sich zurück und machte es sich auf seiner Seite des Bettes bequem. *Meine Seite.*

„Oh. Cool. Ich muss zur Werkstatt und um vier eine Lieferung annehmen", informierte Furi ihn. Er schwang seine Beine über die Bettkante und strich sich mit den Fingern durch die Haare.

Syn räusperte sich, in der Hoffnung, dass Furi ihm diese Chance gab. „Möchtest du frühstücken gehen und viel-

366

leicht diesen neuen Action-Film anschauen, der letzte Woche herausgekommen ist? Ich wollte alleine gehen, aber wenn du nicht beschäftigt bist."

Furi drehte sich langsam um und zeigte sein breites Lächeln. „Ahh. Bittest du mich um ein Date, Syn? Das ist so süß."

Syn zeigte Furi den Mittelfinger und setzte sich im Bett auf. Er nahm die Fernbedienung, damit er eine Entschuldigung hatte, Furis Neckereien zu ignorieren.

Furi schlenderte zu Syns Bettseite und riss ihm die Fernbedienung aus der Hand. „Versuch nicht, mich zu ignorieren." Er schaute Syn gespielt streng an.

Syn bewegte sich schnell, packte Furi um seine schmale Hüfte und drehte sich, warf ihn wieder auf das Bett. Furi grunzte laut und Syn spielte mit, biss und gab laute, knurrende Laute an seinem Hals von sich.

Furi lachte unkontrolliert und Syn wurde klar, dass er ebenso sehr lachte, während Furi erfolglos versuchte, sich aus seinem Griff zu winden. „Schon gut! Schon gut! Ich werde mit dir kommen", schrie Furi.

Syn hörte auf, Furi anzuknabbern, und erhob sich vom Bett, ging in seinen Kleiderschrank. „Das war alles, was ich hören wollte", sagte Syn schlicht.

„Du Arschloch." Furi stützte sich auf einen Ellbogen und musterte Syn über das Zimmer hinweg. Syn fiel auf, dass Furi erst begann, sich anzuziehen, als Syn schon fertig war. Diese dunklen Augen verfolgten jede seiner Bewegungen.

Als sie endlich aufhörten, herumzualbern, war es schon nach Mittag. Syn nahm Furi mit zu einer netten Bar am Lake Sinclair. Als Syn Ruxs gesagt hatte, dass er jede Art von Meeresspeisen liebte, hatte der Mann ihm dieses Restaurant empfohlen. Da Syn aus dem Norden kam, hatte er

Vorurteile, was die Meeresküche betraf. Es schien nur natürlich zu sein, dass sie das bessere Essen hatten. Aber Ruxs hatte recht gehabt. Die Atmosphäre war entspannt, da es sich nur um Mittagsgäste handelte, und die Bedienung war freundlich. Nach sechs verwandelte sich das Restaurant in die Lieblings-Karaokebar der Einheimischen. Syn sang nicht, aber er und sein Date genossen die wunderbaren frittierten Krabben.

Nach dem Film schlenderte Syn mit Furi an seinem Arm durch Savannah. Wenn er seine Hand halten wollte, tat er das. Wenn er seinen Arm um Furis Taille schlingen wollte, tat er das. Wenn er ihn küssen wollte, tat er das, als ob sein Leben davon abhing. Syn genoss jede Minute, aber er machte es zum Teil auch, weil er Furi zeigen musste, dass er stolz war, mit ihm in der Öffentlichkeit gesehen zu werden. Syn ignorierte das unangenehme Starren mancher Passanten und konzentrierte sich stattdessen auf den wunderbarsten Mann, den er je gekannt hatte.

Durch die Straßen von Savannah zu spazieren, war, wie durch ein Filmset zu gehen. Kopfsteinpflaster, historische Landschaften, dreihundert Jahre alte Architektur und Läden aller Art standen entlang der Straßen. Herbstfarben und hundert Jahre alte Trauerweiden beschatteten den Park, durch den sie schlenderten. Auf einmal blieb Furi stehen und lehnte sich an einen massiven Baumstamm, um zuzusehen, wie ein großes Riverboat andockte.

„Dieses Ding ist riesig", bemerkte Syn und lehnte sich an Furi.

„Ja, sie veranstalten Dinner-Fahrten."

„Wirklich? Willst du auf eine gehen?", fragte Syn, bevor er überhaupt darüber nachgedacht hatte.

Furi schaute ihn schockiert an, bevor der Blick sich in Dankbarkeit verwandelte. „Ja." Er grinste. „Wann?"

„Heute Abend, wenn etwas frei ist." Syn gab Furi einen schnellen Kuss und zerrte an seinem Arm, zog ihn mit sich. Sie liefen durch den Park, grinsten beide wie liebeskranke Idioten. Syn ging zum Kartenstand und schaute auf die Tafel, wo die Fahrtzeiten angezeigt wurden. Syn zog Furi an seine Brust und schnurrte in sein Ohr. „Ohh. Sie haben eine Dämmerungsfahrt um sieben. Wie klingt das? Eine Bootsfahrt bei Sonnenuntergang, Abendessen auf dem Wasser, danach du in meinen Armen auf dem Oberdeck unter den Sternen."

Furi schlang seinen Arm um Syns Hals und ließ seinen Kopf zurückfallen, damit Syn weiterflüstern konnte.

„Dann zurück zu mir für die Nachspeise."

„Bist du schon immer so romantisch gewesen?" Furi atmete schwer an der Seite von Syns Gesicht.

„Überhaupt nicht", antwortete Syn ehrlich und wandte sich um, um ihre Karten zu kaufen.

Syn fuhr Furi zu seiner Werkstatt, damit er seine Lieferung in Empfang nehmen konnte. Er wollte nicht für eine Sekunde von ihm getrennt sein, was ein verrücktes, neues Gefühl für ihn war. Aber er würde ihn nicht bedrängen. Furi musste sich um ein paar geschäftliche Dinge kümmern, darum würde er dem Mann seinen Raum lassen.

Syn musste seine Hand von Furis Oberschenkel nehmen, damit er an sein Handy gehen konnte. Er sah, dass es Day war, und stellte es auf Lautsprecher.

„Ja, Day. Wie sieht es aus?", grüßte Syn und kam gleich auf Furis einstweilige Verfügung zu sprechen.

„Alles erledigt und Ruxs und Green haben sie heute Nachmittag zugestellt." Days Grinsen konnte man selbst durch das Telefon hören.

Syn und Furi lächelten einander an. Furi erinnerte sich daran, wie einschüchternd diese beiden Detectives aussahen. Auf gar keinen Fall würden Patrick und Brenden sich mit ihnen anlegen wollen. Sie waren die Muskeln der Abteilung und Syn konnte sich vorstellen, wie sie diese Verfügung zugestellt hatten. Sicher würde Furis Ex so schnell wie möglich nach Charlotte zurückkehren.

„Frag Furi, ob er heute schon irgendwelche Anrufe von dem Arschloch bekommen hat."

„Moment, woher weißt du, dass er bei mir ist?" Syn schaute misstrauisch auf sein Handy.

Day schnaubte. „Ja, genau, frag ihn einfach."

Furis tiefe Stimme füllte Syns Truck. „Nein, habe ich nicht. Vielen Dank, Day. Ich weiß deine Hilfe wirklich zu schätzen."

Days Stimme fiel um zwei Oktaven und rumpelte durch den Lautsprecher. „Nenn mich Leo, Darling. Und wie sehr weißt du es zu schätzen, Furious?"

Klick.

Syn beendete den Anruf und warf das Handy auf die Konsole. Furi lachte so sehr, dass ihm Tränen die Wangen hinabströmten.

„Ich bin froh, dass *du* es lustig findest. Ich glaube, *ich* werde ihm einen Schlag auf die Kehle versetzen, wenn ich ihn sehe", grummelte Syn. Er bog auf den Parkplatz von Furis Werkstatt ein und hielt direkt vor dem ersten Tor.

„Ich habe ungefähr eine halbe Stunde, bis die Lieferung kommen soll, und dann werde ich auf Doug warten.

Warum lässt du deinen Truck nicht hier und ich tune ihn für dich? Ist jemand in der Nähe, der dich abholen kann?"

Syn lächelte. „In Ordnung. Es ist immer jemand in der Nähe. Ich werde mich von Ronowski abholen lassen. Ich muss mir ein paar Akten im Büro ansehen, bevor wir diese Ecstasy-Festnahme morgen machen."

Nachdem Furi das Tor geöffnet hatte, fuhr Syn seinen Truck hinein. Er stieg aus, um Furi in den Laden zu folgen und war erstaunt, wie viel sie in der letzten Woche geschafft hatten. „Baby, hier drin sieht es klasse aus. Mir gefällt der Schachbrettboden."

„Danke. Das Bike meines Vaters wird bald hier sein. Ich kann es kaum erwarten. Es ist ziemlich genial getunt." Furis Gesicht war so voller Stolz und Syn sonnte sich darin. Er liebte es, dass Furi endlich das vom Leben bekommen würde, was er wollte. Syn hoffte nur, dass er auch ein Teil davon sein konnte.

Furi band seine Haare zu einem Pferdeschwanz zusammen und schlüpfte in einen oft benutzten, blauen Overall. Er zog sein Sweatshirt über den Kopf, was das enganliegende Tanktop darunter zum Vorschein brachte, sowie all diese herrliche Tinte, an der Syn seine Augen erfreuen konnte. Furi band die Arme des Overalls um seine Taille, ließ sie tief von seiner schmalen Hüfte baumeln. Syn musste sich darauf konzentrieren, nicht zu sabbern. Verdammt. Furi war so unglaublich sexy. Welcher Mann konnte einen alten Overall so gut aussehen lassen? Er hatte bis jetzt noch keinen gesehen.

„Wenn du mich weiter so anstarrst, zeige ich dir, was ich mit einigen dieser Werkzeuge alles machen kann." Furi grinste ihn an.

Syns Augen wanderten zurück zu Furis Gesicht, aber er schämte sich nicht, erwischt worden zu sein. Syns Handy vibrierte. Ronowski schrieb, dass er in zwei Minuten da sein würde.

Furi hatte Syns Truck bereits vorne angehoben und lag auf seinem Rollbrett.

„Bist du dir sicher, dass ich eine Reparatur brauche? Für mich klingt es so, als wäre alles in Ordnung." Syn lehnte sich an eine riesige rote Werkzeugkiste und redete mit Furis unterer Körperhälfte, während der unter dem Truck arbeitete.

„Das denke ich mir."

„Was soll das heißen?" Syn runzelte die Stirn.

Mit einer geschmeidigen Bewegung kam Furi unter dem Wagen hervor. „Ich meine damit, dass du nicht weißt, wie du dich um dein Auto kümmern musst. Dieser Truck wird in sechs Jahren eine Antiquität sein. Was bedeutet, dass er über fünfundzwanzig Jahre alt sein wird und immer noch fährt. Aber nicht mehr lange, wenn du dich nicht um ihn kümmerst."

„Das tue ich", grummelte Syn.

Furi warf ihm einen „wenn du meinst"-Blick zu, bevor er von dem Rollbrett aufsprang. „Leg dich drauf und fahr unter das Auto. Ich will dir etwas zeigen."

„Nein."

„Doch. Na, mach schon, runter da", sagte Furi und deutete auf das Brett. „Es sei denn, du hast Angst, ein wenig Dreck an deine hübschen Hände zu bekommen."

Das war genug. Syn runzelte die Stirn und legte sich ungeschickt auf das Rollbrett, wobei er beinahe auf der Seite wieder herunterfiel. „Schön, was jetzt?"

Furi unterdrückte eindeutig ein Lachen auf Syns Kosten, aber er würde deswegen nicht kindisch werden. Er würde Furi beweisen, dass er falsch lag. Er fand sich überhaupt nicht hübsch. Er konnte wahrscheinlich alles machen, was Furi ihm sagte, solange er klare Instruktionen bekam.

Syn rollte sich unter den Truck und musterte die schmutzigen Teile. Furi hatte eine Lampe an die Stoßstange gehängt, damit er sehen konnte. „Schön. Ich glaube, alles sieht in Ordnung aus", rief Syn.

„Ach ja?", fragte Furi zurück.

„Ja."

„Greif nach oben und öffne den Abflusshahn direkt vor dir", wies Furi ihn an.

Syn wollte nicht fragen, aber was zur Hölle war ein Abflusshahn?

„Schau nach oben. Es ist der größte Riegel", erklärte Furi.

„Das weiß ich", log Syn. „Ich brauche ein Werkzeug."

„Nein, brauchst du nicht. Dreh ihn einfach nur ab", sagte Furi mit Humor in der Stimme.

Syn begann, den Riegel aufzudrehen, als eine widerliche, dicke Substanz herauszutropfen begann. „Hier kommt irgendein Scheiß heraus, Furi."

„Oh nein! Ist es rot oder grün?", wollte Furi wissen.

Was zur Hölle? „Es ist rot."

„Fuck! Raus da! Sofort raus da! Beeil dich!", schrie Furi.

„Scheiße, scheiße." Syn kam unter dem Truck hervor, rollte sich ungeschickt von dem Rollbrett und lief vom Truck weg. Er drehte sich um und sah Furi, der sich vor Lachen bog.

„Oh, du kleiner Bastard." Syn lief mit voller Geschwindigkeit auf seinen kleinen Spaßmacher zu. Furi rannte um den Truck herum, um ihm zu entkommen, während er immer noch hysterisch lachte. Syn fing Furi ein und zog ihn in eine feste Umarmung. „Du Scheißkerl."

Furi schnaubte und versuchte, wieder zu Atem zu kommen. Syn wollte nicht darüber lachen, dass er hereingelegt worden war, aber Furis Lachen war ansteckend und Syn war über den Streich amüsiert. „Du hättest dein Gesicht sehen sollen", lachte Furi.

„Ich bin froh, dass du Spaß auf meine Kosten hast, Baby." Syn drehte Furi herum, um ihn anzusehen. Der Mann war einfach wunderbar und wie eine Brise frischer Luft. Syn liebte es, wie Furi sich bei ihm benahm. Er hatte seit Jahren nicht mehr so gelacht. Tatsächlich konnte er sich nicht erinnern, jemals in seinem Leben so gelacht zu haben. Syn konnte nicht anders, als gut gelaunt zu sein, weil er Furi glücklich machen konnte.

Furi schnaufte schwer an Syns Wange. „Vergib mir. Ich konnte nicht widerstehen. Du bist so ein einfaches Ziel."

Syn saugte fest an Furis Hals, ließ ihn wegen des stechenden Gefühls aufschreien. „Du machst mich wahnsinnig, Furious, aber ich liebe dich trotzdem."

Syn lachte, bis ihm klar wurde, was er gesagt hatte, und den sehr stillen, stocksteifen Mann in seinen Armen bemerkte.

Fuck. Fuck. Fuck. Syn wollte sein Gesicht nicht zeigen. Er ließ Furi langsam wieder auf den Boden. Er hatte Furi gesagt, dass er ihn liebte. Nach nur ein paar Wochen. Der Mann würde denken, dass er verrückt war. Syn hörte ein Auto hupen und erinnerte sich daran, dass Ro ihn abholte. *Danke Ro, für dein hervorragendes Timing.* Syn musste so schnell wie möglich weg von hier. Er trat von Furi zurück, konnte ihm aber nicht in die Augen schauen.

„Äh. Ich äh." Syn dachte darüber nach, es zurückzunehmen, aber das ergab keinen Sinn.

„Syn, es ist -"

Syn unterbrach Furi. Er wollte die Zurückweisung nicht hören und er war sich zu neunundneunzig Prozent sicher, dass Furi seine Gefühle nicht erwiderte. „D-das ist Ro. Ich m-muss gehen", stammelte Syn. Mit einem entsetzten Gesichtsausdruck drehte er sich auf dem Absatz und floh. Syn stieg in das dunkle, unauffällige Auto und warf die Tür zu. Er konnte Furi aus dem Augenwinkel immer noch am Tor stehen sehen.

„Fahr, Ro", quetschte Syn hervor, seine Stimme voller Emotionen.

Ro schaute ihn eine Sekunde an, bevor er losfuhr. Syn weigerte sich, in den Seitenspiegel zu schauen. Er wollte den Ausdruck der Abscheu nicht auf Furis Gesicht sehen. „Fuck", stöhnte Syn.

„Was hast du angestellt?" Ro schaute zu ihm hinüber.

„Ich habs vermasselt, Mann." Syn rieb sich müde über die Augen.

„Lass uns zu mir gehen. Scheiß auf das Büro. Ich denke, du kannst einen Harten vertragen."

Syn schaute ihn genervt an.

„Ich meinte einen Drink", lachte Ro.

Alle waren heute zu Späßen aufgelegt. Aber Syn war gerade nicht zum Lachen zumute.

Furi stand wie erstarrt da, als Syn in den schwarzen Lexus sprang und verschwand. Er drehte sich um, um wieder in die Werkstatt zu gehen, strich sich mit den Händen durch die Haare und zog an den Spitzen. *Liebe. Er hat gesagt, dass er mich liebt.* „Liebe", flüsterte Furi. Er wusste nicht, ob es sich um ein Versehen handelte, so wie manche Leute sagten, dass sie Kuchen liebten. Oder ob er wirklich Liebe gemeint hatte und ausgeflippt war, weil er es noch nicht hatte aussprechen wollen. So wie Furi. Er hatte das Gefühl, dass es zu früh war, diese Worte zu sagen. Aber Furi würde Syn etwas Zeit geben und dem Mann dann sagen, dass es in Ordnung war, weil er ihn auch liebte. Er scherte sich um keinen gottverdammten Zeitplan.

Kapitel 36
„Die Liebe hat sich nie so gut angefühlt"

Nach zwei Stunden rief Furi Syn an, bekam aber keine Antwort. Er hatte gerade aufgelegt, als Ronowski ihn zurückrief.

„Hey, alles in Ordnung?"

Furi musterte sein Handy mit gerunzelter Braue, bevor er endlich mit einem langen „Jaaa" antwortete. Ihm wurde erst ein paar Sekunden später klar, dass, auch wenn Syn nicht ans Telefon ging, er doch sicherstellte, dass einer seiner Männer ranging, für den Fall, dass Furi anrief, weil er in Schwierigkeiten steckte. „Mir geht es gut. Ich will mit Syn reden."

„Er ist auf dem Klo", antwortete Ronowski zu schnell.

„Ernsthaft", schnaubte Furi. „Hol ihn an das verdammte Telefon."

Er hörte Schlurfen und gedämpfte Flüche, bevor endlich Syns Stimme erklang. „Ja?"

„Wir haben in eineinhalb Stunden ein Date", sagte Furi sanft. Seine Wut war verraucht, sobald er die Stimme seines Mannes hörte. Syn hatte Angst und Furi konnte ihm daraus keinen Vorwurf machen. Er hatte auch Angst. Aber den Kopf in den Sand zu stecken, ließ die Dinge nicht verschwinden.

„Ich muss absagen. Ich habe eine Menge Arbeit. Ich werde dich anrufen", sagte Syn mit schmerzvoller Stimme.

„Syn, warte. Es ist in Ordnung. Ich fühle -"

„Ich ruf dich bald an", unterbrach Syn ihn. Furi hörte, wie aufgelegt wurde, und starrte auf sein Handy, schockiert, dass Syn ihn einfach abgewürgt hatte.

Furi würde Syn nicht gestatten, vor ihm wegzulaufen. Er musste gedacht haben, dass Furi nicht dasselbe empfand, aber er war weggelaufen, bevor er hatte antworten können. Ansonsten würde er wissen, dass er genau dasselbe fühlte.

Furi rief Syns Handy wieder an, aber er wurde sofort zur Voicemail weitergeleitet. „Sturer Bastard", murmelte Furi. Er war mit seinem Service an Syns Truck fertig und hatte sogar alle Flüssigkeiten getauscht. Die Lieferung war weggesperrt und Doug vor dreißig Minuten gegangen. Furi war froh, dass sein Freund einen Großteil des Nachmittags im Büro verbracht hatte, weil er Furis Verzweiflung sicher bemerkt hätte. Er wischte ein paar Flecken von der Motorhaube und räumte seinen Arbeitsplatz auf. Furi wurde klar, dass er lächelte, während er seine Werkstatt abschloss. Syn liebte ihn. Furi schaute auf sein Handy und erkannte, dass er nur eine Stunde hatte, um nach Hause zu fahren, sich zu waschen und dann nach Savannah zu gelangen. Er würde ein Taxi rufen müssen, weil er keine Zeit für den Bus hatte. „Moment. Ich habe doch einen hervorragenden Truck hier." Furi grinste. Er rollte das Tor nach oben und sprang auf den Fahrersitz, um den Truck herauszufahren. Als er losfuhr, wünschte er sich, dass sein neues Apartment über der Werkstatt schon fertig wäre, sodass er einfach hinaufgehen und dort duschen könnte, aber er musste noch einiges renovieren, bevor das Loft bewohnbar war. Furi vibrierte vor Aufregung. Neue Werkstatt, neues Zuhause, neue Liebe. Endlich fügte sich alles für ihn. Raus mit dem Alten, rein mit dem Neuen war Furis neues Mantra.

Furi rief Syn wieder an, als er vor seinem kleinen Apartment im Keller hielt. Keine Antwort. Verdammt, Syn zwang ihn, es auf diese Weise zu tun. Furi würde ihm eine SMS schicken müssen.

Ich werde um 19:15 am Dock in Savannah stehen. Hoffentlich ist der Mann, den ich auch liebe, dort, weil er versprochen hat, mich unter den Sternen in die Arme zu nehmen.

Furi benutzte extra Conditioner für seine Haare und föhnte sie, damit sie besonders weich waren, so wie Syn es mochte. Er trug die einzige Khaki-Hose, die er besaß, und einen weichen, schwarzen Pullover aus Kaschmir, den seine Tante Susan ihm zum Geburtstag geschenkt hatte. Er tupfte eine teure Parfümprobe auf, die er in einem Kaufhaus mitgenommen hatte, und saß dann auch schon wieder in Syns Truck und flog die Interstate entlang. Er hatte acht Minuten, um pünktlich dorthin zu kommen. Das Letzte, was er wollte, war, dass Syn dorthin kam und ihn nicht sah. Obwohl Syn nicht auf seine Nachricht geantwortet hatte, war er sich sicher, dass der Mann ihn nicht sitzenlassen würde, nachdem er sie gelesen hatte.

Furi parkte auf dem Parkplatz, der für Passagiere des Riverboats vorgesehen war, und ging dann hinüber, um an der Seite auf seinen Mann zu warten. Seine Haare wehten in der Abendbrise und er konnte es nicht erwarten, auf das Oberdeck zu kommen, damit Syn dort mit seinen Händen hindurchstreichen konnte. Es war 19:15 Uhr und die Leute begannen, an Bord zu gehen. Alle trugen schöne, lässige Kleidung. Die Luft hier am Ufer war kühler als weiter vom Wasser entfernt, aber er würde es in Syns kräftigen Armen warm haben. Syn musste nur zuerst seinen Hintern hierher bekommen, denn das Boot würde in fünfzehn Minuten losfahren, ob Furi und Syn nun an Bord waren oder nicht.

Furi schaute immer wieder zur Straße, aber er sah keine Autos, die langsamer wurden, um auf den Parkplatz einzubiegen. Es war 19:25 Uhr. Nur noch fünf Minuten. Auf dem Oberdeck standen bereits Pärchen, die lachten und einander hielten. Sie knabberten an Fingerfood und tranken Wein, der von Männern und Frauen in gebügelten Uniformen serviert wurde. Furi sah zu, wie Pärchen einander in die Augen schauten, während in der Ferne die Sonne unterging, den Himmel in romantisches Lila, Rot und Orange tauchte. Er sprach ein schnelles Gebet, dass Syn auf magische Weise vor ihm erscheinen würde. Zögernd schaute Furi wieder auf seine Uhr. Er wusste, dass seine Zeit um war. Syn würde nicht kommen.

Furi sah hoffnungslos zu, wie die Matrosen die Gangway nach oben zogen. Das Boot warf seinen Dieselmotor an und die Propeller schnitten durch die Wellen, als es begann, sich vom Dock zu entfernen.

Er hatte Syn gesagt, dass er ihn liebte und es war zu viel gewesen. Vielleicht hatte Syn es doch nicht so gemeint und es war ihm nur herausgerutscht. Aber Furi wollte das nicht glauben. Er wollte glauben, dass Syn ihn liebte. Furi packte das Geländer vor sich und ließ sein Kinn auf seine Brust fallen. Auch wenn er es nicht wollte, dass Syn nicht aufgetaucht war, schmerzte ihn zutiefst.

Wie hatte dieser Tag so herrlich beginnen und in so einer Katastrophe enden können? „Was habe ich getan?", flüsterte Furi in den dunkler werdenden Himmel. *Warum suche ich mir immer Männer mit Problemen aus?* Furi sah zu, wie das Boot davonfuhr. Am Dock wurde es unheimlich still. Das ließ Furi schaudern, weil es so verdammt symbolisch wirkte. Etwas so Schönes und Lebendiges entglitt ihm und er konnte es nicht verhindern. Er wusste nicht, was er jetzt tun sollte. Es war kurz nach acht und er starrte immer noch auf das dunkle Wasser. Seine Brust war eng und seine Augen feucht. Wenn er es mit Syn vermasselt hatte, würde er sich selbst hassen. Der Mann hatte ihn praktisch angeschrien, dass er eine Sekunde brauchte, um Dampf abzulassen, aber Furi hatte ihn bedrängt. Jetzt hatte er den Mann vielleicht ganz von sich gestoßen.

„Furious. Hast du es ernst gemeint?" Die dunkle Stimme schnitt durch Furious Gedanken und er musste ein paar Mal blinzeln, um sicherzugehen, dass er sich Syns Stimme nicht nur eingebildet hatte.

Furi drehte sich langsam um und da stand er, in einer schwarzen Hose und einem weißen Hemd, dessen Ärmel nach oben gerollt waren. Ein schwarzes Jackett hing von seinen Fingerspitzen über seine Schulter. Gottverdammt, er sah so sexy wie die Sünde aus. Furi starrte ihn für einen Moment nur an, erleichtert, dass Syn überhaupt gekommen war. Vergiss die Bootsfahrt, es würde andere geben.

Syn trat zu Furi, bis sie Brust an Brust standen. Er hob seine Hände und strich durch Furis Haar. Furi stöhnte, als wäre Syn gerade mit der Zunge über seinen Schwanz gefahren.

„Du siehst so wunderschön aus", flüsterte Syn. Er zog Furi in eine lange, leidenschaftliche Umarmung und hielt ihn fest. „Ich habe deine Nachricht gesehen. Sag mir, dass du es ernst meinst."

Furi drückte Syn und vergrub sein Gesicht an seinem Hals. „Ja, ich meine es ernst. Ich wünschte, du hättest es mich dir persönlich sagen lassen, anstatt über eine SMS, aber ich konnte dich nicht dazu bringen, mir zu antworten."

Syn lehnte sich zurück und schaute Furi in die Augen. Er schob seine Haare hinter die Ohren und nahm sein Gesicht in beide Hände. „Es tut mir leid, dass ich einfach so abgehauen bin. Ich dachte, du würdest wütend sein."

„Gott. Warum sollte ich deswegen wütend sein?", fragte Furi.

„Weil ... du löst dich gerade erst aus einer Beziehung mit jemandem, der sehr kontrollierend war. Ich dachte, dass du vielleicht das Gefühl hast, dass ich dich zu etwas dränge, zu dem du noch nicht bereit bist."

„Ich sage dir schon, wofür ich bereit bin und wofür nicht. Obwohl ich gezögert habe, als wir uns das erste Mal getroffen haben, hat das überhaupt nichts mit der Situation jetzt zu tun." Furi konnte nicht anders. Er beugte sich vor, um Syns Mund zu schmecken. Er hatte seinen Bart gestutzt und der Bartschatten sah so sexy aus. Furi leckte und wanderte mit seiner Zunge an Syns weichen Lippen entlang, während er in seinen Mund keuchte. „Verdammt. Du hast mir Angst gemacht, als du nicht rechtzeitig für die Bootsfahrt hier warst."

„Es tut mir leid. God hat Ronowski angerufen, damit der sich um etwas kümmert, was bedeutete, dass ich ein Taxi rufen und mich dann noch fertig machen musste, nachdem ich deine SMS gesehen hatte. Ich habe mich so sehr beeilt, wie es ging, aber der Verkehr von meiner Wohnung aus war furchtbar", erklärte Syn. „Aber ich habe eine besondere Überraschung für dich."

Furi lächelte Syn an. „Ich brauche keine besonderen Überraschungen. Ich bin nur froh, dass du gekommen bist."

„Natürlich bin ich gekommen." Syn hielt an und schaute Furi ernst an. Sie dachten höchstwahrscheinlich dasselbe. Sie hatten „Ich liebe dich" auf indirekte Weise gesagt. Vielleicht war es Zeit, es direkt zu sagen.

„Wirst du es mir sagen?", fragte Syn leise. Seine Augen waren auf Furis Brust gerichtet. „Niemand hat je zu mir gesagt, dass -"

Syn verstummte, aber Furi wusste, worum er bat. Er musste diese drei mächtigen Worte aus Furis Mund hören, er musste sie ausgesprochen hören, um zu wissen, dass es echt war.

Furi hob Syns Kinn an und schaute ihm in die Augen. Furi konnte bereits die Liebe in Syns Augen sehen, es gab keinen Zweifel daran. „Syn", flüsterte Furious. Er schob sein Gesicht näher heran, sodass ihre Nasen sich berührten und aneinander rieben. „Ich liebe dich."

Furi spürte, wie Syn sich in seinen Sweater krallte. Der Klumpen, den Syn schluckte, war in der Nacht gut zu hören. „Furious. Ich war noch nie verliebt. Habe nie gedacht, dass ich das will. Aber jetzt bin ich in dich verliebt." Syn leckte sich über seine Lippen, bevor er einen zärtlichen Kuss auf die von Furi presste. „Und bitte glaub mir, wenn ich dir sage, dass ich niemals meine Hände anders an dich legen werde als auf diese Weise." Syn zog Furi beschützend an sich und küsste ihn, bis seine Knie ganz weich waren. Er küsste ihn, um zu bestärken, was er gerade zu ihm gesagt hatte, ließ Furi zweifellos wissen, dass er wirklich geliebt wurde.

Syn lehnte sich nach einer Minute zurück und sie keuchten beide, als sie wieder zu Atem kamen. „Ich will dich gerade unbedingt", gestand Syn. Er nahm Furis Hand und führte ihn das Dock entlang, an dem alles von kleinen Fischerbooten bis hin zu Luxusjachten vor Anker lag.

Furi schlenderte neben Syn her, als sie das Ende des Docks erreichten und Furis Blick auf eine Luxus-Motorjacht mit einem eleganten, blauen Streifen an der

Seite fiel. Das Heck zeigte zum Dock und in eleganten Lettern stand dort der Name der Jacht: „Sees the Day". Ein Mann in einer gestärkten, weißen Uniform näherte sich ihnen und schüttelte Syns Hand wild.

Heilige Scheiße! Das ist Days Boot. Jesus! Wie viel Geld hat der Kerl?

„Sergeant Sydney. Alles ist für Sie und Ihren Gast bereit, Sir." Der Mann redete professionell, als ob er und Syn königliche Gäste wären.

Furis Mund stand immer noch offen, als er in den großen Salon der Jacht trat und vom extravaganten Inneren überwältigt wurde. Dunkle Ledermöbel und Tische aus Kirschholz waren vor einem großen Flachbildschirm positioniert, der an einer der Wände hing. Die anderen Wände bestanden aus deckenhohen Fenstern, durch die man das Wasser sehen konnte. Eine große Bar befand sich in der gegenüberliegenden Ecke und man hatte bereits Gläser mit Champagner für sie eingeschenkt.

Syn setzte sich auf die Couch, einen Fuß auf das gegenüberliegende Knie gelegt und beobachtete Furi, der die Umgebung bewunderte. „Gefällt es dir?" Syn lächelte ihn an.

„Das ist unglaublich schön, Babe. Ich kann nicht glauben, dass Day sich so etwas leisten kann, noch dazu mit Angestellten." Furi war erstaunt.

Syn bellte vor Lachen. „Das kann er nicht. Die Jacht gehört einem Freund von ihm. Irgendein toller Koch. Ich kenne ihn nicht persönlich. Aber er ist geschäftlich hier und Day hat ihn um einen Gefallen gebeten. Die Jacht gehört uns für die Nacht."

Furi näherte sich Syn, bereit, ihm zu zeigen, wie sehr er schätzte, was der Mann alles auf sich nahm, um diese

Nacht zu etwas Besonderem zu machen, als ein kleiner Mann in Kochkleidung den Raum betrat, gefolgt von einem anderen jungen Mann, der ähnlich gekleidet war und ein silbernes Tablett trug.

„Guten Abend, meine Herren. Ich bin Chef Moreau. Mein Sous Chef und ich wollten uns vorstellen, bevor das Abendessen serviert wird." Er hatte einen kräftigen französischen Akzent. „Chef Vaughan hat mich gebeten, mich gut um Sie zu kümmern. Er hat mir gesagt, dass Sie besondere Freunde seines engsten Freundes sind."

Furi schüttelte den Kopf. „Entschuldigen Sie, haben Sie gerade gesagt Chef Vaughan, wie in -"

„Chef Prescott Vaughan." Der Franzose lächelte. „Das hier ist seine Jacht. Er und seine zwei Partner sind zu Besuch hier in Atlanta."

„Heilige Scheiße. Ich werde Day umbringen. Er kennt Prescott Vaughan. Ich meine, er kennt ihn wirklich. Wir sind auf seiner gottverdammten, persönlichen Jacht." Furi glühte vor Aufregung und Syn liebte es. Obwohl er keine Ahnung hatte, wer dieser Vaughan war.

„Er muss ein großartiger Koch sein", versuchte Syn, am Gespräch teilzunehmen.

Furi schnaubte. „Da gibt es kein muss. Er ist der Beste! Er war ungefähr fünf Jahre lang blind. Es ist ein Wunder, dass er wieder sehen kann, aber er hat nie aufgehört, zu kochen. Er hat zehn Restaurants, seine eigene Fernsehsendung, tonnenweise Kochbücher und er verkauft Küchenkleidung", zählte Furi an den Fingern ab und Syn nahm seine Hände und zog sie sachte nach unten.

„Atme, Baby." Syn lachte. „Wenn du willst, kann ich Day fragen, ob er etwas arrangieren kann, damit du ihn treffen kannst."

Furi drehte sich zu Syn. Sein Lächeln verschwand, hinterließ einen ernsten Blick. „Nein. Ich muss ihn nicht treffen. Ich brauche sonst nichts. Das hier ist eine wunderbare Überraschung, Syn. Vielen Dank."

Syn stellte sich zunächst selbst dem Koch vor und zog Furi dann an seine Seite und stellte ihn als seinen Partner vor. Der gutaussehende Koch zuckte nicht einmal mit der Wimper, als er sie willkommen hieß und sie informierte, wann das Abendessen serviert würde. „Haben Sie irgendwelche speziellen Anforderungen an das Essen oder Allergien?"

Syn schüttelte seinen Kopf und schaute zu Furi, der dasselbe tat.

„Wunderbar." Der Koch trat zurück und der andere Mann kam nach vorne und stellte das Tablett auf einen formell eingedeckten Tisch mit weißer Tischdecke. „Bitte genießen Sie dieses Amuse-Bouche, während wir den ersten Gang vorbereiten."

„Danke", sagte Furi und setzte sich gegenüber von Syn. „Wow! Das sieht lecker aus."

„Was ist es?" Syn schaute das mundgerechte Hors d'oeuvre verwirrt an.

Furi schob seine Haare hinter die Ohren und nahm die Vorspeisengabel. „Ein Amuse-Bouche ist französisch. Es bedeutet wörtlich ‚amüsiere den Mund'. Es ist eine winzige Vorspeise. Ich glaube, das hier ist getrocknete Jakobsmuschel mit Chutney", sagte Furi und schnitt die köstliche Meeresfrucht in zwei Teile, begierig darauf, solch ein hervorragendes Essen zu schmecken. Es war eine Weile her.

„In Ordnung", meinte Syn zögerlich. „Was ist das grüne Zeug darunter?"

Furi liebte Syns Direktheit, wenn er sich nicht in seinem Element befand, und wie es schien, war die gehobene Küche nicht sein Element. „Das ist Erbsenpüree."

Syn nahm seine Hauptspeisengabel und stopfte sich die ganze Jakobsmuschel in den Mund. Er kaute begeistert. „Mann. Das ist ziemlich gut. Magst du diese Art Essen?", fragte Syn mit vollem Mund.

Furi lachte über Syns schlechte Tischmanieren. Das war so ganz anders als die hochnäsige Kritik seines Ex jedes Mal, wenn Furi die falsche Gabel benutzte oder auf seinem Stuhl herumrutschte oder zu weit über den Tisch griff. Syn kümmerten Furis Tischmanieren nicht und er atmete erleichtert auf, als er den Rest seiner Muschel in den Mund nahm. „Ja. Ich liebe diese Art Essen. Ich musste an ziemlich vielen gehobenen Abendessen, Wohltätigkeitsveranstaltungen und formalen Einladungen teilnehmen, wenn Patrick seine Kunden unterhalten hat. Das einzig Gute daran war das Essen. Es hat mir auch gefallen, mehr darüber zu lernen. Manchmal bin ich in die Küche geflohen, um mit dem Koch zu reden." *Wofür ich später immer schmerzlich bezahlt habe.*

Furi schaute auf und sah, wie Syn ihn anstarrte. „Wir haben auch offizielle Abendessen und Wohltätigkeitssachen, aber ich würde dich niemals zwingen, auf eine zu gehen, wenn du das nicht willst."

Furi streckte die Hand aus und Syn verflocht ihre Finger. „Ich weiß. Aber ich bin mir sicher, dass ich mit dir hingehen möchte."

„Bei den meisten gibt es kein solches Essen, außer auf dem jährlichen Polizistenball. Der wird dir gefallen", sagte Syn, als ob es offensichtlich wäre, dass Furi an seinem Arm sein würde.

„Das klingt wirklich schön", sagte Furi rau. Seine Stimme verriet seinen inneren Tumult. Gott, er liebte den Mann vor sich.

Der Kapitän manövrierte sie an der Küste entlang, ohne zu weit auf das offene Meer abzudriften. Sie aßen das Fünf-Gänge-Menü aus Meeresfrüchten und waren nach dem dekadenten Schokoladenkuchen mit flüssigem Kern, den es als Dessert gab, kaum in der Lage, zum Bug zu wackeln.

Furis Haare wehten in der nächtlichen Brise und Syn vergrub sein Gesicht darin, während er seinen Hals leckte und küsste. Furi ließ seinen Kopf zurückfallen, um die Sterne zu betrachten, während Syn ihn festhielt. Die Dinge wurden schnell hitzig. Syn presste Furi hart gegen die Reling, packte seinen Hintern und rieb seinen harten Schwanz an ihm. Furis eigener Schwanz zuckte aufgeregt in seiner Hose, während Syn seine Hand in seine Pofalte tauchte und über sein Loch strich.

„Fuck, Syn", keuchte Furi. Sein Loch zog sich zusammen, wollte von seinem Mann gefüllt werden. „Sag, dass es Zeit ist, bitte", wimmerte Furi. Ihm war heute Nacht alles egal. Er war mehr als bereit, für Syn der Bottom zu sein, wollte es unbedingt, musste all die Male auslöschen, als er gezwungen gewesen war, für Patrick den Bottom zu spielen.

„Ja", antwortete Syn. Er küsste Furi wieder, bevor er zurücktrat und ihm seine Hand anbot. Furi nahm sie und gemeinsam gingen sie durch den Salon und einen engen Flur entlang, der zu einer Treppe führte. Syn brachte sie in ein Zimmer, das wohl das Hauptzimmer war, denn es wurde von einem luxuriös ausgestatteten King-Size-Bett dominiert und hatte zwei Kommoden an den Wänden, sowie einen weiteren großen Fernseher an einer davon.

Duftkerzen waren überall verteilt und Furi musste die Tränen wegblinzeln, als er das alles in sich aufnahm. Hatte Syn das alles nur für ihn arrangiert? Ein elektrischer Kamin war bereits angezündet, blies warme Luft in den Raum und Furi fühlte sich, als würde er Prinz Charming daten.

Syn stand immer noch in der Tür und musterte Furi genau. Er dimmte die Lichter, bis nur noch der Kamin und die Kerzen den Raum mit einem warmen Glühen erhellten. „Zieh dich aus ... langsam", sagte Syn mit rauer Stimme.

Furi stand neben dem Bett. Er wandte den Blick kein einziges Mal ab, als er seine Schuhe auszog, und dann träge jedes Kleidungsstück loswurde. Furi war vollkommen nackt, als er auf Syns nächste Anweisung wartete. *Wie die Dinge sich geändert haben.*

„Leg dich auf das Bett, Hübscher." Syns Stimme war so tief und rau. Es entzündete ein Feuer in Furis Bauch, zu hören, wie sehr er diesen starken Mann beeinflusste. Syn kam auf ihn zu, zog dabei seine eigene Kleidung aus. Furi schlug den schwarzen und silbernen Überwurf zurück und legte sich in die Mitte des Bettes.

Furis Augen glitten über Syns muskulösen Körper, kartierten jede Erhebung und jedes Tal, bis sie auf dem dicken, tropfenden Schwanz landeten, der stolz aus seinem Nest dunkler Schamhaare hervorstand. Syn streichelte sich selbst ein paar Mal. Sein Kopf fiel zurück, als Lust seinen Körper durchfuhr. Furi streckte den Arm aus, musste Syn auf der Stelle spüren. Syn kroch das Bett hinauf wie ein Panther, der seine Beute anvisierte. Seine dunklen Augen waren voller Hunger und direkt unter dieser Leidenschaft lag eine Menge Liebe.

„Syn." Furis Rücken wölbte sich von den kühlen Laken auf. Er musste von ihm berührt werden. Er würde es bevorzugen, wenn diese Berührung an seinem Schwanz wäre, aber jede andere Stelle war ihm auch recht. Syn begann an Furis Knie und leckte seinen Weg nach oben. Er hob Furis Bein auf seine Schulter und leckte hinter seinem Knie, während er seine Wade massierte. Zunächst leckte Syn abwechselnd Furis Oberschenkel, bevor er deutlich langsamer wurde, als sein Gesicht sich an Furis Eier legte.

„Oh Gott", stöhnte Furi und schaute seinen Körper hinab auf Syn. Er sah so sexy zwischen seinen gespreizten Knien aus, als ob er nicht wusste, welchen Teil von Furis Körper er zuerst vernaschen wollte.

Syn hielt den Blick auf Furi gerichtet, als er die Zunge ausstreckte und sie träge von Furis Eiern seinen Schaft entlang bis zu seiner tropfenden Spitze zog. Syn schob diese herrliche Haut zurück und knabberte sachte daran, bevor er mit der Zunge über die Spitze strich und in den Schlitz eindrang, Furi in den Wahnsinn trieb, ehe er wieder nach unten leckte.

„Du bringst mich um, Liebster", keuchte Furi. Er packte die Basis seines Schwanzes und ergriff Syns Kinn in dem Versuch, ihm einen Hinweis zu geben.

„Ungeduldiger kleiner Bottom, häh?" Syn lachte tief an seinen Eiern und Furi dachte, er würde auf der Stelle abspritzen. Furi kniff seine Augen zu und drückte die Basis seines Schwanzes. Syn ergriff die Gelegenheit, um die Spitze von Furis Schwanz ganz in seinen Mund zu nehmen und ein paar Mal hart zu saugen. Furi schrie in dem spärlich beleuchteten Zimmer auf, aber Syn hörte nicht auf und würde es auch nicht, bis er Furi vor Ekstase um den Verstand gebracht hatte.

Kapitel 37
„Ich habe die Liebe nie so gekannt"

Syns Schwanz pulsierte zwischen seinen Beinen, als er in den weichen Überwurf stieß, um einen Teil seiner Lust zu bezähmen. Furi brüllte seinen Namen, während er hart an seiner Eichel saugte. Er konnte immer noch nicht viel aufnehmen, ohne zu würgen, aber das schien seinen Mann nicht zu stören, weil Furi herrlich für ihn zuckte. Aber er wollte nicht, dass Furi so kam, jedenfalls noch nicht.

Syn spreizte Furis Beine weit und vergrub sein Gesicht tiefer, aber er konnte sein Ziel immer noch nicht erreichen. „Dreh dich um, Baby."

Furi zögerte nicht, zu tun, was von ihm verlangt wurde. Er drehte sich um, bot Syn einen weiteren, atemberaubenden Anblick und Syns Hände strichen automatisch über Furis Rücken und Hintern. Furis Hüften begannen, an den seidenen Laken zu reiben und Syn gab ihm dafür zwei harte Schläge. Furi zischte und lachte über Syns dominante Seite.

„Glaub nicht, dass ich dich nicht später zahlen lassen werde, wenn du jetzt zu frech wirst", knurrte Furi ihn über die Schulter an.

Mmm. Fuck, ja. Syn war so froh, einen Blick auf Furis kontrollierende Seite zu erhaschen, dass er seine Hüften kräftig in die Matratze stieß, während er Furis glatte Pobacken auseinanderzog und eintauchte, sein Loch mit all der animalischen Lust, die er spürte, zu lecken begann.

„Ja, Syn. Iss dieses verdammte Loch", keuchte Furi, hob seinen Hintern und rieb ihn an Syns Gesicht. Furi schmeckte besser als das reichhaltige Dessert, das sie gerade verspeist hatten. Voller Moschus, mit einem Hauch seines Duschgels. Syn wusste, dass er diesen engen Stern

391

gut lockern musste, damit sein Geliebter keine Schmerzen verspürte, genauso, wie Furi es für ihn tat. Syn wollte nichts übereilen, er musste sich beruhigen, sie hatten immerhin die ganze Nacht. Er verlangsamte sein energiegeladenes Knabbern zu trägen Kreisen um Furis Loch, bevor er für eine erste Kostprobe eintauchte. Furis Geschmack war hier am stärksten und gab Syn das Gefühl, betrunken zu sein.

„Furi. Du schmeckst so gut", raunte Syn zwischen zwei Zungenschlägen. Er hatte Furi zu einem leisen Wimmern und schamlosen Bewegungen reduziert, als er fester gegen Syns Gesicht stieß. Syn erhob sich schließlich und streckte sich über Furis Rücken. Er schob all die hübschen Haare auf eine Seite, damit er das liebliche Gesicht sehen konnte. „Ich werde dich lieben, so wie du es verdienst, geliebt zu werden. Darum wollte ich warten. Bis ich sicher wusste, dass du für mich etwas Besonderes bist und nicht nur ein Fick." Syn küsste die Seite von Furis Gesicht und leckte an seinen Lippen.

„Danke", flüsterte Furi.

Syn hatte diese Antwort nicht erwartet, aber sie erfreute ihn dennoch. Er hatte gehofft, dass Furi ihn und alles, was er getan hatte, um diesen Abend zu etwas Besonderem zu machen, zu schätzen wusste. Syn hatte wirklich nicht gedacht, dass er Furi so bald wiedersehen würde, nachdem er damit herausgeplatzt war, dass er ihn liebte. Furi machte gerade so viel durch und Syn wollte seinen Stress nicht erhöhen. Nach ein paar Schnaps mit Ronowski hatte Furi angerufen, aber Syn hatte schreckliche Angst gehabt, ans Telefon zu gehen. Er hatte die furchtbaren Worte nicht hören wollen, von denen er sicher gewesen war, dass sie kommen würden. *„Ich denke, wir sollten eine Pause machen."* Das sagten Männer, wenn die Dinge zu schnell zu heftig wurden. Aber nachdem er Furis SMS bekommen hatte, in der er sagte, dass er dasselbe fühlte und dass er am Dock auf Syn warten würde, konnte er das breite Lächeln nicht aus seinem Gesicht verbannen. Ihm machte es nicht einmal etwas aus, dass Ronowski ihn aufzog. Sobald Day mitbekam, dass er Furi auf eine Riverboatfahrt mitnehmen wollte, hatte er Syn angerufen und ihm von der Jacht seines Freundes erzählt und dass er ihm sehr gerne helfen würde, wie ein Rockstar dazustehen. Verdammt, ein Teil von God und Days erweiterter Familie zu werden, war das Beste, was er je getan hatte. Bis er Furi getroffen hatte.

Furi ließ ein gequältes Stöhnen hören, als Syn seinen harten Schaft in der feuchten Ritze zwischen seinen Pobacken rieb. „Bitte. Beeil dich, Syn."

Syn griff in die Schublade neben dem Bett und zog das Gleitgel, von dem Day gesagt hatte, dass es da sein würde, heraus und öffnete den Verschluss. Er drückte eine großzügige Menge auf seine Finger und begann, mit einem Finger an Furis zu engem Anus zu arbeiten.

„Oh Gott, ich will da rein." Syn stieß seinen Schwanz gegen eine Pobacke, während er langsam mit einem Finger eindrang.

„Ja. Brauche dich da drin", gab Furi zu. „Mehr, Baby. Ich werde nicht zerbrechen."

Syn schob seine Hand unter Furis angehobene Hüften und massierte seinen Schwanz, während er einen weiteren Finger hineingleiten ließ. Verdammt, der Mann würde seinen Schwanz auspressen. Syn war sich nicht sicher, ob er es überleben würde, aber er würde es auf alle Fälle versuchen.

„Ich bin bereit", schnaufte Furi. „Jetzt."

Syn war fasziniert davon, wie seine Finger in der geröteten Öffnung verschwanden, dennoch gab er schnell mehr Gleitgel auf seine Hand, um seinen Schwanz schön schlüpfrig zu machen. Mit verhangenen Augen, die auf das pulsierende Loch gerichtet waren, brachte er seinen Schwanz in Position und begann mit langsamem, stetigem Druck hineinzupressen. Er erinnerte sich genau daran, wie Furi es immer machte. Er durchbrach den ersten Muskelring mit einem Poppen und sie beide grunzten überrascht.

Syn stützte sich auf seinen Unterarm, während er mit der anderen Hand Furis Rücken rieb. Er flüsterte ihm beruhigend ins Ohr. „Du fühlst dich so gut an. Du bist so wunderschön." Er wartete darauf, dass Furi sich anpasste, zog seine Bauchmuskeln entschlossen zusammen. Er würde sich nicht bewegen, bevor Furi nicht bereit war. Schweiß tropfte von Syns Gesicht und landete auf Furis Hals. Er schmiegte sich an ihn, wollte mehr Hitze, mehr Kontakt. Obwohl er in ihm war, wollte er noch näher zu ihm.

„Syn", stöhnte Furi und hob seine Hüften an, um einen weiteren Zentimeter aufzunehmen.

Syn wimmerte und packte Furis Hüften, drängte nach vorne. „Oh. Mein. Gott. Es ist so eng, so heiß, Baby. Fuck."

„Hör nicht auf", befahl Furi ihm.

Syn machte weiter, bis sein Gemächt eng an Furis rundem Hintern anlag. Er konnte sehen, wie Furi an den Laken zog und sie verdrehte, wie sein Rücken sich schnell hob und senkte. Syn wusste, dass sich jeden Moment das Unwohlsein und das Brennen, das Furi fühlte, zu unbeschreiblicher Seligkeit wandeln würde. Syn zog sich ein wenig zurück und drang dann genauso langsam wieder ein. Furi stöhnte und Syn tat es noch einmal.

„Fuuuck", schrie Furi und Syns Eier zogen sich zusammen.

„Mmm." Syn zog sich weiter heraus und schaute zwischen ihnen nach unten auf seinen feuchten Schwanz, der im warmen Licht der Kerzen glitzerte. Er drang mit etwas mehr Nachdruck wieder ein und Furi brüllte seinen Namen.

„Jesus", flüsterte Syn. „Ich will die ganze Nacht für dich durchhalten, Furious, aber du fühlst dich zu verdammt gut an, Baby."

„Liebe mich, Syn." Furi drehte sich ein wenig und Syn fing seinen Mund in einem leidenschaftlichen Kuss. Er ließ Furis Mund nicht los, als er die Spitze seines Schwanzes herauszog und langsam wieder eindrang, seine Hüften auf den letzten Zentimetern nach vorne zucken ließ. Furis Rücken bog sich bei dieser Bewegung. „Ja! Genau so!", brüllte er.

Syn machte es genau so, wie Furi es mochte, hielt den Rhythmus langsam und nachdrücklich. Die sachten Wellen, die das Boot bewegten, unterstrichen Syns Bewegungen. Furi begann, seinen Hintern gegen ihn zu stoßen und Syns Augen verdrehten sich. „Ich werde kommen", stöhnte Syn, seine Stimme klang gequält, als ob Furi ihn langsam umbringen würde.

„Ich muss dich sehen." Syn zog ihn langsam heraus, packte die Basis seines Schwanzes. Er erhob sich, sodass Furi sich umdrehen konnte. Der Ausdruck auf Furis Gesicht machte ihn fertig. So viel Liebe und Bewunderung leuchteten ihn an, reflektierten seine eigenen Gefühle wie ein Spiegel. Furi spreizte seine Beine und Syn hob einen Oberschenkel an und schlang ihn um seinen Rücken. Er stellte Blickkontakt mit seinem Geliebten her und drang wieder ein.

„Ah. Scheiße." Furis brennender Kanal presste seinen Schwanz beinahe schmerzlich zusammen.

Furis Körper bewegte sich anmutig unter ihm, als Syn zu seinem langsamen Rhythmus zurückkehrte. Er vergrub sich bis zu den Eiern und rieb sich träge an ihm, bevor er ihn herauszog und es wieder tat. Syns Eier wurden härter, die Muskeln in seinem Rücken spannten sich an und sein Loch zog sich von dem Bedürfnis, penetriert zu werden, zusammen. „Fuck." Syns Gesicht war vor Konzentration verzogen, als er aufzuhalten versuchte, was der beste Orgasmus, den er je gehabt hatte, zu werden versprach.

„Ich spüre dich, Syn. Ich spüre, dass du kurz vor der Explosion stehst", stöhnte Furi an seinem Ohr. Seine Hände wanderten zu Syns Hintern. Er zog ihn eng an sich, bewirkte, dass Syn sich heftig an ihm rieb. Furi arbeitete von unten mit seinen Hüften und Syn hatte keinen Zweifel, dass Furis Prostata stimuliert wurde. Wenn die Geräusche, die er von sich gab, nicht Beweis genug waren, war es der Schwanz, der zwischen ihnen gefangen war und sich in Stahl verwandelt hatte, definitiv.

„Du wirst dafür sorgen, dass ich komme, Syn", brachte Furi hervor. Furis Schwanz war zwischen ihnen gefangen und die Art, wie Furi Syns Hüften kontrollierte, ließ seine Bauchmuskeln rau über seinen Schaft reiben. Syns Orgasmus kam näher. Es fiel ihm schwer, seine Augen auf das Gesicht seines schönen Geliebten gerichtet zu halten, vor allem, als Furi eine Hand von Syns Hintern hob und demonstrativ an seinem Finger leckte.

„Oh Fuck, oh Fuck", schrie Syn. Seine Hüften zuckten vor Vorfreude. Er wusste, was Furi gleich tun würde, und der Gedanke allein ließ seinen Orgasmus an die Oberfläche kommen. „Furious!"

Furis Rücken hob sich von den feuchten Laken, presste ihre Vorderseiten aneinander. Er drückte Syns Hintern, stieß Syns Schwanz bis zum Anschlag in sich hinein und rieb sich hart an ihm. Syns Bauch lieferte Furis Schwanz die dringend benötigte Reibung. Syn schrie, als er fühlte, wie Furis Finger brutal in ihn eindrang – so wie er es mochte. Das erste, köstliche Brennen ließ Syn Sterne sehen, genau bevor die erste Welle Wichse aus ihm schoss. Syns Körper zitterte wild, sein Orgasmus war so intensiv, dass es wehtat. Furi fand seine Prostata und Syn fiel hart auf Furi, rammte seinen Schwanz so tief hinein, wie er konnte.

Furis ekstatische Schreie erklangen gedämpft unter ihm, seine Flüche leise, aber die feuchte Wärme, die sich zwischen ihren verschwitzten Körpern ausbreitete, war unverwechselbar. Das Gefühl, wie Furi auf ihn kam, verstärkte Syns massiven Orgasmus, der ihn immer noch festhielt. Er packte zwei Fäuste von Furis Haaren und schrie an seinem Oberkopf, während seine Hüften spastisch mit jeder Welle heißer Wichse, die seinen Mann füllten, zustießen.

Nach einer langen Weile konnte Syn sein Gehirn endlich wieder dazu bringen, zu funktionieren. Syns Schwanz hielt in diesem bebenden Kanal inne, während er zärtliche Küsse auf Furis Stirn, seinen Augenlidern, den Wangen und der Nase verteilte. „Ich liebe dich so sehr", flüsterte Syn an Furis Ohr.

Furis Antwort war, sein Gesicht in Syns Küsse zu lehnen.

Syns Schwanz glitt aus Furi heraus und Syn rollte sich mit einem erschöpften Stöhnen an Furis Seite. „Ich werde dir in einer Minute einen warmen Waschlappen holen."

Furis Augen waren geschlossen und seine Atmung gleichmäßig.

„Bist du in Ordnung?", fragte Syn besorgt.

„Hey. Das ist mein Spruch." Furis tiefes Lachen verengte Syns Brust. Furi war mehr als in Ordnung.

„Du hast recht. Das ist es. Jetzt verstehe ich, warum du die Frage stellst." Syn rieb über Furis Hüfte. „Das war intensiv."

„Ja, aber auch so gut", kam die atemlose Antwort.

Syn lächelte und rollte sich vom Bett und ging ins Bad, um einen Waschlappen für Furi zu holen.

Nachdem er sich selbst gewaschen hatte, kam Syn zurück ins Zimmer und lächelte über das leise Schnarchen, das aus Furis offenem Mund drang. Er lag auf dem Bauch, über einen Großteil des Bettes ausgebreitet und seine Haare flogen überall herum. Er sah gut gefickt aus und Syn wollte sich selbst auf die Schulter klopfen. Er hatte diesen seligen Ausdruck auf das Gesicht seines Mannes gezaubert.

Syn beugte sich vor und begann, sanft das trocknende Sperma von seinem gedehnten Loch, seinem Hintern und zwischen seinen Oberschenkeln zu entfernen. Erst in diesem Moment wurde Syn klar, dass er kein Kondom getragen hatte. Als es an der Zeit gewesen war, in Furi einzudringen, war eine Barriere das Letzte, an das er gedacht hatte. Er hatte Furi zeigen wollen, wie viel er ihm bedeutete. Hatte ihn füllen und als sein Eigentum markieren wollen, als den Mann, den er liebte. *Verdammt!* Syn wollte mit Furi keine Kondome mehr benutzen, aber er hätte Furi dennoch vorher fragen müssen.

Furi bewegte sich ein wenig, bevor er sich drehte, um Syn anzusehen. Die Worte, die aus Furis Mund kamen, waren alles, was er brauchte, um sich zu beruhigen.

„Wenn ich ein Kondom hätte benutzen wollen, hätte ich es dir gesagt", sagte Furi leise. „Ich habe dich auf diese Weise gebraucht. Es ist in Ordnung. Es ist mehr als in Ordnung. Und ich bin sauber, falls du dich das gefragt hast."

Syn warf den Waschlappen in eine Ecke und legte sich neben Furi. „Nein, das habe ich mich nicht gefragt, aber ich bin auch sauber. Ich wollte nur nicht, dass du denkst … du weißt schon."

„Komm her." Furi hob seinen Arm, damit Syn sich an ihn kuscheln konnte.

Nachdem sie zwei Stunden lang ein Schläfchen gehalten hatten, wurde Syn davon geweckt, dass Furi seinen weichen Schwanz in seinen Mund saugte. Er zog und leckte und saugte, bis Syn hart war und pulsierte. Furi schob Syns Hände in seine Haare und ermutigte Syn, seinen Mund zu ficken. Es dauerte nur zwei Minuten, bis Syn Furis Namen brüllte und heftig seine Kehle hinab kam. In einer unbekannten Umgebung auf dem Wasser aufzuwachen, war ein seltsames, aber starkes Aphrodisiakum für Syn.

„Lass uns aufs Oberdeck gehen", schlug Furi vor, leckte sich dabei seine geschwollenen Lippen.

„Was immer du willst", antwortete Syn. Diese Antwort galt für alles, was Furi von ihm wollen konnte.

Kapitel 38
„Liebe ist ansteckend"

Furi war noch immer von seiner Mitternachtsfahrt mit Syn beschwingt, aber das hielt ihn nicht davon ab, ihn wie verrückt zu vermissen. Sie waren auf dem Oberdeck geblieben, bis die Sonne aufgegangen war. Hatten einander auf der weichen Couch dort im Arm gehalten und ihre neue Liebe genossen. Furi wollte die Jacht nicht verlassen, aber das Leben hörte für die Liebe nicht auf. Er musste in der Werkstatt einen Teil seiner neuen Mitarbeiter anlernen und Syn war an diesem Morgen nach Augusta gefahren, um den Mann festzunehmen, der verdächtigt wurde, das verschnittene Ecstasy zu verkaufen.

Das war erst zwei Tage her, aber Furi freute sich darauf, Syn zu sehen, ihn zu küssen, mit ihm Sex zu haben. Syn hatte ihn jeden Abend angerufen und sie hatten Telefonsex gehabt. Als Syn ihn um zwei Uhr morgens angerufen hatte, nachdem er den Download gefunden hatte, den Furi ihm auf das Handy gespielt hatte, hatte er gedacht, dass Syn sich selbst verletzt hatte, weil er so hart gekommen war. Furi hatte sein letztes Masturbationsvideo für Illustra auf Syns Handy geladen. Das, bei dem er die ganze Zeit an seinen heißen Detective gedacht hatte. Furi stöhnte in den Lautsprecher, während Syn sich das Video anschaute. Als sie zu dem Teil kamen, wo er in die Kamera schaute und *„Ist es das, was du willst?"* fragte, ließ er Syn wissen, dass er mit ihm geredet hatte. Syn war am anderen Ende der Leitung auf der Stelle gekommen und Furi brauchte nur zweimal hart zu pumpen, um ebenfalls zu kommen.

Furi träumte vor sich hin, teilte seine Gedanken zwischen Syn und dem Bike seines Vaters auf der erhöhten Plattform im Fenster auf. Er erinnerte sich an all die Zeit, die sie aufgewandt hatten, um zusammen jedes Stück neuzubauen. Es hatten bereits Leute angeklopft und gefragt, wie viel er dafür wollte, aber das Bike war die eine Sache in dieser Werkstatt, die nicht zum Verkauf stand.

„Hey Furi. Wollen wir Mittagessen?", schrie Doug quer durch die Werkstatt.

„Ja. Klingt gut", rief Furi zurück.

Während sie ihr Hühnchen in Dougs Lieblingsrestaurant aßen, besprachen sie ein paar letzte Details für ihre große Neueröffnung in zwei Wochen. Die Werkstatt sah großartig aus. Sie hatten zwei Sekretärinnen angeheuert, weil sie bereits in Bestellungen und Terminen ertranken.

Furi wischte sich über den Mund, als ihm klar wurde, dass Doug ihn anstarrte. „Was?"

„Ich habe Cel gefragt, ob sie mich heiraten will", verkündete Doug mit einem breiten Grinsen.

„Heilige Scheiße!", bellte Furi.

„Ja, Mann. Ich liebe sie so sehr." Doug lachte. „Ich weiß ehrlich nicht, warum ich so lange gewartet habe."

Furi wusste genau, wie Doug sich fühlte. Er war von Liebe umgeben. „Ich schließe aus dem Lächeln auf deinem Gesicht, dass sie ja gesagt hat."

„Natürlich hat sie das", schnaubte Doug.

Furi hob die Hände abwehrend in die Luft. „Schon gut, schon gut. Ich wollte nur sichergehen."

„Und ich habe sie nicht gefragt, weil sie uns diesen riesigen Kredit für die Werkstatt besorgt hat. Sie unterstützt mich in allem, was ich tue, Mann. Hält mir immer den Rücken frei, weißt du? Sie ist unglaublich süß, nicht so anhänglich und fordernd wie viele andere Mädchen. Sie arbeitet hart und ist wirklich intelligent, hat aber keine

Angst, mich in unserer Beziehung den Mann sein zu lassen. Das ist die Art Frau, die du nicht entwischen lässt", sagte Doug ernst. „Und sie und meine Mutter sind unzertrennlich."

„Das ist es. Wenn deine Mutter sie liebt, weißt du, dass du das große Los gezogen hast", scherzte Furi. Aber Celine war wirklich ein phänomenales Mädchen und sie liebte seinen besten Freund aus ganzem Herzen. Als sie angeboten hatte, den Kredit zu besorgen, damit sie alles, was sie für die Werkstatt brauchten, auch wirklich hatten, hatte Furi sie auf der Stelle umarmt und dabei die zierliche Frau beinahe zerquetscht. Sie glaubte nicht nur an Doug, sie glaubte an sie beide, und dafür liebte Furi sie ebenfalls.

„Habt ihr schon ein Datum?", erkundigte Furi sich, während er den Rest seines Diabetes erzeugenden süßen Tees trank.

„Nächstes Jahr im Frühling. Sie will an einen Strand und eine kleine Zeremonie mit der Familie und engen Freunden."

„Nett, Mann. Das klingt perfekt."

„Wirst du mein Trauzeuge sein?"

Furi antwortete nicht. Er starrte seinen besten Freund ein paar lange Sekunden an, bevor er aufstand und Doug wusste, was Furi vorhatte. Er packte ihn und umarmte ihn fest, mitten im Restaurant. Er küsste Doug auf die Wange, als sie sich losließen. „Fuck, ja! Es ist mir eine Ehre, Mann."

Sie setzten sich wieder und ignorierten die erstaunten Blicke. „Der Trauzeuge darf den Junggesellenabschied planen, richtig?" Furi grinste teuflisch.

„Wunderbar. Ein schwuler Mann schmeißt meine Junggesellenfete. Ich kann es kaum erwarten." Doug schüttelte den Kopf.

Furi begann, schräg zu singen, wobei er mit seiner Serviette über dem Kopf wedelte. „It's raining men, Hallelujah. It's raining men. Yeah, yeah!"

Sie lachten immer noch auf ihrem Weg zu Dougs Auto. „Hey, lass uns einen trinken, wenn wir fertig sind. Zur Feier des Tages."

„Gut. Ich treffe mich heute mit Syn bei ihm, aber er kommt erst spät. Wie wäre es, wenn wir in den Pub meines Onkels gehen?"

„Cool."

Doug hatte es noch nicht zugegeben, aber Furi wusste, dass sein bester Freund Syn bewunderte. Sie hatten einen holprigen Start gehabt, aber er würde schon dafür sorgen, dass sie sich vertrugen. Sie würden lernen müssen, einander zu akzeptieren, denn beide Männer waren permanent in Furis Leben und gleich wichtig. Doug wollte nur, dass Furi sicher war, und Syn hatte dafür gesorgt. Als Furi Doug von den Beschützerinstinkten von Syns Kollegen erzählt hatte, war er erleichtert gewesen, dass sie nicht die Arschlöcher waren, als die sie sich während der Befragung bezüglich Illustra gegeben hatten. Doug wurde mit dem Gedanken an ihn und Syn schnell warm.

Kapitel 39
„Nicht so"

Furi trank seine zweite Rum-Cola und Doug wahrscheinlich die zehnte. Sie spielten Pool, tanzten, lachten und scherzten wie zwei Teenager. Furi konnte sich nicht erinnern, wann er das letzte Mal so viel Spaß gehabt hatte. Syn hatte ihm eine Nachricht geschickt, dass er spät heimkommen würde und dass er im Bett auf ihn warten sollte. Es war beinahe zwei Uhr und als Cel angerufen hatte, hatte sie Furi aufgezogen und gebeten, seinen ‚festen Freund' in ein Taxi zu setzen und heimzuschicken. Cel hatte Furi immer als Dougs festen Freund bezeichnet. Er fragte sich, wie sie ihn jetzt nennen würde, wo Furi einen *echten* festen Freund hatte. Furi zog den letzten Drink aus Dougs Händen und scheuchte ihn nach draußen. Doug legte seine langen Arme um Furis Hals, wodurch sie beinahe auf die Straße fielen.

„Brauchst du Hilfe, Furious?", fragte Jared auf dem Weg aus dem Pub.

„Nein, ich habe ihn", lachte Furi. Jared war mit seiner Schicht fertig. Nachdem er die ganze Nacht die Tür bewacht hatte, wollte Furi ihn nicht aufhalten, weil er und Doug dumm waren.

„Gut. Wir sehen uns." Der große Mann winkte und ging zu seinem Auto auf dem hinteren Parkplatz.

Endlich hielt ein gelbes Taxi. „Ich liebe dich, Mann", nuschelte Doug und drückte einen feuchten, schlampigen Kuss auf Furis Wange, bevor es ihm endlich gelang, ihn auf den Rücksitz zu bugsieren.

„Wir sehen uns morgen, Kumpel. Wenn du keinen zu großen Kater hast. Geh heim und hab betrunkenen Sex mit deiner Verlobten." Furi warf die Tür zu, klopfte auf das Dach des Autos und sah zu, wie es um die Ecke verschwand.

Furi ging wieder hinein und sah, dass nur noch ein paar späte Kunden da waren, die ihre Rechnungen bezahlten. Furi setzte sich an die Bar und nahm seinen Drink, leerte ihn in einem Zug. Er schob ihn zurück und Cindy fragte sofort, ob er noch einen wollte. Furi dachte einen Moment darüber nach. „Ahh, nein. Mir reicht es, danke."

„In Ordnung." Sie zuckte mit den Schultern und begann, die Messbecher für den Alkohol zu waschen.

„Brauchst du Hilfe?", fragte Furi.

„Nein, Süßer. Aber du kannst mir Gesellschaft leisten." Sie lächelte.

„In Ordnung. Ich habe Zeit."

„Wo ist dein heißer Mann?" Sie zwinkerte ihm zu.

„Er kommt spät nach Hause. Wurde auf der Arbeit aufgehalten, darum treffen wir uns bei ihm."

„Du solltest nackt im Bett sein und dort auf ihn warten." Sie schaute über die Schulter.

Furi zog den Schlüssel, den Syn ihm gegeben hatte, bevor er gegangen war, damit er jederzeit ins Apartment konnte, aus seiner Tasche. Er wirbelte die kleine Kette mit den Handschellen um den Finger. Der Gedanke an Handschellen ließ Furis Schwanz zucken. Verdammt, jetzt war er unglaublich geil. „Er wird wahrscheinlich nicht da sein, bevor ich morgen in die Werkstatt muss", grummelte Furi.

Ahh. So ist es, wenn man einen Sergeant der Polizei liebt.

„Ihr Jungs habt schnell ernst gemacht. Ich kann sehen, dass du ihn wirklich magst", schnurrte Cindy.

Furi lächelte. Er fühlte sich mit einem Mal sehr leicht im Kopf. „Ich liebe ihn", nuschelte er. „Liebe" klang wie „liieb" und Cindy lachte.

„Du gehst besser da rüber, Süßer, und nimmst zwei Tylenol, bevor er heimkommt."

„Vielleicht hast du recht." Furi hielt sich die Stirn, als er vom Barhocker fiel und ihn beinahe umwarf. „Mann, der lesche Dring war schtark, Cindy."

„Was?" Sie kicherte. „Du redest wirres Zeug, Furi. Ich konnte nicht einmal verstehen, was du gerade gesagt hast. Geh heim und schlaf dich aus. Dein Schwanz wird nicht funktionieren, wenn du so viel Alkohol getrunken hast."

So viel Alkohol. Aber ich hatte nur einen, zwei - „Mann, Louise." Furis Zunge fühlte sich dick und schwer an. Er taumelte auf die Tür zu und fiel hindurch, knallte beinahe auf den Boden, bevor er Cindy „Gute Nacht" rufen hörte.

„Ah, ja. Nacht." Furi war sich nicht sicher, ob er das nun laut oder nur in Gedanken gesagt hatte. Er schaute sich um. Alles schien verschwommen und verzerrt. Er konnte Syns Gebäude auf der anderen Straßenseite sehen. Er wusste, dass es Syns Gebäude war, aber es sah aus, als wäre es kilometerweit entfernt. Die Straßenlaternen blendeten ihn und als er einen Schritt nach vorne machte, gaben seine Knie nach. *Fuck. So betrunken war ich noch nie.* Furi stand da, mit den Händen auf den Knien und versuchte, nicht umzufallen und sich auf den Gehsteig zu legen. Es fühlte sich an, als wäre er so high wie ein Flugdrache, als ob er gerade eine Line geschnupft hätte. *Drogen. Mein Drink!* Der Gedanke war ihm gerade in seinen verwirrten Kopf gekommen, als er die furchterregendste Stimme hinter sich hörte.

„Sieht so aus, als könntest du Hilfe gebrauchen, Darling."

Nein. Nein. Nein. Bitte! Furi versuchte, sein Handy aus der Tasche zu holen, aber jede seiner Hände wog mindestens fünfzig Kilo.

Eine starke Hand schlang sich um seinen Bizeps, drückte brutal zu. Eine andere Hand suchte in seiner hinteren Tasche.

„Das wirst du nicht brauchen." Furi hörte, wie sein Handy auf dem Boden zerschmetterte.

Es fühlte sich an, als ob alles in Zeitlupe ablaufen würde. Ihm war klar, was passierte, aber er war zu schwach, um etwas dagegen zu unternehmen.

„Bring ihn auf die andere Straßenseite, Bren", befahl sein Ex-Ehemann.

„Stell dir vor, wie dein kleiner Bastard von einem Sergeant sich fühlen wird, wenn er nach Hause kommt und deinen brutal zusammengeschlagenen und vergewaltigten Körper in seinem Bett findet", knurrte Patrick ihm ins Ohr.

Furi fühlte sich, als ob er gleich kotzen müsse. Geschlagen und vergewaltigt zu werden, klang grauenvoll, aber der Gedanke, dass Syn ihn so fand, war unvorstellbar.

Das nächste, was er mitbekam, war, wie er praktisch über die Straße gezerrt wurde. Die wenigen Menschen, die sich um diese Uhrzeit auf der Straße befanden, kümmerten sich nicht großartig um das, was sie wohl für einen weiteren Betrunkenen hielten, denn niemand hielt sie auf.

„Pat, bitte, tu das nicht", murmelte Furi, als er durch die Eingangshalle zum Aufzug gezogen wurde. Er war sich nicht sicher, ob er seine Gedanken wirklich aussprach oder ob sie nur in seinem Kopf herumschwirrten. Er versuchte wieder, zu sprechen, aber sein Körper wurde brutal in den Aufzug geworfen. Er fiel auf den schmutzigen Boden wie ein Sack Kartoffeln. Er kämpfte darum, sich aufzusetzen, aber es fühlte sich an, als laste ein riesiges Gewicht auf ihm. Er hob seine Hand langsam an seine Brust und erkannte, dass ein riesiger Stiefel ihn auf den Boden gedrückt hielt. Furi versuchte, seine schweren Augenlider weiter zu öffnen. Er konnte lediglich den wütenden Ausdruck im Gesicht seines Schwagers erkennen und das machte ihm Todesangst. Er würde heute Nacht wirklich sterben.

„Welche Nummer hat sein Apartment?", fragte Patrick und dann antwortete eine Frau.

„Es ist Apartment 805", erklärte die Frau. Furi hob seinen Kopf und sah, wie Patrick mit seinem Handy an den Lippen sprach. *Mit wem redet er?*

„Wo sind sie jetzt?", fragte Patrick.

„Sie fahren gerade ins Revier. Ich halte dich auf dem Laufenden."

Bitte, mach, dass sie nicht über Syn redet.

Brenden durchsuchte Furis Taschen und zog die kleine Schlüsselkette heraus. Sobald die Tür geöffnet war, wurde er so brutal hineingestoßen, dass er über den Kaffeetisch fiel und mit einem harten Krachen vor der Couch landete. Furi stöhnte und versuchte, sich an dem Möbelstück hochzuziehen.

„Dein Mann wird beobachtet, Furious", lachte Patrick höhnisch. „Damit ich sicherstellen kann, dass ich mit dir fertig und weit weg bin, wenn er hierherkommt."

„Pat, nein."

Brenden packte Furis Haare mit der Faust und riss ihn vom Boden hoch. Furi dachte, dass er vor Schmerzen geschrien hatte. Ihm wurde heftig ins Gesicht geschlagen und er flog zurück auf die Couch.

In seinem Kopf versuchte er, zu fliehen. Aber tatsächlich bewegte er sich kaum. Furi zog seine Hand über sein.

bereits schmerzendes Gesicht und wimmerte. Er versuchte immer noch, das Klingeln in seinen Ohren loszuwerden, als Brenden ihn an der Kehle packte und wieder auf die Füße zog. Der heftige Schlag in Furis Magen trieb ihm Tränen in die Augen, aber als er wieder auf den Boden fiel, wurde dieser Schmerz von dem Tritt in die Rippen noch vergrößert.

„Pat. Lass nicht zu, dass er mir wehtut", sagte Furi leise, vollkommen atemlos.

„Warum nicht? Du hast mir wehgetan", sagte Patrick von irgendwo im Zimmer.

„Ich will nur mein Le-" Brenden schlug Furi wieder.

„Halt dein verdammtes Maul", brüllte er ihn an.

„Bring ihn ins Schlafzimmer", befahl Patrick.

„Bitte nicht. Tu das nicht, Patrick. Ich komme zu dir zurück. Ich verspreche es. Ich werde ein guter Ehemann sein, ich schwöre es", nuschelte Furi. Er hielt sich an Brendens Händen fest, während der ihn über den Flur zerrte und durch die Schlafzimmertür warf.

„Ich will dich nicht", sagte Patrick in einem ruhigen Tonfall. „Nicht, nachdem du zugelassen hast, dass er dich hat. Sag mir Furious, lässt er sich von dir ficken? Bist du der Top, Baby? Gehst du mit ihm um, wie du mit mir umzuspringen versucht hast? Oder ist er derjenige, der deinen hübschen Arsch fickt? Denn ich weiß, dass du liebst, was du kriegen kannst."

Brenden ergriff Furi und warf ihn auf das Bett, als ob er nichts wiegen würde. Er versuchte, wieder vom Bett herunterzukommen, aber Brenden packte seine Haare und zerrte ihn zurück. „Versuch das noch mal und ich breche dir deine verdammten Beine."

Vielleicht war es das Adrenalin, das durch seine Adern kreiste, das die Wirkung der Drogen, die sie in seinen Drink gegeben hatten, ein wenig milderte, aber Furi konnte ein wenig klarer sehen. Doch seine Glieder waren immer noch zu schwer, um sich zu wehren. „Was habt ihr mir gegeben?" Furi keuchte. Es fühlte sich an, als ob sein Herz aus seiner Brust springen würde.

„Ecstasy, Dummkopf. Du bist die Porno-Schlampe und du weißt nicht, wie sich Ecstasy anfühlt?", fragte Brenden und schlug Furi wieder ins Gesicht. Dieses Mal konnte Furi Blut von seiner geplatzten Lippe schmecken. „Oh und dann ist da noch ein bisschen etwas anderes mit drin."

„Brenden, mach einen Check-In", sagte Patrick.

Brenden fing das Funkgerät auf, das Patrick ihm zuwarf. „Mädels, kommen."

Furi schaute sich nervös nach etwas um, das er als Waffe benutzen konnte. Er wusste, dass Syn Waffen im Haus hatte, in diesem Zimmer. Aber er bezweifelte, dass er eine holen und in seinem drogenvernebelten Zustand vernünftig benutzen konnte. Er war am Arsch.

„Ja?" Die Stimme der Frau knackte durch den Lautsprecher.

„Wie sieht es aus?"

„Sieht so aus, als würden sie für einen Snack anhalten", erwiderte die Frau. „Ich denke, ihr Jungs solltet euch beeilen."

„Sag uns einfach, wenn sie losfahren", bellte Brenden, bevor er das Funkgerät in seine Tasche steckte.

Furis drogenvernebelte Augen wandten sich von Brenden ab und konzentrierten sich auf Patrick. Er konnte nicht verstehen, warum zum Teufel er seine Klamotten auszog.

„Sieht so aus, als wäre die Zeit beinahe um. Ich werde dich noch einmal so richtig durchficken, Darling, bevor ich dich umbringe. Bren, willst du auch einmal kosten?" Patricks Lachen war so teuflisch, dass Furi keinen Zweifel hatte, dass er seine Drohung wahrmachen würde. „Brenden, dreh das Radio auf, damit die Nachbarn ihn nicht schreien hören."

Nein. Nicht so. Syn!!!

Kapitel 40
„Bitte sag, dass es vorbei ist"

„Wir werden verfolgt", sagte Day vom Beifahrersitz aus.

„Bist du sicher?" God schaute durch den Rückspiegel.

Syn wagte es nicht, sich umzudrehen. „Wer zur Hölle sollte uns folgen?"

„Der dunkle Chrysler war schon hinter uns, als wir vor einer Stunde aufs Revier gefahren sind. Jetzt ist er wieder hier, auf der rechten Seite."

„Hier gibt es eine Menge Chrysler, Liebling. Du bist einfach nur müde", grummelte God.

„Bevormunde mich nicht, God. Bieg hier rechts ab", befahl Day.

Syn drehte sich nicht um, aber offensichtlich war das Auto ihnen gefolgt, denn Day schaute God mit einem „Hab ich dir doch gesagt"-Ausdruck an. „Bieg links ab."

Dieses Mal musste das Auto zwei Fahrbahnen kreuzen, um hinter ihnen abzubiegen.

„Ich werde sie los." God trat auf das Gas.

„Nein. Nicht. Ich will wissen, was zur Hölle hier los ist. Fahr zu einem All-Night Diner und park dort."

Syn konnte seine Gereiztheit nur schwer im Zaum halten. Er wollte nur nach Hause, weil Furi dort auf ihn wartete und ihm das Bett warmhielt.

Sie verließen Gods Truck und gingen in den Diner, als wollten sie dort essen. Stattdessen marschierten sie mit gezückten Marken direkt zur Küche. „Wir müssen durch ihre Hintertür", erklärte Syn der müde aussehenden Kellnerin. Sie wirkte, als wäre ihr das vollkommen egal und deutete über ihre Schulter, ohne mit dem Texten aufzuhören.

Sie öffneten die Hintertür des Restaurants und joggten die Gasse entlang. Day schaute um die Ecke. „Sie sind zwei Autos weiter." Die Männer gingen schnell, näherten sich dem Auto von hinten. Syn konnte sehen, dass zwei Frauen in dem Auto saßen. Der Rücksitz war leer. God ging zur Beifahrerseite, Day zur Fahrerseite. Das Fenster war bereits unten, darum ging Day in die Hocke und schaute hinein. Sobald sie sie bemerkte, versuchte die Frau, etwas in ihrem Schoß in die Hand zu nehmen, aber Day war schneller. Es schien sich um ein Funkgerät zu handeln.

„Warum folgt ihr uns?", fragte er ruhig. God beobachtete die Beifahrerin genau, während Syn die Hintertür öffnete, um sicherzustellen, dass sich niemand dort befand.

„Hey! Mach meine Tür zu. Du hast keinen Durchsuchungsbefehl für mein Auto!", schrie die Fahrerin.

„Brauche keinen. Sagt mir, warum ihr uns folgt, und wenn der Grund gut genug ist, bringe ich euch vielleicht nicht ins Gefängnis", erklärte Day. Er starrte die Frauen auf der Suche nach Zeichen an.

„Wie ich schon sagte. Tun wir nicht." Sie schaute nach hinten zu Syn und warf ihm einen wütenden Blick zu, bevor sie ihre Aufmerksamkeit wieder Day zuwandte.

„Gib mir mein Telefon zurück, ich verschwinde hier." Sie streckte ihre Hand durch das Fenster.

„Das ist kein Telefon. Das ist ein Funkgerät. Wer ist am anderen Ende?", fragte Day.

„Das geht dich nichts-"

Das Funkgerät unterbrach ihre Antwort. „Mädels, was machen sie jetzt?"

Syn erkannte die Stimme auf der Stelle. Syn kannte diese Stimme so gut wie seine eigene. Diese Stimme zwang Syn beinahe in die Knie.

413

Syn bemerkte kaum, wie Day seine Waffe zog – er reagierte immer am schnellsten. Er packte die Frau am Nacken und ihre Beifahrerin begann, wie verrückt zu brüllen. God schlug ihr seine Hand über den Mund. „Schrei noch einmal und ich lege dir einen verdammten Maulkorb an." Ihre Augen wurden so groß wie Unter-tassen, doch als God seine Hand wegzog, gab sie keinen Laut von sich.

Day richtete seine 9mm auf die Fahrerin. „Sag ihm, dass wir immer noch drinnen sind. Nichts Neues." Day drückte die Waffe an ihre Schläfe. „Keine Code-Wörter." Days Gesicht war eine Maske der Wut.

Syn bekam kaum mit, was vor sich ging. Er wusste nur, dass Furious in Schwierigkeiten steckte und dass dieser Bastard ihn hatte und Syn hatte beobachten lassen. God telefonierte bereits mit 911, lief zurück zu seinem Truck, aber Syn war wie erstarrt. Er konnte sich nicht bewegen. Er konnte nur darüber nachdenken, wie lange dieses Monster und sein Bruder seine Liebe schon hatten und was sie ihm angetan hatten.

Syn hörte das Funkgerät knacken und die Frau sagen, was Day ihr befohlen hatte. Nachdem Furis Ex den Check-In beendet hatte, riss Day die Tür auf und zerrte die Frau aus dem Auto. Die Beifahrerin war immer noch so stumm wie eine Statue. Sie taumelte gegen den Strommast, sah ver-ängstigt und wütend aus. Syn drehte durch. Er zog seine eigene Waffe und packte die Frau an den Haaren. „Wo zur Hölle sind sie?", brüllte er und richtete seine Waffe auf ihre Stirn. Was er tat, war illegal, aber das kümmerte ihn nicht. Die Schlampe hatte geholfen, Furi eine Falle zu stellen, er würde sie also bedrohen, so viel er wollte, bis sie anfing, zu reden. Es war ihm egal, ob er nie wieder als Cop arbeiten würde, jetzt im Moment musste er Furi finden.

Day war da, brüllte ihn an, ruhig zu bleiben, aber er ignorierte alles und jeden außer der Frau am anderen Ende seiner Waffe.

„Wo ist er?", schrie Syn der Frau ins Gesicht. Sie zuckte vor seiner Wut zurück.

„Dein Haus, dein Haus", weinte sie und kauerte sich auf die Straße.

Das Geräusch von Reifen, die um die Ecke bogen, ließ Day und Syn zu Gods Truck laufen.

„Sie sind bei Syn", sagte Day und sprang ins Auto, schaffte es kaum, die Tür zu schließen, bevor God Gummi auf der verlassenen Straße verbrannte. Sie waren weniger als fünf Minuten entfernt. Er war froh, dass Day klug genug gewesen war, der Frau zu sagen, dass sie antworten sollte, ansonsten hätte Patrick Zeit gehabt, Furi entweder zu töten oder ihn aus dem Apartment zu schaffen.

Syn zitterte auf dem Rücksitz. Er hielt seine Waffe fest auf dem Schoß, seine Finger schwebten über dem Abzug. Er wiegte sich vor und zurück, wollte aus dem engen Truck und zu Furi laufen. Er fühlte sich in diesem Moment so hilflos. Days Hand auf seinem Bein ließ Syn zusammenzucken. „Wir werden ihn holen", versicherte Day ihm.

Syn konnte hören, wie der Polizeifunk auf Gods Konsole alle Einheiten zu seiner Adresse beorderte und Informationen über den Standort der Frauen, die sie verfolgt hatten, durchgab. *Was, wenn wir es nicht rechtzeitig schaffen?*

Er kniff die Augen zusammen und versuchte, nicht an die schlimmsten Möglichkeiten zu denken.

Bitte sei in Ordnung. Bitte sei in Ordnung.

Furi sah zu, wie Patrick durch Syns Zimmer ging und sich alles anschaute.

„Sieht so aus, als lägen wir gut in der Zeit, Darling. Kannst du glauben, dass dein Freund angehalten hat, um etwas zu essen und mit seinen Kumpels abzuhängen, anstatt zu dir nach Hause zu kommen?" Patrick saugte an seinen Zähnen. „Immer wenn ich wegmusste, konnte ich es nicht erwarten, wieder zu dir nach Hause zu kommen."

Patrick kletterte aufs Bett und setzte sich rittlings auf Furis untere Körperhälfte. „Hierfür hast du mich verlassen." Patrick gestikulierte durch das Zimmer.

„Ich habe dich verlassen, weil du mich nicht geliebt hast", flüsterte Furi.

Patrick schlug Furi ins Gesicht, traf seine Wange und Furi schrie bei dem scharfen Schmerz auf. „Halts Maul! Ich habe dich jeden Tag, den ich dich hatte, geliebt! Ich liebe dich immer noch!"

„Wenn es sich so anfühlt, dich zu lieben, dann kannst du es dir schenken", schnappte Furi zurück. Diese Bemerkung brachte ihm einen weiteren Schlag auf dieselbe Wange ein. Furi stöhnte, schaute Patrick aber wieder an. Er würde dafür sorgen, dass er weiterredete. Denn so lange Patrick ihn verfluchte und schlug, würde er ihn nicht vergewaltigen und töten.

„Ich habe dir alles gegeben, was du wolltest, und sogar die Dinge, die du dir nicht gewünscht hast. Und dann, als ich auf Geschäftsreise war, bist du weggelaufen!" Patrick schäumte. „Ich dachte, du wärst entführt worden! Weißt du, wie lange ich nach dir gesucht habe? Und hier bist du und schläfst mit einem Idioten, der nicht einmal zwei Münzen hat, um sie aneinander zu reiben. Er kann sich dich nicht leisten!"

„Ich bin keine gottverdammte Hure! Ich brauche weder sein Geld noch deines", knurrte und nuschelte Furi. Er dachte, dass er vielleicht zu weit gegangen war, denn Patrick warf ihm diesen Blick zu, der ihn bis auf die Knochen frieren ließ.

Furi blinzelte und Patricks große Hände legten sich um seinen Hals. Die Musik war wirklich laut, aber Patricks Brüllen und Fluchen war immer noch gut zu hören. Obwohl es früh am Morgen war, kam niemand, um Syn zu bitten, die Musik leiser zu stellen. *Gott, warum?* Furi konnte fühlen, wie seine Welt dunkel wurde. Patrick erwürgte ihn. Furi kickte und bockte, versuchte, Patricks schweres Gewicht von sich herunter zu bekommen. Das kostete ihn lediglich einen Menge Energie. Schreien war sinnlos. Sein Mund war weit geöffnet, aber kein Geräusch kam heraus.

„Sieht so aus, als würden die Drogen aufhören, zu wirken", schrie Brenden über die Musik.

„Ich weiß", brüllte Patrick zurück. „Komm, halt ihn fest! Dann, wenn ich mit ihm fertig bin, halte ich ihn für dich."

Nein. Nein. Furi schrie in seinem Kopf. Tränen strömten seine Wangen hinunter, vernebelten seine Sicht. Ein lautes, knackendes Geräusch, gefolgt von Brendens Aufschrei, war gerade über dem harten Bass, der in Furis Kopf wummerte, zu hören. Brenden fiel auf das Bett, sein Gesicht vor Schmerz verzogen. Für einem Sekundenbruchteil sah Furi einen Baseballschläger hart auf Brendens Hinterkopf aufschlagen. Furi kämpfte mit Patrick. Er versuchte immer noch, Furi zu festzuhalten, während er die Person anbrüllte, die gerade hereingeplatzt war. Patricks Augen waren auf die schlaffe Gestalt seines Bruders gerichtet.

Furi versuchte, zu verstehen, was vor sich ging. Er hatte gehofft, dass Syn gekommen war, aber er war es nicht. Es war … es war … es war der Nachbar. Der Stoner, der Syn in den Wahnsinn trieb. Seine Augen waren groß vor Alarmbereitschaft, während er den Baseballschläger hoch in die Luft hielt und Patrick anbrüllte, er sollte weggehen.

„Geh, verdammt noch Mal, von ihm runter! Jetzt! Ich verpasse dir sonst auch eine!", schrie er Patrick an und hielt den Schläger zum Schlag bereit.

Furi war in diesem Moment so dankbar. Er hatte wirklich gedacht, sein Leben wäre vorbei. Furi sah zu, wie Patrick von ihm herunterstieg, seine stahlgrauen Augen auf den Nachbarn gerichtet. Furi musste sich bewegen. Mit jedem Gramm Kraft, das er besaß, versuchte er, von dem Bett herunterzukommen, aber es war sehr schwer. Er hatte Mühe, Luft zu bekommen, während er keuchte und spuckte, weil er gewürgt worden war. Er hob sich selbst an, fiel aber wieder zurück, seine Glieder immer noch wie ein totes Gewicht. Der Nachbar kam herüber und versuchte, Furi seine Hilfe anzubieten, aber sobald er den Blick von Patrick abwandte, sprang sein Ex den Nachbarn an. Der Schläger flog durch das Zimmer, als Patrick mit einem harten Krachen auf dem dünnen Mann landete. Furi schwang seine Beine ungeschickt über die Bettkante und versuchte, stehenzubleiben.

Von der Seite konnte er sehen, wie Patrick seine Faust nach hinten schwang und einen zerstörerischen Schlag landete. *Oh Gott.* Furi konnte nicht zulassen, dass der unschuldige Mann wegen ihm getötet wurde.

Er schaffte es, halb zu brüllen und halb zu husten: „Ich rufe die Polizei." Diese Aussage brachte Patrick von dem Nachbarn ab und zurück zu ihm. Er hätte die Polizei gar nicht rufen können – er hatte kein Handy.

Fuck.

418

Furi war erschöpft. Er machte sich nicht die Mühe, seine schweren Arme zu heben, als Patrick ihn packte und quer durch den Raum warf. Furi jaulte, als die Kommode in Kontakt mit seinen bereits empfindlichen Rippen kam. Patrick überwand die Entfernung und stand direkt über ihm. Als Furi nach oben schaute, sah er, dass Patricks Faust auf sein Gesicht zielte. Er schloss die Augen, zuckte aber heftig zusammen, bevor er den Schlag spüren konnte.

„Atlanta PD! Atlanta PD!"

Furi öffnete langsam die Augen und sah God und Day mit gezückten Waffen und mindestens fünf weiteren Männern ins Zimmer stürmen.

„Syn. Syn", flüsterte Furi. Aber er sah ihn nicht.

„Syn, nicht!", hörte er Day brüllen. „Bleib zurück. Fass ihn nicht an! Zurück! Ihr alle, senkt eure verdammten Waffen!"

Mit wem redet Day? Furi versuchte, auf die Füße zu kommen, schaffte es aber nicht. Uniformierte Cops hatten ihre Waffen gezogen und ausgerichtet. Furi dachte, dass sie auf Brenden und Patrick zielten. Furi lag immer noch auf dem Boden auf der anderen Seite des Zimmers und konnte nicht sehen, was vor sich ging. Widersetzte sein Ex sich? Hatte er eine Waffe gezogen? Furis Hirn war immer noch vernebelt und seine Sicht verschwommen. Syn war irgendwo, denn alle riefen seinen Namen. Furi schaffte es, auf die Knie zu kommen. Seine Arme zitterten bei dem Versuch, sein Gewicht zu halten.

„Syn! Wirf dein Leben nicht wegen diesem Abfall weg", brüllte Day wieder.

„Officers, ich habe gesagt, die Waffen runter, gottverdammt!" Gods tiefes Brüllen schickte ein ängstliches Beben durch Furis Körper.

419

„Sagen Sie Ihrem Sergeant, er soll seine Waffe senken", rief ein anderer Cop zurück. „Er hat seine Waffe auf einen unbewaffneten Mann gerichtet."

Furi kroch immer noch. Er sah Brendens regungslose Gestalt auf dem Boden liegen, die Hände in Handschellen auf dem Rücken. Blut lief ihm aus dem Ohr.

Wo ist Syn? Furi musste ihn sehen. Er wusste, dass alles in Ordnung sein würde, wenn er ihn sah.

Was er nicht zu sehen erwartet hatte, waren zahllose Waffen, die auf den Mann, den er liebte, gerichtet waren, während der über seinem Ex kauerte, seine eigene Waffe auf die Stirn des Mannes gerichtet.

„Lassen Sie die Waffe fallen, Sergeant Sydney!", brüllte der Polizist wieder.

Jemand stellte die Musik aus und jetzt konnte man nur noch das Durcheinander hören, das so viele Männer auf engstem Raum verursachten, sowie wütend gebellte Befehle.

„Wenn ihr meinen Sergeant erschießt, wird es mächtig Ärger geben." Gods tiefes Knurren durchbrach das Brüllen.

Furi kroch auf Syn zu. Er war alles, auf das Furi sich konzentrieren konnte. Es kümmerte ihn nicht, dass er in die Schusslinie geriet. Alles, was zählte, war Syn. Er würde Syn nicht so sterben lassen. Sie würden ein langes, glückliches Leben zusammen verbringen, sich lieben, während Patrick von der Seitenlinie aus zusehen musste. Dass Syn für die nächsten zwanzig Jahren wegen Mordes im Gefängnis saß, war nicht Teil des Plans.

„Tu es!" Furi hörte, wie Patrick Syn herausforderte. „Du drückst besser ab oder ich werde ihn wieder verfolgen und das nächste Mal werde ich sicherstellen, dass der Job vollendet wird. Wie fühlt es sich an, zu wissen, dass ich ihn in deinem eigenen Bett gefickt habe? Und er hat meinen Namen geschrien, Sergeant ... nicht deinen."

Syns Körper zitterte vor Wut. Er würde Patrick umbringen.

„Das ist eine verdammte Lüge", brachte Furi hervor, in dem Versuch, Syns Zorn zu durchbrechen. Er konnte den Schweiß sehen, der von Syns Gesicht tropfte, als er seine Waffe entlangblickte. Beide Hände waren so fest um die tödliche Waffe geschlossen, dass die Adern in Syns Unterarmen hervortraten. Sein schnell schlagender Puls war unter seiner geröteten Haut deutlich sichtbar. Syns Finger ruhte schwer am Abzug. Eine plötzliche Bewegung und Patricks Gehirn würde überall auf dem Boden verteilt sein.

„Rede weiter, Furious", wies Day ihn an.

„Syn, bitte hör mir zu. Er hat mich nicht gehabt. Das hätte ich niemals zugelassen. Ich gehöre dir. Syn, bitte, leg die Waffe weg. Lass nicht zu, dass er dich mir wegnimmt. Das versucht er nämlich gerade. Ich schwöre dir. Er. Hat. Mich. Nicht. Gehabt", betonte Furi. „Bring *ihn* ins Gefängnis, nicht dich. Ich brauche dich bei mir." Furi war jetzt neben Syn, schaute in seine leuchtenden Augen, aber er berührte ihn nicht. Er wusste, dass er ihn nicht berühren durfte. „Bring ihn nicht um, Syn. Das Gefängnis ist ein viel schlimmeres Schicksal für ihn. Lass ihn in einer zwei mal drei Meter großen Zelle eingesperrt sein. Lass ihn jemandes Schlampe sein. Lass ihn für die nächsten zwanzig Jahre die schmutzigen Hosen eines anderen Mannes waschen."

Furi sah einen schmalen Riss in Syns Zorn. Er hob langsam die Hand und strich sehr sachte mit dem Handrücken über Syns Wange. „Sieh mich an, Corbin." Syn warf

Patrick immer noch tödliche Blicke zu. „Corbin, ich liebe dich. Schau mich an."

Syn blinzelte langsam, bevor er sich drehte und Furi anschaute. Seine Augen wanderten über ihn, als ob ihm gerade klargeworden war, dass Furi tatsächlich mit ihm redete und nicht nur in seinem Kopf. Er konnte Syns Liebe sehen und wusste, dass er zu ihm durchgedrungen war. Furi schaffte es, sich auf die Knie zu erheben, fiel aber von der Anstrengung wieder zurück auf den Boden.

„Furi braucht dich. Hilf ihm", wies Day Syn an. Syn kam auf die Füße und nahm Furi in die Arme. Er hob ihn hoch und trug ihn aus dem Zimmer, fort von Patricks Flüchen und Drohungen.

Syn legte Furis müden Körper auf die Couch und atmete an der Seite seines Gesichts ein. „Es tut mir leid, dass ich so spät gekommen bin. Es tut mir leid."

Furi legte seine Hand auf Syns Rücken, während der seine Stirn auf Furis Schulter ruhen ließ. „Du bist genau zum richtigen Zeitpunkt gekommen, Syn. Es ist in Ordnung. Mir geht es gut." Es ging ihm wirklich gut, er war nur so erschöpft, dass er wahrscheinlich tagelang schlafen konnte.

God und Day kamen mit den anderen Polizisten herein und Furi grunzte, kämpfte darum, sich aufzusetzen. Syn legte eine Hand auf Furis Brust. „Versuch, dich nicht zu bewegen, Baby."

Furi drehte den Kopf, als ein aggressiver Patrick in Handschellen abgeführt wurde, genau bevor die Sanitäter mit einer Trage für Brenden hereinkamen.

„Ist er tot?", fragte Furi mit wenig bis gar keinen Gefühlen. Er hoffte irgendwie, dass er es war.

„Nein", antwortete Day. „Nur bewusstlos. Wenn er aufwacht, kann er sich zu seinem Bruder in die Zelle gesellen."

Ein Sanitäter kam zu Furi, aber er schickte ihn weg. Syn protestierte, aber Furi wollte im Moment nicht angefasst werden. Er hatte das Gefühl, dass er sich nur ausruhen musste. Die Schnitte und Prellungen würden mit Hilfe von Syns liebevoller Aufmerksamkeit von selbst heilen.

Der Stoner-Nachbar kam mit zwei anderen Polizisten aus der Küche. Ein Sanitäter hatte ihm ein Klammerpflaster über die Augenbraue geklebt, aber er sah gut aus. Syn stand auf und streckte ihm die Hand hin. „Ich weiß nicht, was ich sagen soll, um dir zu danken. Mir fehlen die Worte." Syns Stimme war rau vor Emotionen. „Wenn du nicht gewesen wärst, hätte Furi vielleicht -" Syn würgte bei dem letzten Wort.

„Alles gut, Mann. Mach dir keinen Stress. Ich habe meine Aussage bei dem Cop gemacht, also -" Er verstummte und strich sich mit der Hand über seine strähnigen Haare und lachte humorlos. „Ich bin eigentlich gekommen, um ein Arsch zu sein und *dir* zu sagen, dass du die verdammte Musik leiser stellen sollst, als ich ihn schreien gehört habe. Ich bin nur froh, dass es dir gut geht, Mann." Der Stoner schaute Furi an und nickte ihm kurz zu, bevor er das Apartment verließ.

„Du musst diesem Kerl einen Coupon für kostenlose Pizza-Lieferungen schenken oder so etwas in der Art", sagte Day, während er ein paar Papiere durchsah, die ein Cop ihm reichte.

„Sergeant Sydney, Sie müssen aufs Revier kommen und -"

„Wir kümmern uns darum", unterbrach God den jungen Polizisten. „Zuerst wird er seinen Partner ins Krankenhaus bringen. Alles andere kann warten."

„Aber Leutnant."

„Er sagte, es kann warten." Days strenge Stimme ließ keine weiteren Einwände zu. Der Polizist nahm das Klemmbrett von Day und ging mit den anderen. Gerade als die Tür zuschwang, platzten mehr von God und Days Männern wie ein Wirbelsturm herein.

„Hurensohn", grummelte Ronowski.

„Dieser verdammte Bastard", fügte Ruxs hinzu.

„Habt ihr die Frauen erwischt, die uns gefolgt sind?", fragte God Ronowski.

„Ja. Wir haben sie. Ich habe Jonas und Horne zurückgeschickt, um sicherzustellen, dass sie ordnungsgemäß angeklagt werden."

Die Männer starrten Furi traurig an, während sie God die Neuigkeiten mitteilten.

Furi hatte sein Gesicht nicht gesehen, aber er war sich sicher, dass er ein paar Prellungen von all den Schlägen hatte. „Es geht mir gut, Jungs." Furi schaffte ein kleines Lächeln, aber er hatte Schwierigkeiten, zu atmen. „Es ist nicht so schlimm, wie es aussieht. Ihr solltet die anderen Kerle sehen."

Day ging auf ein Knie und schaute Furi ins Gesicht. „Du hast Schmerzen." Er wandte sich an Syn und fragte ihn ernst. „Kann ich?"

Kann er was?

Syn nickte und Day zog Furis Hemd langsam nach oben.

Oh.

Syns schmerzlicher Gesichtsausdruck sagte Furi, wie schlimm sein Oberkörper aussehen musste. Day presste und drückte auf bestimmte Stellen und ein Zischen entkam Furis Mund. Als Day ein wenig Druck auf Furis Rippen ausübte, wünschte er sich, er wäre in der Lage gewesen, den

Schrei zu unterdrücken, aber das konnte er nicht. Der Schmerz war klar in seiner Stimme.

„Genug", schnappte Syn.

„Seine Rippen sind gebrochen." Day stand wieder auf. „Kannst du ihn zum Truck tragen?"

„Ja." Syn zog Furis Oberteil vorsichtig nach unten und Furi hielt seine Hand, bevor er sie zurückziehen konnte. Er wusste, dass Syn sich die Schuld für das hier gab und es brachte Furi um, den Schmerz in Syns Gesicht zu sehen. Er flüsterte: „Ich liebe dich" Syn drückte seine Hand und hob sie an seine Lippen, um die Knöchel zu küssen. „Ich liebe dich auch", flüsterte er.

„Ro, hol den Quilt vom obersten Fach in der Garderobe", sagte Syn. Er nahm die Decke und schlang sie um Furi. „Ich werde so vorsichtig wie möglich sein, in Ordnung, Baby?"

Furi nickte und biss die Zähen zusammen, als Syn ihn hochhob. Brennender Schmerz schoss durch seinen Körper, aber er stöhnte so wenig wie möglich, als er versuchte, vor all diesen großen, bösen Detectives tapfer zu erscheinen. Einer von ihnen öffnete die Tür und Syn trug ihn hindurch und den Flur hinunter. Furi vergrub seinen Kopf an Syns Schulter, als sie im Aufzug waren, und Syn lehnte seinen Kopf an ihn.

„Ich habe dich vermisst, während ich weg war", flüsterte Syn, hielt ihn so fest er konnte, ohne ihm wehzutun.

Furi lächelte müde an Syns Hals. „Ich habe dich auch vermisst, Baby."

Dann wurde er vorsichtig auf den Rücksitz eines der Suburbans aus der Flotte vor Syns Gebäude gelegt. Die Sonne begann bereits, den Himmel in majestätischen Schattierungen von Orange und Lila zu erhellen. Zu einem anderen

Zeitpunkt hätte Furi innegehalten, um den Sonnenaufgang zu genießen.

Syn glitt auf den Rücksitz und legte Furis Kopf auf seinen Schoß. Furi erinnerte sich kaum noch an etwas, das danach kam. Er war erschöpft, darum überließ er sich auf dem Weg zum Krankenhaus dem Schlaf, in dem Wissen, dass er jetzt wirklich sicher war.

Kapitel 41
„Umarme Syn"

Furi drehte sich zu der Hitze, die sich an seine Seite presste, und jaulte, als der Schmerz ihn ganz aufweckte. „Scheiße."

„Langsam, Furi." Syns müde Stimme erklang an seinem Ohr. Syn streichelte seine Brust. „Brauchst du etwas? Soll ich dir noch eine Schmerztablette holen?"

„Ich brauche dich", stöhnte Furi.

Syn kicherte an seinem Gesicht. „Nicht für eine Weile, Liebling."

Furi murmelte ein paar Flüche, während sein Schwanz zwischen seinen Beinen schmerzte. Es war beinahe neun gewesen, als sie aus dem Krankenhaus gekommen waren, aber Furi hatte darauf bestanden, zu duschen. Obwohl seine Rippen frisch umwickelt gewesen waren, hatte er Syn gesagt, er solle die Bandagen abnehmen. Er hatte sich geweigert, ins Bett zu gehen, ohne vorher den Geruch und die Erinnerungen an die Nacht abzuwaschen. Syn hatte die Laken weggeworfen und das Bett neu bezogen, wofür Furi ihn noch mehr liebte. Er hatte lange und tief geschlafen. Er hoffte, dass Syn sein Versprechen gehalten und Doug angerufen hatte.

„Hast du Doug angerufen?"

„Ja", stöhnte Syn. „Er kommt her, sobald er aus der Werkstatt kommt. Ich habe ihm gesagt, dass es dir gutgeht und dass Patrick im Gefängnis ist. Er wollte kommen, sobald du aus dem Krankenhaus zurück warst, aber ich habe ihm gesagt, dass du schläfst."

„In Ordnung", sagte Furi leise. Er fühlte sich wegen der ganzen Angelegenheit schlecht. Er hatte all den Menschen,

427

die sich um ihn sorgten, so viel Kummer bereitet. Er wollte nicht länger eine solche Last sein.

„Hey. Warum schmollst du? Hör auf damit! Ich weiß bereits, wie dein Gehirn arbeitet. Und wenn du auch nur daran *denkst*, darüber nachzudenken, dass du dir wünschst, du hättest nichts von dem hier verursacht, dann wirst du wieder einen Tritt in die Eier bekommen."

Furi lachte. Syn hatte recht. Er durfte nicht so denken. Er sollte einfach nur dankbar sein, dass er so eine wunderbare Familie gefunden hatte.

„Nein. Du darfst mir nicht in die Eier treten, aber du kannst sie so anfassen." Furi spreizte seine Beine und nahm seine Eier in die Hand, rollte sie in seiner Faust.

„Du hörst besser auf", murmelte Syn an seiner Wange.

„Oder was?", stöhnte Furi.

„Oder diese Rippen werde niemals heilen", brüllte Day vom Flur. „Jetzt hör mit dem Scheiß auf, Porno-Junge, und komm zum Essen. Wir haben euch Mittagessen mitge-bracht."

„Verdammt, Day", brüllte Syn. „Ich dachte, wir wären uns einig, dass du zuerst anklopfst!"

Furi hob die Decke und brachte seine Beine langsam über die Bettkante. Die Anstrengung dieser einfachen Bewegung ließ ihm den Schweiß auf die Stirn treten. „Mmm. Sie können hereinplatzen, so oft sie wollen, solange sie immer etwas zu Essen mitbringen. Komm schon. Mittagessen klingt gut, ich bin am Verhungern."

„Wenn wir uns damit herumschlagen müssen, um Essen zu bekommen, gehe ich lieber selbst einkaufen und koche", grummelte Syn.

„Du musst sowieso einkaufen", schalt Furi ihn.

Syn grunzte ein paar ausgesuchte Flüche und kickte seine Decke wie ein trotziges Kind zur Seite.

„Ich gehe sogar mit dir, um den Schmerz zu lindern. Auf diese Weise enden wir nicht mit einem Schrank voller Fertiggerichte." Furi warf Syn einen Kuss zu, als Syn ihm den Mittelfinger zeigte.

„Sei nett, Baby, oder ich werde nicht für dich kochen", schnurrte Furi, während er zu Syn aufschaute, der zwischen seine gespreizten Beine getreten war.

„Bist du sicher, dass du aufstehen willst? Ich kann dir das Essen bringen."

Syn strich mit der Hand über Furis Haare.

„Nein. Ich stehe auf. Es geht mir gut, Syn. Fang nicht an, dich wie eine Glucke zu benehmen", sagte Furi mit einem frechen Lächeln. Er stand nach und nach vom Bett auf und machte zögerlich seinen ersten Schritt. Syn hatte eine Hand auf seinen Rücken gelegt, bereit, ihn zu unterstützen. „Lehn dich einfach auf mich, Baby. Ich hab dich." Syn schlang Furis Arm um seinen Hals und ging Schritt für Schritt mit ihm den Flur hinunter.

Furi starrte seinen Mann ein paar Minuten voller Bewunderung an, vollkommen überwältigt, dass er so viel Glück gehabt hatte. Endlich lächelte ihn das Schicksal an. Als er den mysteriösen, dunklen Detective zum ersten Mal an der Bar gesehen hatte, hatte er sich eingeredet, dass es ein großer Fehler wäre, sich auf ihn einzulassen, und er hatte sich, so gut es ging, gegen Syn gewehrt. Aber er war von ihm angezogen worden. Wie eine Motte vom Licht. Es wurde einfach nicht besser als Sergeant Corbin Sydney und Furi war bereit, seine Beziehung voll anzunehmen, bereit, Syn voll anzunehmen.

Epilog
„Ihr kocht für uns, Bitches"

„Hey du", flüsterte Syn.

„Selber hey."

„Bist du dir sicher, dass es dir gut geht?", fragte Syn und half Furi, seine Krawatte zu lösen.

„Es geht mir besser als gut. Sie wurden schließlich für schuldig befunden, oder etwa nicht? Der Gedanke, Patricks und Brendens sadistische Ärsche für die nächsten fünfzehn Jahre in einer schmutzigen Zelle zu sehen, gefällt mir sehr gut." Furi schenkte Syn sein schönstes Lächeln und das schien zu helfen. Sie alle hatten während der dreitägigen Verhandlung ihre Zeugenaussagen gemacht, aber Furis Aussage hatte das Schicksal der Brüder besiegelt. Sie hätten diese Vorwürfe auf keinen Fall widerlegen können, aber Furi hatte dennoch den Atem angehalten, bis der Sprecher der Jury verkündete: „Schuldig in allen Punkten."

Furi nahm die Krawatte und hängte sie in seinen begehbaren Schrank. Die meisten seiner Kleider befanden sich in seinem neu renovierten Loft über der Werkstatt, aber er hatte auch immer noch Sachen bei Syn. Wenn Furi nach einem langen Tag in der Werkstatt besonders müde war, war es viel einfacher, nach oben zu gehen und dort eine heiße Dusche zu nehmen. Was noch netter war, war wenn Syn die hintere Treppe benutzte, um Furi zu überraschen. Wenn er endlich von der Arbeit nach oben kam und der heiße Mann bereits auf seinem Bett oder auf der Couch auf ihn wartete.

Furi zog seine Anzughose aus und ersetzte sie durch eine Arbeitsjeans und seinen Overall.

„Es ist noch nicht einmal Mittag. Musst du jetzt gleich zur Arbeit gehen?" Syn ging auf seine sexy, selbstbewusste Art auf zu Furi, der sich gerade die Schuhe band, und presste sich eng an seinen Hintern. „Ich dachte, du hättest vor der Arbeit vielleicht ein wenig Zeit … vielleicht für eine Runde ‚streichle das Werkzeug des Mechanikers'." Syn beugte sich über Furis Rücken und presste seinen hart werdenden Schwanz in diesen perfekten, knackigen Hintern.

Furi lachte, während er seine Stiefel fertig schnürte. „Ich würde liebend gerne ein langes Spiel mit dir spielen, Baby. Aber wir stecken bis zum Hals in Arbeit. Ich muss da runter und meinen Jungs helfen. Ich bin wirklich dankbar, dass Day ein paar Fäden gezogen und uns diesen Vertrag mit der Stadt organisiert hat, die Autos des Departments zu warten, aber wenn ich diese Woche noch einen Suburban sehe, werde ich einen von euch, oder auch euch alle, erwürgen. Es ist, als ob ihr Jungs sie absichtlich kaputt macht. Ich meine, wirklich. Welcher Cop jagt einen Verdächtigen und springt aus dem Truck bevor er anhält und ihn auf ‚Parken' stellt?"

Syn lachte. „Meine Jungs machen das."

Furi wollte seine Haare zu einem Pferdeschwanz binden, aber Syn hielt ihn auf. Seine Augen brannten vor Lust. „Ich brauche dich, Furi." Syn küsste Furis Hals. „Du riechst so gut. Ich will dich auf der Stelle schmecken. Will spüren, wie du diesen langen Schwanz in mich rammst."

Furis Kopf fiel gegen die Wand, als Syn an seinem Hals leckte und knabberte. „Das fühlt sich gut an, Syn."

„Dann lass mich dich haben." Syn zog an Furis Overall, wurde aber aufgehalten.

„Heute ist Freitag. Ich habe das ganze Wochenende frei." Furi wirbelte Syn herum und stieß seinen Brustkorb gegen

431

die Wand, presste seinen Schwanz an seinen Hintern, verknitterte die schöne Hose, die Syn im Gericht getragen hatte. „Ich verspreche dir, ich werde jede dieser achtundvierzig Stunden bis zu den Eiern in deinem Hintern verbringen."

„Fick mich", stöhnte Syn, seine Hände fest an die Wand gepresst.

„Kann ich gerade nicht, aber ich kann das hier machen." Furi wirbelte Syn schnell herum, legte eine Handfläche auf seine Brust und stieß ihn wieder an die Wand. Syns Atmung war schnell und sein Schwanz in der dünnen Hose schlecht zu verbergen. Furi hielt Blickkontakt mit Syns dunklen Augen, als er auf die Knie ging. Schnell öffnete er Syns Gürtel und ließ seine Hose und seine Unterhose auf die Knöchel fallen. Furi nahm Syns Schaft bis zur Kehle in den Mund und hielt ihn dort.

„Argh. Furious!", schrie Syn, packte Furis Schultern.

Furi musste seinem Geliebten ein wenig Erleichterung verschaffen und dann zur Arbeit. Und er musste sich auch um sich selbst kümmern, da sein Schwanz ebenso hart war und schmerzte. Syn fickte Furis Mund, während der seinen Overall aufknöpfte und hektisch mit der Hand in seine Jeans tauchte und seinen Schwanz herauszog. Er stöhnte tief in der Kehle, als sein heißer Schwanz mit kühler Luft in Kontakt kam. Ohne Zweifel machte die Vibration Syn verrückt, denn er packte Furis Haare und begann, seinen Schwanz heftig zu bewegen. Der Rhythmus seiner Hüften wurde bereits unregelmäßig.

„Ich komme gleich, du sexy Bastard", wimmerte Syn.

Furis Handfläche war trocken und die schmerzliche Reibung brachte ihn schnell zum Höhepunkt. Er öffnete seinen Mund weiter, spürte, wie Syns Schaft hart wie Granit wurde, bevor die erste, heiße Welle Sperma seine Zunge traf. Syn bockte wie immer gegen ihn, sein Orgasmus zerriss ihn. Syn krümmte sich über Furis Kopf und grunzte hart, als die gnadenlosen Erschütterungen seinen Körper durchzuckten. Furi hatte kaum Zeit, die ersten beiden Wellen zu schlucken, als schon mehr cremige Leckerei seinen Mund überflutete. Salzig, warm und in großen Mengen. Furi schloss seine Augen und hielt Syns Schwanz fest in seinem Mund, während er seinen eigenen noch zweimal mit der Faust pumpte und dann seine Ladung über seine Hand verteilte. Furi ließ ein langes, kehliges Stöhnen hören, als er seine Eichel für die letzten Tropfen molk.

Furi ließ Syns Schwanz aus seinem Mund gleiten, damit er seine Stirn an Syns harten Oberschenkel legen konnte. „Verdammt, das war gut", keuchte Furi. Syn streichelte Furis Haare, während er sich wieder in Ordnung brachte.

Furi stand auf und ging ins Bad, um sich die Hände zu waschen. Als er sie gerade abtrocknete, stand Syn mit einem zufriedenen Gesichtsausdruck in der Tür. Furi zwinkerte ihm im Spiegel zu und drehte sich dann zu ihm um. Er trat vor, bis sie Brust an Brust standen. Er flüsterte an Syns Mund: „Fühlst du dich besser?"

„Für den Moment. Das wird mir über die nächsten Stunden helfen." Syns dunkle Stimme kreiste durch Furis Körper, weckte in ihm den Wunsch, wieder auf die Knie zu gehen. Syn rieb seine kratzige Wange an der von Furi. „Ich brauche mehr. Ich brauche es rau."

Furi griff zwischen sie, packte Syns Eier und zog an ihnen, ließ ihn vor Schmerz grunzen. „Scheiße! Mehr", rumpelte Syn.

„Fuck", stöhnte Furi. Es machte ihn immer an, wenn Syn ihn anbettelte. Furi neigte sich nach unten, nahm beide

Hände und umfing Syns Eier und seinen Schwanz, übte einigen Druck auf sie aus. Er drückte die Eichel von Syns Schwanz und zog gleichzeitig an seinen Eiern. Syn ging auf die Zehenspitzen und zuckte auf der Suche nach mehr süßer Qual mit den Hüften. Er liebkoste Syn am Hals und leckte einen warmen Pfad zu seinem Ohr. Er drückte seine Lippen fest an die Muschel und flüsterte heiser: „Verdammte Painslut. Ich werde dir dieses Wochenende alles geben, was du ertragen kannst." Furi fuhr mit seiner Zunge zu Syns offenem Mund. Sein Atem ging keuchend über Furis Gesicht, während er durch das Pulsieren in seinen Eiern atmete.

„Bitte", wimmerte Syn.

Heilige Hölle. Wie konnte ich nur so viel Glück haben?

„Ja." Furi ließ Syns Eier los und schlang seine Arme um ihn, um ihn ordentlich zu küssen, bevor sie beide wieder zur Arbeit gingen.

Syn ging mit Furi die Stufen hinunter zur Werkstatt, in der es geschäftig zuging. Seit der großen Eröffnung vor drei Monaten waren die Geschäfte stetig besser geworden. Furi und Doug hatten bereits zwei große Verträge ergattern können, einen mit der Stadt und einen mit einem mittelgroßen Autohändler. Sie hatten aber auch sehr viele reguläre Kunden. Die Werkstatt funktionierte wie eine gut geölte Maschine. Die Autos wurden sorgfältig behandelt und die Arbeit, die an jedem verrichtet wurde, war hervorragend. Der Manager redete bereits darüber, einen Werbespot während der Prime Time zu schalten. Furi ließ sich nichts davon zu Kopf steigen. Er nickte einfach und bat den Mann, nächste Woche mit Vorschlägen zu ihm zu kommen, dann würden er und Doug darüber nachdenken.

Es machte Syn an, Furi dabei zuzusehen, wie er sein Geschäft führte. Er war so stolz auf ihn, so stolz darauf, an seiner Seite zu sein, stolz, ihn zu lieben und von ihm geliebt zu werden.

Sie gingen in den Wartungsbereich, wo Furi neunzig Prozent seiner Zeit arbeitete. Sie blieben stehen, als sie Gods großen Truck in der letzten Bucht erblickten. Die Motorhaube war hochgeklappt, aber niemand arbeitete daran. God ließ nur noch Furi an seinen Truck und das wussten alle, darum wagte es niemand, sich dem Auto zu nähern.

God lehnte mit Ro und Ruxs an dem Auto, während Doug und ein paar der anderen Mechaniker herumstanden und redeten. Ros Hände gestikulierten wild, als ob er eine sehr unterhaltsame Geschichte erzählen würde.

Als sie sich den Männern näherten, zog Syn an Furis Hand und er drehte sich instinktiv um und küsste ihn sanft auf den Mund. Furi stützte sich auf dem vorderen Kotflügel ab und beugte sich kurz in die Motorhaube des F-350. Dann lehnte er sich an den seitlichen Rahmen. „Was zur Hölle hast du jetzt gemacht, God?", schnaubte Furi.

„So redet man nicht mit einem Kunden", wies God Furi zurecht.

„Fick dich. Jetzt sag mir, was passiert ist", schoss Furi zurück.

Alle lachten, inklusive God, als er Furi erzählte, dass er einen Verdächtigen verfolgt hatte und falsch abgebogen war ... ein paar Treppen hinunter.

Furi hob seinen Kopf und schaute God finster an. „Treppen!?"

„Wie schon gesagt. Bin falsch abgebogen", sagte God lässig. „Jetzt klappert da unten etwas."

„Ach nein", erwiderte Furi, zog die Taschenlampe aus seiner Tasche und schaute sich die Sache näher an. „Du hast dir wahrscheinlich die Spurstange ruiniert."

„Hey Furious, ich biete dir fünfundsiebzigtaus-"

„Es steht nicht zum Verkauf, Day. Es stand bei deinen letzten fünfzig Angeboten nicht zum Verkauf und steht immer noch nicht zum Verkauf", erklärte Furi ruhig. Er hielt sich nicht damit auf, von Gods Truck aufzuschauen, als er Day schon wieder abwies.

„Lass es gut sein, Liebling. Er wird dir das Bike seines Vaters niemals verkaufen." God schaute in Days schmollendes Gesicht. „Es sind mindestens fünfzehn andere irre Bikes in seinem Showroom. Such dir eines davon aus, wenn du bereit für ein neues Bike bist."

„Aber das hier ist getunt wie kein anderes", schnappte Day.

„Leo. Ist dir klar, dass ich dieses Bike designt habe? Wenn du dir ein Bike aussuchst, kann ich es für dich umbauen." Furi schaute endlich zu Day, der jetzt aussah, als hätte er gerade das größte Geschenk unter dem Weihnachtsbaum gefunden. „Oh ja. Na schön. Ich komme nächste Woche vorbei, damit wir den Papierkram für die Valkyrie erledigen können."

„Das ging schnell", lachte Furi.

„Ich hatte bereits entschieden, dass ich sie will. Ich wollte nur noch ein Angebot in den Raum stellen." Day zuckte mit den Schultern.

„Ich kann das Bike meines Dads genauso wenig verkaufen, wie du die Jazz-Sammlung deines Vaters verkaufen könntest." Furi schaute auf Day hinunter und alle erkannten den Moment, als Day ihn verstand.

436

„Hey, lasst uns am Wochenende feiern, dass diese verdammte Verhandlung vorbei ist", rief Ruxs und durchbrach so die Stille.

Viele der Mechaniker um sie herum pfiffen und heulten. Ihre normalen Fälle, dazu Brenden und Patricks Verhandlung, sowie die der Damen von BZNA wegen Mordes, waren anstrengend gewesen. Sie waren glücklich, dass endlich Wochenende war und God und Day allen zwei volle Tage freigegeben hatten.

„Day, was habt ihr für heute Abend geplant?", fragte Ro.

„Na ja", schnurrte Day. „Ich *wollte* das Wort Männlichkeit für God neu definieren, bin aber für andere Vorschläge offen."

God wollte Day packen, aber der glitt durch seine Arme und versteckte sich hinter dem Truck.

Syn lachte zusammen mit allen anderen, bis Ro weiterredete. „Wir könnten uns morgen für das Spiel treffen. Bringt Bier mit. Johnson hat eine ganze Kiste kubanische Zigarren von seiner Reise nach Cancun. Day und Furi können kochen."

„Moment. Du sagst das, als wären wir die kleinen Weibchen, die in die Küche gehören." Day kam wieder mit vorgereckter Brust zum Vorschein.

Syn sah, wie Furi den Kopf schüttelte, ein breites Lächeln im Gesicht, während er ihrem Geplänkel zuhörte und gleichzeitig an Gods Truck arbeitete. Seit Furi und Day zusammen gekocht hatten und ein Mahl, das eines Königs würdig war, gezaubert hatten, machte immer jemand diesen Vorschlag. Um ehrlich zu sein, wusste Syn, wie sehr Furi es liebte, wenn die Jungs ihre Kochkünste lobten.

„Furi machte das nichts aus, oder Furi?", fügte Ro hinzu.

„Haltet mich da raus", kicherte Furi. „Aber wenn Day Hilfe in der Küche möchte, stehe ich gerne zur Verfügung."

„Dann ist es abgemacht", meinte Ro.

„Nein, ist es nicht." Day schob Ro aus dem Weg und zeigte mit dem Finger auf alle außer Furi. „Ihr Jungs könnt für uns kochen und wir werden uns das Spiel anschauen."

Furi warf lachend seinen Kopf zurück. „Mir gefällt der Plan."

„Mir nicht", warf Syn ein.

„Zeig ihnen, dass du auch außerhalb des Schlafzimmers kochen kannst, Baby." Furi zwinkerte Syn zu.

„Zu viele Infos", knurrte God.

„Mir ist gerade eingefallen, dass ich schon Pläne habe", sagte Ruxs schnell.

„Zur Hölle damit. Du auch, Ruxs. Jetzt ist es abgemacht." Day grinste. „Zeit, aufzuhören, herumzustehen und hübsch auszusehen. Gentlemen, es gibt böse Jungs da draußen, die gefangen werden müssen. Wir müssen wieder ins Büro."

Syn wartete, bis sie alle draußen waren. Er trat neben Gods Truck und schaute seinen Geliebten an. „Wir sehen uns heute Abend, Hübscher."

„Ja, werden wir." Furi beugte sich nach unten und küsste ihn, drang kurz mit seiner Zunge ein, bevor er sich zurücklehnte. „Ich liebe dich. Sei vorsichtig da draußen."

„Ich liebe dich auch, Furious. Und ich bin immer vorsichtig. Ich habe zu viel, für das es sich zu leben lohnt."

Über die Autorin

A.E. Via ist eine immer noch ziemlich neue Autorin im schönen Gay Erotic Genre. Ihre Erzählungen enthalten alles von würzig bis skandalös. Ihre Geschichten haben oft interessante Kanten und Twists, die den Leser zu neuen, nachdenklich machenden Tiefen führen.

Wenn sie nicht gerade an ihrem Laptop sitzt, führt A.E. ein sehr erfolgreiches Geschäft als Rechtsanwaltsgehilfin auf Abruf. In ihrer freien Zeit kümmert sie sich um ihre Familie – einen Ehemann und vier Kinder, ihre zwei Haustiere, einen Malteser und eine siamesische Katze, ELynn, die nach der leider verstorbenen, hervorragenden Gay Romance Schriftstellerin E. Lynn Harris benannt ist.

Besucht A.E. Vias offizielle Webseite http://authoraevia.com für detaillierte Informationen, wie man sie kontaktieren, ihr folgen oder einen ersten Blick auf ihren nächsten Roman werfen kann. Wie man freie Texte von ihr bekommt und wo sie als nächstes auftauchen wird.

Danksagung

Ich möchte mich ganz besonders bei meinen Betas für all ihre wunderbaren Kommentare und Ratschläge bedanken. Bei den LaSalle-Schwestern von Man2Mantastic für ihre aufmunternden Worte und ihr Lob. Ihr Ladys seid so unglaublich. Ein besonders warmes Dankeschön geht an River Mitchel, dafür, dass ich ihr eine Million Fragen stellen durfte und an Kristen Karwan für die Chats spät in der Nacht, wohin es mit Syn und Furi gehen soll, und natürlich für ihre hervorragenden Graphiken, die sie für die Werbung gestaltet hat. Vielen Dank, ihr Lieben.

Ein weiterer besonderer Dank geht an Tina Adamski, die eine äußerst effiziente und phänomenale Lektorin ist. Vor allem, Hon, danke ich dir, dass du so unglaublich geduldig warst und mit mir an dieser knappen Deadline gearbeitet hast. Das hier ist das vierte Buch, das ich veröffentliche, aber das erste Mal, dass ein Lektor sich die Mühe gemacht hat, nicht nur meine Arbeit glänzen zu lassen, sondern auch mir beizubringen, eine bessere Schriftstellerin zu sein. Danke, meine Liebe. Ich freue mich auf eine lange Arbeitsbeziehung mit dir!

Ich weiß jeden zu schätzen, der mich unterstützt und mir geholfen hat, Syn und Furi zu den MM-Lesern zu bringen.

In Liebe, Adrienne

440

Leseprobe:
Christa Tomlinson
Der Sergeant

Logan brach auf, nachdem er sich vergewissert hatte, dass alle aus dem Team fort waren. Jedenfalls hatte er das geglaubt, bis er Clay an der Tür stehen und nach draußen starren sah.

„Was machst du?" Logan trat neben ihn.

„Es regnet."

Logan schaute durch die Glastüren. „Das sehe ich." Dann lachte er. „Du bist heute zur Arbeit gejoggt, oder?" Clay joggte fast jeden Tag, wenn sie keine Bereitschaft hatten und er nicht seine Ausrüstung mitnehmen musste. „Los, ich bring dich nach Hause."

Als sie im Auto saßen, brauchte Logan nicht erst nach der Adresse zu fragen. Er wusste, wo jeder einzelne seines Teams wohnte. Sie fuhren zu Clays Loft-Apartment in der Dallas Avenue. Logan drängte sich in eine Parklücke und stellte die Gangschaltung auf Parken. Aber Clay verabschiedete sich nicht sofort, sondern blieb sitzen. Er wandte sich mit einem spitzbübischen Grinsen an Logan.

„Sei ehrlich, Sarge. Magst du die Ausdauerläufe?"

„Nein. Ich hasse sie." Er schaute Clay mit einem schiefen Lächeln an. „Manchmal bin ich versucht, sie aus der Trainingsschleife rauszunehmen."

Clay lachte. „Jetzt fühle ich mich besser. Du beschwerst dich niemals darüber, aber jetzt kenne ich dein Geheimnis. Du bist genauso menschlich wie der Rest von uns." Er zwinkerte ihm verschwörerisch zu. „Aber keine Sorge, ich erzähle es den anderen nicht."

Zwanzig Minuten später saßen sie immer noch im Auto. Logan hatte schon lange den Motor ausgeschaltet, und der Regen hatte sich zu sanften Tropfen abgeschwächt, die leise auf die Windschutzscheibe prasselten. Sie hatten über alles Mögliche gesprochen, angefangen bei der Arbeit, dann über Baseball und ihre zurückliegende Karriere im Militär. Logan hatte bei den Marines gedient und zwei Einsätze im Irak absolviert, während Clay mit der Navy fast überall gewesen war. Jetzt waren sie beide verstummt und lehnten sich nach hinten gegen die Kopfstützen.

Clay fielen langsam die Augen zu. Logan wusste, dass er ihn eigentlich hinein und ins Bett schicken sollte. Aber dies war ein so seltener, privater Moment zwischen ihnen, dass er ihn noch nicht beenden wollte. Stattdessen nahm er die Gelegenheit wahr, Clay genau zu betrachten. Wie immer brachte ihn der Anblick der wilden Locken zum Lächeln. Die Länge von Clays Haar war den Vorschriften entsprechend – gerade noch. Er wusste, dass Clay es auch deshalb so lang trug, weil er ihren Captain provozierte. Captain Hayden redete ständig über das Image der HPD und des SWAT-Teams und war mit Clay, seinen langen Locken und seiner verspielten Persönlichkeit gar nicht einverstanden. Logan dagegen liebte Clays Haar und hoffte inständig, er würde es nie abschneiden.

Sein Blick wanderte zum Mund des anderen Mannes. Die volle Unterlippe sah entspannt noch schmollender aus als sonst. Logan stellte sich vor, wie es wäre, ihn zu küssen. Und er fragte sich, wie Clay reagieren würde, wenn er an dessen Lippe saugen würde. In seiner Vorstellung erwiderte Clay seinen Kuss mit Hingabe.

Logan blickte wieder etwas höher und sah, dass Clay die Augen geöffnet hatte und ihn ebenfalls beobachtete. Sekundenlang sahen sie sich an. Die Luft im Auto schien mit einem Mal wie elektrisch aufgeladen, es knisterte zwischen ihnen. Logans Herz raste. Dieser Moment durfte nicht verstreichen. Er könnte sich entschuldigen und Clay ins Haus schicken. Oder er könnte das tun, was er seit verdammt langer Zeit tun wollte. Die Entscheidung fiel ihm plötzlich leicht. Er beugte sich vor und drückte seinen Mund auf Clays Lippen. Sie waren warm und weich, genauso, wie er sie sich vorgestellt hatte. Logan zog sich zurück und wartete kurz Clays Reaktion ab. Als der nichts sagte, küsste

Logan ihn noch einmal. Dieses Mal erwiderte Clay den Kuss mit einer leichten Bewegung seiner Lippen.

Logan fasste das als Ermutigung auf und küsste ihn noch ein paar Mal. Er konnte nicht glauben, dass es wirklich passierte. Sein Herz raste, während sie sich in dem warmen, dunklen Auto küssten, aber er versuchte, es entspannt und locker anzugehen. Er wollte Clay spüren lassen, dass sie aufhören konnten, wann immer er es wollte. Logan ließ seine Zunge über Clays geschlossene Lippen gleiten und wünschte sich, sie würden sich öffnen, damit er ihn wirklich schmecken konnte. Langsam schloss Clay wieder seine Augen, öffnete seinen Mund und erlaubte Logan, hineinzugleiten. Vorsichtig strich er mit seiner Zunge gegen Clays und erforschte dann die warme Süße seines Mundes. Clays Zunge schnellte einmal kurz vor, um Logan zu berühren. Er war zurückhaltend, fast schüchtern. Logan spürte, wie sein Körper sich anspannte und sein Glied sich versteifte, während er Clay sanft ermutigte. Er ließ seine Zunge um Clays kreisen und bald folgte Clay seiner Führung und leckte Logans Mund, mit langsamen, tiefen Küssen.

Keiner von ihnen sprach. Bis auf den prasselnden Regen und ihre leisen Atemzüge herrschte Stille, während ihre Lippen sich wieder und wieder fanden. Logan versuchte, sich zu beherrschen und sanft und vorsichtig zu sein. Er unterdrückte den Drang, Clays Mund zu erobern und seinen festen Körper überall zu berühren. Dann stöhnte Clay leise, fast flüsternd, und entspannte sich unter Logans Berührung. Dieser kleine Laut löste tief in Logan etwas aus und steigerte sein Verlangen. Er hob seine Hand, strich durch die seidigen Locken und hielt Clays Hinterkopf fest, um den Kuss zu vertiefen. Seine Zunge stieß tiefer hinein und spielte mit Clays, wirbelte heiß und glatt um ihn herum. Logan stöhnte, seine Zunge wurde schneller, drängender. Clay ging darauf ein und erwiderte die Küsse mit der gleichen Intensität.

Logan ließ seine Finger Clays Nacken hinabgleiten und zog ihn höher zu sich, bis ihre Oberkörper sich berührten. Clay

443

schnappte nach Luft und drückte sich noch stärker an ihn. Mit der anderen Hand strich Logan über Clays Rücken. Er spürte die konstante Wärme durch das T-Shirt. Aber er traute sich nicht, Clay irgendwo sonst zu berühren. Nicht hier in diesem Auto, und nicht, ohne vorher mit ihm zu reden. Er zog sich leicht zurück, um zu sehen, ob Clay irgendein Anzeichen von Widerwillen erkennen ließ. Aber er sah in weit geöffnete Augen, die vor Verlangen glänzten, und Lippen, die von seinen Küssen angeschwollen waren. Es gab keinerlei Anzeichen von Zurückhaltung, und Logan tauchte wieder ein in den Kuss, saugte die volle Unterlippe ein, die ihn schon seit Jahren reizte.

Clay legte seine Hände auf seine Brust und Logan dachte: *Ja. Fass mich an.* Aber dann realisierte er, dass Clay ihn von sich weg drückte.

Logan gab ihn frei und sah verwirrt zu, wie Clay hastig nach seiner Tasche griff und „Gottverdammt!" blaffte. Dann stürmte Clay aus dem Auto und stakste zu seinem Haus.

Logan saß ungläubig und wie erstarrt in seinem Auto. Er ließ den Kopf auf das Lenkrad fallen. *Was zur Hölle?* Für einen Moment krümmte er sich über dem Lenker zusammen und versuchte zu verstehen, was gerade passiert war. Gleichzeitig bemühte er sich, seinen Ständer wieder unter Kontrolle zu bekommen. Endlich beruhigte sich sein Körper, aber er hatte immer noch nicht die geringste Ahnung, warum Clay so abrupt ausgestiegen war. Da er es mit Sicherheit nicht herausfinden würde, wenn er hier weiter allein im Dunkeln saß, startete er den Motor und fuhr nach Hause.

Unser Programm auf www.deadsoft.de